Evers

George Mac Donald

Lady Florimel und der Fischer

Verlag der Francke Buchhandlung GmbH
Marburg an der Lahn

Die Originalausgabe des Buches erschien 1875 unter dem Titel »MALCOLM« bei Henry S. King Publishers.
Die vorliegende Ausgabe wurde von Michael Phillips herausgegeben und für den heutigen Leser bearbeitet, wobei vor allem der schottische Dialekt in eine moderne Sprache übertragen wurde.

CIP-Kurztitelaufnahme der Deutschen Bibliothek

MacDonald, George:
Lady Florimel und der Fischer / George MacDonald. [Dt. von Litera. Die vorliegende Ausg. wurde von Michael Phillips hrsg. u. für d. heutigen Leser bearb.). — Marburg an d. Lahn: Francke, 1986 —
(Edition C: E, Die goldene Reihe; Nr. 50)
Einheitssacht.: Malcolm <dt.>
Orig.-Ausg. auch u.d.T.: MacDonald, George:
The fisherman's lady
ISBN 3-88224-469-0
NE: Philipps, Michael [Bearb.); Edition C / E

Deutsch von Litera
Umschlaggestaltung: Litera
Gesamtherstellung: Druckhaus Gummersbach

Edition C, Nr. E 50

INHALTSVERZEICHNIS

Vorwort

Wahrscheinlich wäre George MacDonald (1824-1905) einem Leser am Ende des 20. Jahrhunderts kaum ein Begriff, hätte es nicht der Oxforder Literaturwissenschaftler und christliche Apologet Clive Staples Lewis unternommen, seiner ständig wachsenden Leserschaft den Mann vorzustellen, den er als seinen »Lehrmeister« bezeichnete. C.S. Lewis ging es dabei nicht um die literarische Ehrenrettung eines in Vergessenheit geratenen Romanschriftstellers, sondern er wollte die Werke eines christlichen Lehrers bekanntmachen, der für ihn der Anstoß für die Suche nach Gott war.

George MacDonald wurde am 10. Dezember 1824 in Huntly, Schottland, geboren. Er wuchs zunächst auf dem Bauernhof seiner Eltern auf, dann im Zuge seiner Ausbildung in Aberdeen. Eigentlich wollte er Arzt werden und studierte dazu auch Chemie und Physik, doch sowohl seine Armut als auch sein immer stärkeres Interesse an Sprache und Dichtung ließen ihn diesen Plan aufgeben und sich stattdessen den Geisteswissenschaften zuwenden. Einer kurzen Karriere als Lehrer schloß sich ein Theologiestudium an, das er in Rekordzeit beendete und nach dem er 1850 eine Berufung als Pfarrer einer kongregationalistischen Gemeinde annahm.

MacDonald war aus einer strengen calvinistischen Familie und war Zeit seines Lebens ein Mann, der seine Bibel — und zwar die ganze Bibel — über alles liebte und in einer sehr persönlichen, engen Beziehung zu Gott lebte. Mit einigen der speziell calvinistischen Glaubenssätze und mit der geistigen Enge mancher seiner Mitchristen geriet er jedoch schon während seiner Ausbildung in Konflikte. Als sich das in seinen Predigten niederschlug, als er darüber hinaus auch aus seiner Begeisterung für die Literatur der Romantik kein Hehl machte, bekam er Schwierigkeiten mit seiner Gemeinde. Er mußte 1853 seine Pfarrstelle aufgeben, nachdem man ihm das Gehalt drastisch gekürzt hatte. Die restlichen fünfzig Jahre seines Lebens mußte er nun den Unterhalt für seine auf 11 Kinder anwachsende Familie durch Predigten, Vorträge und Schriftstellerei aufbringen.

Seine Vorträge über englische und schottische Literatur und über naturwissenschaftliche Themen führten ihn bis nach Amerika, wo er mit literarischen Größen wie Mark Twain oder John Greenleaf Whittier zusammentraf. MacDonald, der zeit seines Lebens mit gesundheitlichen Schwierigkeiten zu kämpfen hatte und später regelmäßig den Winter im milden Italien verbringen mußte, war aber auch in der heimischen kulturellen Szene geachtet. Was ihn aber auch zum berühmten Mann machte — zu einem der meistgelesenen Autoren des 19. Jahrhunderts in England — waren die über fünfzig Bücher, die er von 1855 bis kurz vor die Jahrhundertwende schrieb.

Sie umfassen Prosafantasien, Märchen und andere Kinderbücher, Predigtsammlungen, Gedichtbände und mehr als 20 Romane. MacDonalds Romane haben etwa zur Hälfte England als Schauplatz, zur anderen Hälfte seine schottische Heimat. Der hier in gekürzter Form vorliegende Roman gehört zur zweiten Kategorie und erschien 1875 ursprünglich unter dem Titel *Malcolm*.

Nach allgemeinem Urteil der Literaturkritiker zeigen die Romane MacDonald nicht von seiner stärksten Seite, doch selbst in ihren Schwächen läßt sich zumindest noch in C.S. Lewis' Worten ein »seltsamer, ungelenker Charme« fühlen. Und noch etwas anderes darf man nach Lewis bei seinem Lehrmeister erwarten: »In MacDonald spricht immer die Stimme des Gewissens... Ich wage nicht zu sagen, daß er sich niemals im Irrtum befindet; aber um es klar zu sagen: ich kenne kaum einen anderen Schriftsteller, der dem Geist Christi selbst näher oder andauernder nahe zu sein scheint.«

Dr. Manfred Siebald,
Mainz, Januar 1986

Einführung

Eine im Jahre 1935 erschienene Ausgabe eines Buches[1], das sich mit Autoren des neunzehnten Jahrhunderts befaßt, zeigt eine interessante Titelseite: eine zusammengesetzte Photographie einer Gruppe berühmter Schriftsteller der viktorianischen Zeit — J.A. Froude, Wilkie Collins, Anthony Trollope, W.M. Thackeray, Lord T.B. Macaulay, E.G. Bulwer-Lytton, Thomas Carlyle, Charles Dickens und George MacDonald. Man fragt sich überrascht: »Wer ist George MacDonald, und was hat *er* in diesem Kreis zu suchen?«

MacDonalds Biographie führte jedoch aus: »Eine solche Frage wäre den meisten von MacDonalds Zeitgenossen nicht gekommen. Sie hätten wohl eher Überraschung gezeigt darüber, daß er um die Mitte des zwanzigsten Jahrhunderts weitgehend in Vergessenheit geraten war, denn im letzten Drittel des neunzehnten Jahrhunderts waren George MacDonalds Werke Bestseller, und sein Status als christlicher Erzähler stand fest und unerschüttert. Seine Bücher wurden in Großbritannien und den Vereinigten Staaten zu Hunderttausenden verkauft. Seine Vorträge waren sehr beliebt und gut besucht. Seine Poesie fand soviel Beachtung, daß er zumindest für eine Zeitlang als Hofdichter in Betracht kam. Außerdem besaß er einen weitreichenden Ruf als christlicher Lehrer. Allein diese ... Popularität läßt MacDonald zu einer Gestalt werden, der in der Literaturgeschichte einige Bedeutung zukommt.«[2]

George MacDonalds Leben (1824-1905) umfaßt den größeren Teil des neunzehnten Jahrhunderts. Er war ein gläubiger Schotte aus einem Geschlecht von Barden, Dudelsackpfeifern, mit starker Loyalität, Streitigkeiten zwischen Clans und tiefer Verwurzelung in der Geschichte. Seinen keltischen Wurzeln entstammen Werke, die erfüllt sind von Romantik, Vision, Natur, Heidemooren, Torffeuern, hohen Bergen, sturmgepeitschten Seen und zerrissenen Küstenlinien. Es zog ihn zum geistlichen Amt, und er studierte Theologie bis zum Abschluß. Doch nach kurzem Wirken auf der Kanzel wurden seine warmherzigen, menschlichen, phantasievollen und fortschrittlichen Gedanken gegenüber den starren und rückschrittlichen Normen des religiösen Establishment seiner Zeit in steigendem Maße als unorthodox empfunden, und er wurde gezwungen, sein Amt zu verlassen. So wandte er sich der Schriftstellerei zu, und in den folgenden zweiundvierzig Jahren erreichte seine aktive Schriftstellerlaufbahn eine Leistung von erstaunlichem Ausmaß. Er brachte ungefähr zweiundfünfzig Einzelbände von außerordentlicher Vielfalt hervor, die in groben Zügen wie folgt charakterisiert werden können: drei Fantasy-Bücher in

Prosa, acht Märchen und Allegorien für Kinder, fünf Predigtsammlungen, drei Bücher mit literarischen und kritischen Essays, drei Sammlungen mit Kurzgeschichten, mehrere Gedichtsammlungen und etwa fünfundzwanzig bis dreißig Romane (je nach der Definition und Klassifizierungsmethode). Ein besonders erstaunlicher Aspekt seiner fruchtbaren Laufbahn ist die Tatsache, daß viele dieser Bücher über 400 Seiten umfaßten, manche bis über 700 Seiten. Außer seiner schriftstellerischen Tätigkeit hielt MacDonald auch zahlreiche beachtliche Vorträge, auch in den Vereinigten Staaten. MacDonald kann zwar in jeder Beziehung als Schriftsteller und öffentliche Persönlichkeit erfolgreich genannt werden, doch lauert die Armut stets in seiner Nähe. Dazu hatte er eine schwache Gesundheit; erst erkrankte er an Tuberkulose, dann an Asthma und Ekzemen. Im Gegensatz zu vielen Bestseller-Autoren unserer Tage, die für ihre Arbeit hohe Honorare einstreichen, traf dies auf George MacDonald nicht zu. Obwohl seine Arbeiten in zahlreichen Zeitschriften als Fortsetzungsgeschichten erschienen und seine Bücher in riesigen Stückzahlen verkauft wurden, erhielt er für seine Bemühungen sehr wenig. Die Honorare waren niedrig, und viele seiner Werke wurden als Raubdruck verbreitet, für die er keinen Cent vom Erlös bekam.

In MacDonalds Erzählungen findet sich eine ganz besondere Qualität, die den Leser stark anzurühren vermag: Er besaß eine ungewöhnliche Einsicht in die Nutzanwendung geistlicher Grundsätze auf Situationen des täglichen Lebens. Zwar mußte MacDonald Bücher an ein Publikum verkaufen, das Handlung, Intrige, Spannung, Verschwörung, Drama und Romanze verlangte, doch lag ihm sein Schreiben als Mittel zu einem bestimmten Zweck mehr am Herzen. In ihm brannte die Botschaft von Gottes Liebe, die er zum Ausdruck bringen mußte.

Zweifellos hat dieses Bestreben, das Wirken Gottes im Leben der Menschen darzustellen, dazu beigetragen, daß MacDonald heute nicht so bekannt ist wie etwa sein Zeitgenosse Charles Dickens, obwohl dies in der Lebenszeit der beiden Schriftsteller nicht der Fall gewesen war. Gerade deshalb aber verdienen seine Schriften auch in unseren Tagen sorgfältige Beachtung, denn er übte nicht nur einen unbestrittenen Einfluß auf seine eigenen Zeitgenossen aus, sondern auch in erheblichem Maße auf viele bekannte Autoren unserer Zeit.

Interessant ist jedoch die Feststellung, daß bis in die jüngste Gegenwart nicht eine einzige von MacDonalds konventionellen Erzählungen aufgelegt war. Selbst heute, bei dem neu erwachten Interesse an seinem Werk, liegen nur einige wenige vor. Dabei war die Erzählung seine wichtigste schriftliche Ausdrucksform. Wenn man MacDonald überhaupt verstehen will, muß man seine Erzählungen erleben. Bei der Lektüre ergibt sich für den heutigen Leser jedoch das Problem, daß MacDonald ohne Warnung ins Predigen verfällt, abschweift und sich in Erörterungen einläßt, die vom Thema abweichen und den Gang der Erzählung beträchtlich verzögern.

Für den getreuen Anhänger von George MacDonald verleihen diese Eigenheiten seinen Geschichten Charme und Atmosphäre. Doch wer heute eine Erzählung liest, möchte die Handlung durcheilen, ohne anzuhalten und sich mit einer kleinen Predigt zu befassen. Hat man diese Schwierigkeiten aber erst einmal überwunden, dann nimmt ein Buch von MacDonald wirklich einen hohen Rang ein, denn in seinen Geschichten finden sich großartige Elemente — ausgezeichnete Charakterisierung, lebendiges Drama, Spannung, echte Dialoge, ausgeklügelte Komplotte und ein packender Realismus.

Neben den Geschichten selbst beglücken uns die durch seine geschilderten Gestalten, deren Leben sich vor uns ausbreitet, zum Ausdruck kommenden geistlichen Wahrheiten. MacDonald war so durch und durch Christ, daß Gottes Weisheit ihm aus der Feder floß, auch wenn es oft dem Gang der Geschichte nicht entsprach. Es ist, als habe er ständig zwei parallele Geschichten miteinander verwoben — die des »Komplotts« und die der teilweise nicht sichtbaren geistlichen Reise, die von den an der Geschichte beteiligten Gestalten auf einer anderen Ebene vollzogen wird. MacDonald sprang dabei großzügig von einer Ebene in die anderen über. Für den klugen Leser, der den doppelten Sinn seiner Schriften erkennt und sich über den geistlichen Ausgangspunkt von MacDonald im klaren ist, lassen die Bewegungen von einer Ebene zur anderen die Verschwörung umso bedeutungsvoller und die geistlichen Wahrheiten lebendiger hervortreten. C.S. Lewis sagte in einem Kommentar über die Prinzipien, die in einer Erzählung von MacDonald zu entdecken sind, sie »wären unerträglich, wenn jemand *allein* um der Geschichte willen lesen würde ... in Wirklichkeit sind sie zu begrüßen, weil der Verfasser ... ein überragender Prediger ist.«[3]

Die Erzählungen von George MacDonald sind daher für den modernen christlichen Leser faszinierend. Fast jede enthält die Einsicht von einem liebenden Gott, der sich allmählich durch die täglichen Lebensumstände im Leben der Männer und Frauen offenbart. Mit der Entfaltung der verschiedenen Facetten der Verschwörung führt MacDonald einen Kommentar der geistlichen Betrachtung (Ebene zwei) durch die Darsteller, ihr Wachsen und Handeln des Dramas selbst (Ebene eins) fort. Die auf ihre Lebensumstände reagierenden Personen vermitteln eine reiche Einsicht in die Gründe, warum Menschen so denken und handeln, wie sie es tun. Die Verschwörung ist das Gerippe, um das herum die Gestalten und Wahrheiten lebendig werden.

Gerade hierin erweisen sich die Erzählungen MacDonalds als überraschend. Seine Personen leben, man fühlt mit ihnen; man begleitet sie dabei, wie sie sich den Grundsätzen Gottes und seiner Liebe öffnen. Schon bald werden Sie selbst eine dieser Personen auf Ebene zwei sein, wenn Sie über die Weisheit nachdenken, die Sie in einem Gespräch zwischen zwei Personen erkannt haben. Doch plötzlich finden Sie sich auf Ebene eins zurückgeworfen, wenn Sie über den Schurken in Wut geraten und mit heftigem Herzklopfen den Atem anhalten, während die Heldin eilt, um durch den soeben entdeckten Geheimgang des alten Schlosses zu entfliehen!

Um den wahren George MacDonald zu erfassen, muß man in seine Welt hineinschlüpfen, und seine Welt enthüllt sich in seinen Erzählungen. Fast jede enthält viel autobiographische Elemente. Er vermag nicht nur hervorragend Geschichten zu erzählen und Phantasie zu spinnen, gleichzeitig ist er die Zentralgestalt — und wenn nicht er selbst, dann gewiß jemand, den er gekannt hat.

In all seinen Geschichten wird deutlich, wie sehr er Schottland, woher er stammte, immer geliebt hat. Wenn man mit MacDonald den Wind fühlt, der von den hohen Bergen im Norden oder vom aufgewühlten Nordmeer heranbraust, dann wird man gelegentlich von dem Gefühl überwältigt, daß dieser Wind von irgendwo weiter oben herkommt. MacDonald fängt in seinen Romanen eine ganz besondere Welt ein, die vielleicht nicht in jedem einzelnen Werk völlig vorhanden ist, doch jedes leistet seinen Beitrag dazu, und es lohnt sich, diese Welt aufzuspüren.

Die Schwierigkeit liegt, wie schon oben erwähnt, darin, daß MacDonalds Romane häufig vergriffen sind. Falls sie verfügbar sind, dann sind sie lang und für den heutigen Leser oft unlesbar. Diese Neuauflage eines meiner Lieblingsschriftsteller soll dem modernen Leser unserer Tage die Welt von George MacDonald wieder öffnen. Ich habe daher das Original durch Herausnahme von Abweichungen von der eigentlichen Geschichte und durch Kondensierung allzu wortreicher Teile stark gestrafft.

Das Original dieses Buches erschien im Jahre 1875 unter dem Titel »Malcolm«. Die große Beliebtheit des Buches läßt sich daran ablesen, daß es nach dem Abdruck als Fortsetzungsgeschichte in Zeitschriften innerhalb weniger Jahre nach seinem Erscheinen in mehr als einem Dutzend Ausgaben herauskam.

Die Geschichte ist im nördlichen Schottland an der Küste der

Grafschaft Banff angesiedelt, einer Gegend, mit der die Vorfahren von George MacDonald über lange Zeit verbunden waren und die MacDonald sehr gut kannte; er wuchs in Huntly, etwa zwanzig Meilen südlich dieses besonderen Küstenstrichs, auf. Aus diesem und anderen Gründen (die im Verlauf der Geschichte deutlich werden) kann die Geschichte als Fenster in Hintergrund, Erbe und Charakter von George MacDonalds schottischer Vergangenheit angesehen werden. Doch was immer wir an Autobiographie, Allegorie oder Symbolismus beim Lesen entdecken, — wir sollten gleichzeitig auch um des reinen Vergnügens willen lesen. MacDonalds Frau fragte ihn einmal, nachdem sie eine seiner Geschichten gelesen hatte, nach »dem Sinn der Geschichte«. Er erwiderte, an sie wie wohl auch an uns gerichtet: »Du kannst daraus machen, was du willst. Wenn du etwas darin findest, dann nimm es, und ich bin glücklich, daß du es hast. Aber ich hab's einfach um der Geschichte willen geschrieben.«

Michael Phillips

1. *The Victorians and Their Reading, von Amy Cruse. Eine Kopie des Photos findet sich auf Seite 353 von 'George MacDonald and His Wife' (1924) von Greville MacDonald, George, Allen & Unwin, London. Nachdruck Johnson Reprint, New York, 1971.*
2. *George MacDonald, von Richard Reis, Twayne Publishers, New York, 1972, S.17*
3. *George MacDonald: An Anthology, hrsg. C.S. Lewis, Geoffrey Bles, 1946, S.17*

Die Personen in der Reihenfolge ihres Auftretens

Name	**Spitzname**	**Angaben zur Person**
Griselda Campbell	Grizel	
Margaret Horn		Griseldas Kusine dritten Grades
Mrs. Mellis		Frau des Kaufmanns von Portlossie
Jean		Miss Horns Haushälterin
Barbara Catanach	Bawby, Bobby	Hebamme am Ort
Watty Witherspail		Leichenbestatter
Stephen Stewart	Verrückter Laird	Sohn von Mrs. Stewart
Joseph Mair	blauer Peter	Fischer aus Scaurnose, Freund von Malcolm
Phemy Mair		Josephs jüngere Tochter
Mrs. Annie Mair		Josephs Frau
Malcolm		
Lady Florimel		
Duncan MacPhail		
Alexander Graham	Sandy	ehemaliger Prediger, Lehrer
Mrs. Courthope		Haushälterin in Lossie House
Lord Colonsay of Lossie		Marquis von Lossie
Hector Crathie		Gutsverwalter von Lossie House
Mr. Cairns		Gemeindepfarrer
Jonathan Aulbuird		Totengräber
Johnny Bykes		Torhüter in Lossie House
Will		Hilfswildhüter
Mr. MacPherson		oberster Wildhüter
Lady Bellair		Gräfin, Bekannte des Marquis
Lord Meikleham		Neffe von Lady Bellair
Mr. Stoat		Reiter in Lossie House, Stallknecht

Meg Findlay	Partaness, Meg Partan	Nachbarin von Duncan und Malcolm, mit beiden befreundet
Annie Mair		Schwester des blauen Peter (auch der Name von Peters Frau)
Charley Wilson		Annies Ehemann
Lizza Findlay	Lizzy	Meg Partans Tochter
Mrs. John Stewart		Herrin von Kirkbyres
Tom		Mrs. Stewarts Diener
Mr. Glennie		Anwalt aus Aberdeen
Mr. Soutar		Anwalt aus Duff Harbor
Mr. Morrison		Friedensrichter

Erstes Kapitel

Die Tote

Der Tag versprach früh warm zu werden, doch die morgendliche Kühle von der Küste drang bis auf die Knochen. Die steigende Sonne brauchte eine ganze Weile, die in den Stunden der Dunkelheit ausgekühlte feuchte Erde zu erwärmen. Bei manchen Einwohnern der Umgebung fand die zunehmende Sonnenwärme ähnlichen Widerstand. Auch sie waren von Dunkelheit umfangen — einer Dunkelheit ganz anderer Art.

Der Tag brach über Portlossie und seinen Menschen an, doch keiner konnte ahnen, daß das Licht, das sie bald einhüllen würde, von einem Menschen ausging, dessen Licht soeben verloschen war und der nun tot im Obergemach eines alten Hauses lag, das Seaton von der oberen Stadt aus überblickte. Griselda Campbell war ein wenig bekanntes und noch weniger verstandenes Rätsel gewesen. Die letzten zwanzig Jahre ihres einsamen Lebens hatte sie in völliger Zurückgezogenheit bei einer entfernten Verwandten zugebracht. Die wenigen Menschen, die sie kannten, nahmen ihr Hinscheiden in der Blüte des Lebens mehr mit Neugierde als mit Trauer auf.

Griseldas Leben war von Geheimnis eingehüllt, doch nicht ihre Vergangenheit allein wurde sorgfältig vor Eindringlingen abgeschirmt. Wie sie selbst sich vor langen Jahren in die Abgeschiedenheit ihrer inneren Welt zurückgezogen hatte, waren andere diesem Weg gefolgt. Nun schien es, als werde das Geheimnis, das sie alle verbunden hatte, mit der armen Griselda zu Grabe getragen, denn sie allein hielt das fehlende Puzzelstück in Händen, ohne das keiner der anderen das volle Ausmaß der Wahrheit erkennen konnte. Der Morgen war wirklich kalt, und er wäre noch frostiger gewesen, hätte irgend jemand das Ausmaß von Griseldas langem, peinvollem Schweigen gewußt.

Margaret Horn schauderte und zog ihre Jacke fester um die breiten Schultern, als sie die Türe zu dem leeren Zimmer schloß, in dem der Leichnam ihrer Kusine dritten Grades ruhte. Sie wandte sich dem Zimmer rechter Hand zu, in dem sie ihren frühen Besucher für kurze Zeit alleingelassen hatte. Wie eiskalt eine Leiche sein kann, dachte sie bei sich. An diesem besonderen Morgen hatten die Sonnenstrahlen ungewöhnliche Mühe, das Herz Margaret Horns zu erwärmen, das sich gegen alle Störungen von außen wappnete, vor allem gegen den Kummer, ein Gefühl, daß sie am meisten fürchtete.

»Nein, nein, ich empfinde nichts, Gott sei Dank. Ich habe nie geglaubt, daß von Gefühlen etwas Gutes kommt«, sagte sie bei ihrer Rückkehr.

»Niemand hätte Ihnen je so etwas unterstellt, Mem«, entgegnete ihre Besucherin. Mrs. Mellis, die Frau des Kurzwarenhändlers am Ort, war unter dem Vorwand gekommen, ihr Beileid zu bekunden, doch in Wirklichkeit wollte sie die Tote sehen.

»Ich hatte wirklich immer genug Verstand, das zu tun, was sein mußte, ohne mich von Gefühlen ablenken zu lassen«, fuhr Miss Horn fort. Ein kurzes Schweigen folgte.

»Ach, sie wurde so jung dahingerafft«, seufzte die Besucherin in gedehntem Ton.

»So jung nun auch wieder nicht«, erwiderte Miss Horn. »Schließlich war sie beinahe achtunddreißig.«

»Nun, aber sie hatte doch ein recht trauriges Dasein.«

»Nicht so traurig, soweit ich sehen kann, — und wer sollte das besser wissen? Sie hatte hier ein behütetes Zuhause, und das hätte sie gehabt, solange ich mich darum kümmerte.«

»Aber sie war so geduldig mit allen«, beharrte Mrs. Mellis, die sich nicht von ihrem Versuch abbringen ließ, der früheren Gefährtin der Dahingeschiedenen ein anerkennendes Wort zu entlocken.

»Das war sie wirklich! Und mit manchen ein bißchen zu geduldig. Aber das kommt davon, wenn man mehr Herz als Hirn hat. Sie hatte wirklich Gefühl! Jammerschade, daß sie nicht auch das nötige Urteilsvermögen hatte, denn sie hegte nie jemand gegenüber die geringsten Zweifel. Aber das spielt nun keine Rolle mehr, denn wo sie jetzt ist, da hat all das keine Bedeutung mehr. Für jeden, der in dieser bösen Welt die Unschuld einer Taube besitzt, gibt es eine ganze Horde mit der Klugheit der Schlangen. Und die Schlangen leisten bei den Tauben schnelle Arbeit.«

»Wie recht Sie haben«, sagte Mrs. Mellis, »und sie war wirklich leicht zu überreden. Ich zweifle nicht, daß sie bis zum letzten Atemzug geglaubt hatte, er werde zurückkommen und sie heiraten.«

»Zurückkommen und sie heiraten! Was soll das heißen? Hören Sie, Mistress Mellis, wenn Sie es wagen, noch ein weiteres Wort von diesem Geschwätz vorzubringen, dann werden Sie meine Türe von nun an recht selten auf dieser Seite zu sehen bekommen!« Miss Horns Raubvogelaugen blitzten.

Furcht klang in Mrs. Mellis' Stimme, als sie antwortete: »Um Gottes Willen, Miss Horn! Was habe ich denn gesagt, daß Sie mich so anschauen?«

»Gesagt!« entgegnete Miss Horn. »Es gibt doch kaum einen Tratsch in dieser Gegend, der nicht von Ihnen stammt. Das ist alles Gewäsch. Sie werden hier wenig Dank dafür ernten! Und dabei liegt sie gleich nebenan, so wie sie bis zum Jüngsten Tag liegen wird. Das arme Ding!«

»Aber ich habe wirklich nichts Böses sagen wollen, Miss Horn«, meinte die Besucherin. »Ich dachte, jeder weiß, daß sie ganz krank nach ihm war.«

»Nach wem, im Namen des Vaters der Lüge?«

»O, nach diesem langbeinigen Doktor, der nach Indien wollte und starb, noch bevor er über den Äquator war. Nur haben die Leute gesagt, er sei gar nicht tot, sondern werde zurückkommen, wenn sie verheiratet sei.«

»Das ist von Anfang bis Ende erlogen.«

»Aber Sie können doch nicht bestreiten, daß sie dahinwelkte, nachdem er gegangen war, und nie mehr die alte war.«

»Das ist alles nur dahergeredet«, beharrte Miss Horn in besänftigtem Ton. »Sie hat sich gewiß nicht mehr aus diesem Mann gemacht als ich selbst. Gewiß, sie siechte dahin. Und er ging fort. Doch der Wind weht, und das Wasser rinnt, und das eine hat mit dem anderen wenig zu tun.«

»Nun, es tut mir leid, wenn ich Sie irgendwie gekränkt habe. Und nun werde ich mit Ihrer Erlaubnis gehen und einen letzten Blick auf das arme Ding werfen.«

»Sie werden nichts dergleichen tun! Ich werde nicht zulassen, daß jemand sie anschaut, der hingeht und ein solches Geschwätz verbreitet, Mistress Mellis. Zu behaupten, daß ein Täubchen wie meine Grizel, das arme, weichherzige, liebreizende Ding, auf eine Schlange wie den auch nur einen zweiten Blick geworfen hätte! Nein, nein, Mem. Gehen Sie Ihrer Wege und kommen Sie morgen wieder für die Totengebete. Bis dahin liegt sie still im Sarg, und ich habe mich wieder in der Hand. Dann lasse ich Sie einen Blick auf sie werfen — vielleicht.«

Mrs. Mellis erhob sich ziemlich mißgelaunt und verließ das Zimmer mit förmlichem Abschied. Sie warf einen neugierigen Blick auf die Tür, hinter der die Tote lag, als sie aus dem Raum ging. Langsam stieg sie die Treppe hinab, als überlege sie bei jedem Schritt, ob die Stufen ihr Gewicht trügen. Miss Horn, die sie bis zum Treppenabsatz begleitet hatte, sah ihr nach, bis sie unten verschwunden war, dann wandte sie sich der Diele zu mit einem zögernden Blick auf den gegenüberliegenden Raum, als könne sie die weiße Gestalt auf dem Bett durch die geschlossene Tür sehen.

»Gott sei Dank habe ich keine Gefühle«, meinte sie bei sich selbst. »Meine arme Grizel mit so einem Luftikus in Verbindung zu bringen! Ach, arme Grizel. Sie ging von mir, wie ein Faden ohne Knoten entgleitet.«

Miss Horns Gedanken wurden durch ein Geräusch an der Haustür unterbrochen. Ärgerlich sprang sie vom Stuhl auf.

»Können sie sie denn nicht fünf Minuten schlafen lassen?« rief sie laut.

Sie überlegte einen Augenblick und dachte bei sich: »Das wird wahrscheinlich Jean sein, die von der Wasserpumpe kommt.«

Als sie aber keine Schritte zur Küche hin vernahm, meinte sie: »Nein, das kann sie nicht sein, denn sie trampelt im Haus herum wie ein frischbeschlagenes Fohlen.« Sie ging die Treppe hinab, um nach dem ungebetenen Gast zu schauen.

In der Küche, deren Boden so weiß geschrubbt war, wie das mit der Bürste nur ging, und mit Seesand bestreut, saß eine Frau von vielleicht sechzig Jahren. Ihr derbes Gesicht sah auf den ersten Blick freundlich aus, auf den zweiten Blick gerissen und auf den dritten Blick böse. Von ihren tiefliegenden, schwarzglänzenden, von außergewöhnlich dichten Augenbrauen überwölbten Augen ging ein faszinierender Einfluß aus, der so stark war, daß man bei der ersten Begegnung mit dieser Frau kaum andere Züge an ihr wahrnahm. Bei Miss Horns Eintritt erhob sie sich und stemmte eine dicke Faust in die Seite.

»Nun?« sagte Miss Horn.

»Ich dachte, Sie wollten mich vielleicht rufen lassen?«

»O nein. Niemand außer mir wird seine Hand auf dieses Wesen legen«, erklärte Miss Horn. »Ich habe schon vor Tagesanbruch alles erledigt. Sie liegt nun still — sehr still — da und wartet auf Watty Witherspail. Wenn er den Sarg bringt, werden wir sie hineinlegen, und damit hat es sich.«

»Nun, Mem, für eine Dame von Ihrer Herkunft und Erziehung nehmen Sie es außerordentlich gefaßt auf, das muß ich sagen.«

»Ich sehe keine Notwendigkeit, Mistress Catanach, in diesem Haus Ihre Meinung zu äußern. Ich erwarte das nicht. Und überhaupt, warum sollte ich es nicht mit Fassung tragen? Für uns alle kommt schon bald das Ende, wenn uns die Gnade beschert ist, mit Fassung, und wir gehen dahin wie eine verlöschende Kerze — jawohl, und lassen unser Andenken zurück.«

»Eigentlich ist es nicht ein Andenken, das ich zurückzulassen hoffe, Miss Horn«, sagte die Frau.

»Je weniger, desto besser«, murmelte Miss Horn, doch ihre ungebetene Besucherin sprach weiter.

»Die am meisten in meiner Schuld stehen, wissen am wenigsten davon. Bei Gott, es ist die Wahrheit, daß ich Schlimmeres weiß, als ich je getan habe. In meinem Gewerbe kann ein Mensch nicht verhindern, daß er hin und wieder in üble Gesellschaft gerät, denn wir sind alle in Sünde geboren und wachsen in Ungerechtigkeit auf, wie die Schrift sagt. Aber Menschen wie ich müssen den Mund halten. Nun, sei's drum, wenn Sie die Hilfe meiner Hände verweigern, dann haben Sie doch sicher nichts dagegen, wenn ich einen Blick auf das arme Ding werfe?«

»Niemand wird einen Blick auf sie werfen, der ihr nicht auch im Leben angenehm war. Und Sie wissen recht gut, Bawby, daß sie Ihren Anblick nicht ertragen konnte.«

»Und sie hatte guten Grund dafür, wenn es stimmt, was nachts vor dem Einschlafen so durch meinen Kopf geht. Natürlich sind das vielleicht auch Ammenmärchen, die sich in meiner Einbildung zusammenbrauen.«

»Was soll das heißen?« verlangte Miss Horn zu wissen.

»Ich weiß jedenfalls, was das heißen soll, und wer damit nicht zufrieden ist, der ist schlecht vorbereitet zur Hebamme. Ich möchte nur gerne eine bestimme Vorstellung aus meinem Kopf kriegen, die sich seit gar vielen Jahren in meinem Gedächtnis festgesetzt hat. Aber bitte, Mem, wenn Sie nicht nachbarlich handeln wollen, dann muß ich halt meine Vermutungen noch eine Weile länger mit mir herumtragen.«

»Sie werden nicht in ihre Nähe gehen! — Nicht, um all die bösen Träume zu vertreiben, die in Ihrem Hirn spuken«, rief Miß Horn.

»Sachte, sachte«, sagte Mrs. Catanach. »Ärgern Sie mich nicht zu sehr, ich bin schließlich auch nur ein sterblicher Mensch. Die Leute nehmen eine Menge von Ihnen hin, was sie sich von anderen nicht gefallen lassen würden, denn Ihr Wesen ist wohlbekannt. Aber wer die Hebamme erzürnt, ist schlecht beraten — es hängt so viel von ihr ab. Und ich bin heute nicht in Stimmung, das hinzunchmcn. Ich frage mich wirklich, warum Sie so wenig nachbarlich sind, noch dazu in dieser Zeit mit einer Leiche im Haus.«

»Hinaus. Das ist mein Haus!« sagte Miß Horn leise mit heiserer Stimme. Nur der Gedanken an sie, die in dem Zimmer über ihr lag, hielt sie mit Mühe von einem Zornesausbruch ab. »Ich würde eher eine Katze in das Totenzimmer lassen, um an der Leiche herumzuschnüffeln, als daß ich Sie hineinlasse, Bawby Catanach. Und nun Schluß.«

In diesem Augenblick bot ihr der Eintritt von Jean eine passende Gelegenheit, den Raum zu verlassen und sich dem Dilemma zu entziehen, entweder die Frau hinauszuwerfen — wogegen sich Mrs. Catanach sicher zur Wehr gesetzt hätte, wie aus der Art zu sehen war, in der sie ihren kurzen, stämmigen Körper breit hinstellte —, oder selbst das Feld zu räumen. Sie drehte sich um und verließ die Küche hoch erhobenen Hauptes wie jemand, der auf eigenem Grund und Boden beleidigt wurde.

Sie saß in der Diele, zornig und mit hochrotem Gesicht, als Jean eintrat, die Türe hinter sich schloß und auf ihre Herrin zutrat. Sie setzte zu einem Bericht an über alles, was sie gesehen, gehört und unternommen hatte, während sie 'in der Stadt' war, doch Miß Horn unterbrach sie, kaum daß sie zu sprechen begonnen hatte.

»Ist diese Frau aus dem Haus, Jean?« fragte sie und erwartete eine zustimmende Antwort als Voraussetzung für eine weitere Unterhaltung.

»Sie ist fort«, antwortete Jean — und fügte im Stillen hinzu: »Ich sage nicht, wohin.«

»Ich möchte nicht, daß du mit dieser Frau etwas zu schaffen hast, Jean.«

»Ich weiß nichts Schlechtes von ihr, Mem«, entgegnete Jean.

»Sie ist so verdorben wie ein ganzer Kirchhof«, sagte ihre Herrin nachdrücklich.

Doch Jean war schon jenseits der fünfzig, und es sprach eigentlich mehr dafür, daß sie schon nachgegeben hatte, als den ersten Ansturm der Verderbnis noch vor sich zu haben. Und wie wenig wußte Miß Horn, wie nutzlos ihre Warnung war und wo sich Barbara Catanach in diesem Augenblick aufhielt. Sie verließ sich aus gutem Grund auf Jeans Schlauheit, stand nun in der Leichenkammer und beugte sich über die Tote. Sie hatte das Laken zurückgefaltet, — doch nicht vom Gesicht, sondern von den Füßen und das Nachtgewand aus feinem Leinen, in das die Liebe ihrer Base die Tote für die Ruhe im Grab eingehüllt hatte, hochgehoben.

»Es wäre ihr besser bekommen, anständig mit mir zu reden«, murmelte sie. »Ich bin es nicht gewöhnt, daß man so übel mit mir spricht. ber ich glaube, ich werde schon mit ihr quitt werden, der alten Ziege! ...Ha! Lob und Dank, da ist's! Ein bißchen dunkler, aber trotzdem - gerade da, wo ich im Dunkeln meinen Finger draufgelegt hätte. Nun sollen die Würmer drangehen«, schloß sie und legte Laken und Sterbehemd wieder zurecht. »Und kein Sterblicher weiß davon, außer mir und ihm, dem der Anblick geziemt hätte, wäre er nur ein bißchen besser gewesen als der Mann von Glenkindies in der alten Ballade.«

Nachdem sie das Gewand der Toten in Ordnung gebracht hatte, drehte sie sich augenblicklich um und ging mit leisen Schritten, die einen seltsamen Gegensatz zu ihrer massigen Figur bildeten und große Muskelkraft verrieten, zur Türe. Sie öffnete die Türe einen Spalt, sah hinaus, und als sie die gegenüberliegende Türe geschlossen fand, trat sie mit einem geräuschlosen Schwung hinaus, schloß die Türe hinter sich, schlich die Treppe hinab und verließ das Haus. Kein Dielenbrett knarrte, kein Türschloß klickte, als sie ging. Sie betrat die Straße so ruhig, als habe sie der Toten soeben mit ihrem Besuch die letzte Ehre erwiesen.

Zweites Kapitel

Die Hexe

Der Mittag eines Frühsommertages nahte, und die Sonne zwang dem Land ihren Willen auf. In hellen Scharen sangen die Lerchen am Himmel, als Mrs. Catanach die Straße hinabschritt. Ihr Blick fiel nach Norden, wo sich der wolkenlose Himmel über eine See erstreckte, die nicht frei von Schatten war. Zwei vorspringende, gezackte Berge bildeten eine weite Bucht. Zwischen den Vorbergen im Westen und dem Seestrand zu ihren Füßen donnerten die vom Wind der vergangenen Nacht aufgewühlten Brecher. Der Wind stürmte noch immer von Nordwesten heran, aber der Orkan war zu einer Brise abgeflaut. Doch Mrs. Catanach nahm das gar nicht wahr, denn sie hatte keinen Fischer zum Mann und keine anderen Angehörigen auf See. Sie war nur mit dem Gedanken beschäftigt, den sie in ihrem verderbten Geist bewegte.

Während sie so dastand, näherte sich ihr eine seltsame Gestalt fast mit dem gleichen geräuschlosen Schritt, in dem sie Miß Horns Haus verlassen hatte. Kurz vor ihr blieb die Gestalt stehen und blickte sie durchdringend an, während sie auf das Meer hinauszustarren schien. Es war ein Mann von zwergenhafter Figur und unbestimmtem Alter. Sein Rücken war von einem riesigen Buckel verunstaltet. Das Gesicht wies feine Züge auf und einen langen, dünnen Bart. Über den blaßblauen Augen mit einem mitfühlenden Hundeblick wölbte sich eine unnatürlich hohe Stirn. Der Mann war ordentlich mit einem schwarzen Anzug bekleidet. Mit den Händen in den Hosentaschen stand er nun da und blickte unbeweglich in Mrs. Catanachs Gesicht.

Plötzlich nahm sie seine Gegenwart wahr, erschrak heftig und rief: »Du lieber Himmel! Wo kommt Ihr denn her?«

»I dinna ken whaur I come from« (—Schottisch: »Ich weiß nicht, woher ich komme.« [Anm. d. Übers.]), erwiderte er ohne Zögern. Das Rot schoß ihm in die Wangen, und seine Augen glühten, als er auf das Meer hinausblickte. »Ye ken 'at I dinna ken whaur I come from, I dinna ken whaur ye come from. I dinna ken whaur onybody comes from!« (»Ich weiß nicht, wo ich herkomme, ich weiß nicht, wo Sie herkommen, ich weiß nicht, wo irgendeiner herkommt!«)

»He, Laird, keine Beleidigungen!« entgegnete Mrs. Catanach. »Das war Euer eigener Fehler. Was soll das heißen, so dazustehen und mich anzustarren, ohne etwas zu sagen?«

»Ich dachte, Sie hätten Ausschau gehalten, wo Sie herkamen«, meinte der Mann zögernd und in entschuldigendem Ton.

»Was kümmert mich, vorher ich kam, solange wie —« hier hielt Mrs. Catanach inne.

»Solange wie was, bitte?« wollte der Mann wissen. In seiner Stimme lag ein kindliches Flehen.

»Nun, wenn Ihr's schon wissen müßt, solange ich von — meiner Mutter kam«, sagte die Frau und blickte mit ordinärem Gelächter auf den Mann nieder.

Der Mann stieß einen entsetzten Schrei aus, drehte sich um und flüchtete. Beim Umdrehen fuhr er mit seinen langen schmalen, weißen Händen aus den Taschen und hielt sich die Ohren zu. Mit fabelhafter Schnelligkeit schoß er den steilen Abhang zum Ufer hinab.

Der Name, mit dem Mrs. Catanach den Buckligen angesprochen hatte, war keineswegs ein Spitzname. Stephen Steward war tatsächlich der Laird, der Gutsherr des kleinen Anwesens und des alten Hauses von Kirkbyres, dessen Angelegenheiten von seiner Mutter verwaltet wurden. Man konnte schwerlich behaupten, daß sie die Verwaltung für ihren Sohn führte, denn außer seiner Kleidung und fünf Pfund im Jahr zog er keinen persönlichen Vorteil aus seinen Besitzungen. Nie ging er in die Nähe seines eigenen Hauses. Aus unbekannten Gründen empfand er gegen seine Mutter eine solche Abneigung, daß er nicht einmal das Wort 'Mutter' oder die flüchtigste Anspielung auf diese Beziehung ertragen konnte.

Manche behaupteten, er sei ein Narr. Andere hielten ihn für verrückt, wieder andere für beides. Keiner aber warf ihm vor, ein Landstreicher zu sein, und alle gaben bereitwillig zu, daß ein Hauch von Bescheidenheit und Demut über ihm lag, gleichgültig, wie man den Unterschied zwischen ihm und den anderen sehen mochte.

Der Weg, den der Laird nun einschlug, führte über den sandigen Strand auf das große felsige Vorgebirge zu, das im Westen die Bucht abschloß. Die Ebbe war schon fast erreicht, und der feuchte Sand bot seinen Füßen eine begehbare Bahn. Dort, wo die Krümmung der Wasserlinie sich am Fuße der Vorberge nach Norden wandte, lagen sechs oder acht Fischerboote hochgezogen am Strand. In der Nähe ihres Liegeplatzes führte ein steiler Pfad zur Klippe hinauf und von dort durch Gras und bearbeitetes Land über das Vorgebirge zum Fischerdorf Scaurnose.

Nach Verlassen der flachen Bucht wurde der Weg steinig und beschwerlich, denn er lag dicht unter den Klippen der Landzunge. Er ging zwischen der Klippe und den Booten durch, ohne nur einen Blick auf seinen Freund Joseph Mair zu werfen, der mit einem der Boote beschäftigt war. Einige der Männer hielten einen Augenblick mit der Arbeit inne und sahen ihm nach. Seine Flucht zu den Felsen wurde auch von einem Kind beobachtet, der etwa zehn Jahre alten Tochter von Joseph Mair, die nahe den anderen auf dem Boden eines schadhaften Bootes kauerte. Ihr Vater war ein Fischer, der auf einem Kriegsschiff zur See gefahren war und deshalb den Spitznamen Blauer Peter erhalten hatte. Er hatte auf dem Boot eines anderen Dienst getan und sich dabei etwas erspart, und nun baute er sein eigenes Boot. Anders als viele seiner Kameraden war er ein nüchterner und eigentlich nachdenklicher Mann, der bereit war, auf die Stimme der Vernunft zu hören. Er galt als einer der geachtetsten Männer des Ortes. Für gewöhnlich waren es harte und mutige Männer, die selbst ein so gefährliches Wetter, dem sich die Fischer der meisten Orte an der Küste nicht ausgesetzt hätten, ganz selbstverständlich hinnahmen.

Der Laird weilte im Hause von Joseph Mair weit öfter zu Besuch als anderswo. Bei solchen Gelegenheiten schlief er in einer Dachkammer, die man über eine Leiter vom Erdgeschoß aus erreichte. Sie bestand aus Küche, Herd und Schlafplatz. Der kleinen Phemy Mair war seine Erscheinung daher wohlvertraut. Sie kannte seine Art, seine Sprache, und sie genoß seine besondere Zuneigung.

Kaum war der Laird aus dem Blickfeld der Boote verschwunden, da kletterte Phemy aus ihrem Sitz und folgte ihm die Küste am Vorgebirge entlang. Bald kam der Laird in Sicht, gerade als er in der Öffnung einer bekannten Höhle verschwand.

Als Phemy einige Augenblicke später die Höhle betrat, war der Laird nirgends zu sehen. Doch sie ging schnurstracks weiter zum Hintergrund der Höhle, umrundete einen Vorsprung und machte sich an einen Aufstieg, den ein Kind wie sie nur dank langer Vertrautheit wagen konnte. Sie gelangte zu einer weiteren Öffnung und erreichte den Boden einer zweiten Höhle.

Der Laird, der sich immer noch die Hände an die Ohren hielt, hatte Phemy nicht kommen hören. Sie stand eine Weile da und starrte ihn in dem schwachen Lichtschein an ohne die geringste Angst davor, was als nächstes kommen würde . Plötzlich schien es ihr, als sähe sie in der Dunkelheit etwas glitzern — zwei Lichtpunkte — es mußten Augen sein! Wohl die Augen einer Otter oder eines Iltisses, von denen es in den Höhlen entlang der Küste wimmelte. Plötzliche Furcht erfaßte sie, sie rannte auf den Laird zu, schlang die Arme um seine Schultern und rief:

»Da, Laird, schau!«

Er sprang auf und starrte verstört auf das Kind. Sie stand zwischen Wand und Eingang, und das Licht fiel auf ihr blasses Gesicht.

»Wo kommst du her?« rief er.

»Ich bin vom alten Boot gekommen«, antwortete sie.

»Was willst du von mir?«

»Nichts, Sir. Ich bin nur gekommen, um nachzusehen, wie es Ihnen geht. Ich wollte Sie nicht stören, aber ich habe zwei Augen da aus der Dunkelheit starren sehen, und da bekam ich Angst.«

»Schon recht. Setz dich, Kleine«, sagte der Laird mit besänftigendem Ton. »Der Iltis tut dir nichts. Du hast doch keine Angst vor mir, oder?«

»Aber nein! Warum sollte ich denn? Ich bin doch Phemy Mair.«

»Ach, du bist's, Kind?« antwortete er in befriedigtem Ton, denn er hatte sie bis jetzt nicht erkannt. »Setz dich doch.«

Phemy gehorchte und setzte sich auf den nächsten Vorsprung. Nichts störte ihren Frieden, nur das Glucksen der steigenden Flut ließ sich vernehmen. In der sanften Dämmerung saß Phemy neben dem Laird, ohne Furcht und ohne daß ein Wort zwischen ihnen fiel. Als der Abend voranschritt, schlief sie an seiner Schulter ein. Nach einer Weile weckte sie der Laird behutsam auf und brachte sie nach Hause. Auf dem Heimweg ermahnte er sie, mit niemandem ein Wort darüber zu reden, wo sie gewesen waren, denn, so sagte er, wenn sie seine Zufluchtsstätte verriete, kämen böse Menschen und würden ihn fortbringen. Dann würde er sie nie wieder sehen.

Drittes Kapitel

Die Lady

Am nächsten Tag stieg die Sonne an einem wolkenlosen Himmel empor. Der Wind hatte auf Süd gedreht und blies die weichen Düfte vom Land her zur Küste, die sonst vom Geruch nach Tang und zerstäubtem Salzwasser, gelegentlich auch nach einem Hauch Eisberg, beherrscht war. Von der sogenannten Seaton, dem seezugewandten Teil von Portlossie, einer Ansammlung von Fischerhütten, wanderte eine einsame Gestalt in westlicher Richtung auf dem Sandstreifen, der sich am Ufer vom Vorgebirge bei Scaurnose bis zu dem kleinen Hafen erstreckte, der auf der anderen Seite von Seaton lag. Hinter dem Hafen stiegen die Felsen erneut kühn empor, weiteten sich nach Norden und schlossen die Bucht auf der Ostseite mit einem anderen großen Vorgebirge ein. Der langgestreckte, gebogene Sandstreifen bildete den einzigen frei zugänglichen Teil der Küste auf Meilen hin. Der Rest war ganz von hohen, steilen Felsklippen abgeschlossen. An dieser einen Stelle öffnete sich dem vorbeisegelnden Schiff ein angenehmer Ausblick auf offene Felder, Baumgürtel und Bauernhäuser, hin und wieder auch auf ein großes Haus, das zwischen Bäumen hervorlugte. In der Ferne erhoben sich ein oder zwei kahle, einsame Hügel zu einer Höhe von über dreihundert Metern.

An dieser offenen Stelle der Küste hatten die Wellen von zehntausend Nordstürmen jenseits der normalen Hochwassermarke und parallel zur Küstenlinie eine langgestreckte Sanddüne aufgeworfen, die nach Westen hin kurz vor einem riesigen, einzelnen Felsen endete. Auf der Landseite war die Düne mit kurzem Süßgras bewachsen, und in der wärmeren Jahreszeit sprossen hier die größten und leuchtendsten roten Gänseblümchen, die man sich nur vorstellen konnte. Über dieses Gras kam die einsame Gestalt singend entlanggegangen. Zu ihrer Linken stieg der Boden rasch zur hochgelegenen Straße an, zur Rechten lag die Düne, die von den langen Schlingwurzeln verschiedener harter Sträucher verbunden und zusammengehalten wurde. Sie versperrte den Blick zum Meer, doch ließ das Ächzen und Rauschen der steigenden Flut die Nähe der See ahnen. Hinter ihr erhob sich die Stadt Portlossie mit ihren Häusern aus grauen und braunen Steinen, mit Dächern aus blauen Schieferplatten und roten Ziegeln. Portlossie war keine Stadt des Hochlands, doch durch ihre Straßen drang nun der Laut eines Dudelsacks, den der Wind von Straße zu Straße trug. Mit seinem Instrument weckte der Pfeifer die schlafenden Einwohner und ließ sie wissen, daß es sechs Uhr war.

Der Mann auf der Düne war vielleicht zwanzig Jahre alt. Mit langen, schwingenden Schritten legte er den Weg rasch zurück. Seine Gestalt war ziemlich groß und langgliedrig. Seine Kleidung, blaue Sergehosen, ein blauweiß-gestreiftes Hemd und ein Guernsey-Kittel, den er über die Schulter geschlungen trug, war die eines Fischers. Auf dem Kopf trug er einen runden blauen Hut mit einem scharlachroten Buschen in der Mitte.

Sein ausgesprochen hübsches Gesicht wies keinen verfeinerten Schnitt auf, sondern kräftige Züge, einen Ausdruck von Adel gepaart mit Klugheit, und in allem drückte sich Einfachheit, ja Unschuld aus. Der klare Blick seiner offenen haselnußbraunen Augen verriet Mut und Entschlossenheit. Sein dunkelbraunes lockiges Haar quoll üppig unter dem Hut hervor. Gestalt und Gesicht zogen auch in einer dichten Menge die Aufmerksamkeit auf sich.

Auf dem langgestreckten Sandhügel befand sich in der Mitte eine breite Mulde, in der ein altmodisches, drehbares Geschütz aus Messing stand. Als der junge Mann den Ort erreicht hatte, sprang er den Abhang der Düne hinauf, setzte sich auf die Kanone, zog eine große silberne Uhr aus der Tasche und beobachtete sie einige Minuten lang. Dann steckte er sie wieder ein, nahm einen Feuerstein und Stahl aus seiner Tasche und entfachte damit ein Papier, das er an die Zündöffnung hielt. Ein ohrenbetäubender Knall erfolgte.

Das Echo war kaum verklungen, als er durch einen erschreckenden Schrei aufgestört wurde. Er blickte zum Ufer und entdeckte eine junge Frau auf einem niedrigen Felsen, der ein Stück ins Wasser hinausreichte. Sie hatte sich halb erhoben und anscheinend eben erst gemerkt, daß sie vom Wasser der steigenden Flut eingeschlossen war. Er stürzte die Düne hinab und rief ihr im Laufen zu: »Nicht bewegen, Mem! Warten Sie, ich komme.«

Er lief geradewegs in die auflaufende Flut hinaus, da die Entfernung zum Schwimmen zu gering und das Wasser zu niedrig war. In einem Augenblick war er bei ihr, nahm kaum die bloßen Füße wahr, die sie gebadet hatte, und achtete nicht auf ihre Handbewegung, die ihn zurückwinkte. Er faßte sie mit den Armen wie ein kleines Kind und trug sie sicher zum Ufer, ehe sie auch nur eines Wortes mächtig war. Er hielt erst inne, als er sie den Abhang des Sandhügels hinaufgetragen hatte, wo er sie behutsam zu Boden gleiten ließ, ohne sich irgendwelche Gedanken über die Freiheit zu machen, die er sich erlaubt hatte, nur erfüllt davon, Hilfe zu bringen. Mit dem Rock, den er weggeworfen hatte, als er ihr zur Hilfe eilte, begann er sich die Füße zu trocknen.

»Lassen Sie mich doch bitte allein!« rief das Mädchen halb amüsiert, halb ärgerlich, zog die Füße an sich und warf ein Buch, das sie in den Händen gehalten hatte, beiseite, um die Füße besser unter dem Rock zu verbergen. Obwohl sie zurückgeschreckt war, konnte sie seine Ergebenheit wirklich nicht mißverstehen, konnte sich auch nicht verhehlen, daß ihr seine Freundlichkeit gefiel. Wahrscheinlich hatte sie sich noch nie zuvor einem so schlechtgekleideten Menschenwesen verpflichtet gefühlt, doch selbst in dieser Aufmachung bemerkte sie durchaus, daß er ein feiner Bursche war.

»Wo sind denn Ihre Strümpfe, Mem?«

»Ihr ließet mir ja keine Zeit, sie aufzuheben, Ihr packtet mich so — so heftig«, antwortete das Mädchen etwas ärgerlich, aber mit einer so lieblichen Sprache, wie sie nie zuvor an seine schottischen Ohren gedrungen war.

Ehe ihr die Worte noch völlig entschlüpft waren, eilte er bereits mit langen Schritten zum Felsen zurück. Die verlassenen Schuhe und Strümpfe befanden sich in unmittelbarer Gefahr, vom steigenden Wasser hinweggeschwemmt zu werden, doch er stürzte sich ins Wasser, hatte nach ein paar Schwimmzügen die Gegenstände gerettet, die er auf Armeslänge von sich weghielt, als er zurückwatete und eine nasse Spur vom Ufer aus hinter sich ließ. Er breitete seine Jacke vor ihr aus, und als er bemerkte, daß sie ihre Füße unter dem Rock verborgen hielt, drehte er sich um und blieb stehen.

»Warum geht Ihr nicht weg?« fragte das Mädchen und streckte vorsichtig einige Zehen unter ihrer Hülle hervor, wagte aber ihre Füße nicht weiter zu entblößen.

Wortlos und ohne den Kopf umzudrehen machte er sich auf den Weg.

Das Mädchen, das vielleicht von seinem Gehorsam und der Einsicht, er sei ein echter Kavalier, geschmeichelt war, aber wohl auch nicht gerne auf das Vergnügen verzichten mochte, das ihr seine Gegenwart bereitete und teilweise von einer angeborenen Lust zu necken getrieben wurde, wandte sich von neuem an ihn: »Ihr geht doch nicht weg, ohne mir zu danken?«

»Wofür, Mem?« entgegnete er einfach und blieb stocksteif stehen, immer noch von ihr abgewandt.

»Ihr braucht nicht so dazustehen. Ihr glaubt doch nicht, daß ich mich weiter anziehe, solange Ihr in Sichtweite seid?«

»Ich war schon so gut wie fortgegangen, Mem«, sagte er und drehte sich mit niedergeschlagenem Blick um.

»Sagt mir, was das heißen soll, daß Ihr mir nicht dankt«, beharrte sie.

»Es wäre ein leerer Dank, Mem, wenn ich nicht weiß wofür.«

»Natürlich dafür, daß ich Euch erlaubt habe, mich ans Ufer zu tragen.«

»Seid also von Herzen bedankt, Mem.«

»Sagt nicht immer 'Ma'am' zu mir.«

»Was soll ich denn sonst sagen, Mem? — Verzeihung, Mem.«

»Sagt 'my Lady'. So sprechen mich die Leute an.«

»Ich dachte mir schon, daß Sie etwas ganz Besonderes sind, my Lady. Deshalb sind Sie auch so hübsch«, erwiderte er mit zitternder Stimme. »Aber Sie müssen jetzt Ihre Strümpfe anziehen, my Lady, sonst bekommen Sie kalte Füße, und das ist nicht gut für jemand wie Sie.«

Die Anrede, die sie ihm vorgeschrieben hatte, erweckte in ihm keinen Gedanken an einen Rang, sondern bestärkte ihn nur in seiner Vorstellung, daß sie eine Dame sei, die von den Frauen seines eigenen Lebenskreises um Welten entfernt war.

»Und was bitte wird aus Euch?« fragte sie. »Mit euren tropfnassen Kleidern?«

»Ich bin mit Salzwasser viel zu vertraut, als daß es mir schaden würde«, entgegnete der junge Mann. »Manchmal laufe ich von morgens bis abends in nassen Sachen herum, wenn wir auf Heringsfang gehen, my Lady.«

»Sage einmal«, fragte sie und wechselte das Thema, »warum habt Ihr denn vorhin so bedenkenlos diese Kanone abgefeuert? Wißt Ihr nicht, daß das höchst gefährlich ist?«

»Gefährlich, Mem — my Lady, wollte ich sagen. Da war nichts weiter drin als für ein paar Penny Schießpulver.«

»Der Krach hat mich aber fast um mein bißchen Verstand gebracht.«

»Es tut mir leid, wenn ich Sie erschreckt habe. Aber selbst wenn ich Sie gesehen hätte, dann hätte ich die Kanone abfeuern müssen.«

»Ich verstehe Euch nicht ganz. Wollt Ihr damit sagen, daß Ihr die Aufgabe habt, die Kanone abzufeuern?«

»Ganz richtig, my Lady.«

»Warum?«

»Weil vom Stadtrat angeordnet wurde, daß die Kanone jeden Morgen um sechs Uhr abgefeuert wird, zumindest solange Mylord der Marquis in Portlossie House weilt. Sehen Sie, dies ist eine Stadt mit gewissen eigenen Rechten, ein königliches Borough. Das kostet nur einen Penny, und es ist großartig, eine kleine Kanone zum Schießen zu haben. Und wenn die Kanone vergessen würde, dann würde mein Großvater — den Sie vor dem Abfeuern der Kanone mit seinem Dudelsack hörten — immer weiter spielen und nicht wissen, wann er aufhören muß.«

Als das Gespräch an diesem Punkt angelangt war, hatte die Dame ihre Schuhe angezogen, das Buch aus dem Sand aufgehoben und auf ihren Schoß gelegt. Nur das Glucksen der steigenden Flut drang an ihre Ohren, denn das Lärmen des Dudelsacks hatte in dem Augenblick aufgehört, als die kleine Kanone losdonnerte. Die Sonnenhitze nahm zu, und trotz der Lage im kalten Norden dehnte sich die See in üppigem Purpur und Grün. Der Glanz eines jungen Sommermorgens durchdrang den Himmel, Erde und Meer und ließ das Herz des jungen Mannes schwellen, als er von unbewußter Unruhe erfüllt der Selbstsicherheit des Mädchens gegenüberstand. Sie war jünger als er und wußte weit weniger von den Dingen, die man wissen sollte. Doch sie besaß einen außerordentlichen Vorteil ihm gegenüber — nicht nur die Wirkung ihrer Gegenwart auf jemand, der noch nie eine so schöne Gestalt gesehen hatte. Es kam dazu die Bereitschaft zu oberflächlichem Denken und der Schliff ihrer Sprache, die ihr ein Gefühl der Überlegenheit über den Mann verliehen, den sie nun mit ihrer Konversation auszeichnete. Nach ihrer persönlichen Erscheinung hätte der junge Mann sie wohl für zwanzig halten können, denn sie sah mehr wie eine erwachsene Frau aus als er trotz seines kräftigen hohen Körperbaus für einen Mann gegolten hätte. Sie war ziemlich groß und schlank mit kleinen Händen und Füßen. Ihr Haar war von dunklem Braun, die Augen von einem so leuchtenden Blau, daß niemand sie hätte für Grau ansehen können. Ein paar Sommersprossen verliehen dem Gesicht einen besonders warmen Ton.

Die Beschreibung der beiden mag das kurze Schweigen überbrücken, während dem der junge Mann bewegungslos dastand, wie in Erwartung eines weiteren Befehls.

»Warum geht Ihr nicht?« fragte die Lady. »Ich möchte in meinem Buch lesen.«

Er seufzte leise, als erwache er aus einem angenehmen Traum, nahm mit einer schwerfälligen Bewegung den Hut ab, stieg die Düne hinab und ging den Sandstreifen entlang auf die Seestadt zu.

Als er ein Stück zurückgelegt hatte, blickte er sich wider seinen Willen um. Die junge Dame war verschwunden. Er nahm an, sie sei auf die andere Seite der Düne hinübergegangen, doch als er in der Nähe des Dorfes das östliche Ende der Düne umrundete und zum südlichen Hang hinüberblicken konnte, war sie auch dort nirgends zu sehen. Die alten Geschichten seines Großvaters aus den Highlands kamen ihm in den Sinn. So menschlich sie ihm erschienen war, fast zweifelte er nun, ob nicht die See, aus der er sie zu erretten geglaubt hatte, ihr eigentliches Element sei. Das Buch aber und nicht zuletzt die Schuhe und Strümpfe sprachen gegen diese Annahme. Auf irgendeine Weise hatte er eine Vision erlebt, so sicher, als sei ihm ein Engel vom Himmel erschienen.

Natürlich würde es niemandem einfallen, sich in ein unirdisches Wesen, selbst einen Engel, zu verlieben. Und für den jungen Mann konnte das Mädchen kaum entfernter erscheinen, und doch ging er in seinen schweren Stiefeln nach Hause, als habe er Flügel.

»Was für ein Mädchen!« murmelte er immer wieder vor sich hin.

Viertes Kapitel

Der Dudelsackpfeifer

Die Seestadt Portlossie war eine wirre Ansammlung von kleinen Häusern. Sie waren nach allen Richtungen hin angelegt und voneinander durch alle möglichen unvorhersehbaren Straßen und Durchgänge getrennt. Dicht hinter Seaton, wie sie genannt wurde, lief eine schmale Straße, die sich nach oben auf die Höhe oder obenliegende Stadt emporwand. Vor den Hütten lagen Sand und Meer. Nach Osten hin fand die Siedlung ihr Ende durch den Hafen, am westlichen Ende wurde sie durch ein Flüßchen begrenzt, das durch den Sand der See zufloß.

Der junge Mann vermied sorgfältig die zahlreichen Netze, die auf dem grasbewachsenen Sand ausgebreitet lagen, durchquerte die von der Flut angeschwollene Flußmündung und ging an der Stirnseite des Ortes vorbei, bis er an ein Haus kam, dessen Fenster vollgestellt waren mit einer kuriosen Ansammlung von Verkaufsgegenständen — staubig aussehende Süßigkeiten in einer Glasflasche, Zinndeckel für Tabakspfeifen, Spielzeug, Bänder, Nadeln und noch zwanzig anderen Dingen. Als er jedoch durch die offene Tür trat, war das Bild eines Ladens verschwunden, und der Raum mit dem verlockenden Fenster präsentierte sich nur als armselige Küche mit einem gestampften Lehmboden.

»Nun, haben die Pfeifen ordentlich funktioniert, Daddy?« fragte er beim Eintreten.

»O ja, sie hielten sich tadellos«, erwiderte die zittrige Stimme eines grauhaarigen alten Mannes, der über einem kleinen Torffeuer am Herd lehnte und Hafermehl durch die Finger der linken Hand gleiten ließ, während er mit einem kurzen Stock, den er in der Rechten hielt, die kochende Masse umrührte.

Zwischen den beiden herrschte stillschweigendes Einverständnis, daß der Zustand des an Asthma leidenden alten Dudelsackpfeifers nicht hinsichtlich seiner inneren, sondern seiner äußerlichen Lungen angesprochen wurde, womit der Windsack seines Instrumentes gemeint war. Beide hatten in den letzten Jahren deutliche Anzeichen des Verfalls gezeigt, was vor allem beim Instrument dringende Maßnahmen erforderte, damit es musikalisch am Leben blieb. Der junge Mann erkundigte sich mit seiner Frage also in Wirklichkeit nach dem Zustand seines Großvaters, dessen Lungen immer stärker vom Asthma in Mitleidenschaft gezogen wurden. Trotzdem wollte der alte Duncan MacPhail nichts davon hören, die Würde eines Stadtpfeifers aufzugeben, um in den unwürdigen Zustand eines bloßen Ladenbesitzers zurückzusinken.

»Ausgezeichnet, Daddy«, antwortete der Junge. »Soll ich den Haferbrei fertigmachen? Ich glaube, du hast heute morgen schon genug Zeit an diesem Feuer zugebracht.«

»Nein, Sir«, entgegnete Duncan. »Malcolm, mein Junge, ich bin recht gut imstande, selbst den Porridge zu machen.« Und während er sprach, nahm Duncan den Topf vom Feuer und stellte ihn mit seinen drei Beinen auf den Tisch in der Mitte des Raumes. »So, da ist der Porridge!«

Nachdem dies erledigt war, setzten sich die beiden zum Frühstück nieder, und keiner hätte aus der Art, wie der alte Mann sich schöpfte oder wie seine Augen blickten, erkennen können, daß er blind war wie ein Maulwurf. Das war keine Folge von Alter oder Krankheit — er war blind geboren. Seine großen, weiten Augen blickten wie die eines Schlafwandlers — offen, aber so, als seien sie geschlossen; ihre Farbe war blaß.

»Bist du satt, mein Sohn?« fragte er, als er hörte, wie Malcolm den Löffel niederlegte.

»Aber ja, danke, Daddy, es war ausgezeichnet«, erwiderte der Junge.

Als sie vom Tisch aufstanden, stürmte ein kleines Mädchen herein und brachte gedankenlos mit kreischender Stimme ihr Begehren vor: «Mister MacPhail, meine Mutter will so rasch wie möglich etwas Öl haben.«

»Schön und gut, mein Kind. Aber der junge Malcolm und der alte Duncan haben noch nicht gebetet, und du weißt recht gut, daß ich vor dem Gebet nichts verkaufe. Sag deiner Mutter, daß ich das Öl bringe, wenn ich komme und nach der Lampe sehe.«

Das Kind rannte ohne Antwort weg, Malcolm nahm den Topf vom Tisch und stellte ihn auf den Herd zurück, legte Teller und Löffel zusammen und setzte sie auf dem Stuhl ab. Dann kippte er den Tisch zum Herd hin, wischte die Tischplatte ab und legte eine Bibel darauf. Der alte Mann setzte sich auf einen niederen Stuhl neben dem Kamin, nahm den Hut ab, murmelte mit geschlossenen Augen einige fast unhörbare Worte, dann wiederholte er auf Gälisch die erste Zeile des einhundertdritten Psalms:

»O m'anam, beannich thusa nish-«

Seine Stimme erhob sich zu einem Ton wunderbarer Wehklage. Der Gesang war so fremdartig wie der Ton — wild wie der Wind, der über die Einöden seiner Heimat blies oder wie der Laut seines Dudelsacks. Das Lied schien keinen Gesetzen unterworfen, denn die Fülle der sogenannten ornamentalen Töne, die endlos um den zentralen Ton schwebten und flatterten, ließen keine bekannte Weise erkennen. Dieselbe gleichsam fließende Unsicherheit der Laute hatte es Malcolm bisher unmöglich gemacht, mehr als ein paar gebräuchliche Sätze in der Muttersprache seines Großvaters zu lernen.

Malcolm las ein Kapitel aus der Bibel vor, dann knieten sie sich zu gemeinsamem Gebet nieder, und der alte Mann stimmte ein Gebet an, erst in leiser, kaum wahrnehmbarer Stimme, die sich allmählich zu einem kräftigen, halb gesprochenen Gesang steigerte. Sein Enkel verstand nicht einen Satz, kaum einen Ausdruck dieses Sprechgesangs, und es gab im Ort bloß einen, der auch nur ein Wort davon interpretieren konnte. Allgemein glaubte man jedoch, daß mindestens ein Teil dieser Andacht unabänderlich in einer ausgedehnten Bitte um Rache an Campbell von Glenlyon, dem Hauptdrahtzieher des Massakers von Glencoe (siehe Anhang 1, S. 306) bestand.

Nach Beendigung der Andacht sagte Duncan: »Gib mir meinen Dudelsack, mein Junge« und streckte seine Hand aus mit einer Begier wie ein Geizhals nach Gold. »Hör zu, wenn ich spiele, und du wirst bald auch in der Lage sein, mit dem besten Pfeifer zwischen Cape Wrath und Mull o'Cantyre bei Spiel, Tanz und Totengesang mitzuhalten.«

Duncan spielte Ton um Ton, bis ihm die Luft ausging und das erschöpfte Brummen einer Pfeife mitten in einem Totengesang, dem eine plötzliche Pause folgte, erkennen ließ, daß Lunge und Windsack ausgepumpt waren.

»Nun, Malcolm, spiel mir das nach«, sagte er und reichte seinem Enkel den Dudelsack. Er hatte natürlich alles nach Gehör gelernt und konnte von Malcolm kaum im Ernst verlangen. daß er ihm eine solche Folge von einem musikalischen Irrgarten nachspielte.

»Dafür habe ich das Gedächtnis nicht, Daddy. Aber Mr. Graham bringt mir Flötenmusik bei, vielleicht hilft mir das ein bißchen. Solltest du nicht lieber Mistress Partan ihr Öl bringen, wo du es doch versprochen hast?«

»Gewiß, mein Sohn. Ich sollte meine Versprechungen einhalten.«

Er erhob sich, nahm eine kleine steinerne Flasche und seinen Stock aus einer Ecke, verließ das Haus und ging unbeirrbaren Schrittes von einem Durchgang zum anderen durch das Gewirr des Dorfes. Seine Augen, ja sein ganzes Gesicht schienen ätherischen Tastsinn zu besitzen, denn er war sich stets seiner Umgebung und der Nähe materieller Gegenstände bewußt.

In diesem Dorf des Lowlands bildete er eine eindrucksvolle Figur, denn unabänderlich trug er seine Hochland-Tracht. Nie im Leben hatte er Hosen an den Beinen gehabt und war alles andere als begeistert, daß sein Enkelsohn sich mit solch verächtlichen Kleidungsstücken abgab. Ganz besonders staffierte er sich am Sonntag heraus, wenn er wie ein gealterter Schmetterling aus dem Haus trat mit der beschlagenen Felltasche vorn am Gürtel, dem Dolch seines Großvaters an der Seite, dem kleinen Messer seines Urgroßvaters, das in einer schwarzen Scheide im rechten Strumpf steckte, und einer riesigen runden Messingbrosche an der linken Schulter. In diesem Aufputz schritt er, auf den Arm seines Enkels gestützt, stolz zur Kirche.

»Der Pfeifer ist heute morgen ziemlich schlecht beieinander«, meinte eine der Fischersfrauen zu ihrer Nachbarin, als der alte Mann vorbeiging. Er hatte sich von seinem zweiten Exkurs mit dem Dudelsack so kurz nach der morgendlichen Pflicht noch nicht erholt und hustete und schnaufte deshalb mehr als sonst.

»Ich glaube sicher, daß es in irgendeiner kalten Nacht mit ihm zu Ende geht«, sagte die andere. »Manchmal hört sich's an, als bekomme er überhaupt keine Luft mehr.«

»Ach ja, er muß sich sehr anstrengen, der arme Mann. Aber es ist schon außerordentlich, wie er sein Leben fristet und so einen feinen Burschen wie diesen Malcolm aufzieht.«

»Nun, die Vorsehung hat es gut mit ihm gemeint. Und er ist auch ein wirklich fleißiger Mensch — für einen Blinden ist das schon außergewöhnlich, wie Sie sagen.«

»Erinnern Sie sich noch, als er zum erstenmal in die Stadt kam?«

»Als ob ich das vergessen könnte! So lange ist das noch gar nicht her.«

»Nun, Malcolm, dieser Prachtkerl, soll damals nicht größer als ein kleiner Schellfisch gewesen sein.«

»Aber der alte Mann war schon zu der Zeit alt. Seither ist er noch viel älter geworden.«

»Er soll das Kind eines Doktors sein ... wenigstens behauptet man das.«

»Ja, so heißt es. Aber wer weiß? Duncan konnte nie dazu gebracht werden, seinen Mund aufzutun über Vater oder Mutter des Buben, und so kann es schon stimmen, was behauptet wird. Wenn ich's bedenke, sind es bald zwanzig Jahre her, seit er das erstemal hier aufgetaucht ist.«

»Manche sagen, der alte Mann heiße in Wirklichkeit gar nicht MacPhail, und er sei hierhergekommen, weil er sich wegen eines üblen Handels verstecken mußte, in den er irgendwo verwickelt war.«

»Ich glaube ein solches Geschwätz über einen armen, harmlosen Mann nicht. Wer selbst für seinen Lebensunterhalt sorgt, obgleich er nicht von seinen Augen geleitet wird, der kann nicht so schlecht sein. Gott führe uns! Wir haben für uns selbst zu antworten und nicht über andere zu urteilen.«

»Ich habe Ihnen nur erzählt, was andere mir gesagt haben«, entgegnete die andere.

»Ja, ja, schon gut. Ich weiß, daß es hier einen Haufen Leute gibt, die solches Zeug herumtratschen.«

Sobald sein Großvater das Haus verlassen hatte, ging auch Malcolm weg. Er schloß die Türe hinter sich zu, drehte den Schlüssel um, ließ ihn aber stecken. Er stieg zur oberen Stadt hinauf und wandte sich um, einen Augenblick zurückblickend. Der Abstieg zum Ufer war so steil, daß man weder vom Hafen noch vom Dorf, aus dem er eben gekommen war, etwas sehen konnte — nichts als die blaue Bucht vor ihm und die in Dunst gehüllten Berge von Sutherlandshire links in der Ferne, wo sich die Küstenlinie allmählich nach Norden schwang. Er nahm das Bild einen Augenblick in sich auf und setzte dann seinen Weg fort, durch Portlossie und hinaus in die Felder. Der Morgen strahlte, die Lerchen jubilierten am Himmel, und die Luft war erfüllt vom süßen Duft der Gartenblumen. Über die Felder drang gelegentlich der Laut eines Ochsen und das ferne Geräusch spielender Kinder.

Sein Weg führte ihn auf einige Hütten zu, die in einer Senke lagen. Daneben erblickte man Bäume neben einer efeubewachsenen Mauer, hinter deren Krone die Spitze eines Kirchturms aufragte. Diese Hütten waren weit älter als die Häuser der Stadt. Dicht beim Friedhof stand ein etwas größeres Gebäude, aus dem Kinderstimmen zu hören waren, denn das war die Gemeindeschulc und dic Hütten waren alles, was von der alten Stadt Portlossie übriggeblieben war, die sich einst entlang einer langen, unregelmäßigen Straße am Ufer hin erstreckt hatte. Die Schultüre stand ein wenig offen, und nach draußen drang das emsige Summen des Lernens. Malcolm trat ein und hatte unvermittelt die ganze fleißige Szenerie vor sich. Der Raum war wie eine Scheune beschaffen, von Wand zu Wand und vom Fußboden bis zu den Dachsparren und dem Strohdach offen, braun verfärbt vom Torfrauch vergangener Winter. Die Kinder saßen in der hinteren Hälfte des Raumes, vorne stand nur das Lehrerpult.

Alexander Graham, der Lehrer, stieg von seinem Pult herunter, ging Malcolm entgegen und schüttelte ihm zur Begrüßung die Hand. Er war von mittlerer Größe, sehr schlank und ungefähr fünfundvierzig Jahre alt, sah aber wegen seiner dünnen grauen Haare und der leicht gebeugten Haltung älter aus. Bekleidet war er mit einem abgetragenen Frack und einem reinen weißen Hemd. Sein übriger Anzug war bemerkenswert grau und ebenfalls abgetragen. Die sanfte Ruhe seines Lächelns bot einen Ausdruck stiller Ergebenheit. Manche schrieben dies seiner Enttäuschung darüber zu, daß er, dessen Ziel eine Kanzel und eine Pfarrgemeinde war, noch immer Schulmeister sein mußte. Doch Mr. Graham hatte solchen Ehrgeiz, falls er ihn je gehegt hatte, schon vor vielen Jahren aufgegeben und fühlte sich mehr als zufrieden mit der hoffnungsvollen Aufgabe, Kinder auf die wahren Ziele des Lebens vorzubereiten. Er führte zusammen mit einer alten Haushälterin ein denkbar ruhiges Leben.

Malcolm war einer seiner Lieblingsschüler gewesen, und die Beziehung zwischen Lehrer und Schüler riß nicht ab, als Malcolm sah, daß er etwas zur Unterstützung seines Großvaters tun mußte, die Schule verließ und das Leben eines Fischers aufnahm.

»Ich habe eine Einladung für Miß Campbells Beerdigung bekommen — Miß Horns Kusine, weißt du«, sagte Mr. Graham in gedämpftem Ton. »Könntest du wohl für mich die Schule übernehmen, Malcolm?«

»Ja, Sir. Nichts könnte mich davon abhalten. An welchem Tag ist die Beerdigung?«

»Am Samstag.«

»In Ordnung, Sir. Ich werde frühzeitig dasein.«

Nachdem das geregelt war, begann der Unterricht von neuem. Malcolm war, wie so oft, gekommen, um am Unterricht teilzunehmen. Nur einer seiner eigenen Schüler hätte mit Mr. Graham zusammenarbeiten können, denn seine Lehrweise war seltsam. Er pflegte niemals irgendwo zu widersprechen, sondern setzte sich gegen Irrtümer nur zur Wehr, indem er die Wahrheit lehrte. Er stellte die Wahrheit vor und konfrontierte sie in den Köpfen seiner Schüler mit dem Irrtum. So überließ er es den beiden Seiten und dem wachsenden Verstand, Herz und Gewissen, die Sache durchzukämpfen. Für ihn bestand die Aufgabe eines Lehrers darin, diese Schlacht in Gang zu bringen und ständig neue Kräfte der Wahrheit ins Feld zu führen.

Gegen Mittag war er eifrig bei einer Astronomiestunde und erläuterte den Schülern teilweise an der Tafel und teilweise durch zwei Buben, die das Verhältnis von Erde und Mond vor der Klasse vorführten, als die Türe leise aufging und das bekümmerte Gesicht des verrückten Laird sich langsam hereinschob. Sein Körper folgte ebenso langsam, und ganz am Schluß kam der Buckel zum Vorschein. Er nahm seinen Hut ab, ging auf Mr. Graham zu, legte ihm die Hand auf den Arm, stellte sich auf Zehenspitzen und flüsterte ihm ins Ohr, als wäre es ein schmerzliches Geheimnis: »I dinna ken whaur I come from (ich weiß nicht, wo ich herkomme). Ich möchte in die Schule gehen.«

Mr. Graham wandte sich um und schüttelte ihm die Hand, wobei er ihn respektvoll mit Mr. Steward anredete, und führte ihn zu dem Sessel hinter seinem Pult. Doch der Laird lehnte mit höflicher Verbeugung ab, wiederholte mit trauriger Stimme die Worte: »I dinna ken whaur I come from« und nahm seinen Platz unter den Schülern ein, die um die beiden astronomischen Symbolgestalten herumstanden.

Er war nicht zum erstenmal hier aufgetaucht, denn immer wieder einmal ergriff ihn ein Wunsch, zur Schule zu gehen, einfach mit dem Ziel, herauszufinden, woher er gekommen sei. Dieses Verlangen regte sich stets in seinen ruhigeren Phasen, und tagelang besuchte es dann regelmäßig den Unterricht. Doch er sprach so wenig, daß man nicht sagen konnte, wieviel von dem Gehörten er verstand. Aber er schien sich über alles zu freuen, was um ihn herum vorging. Er war so ruhig, auf eine traurige Art sanft, daß er keinerlei Störung bedeutete, und nach den ersten Minuten seines Erscheinens wurde die Aufmerksamkeit der Schüler kaum je einmal durch seine Anwesenheit abgelenkt.

Die Art, wie ihm der Lehrer entgegenkam, erweckte auch die Achtung der Schüler. Jungen und Mädchen waren gleichermaßen bereit, ihm Platz zu machen und wer durch eine freundliche Aufmerksamkeit ein schwaches Lächeln auf den melancholischen Zügen des gequälten Mannes hervorrufen konnte, brüstete sich mit seinem Erfolg. Der Laird brachte nur den einen seltsamen Satz mit völliger Klarheit heraus. Bei den meisten anderen Sprechversuchen wurde er von einer immer wiederkehrenden Sprachstörung erfaßt. Er konnte nur hier und da einmal ein Wort äußern und benutzte dann höchst eindrucksvolle Gesten zur Ergänzung seiner Worte.

Mr. Steward blieb den ganzen Morgen in der Schule, nahm vollen Anteil an allen Aktivitäten der Schüler, saß ganz still und murmelte nur hin und wieder vor sich hin: »I dinna ken whaur I come from.«

Als die Schüler um die Mittagszeit zum Essen nach Hause eilten, lud Mr. Graham ihn zu sich nach Hause ein, sein Mahl mit ihm zu teilen. Doch Mr. Stewart lehnte mit gewandten Gesten und gebrochener Sprache ab, ging auf die Stadt zu und ward an diesem Nachmittag nicht mehr gesehen.

Fünftes Kapitel

Die Kanone

Mrs. Courthope, die Haushälterin von Lossie House, war eine rechtschaffene Frau, die sich bei ihren Bekannten nicht mit ihrer Stellung aufspielte, wie dies kleine Herzen oft tun, sondern freundliche Beziehungen zu den Leuten der Seestadt pflegte. Manche der grobschlächtigeren Frauen fanden ein besonderes Vergnügen daran, Fehler an ihr zu finden, und verachteten die weiche ausländische Sprache, die sie aus England mit nach Norden gebrachte hatte. Dennoch war sie in ihren Augen nichts weniger als eine große Dame, denn sie war die Vertreterin der adligen Familie, auf deren Ländereien sie und ihre Vorfahren seit undenklichen Zeiten gesiedelt hatten. Der verstorbene Marquis hatte den Ort seit vielen Jahren nicht besucht, der gegenwärtige hatte erst kürzlich einen Besuch abgestattet. Duncan MacPhail hatte bei Mrs. Courthope einen besonderen Stein im Brett; selten ging sie nach Seaton, ohne nach ihm zu schauen. Als nun Malcolm bei seiner Rückkehr aus Alton, der Old Town, wo die Schule lag, sie neben seinem Großvater sitzen sah, war er nicht sonderlich überrascht. Doch hatte es anscheinend zwischen den beiden einen Zwist gegeben, denn der alte Mann saß eigentümlich zornig in seiner Ecke, das Gesicht glühte, die Nase blähte sich und die Augenlider bewegten sich heftig, als versuchten sie zu reden.

»Sie wissen, daß uns im Neuen Testament gesagt wird, wir sollen unseren Feinden vergeben«, sagte Mrs. Courthope, ohne auf Malcolms Eintritt zu achten.

»Ja, gewiß, meinem Oberhaupt und meinem Clan gegenüber werde ich nichts Unrechtes tun«, entgegnete Duncan beharrlich. »Ich werde Cawmil of Glenlyon nicht vergeben!«

»Aber er ist doch schon lange tot, und wir können immerhin hoffen, daß er bereute und Vergebung fand.«

»Ich hoffe nichts dergleichen, Mistress Kertope«, erwiderte Duncan in seiner harten Sprache. »Aber wenn Gott ihm vergeben will, wie Sie sagen — was ich nicht glaube —, dann mag das für diesen habgierigen Lump genug sein. Es wird wenig ausmachen, ob der arme Duncan MacPhail ihm vergibt. Er muß auf jeden Fall ohne diese Vergebung auskommen, denn er wird sie nicht kriegen. Er ist ein Gauner und ein Schurke, und das sage ich bei allem Respekt vor Ihnen, Mistress Kertope.«

Seine blicklosen Augen huschten zornig hin und her, und die

Haushälterin, die erkannte, daß es Zeit war, das Thema zu wechseln, wandte sich an Malcolm.

»Kannst du mir morgen früh eine schöne Makrele oder einen Merlan für das Frühstück meines Herrn bringen, Malcolm?« fragte sie.

»Aber sicher, Mem. Ich bringe ihn ganz frisch, den besten, den die See zu bieten hat«, antwortete er.

»Wenn ich den Fisch bis neun Uhr bekommen kann, dann reicht das«, antwortete sie.

»Ich möchte nicht solange auf mein Frühstück warten«, bemerkte Malcolm.

»Das würde dir nichts ausmachen, wenn du die Wartezeit mit Schlafen verbringst«, sagte Mrs. Courthope.

»Wer schläft denn schon so lange in den Tag hinein?« rief der Junge.

»Du darfst nicht vergessen, daß unser Herr erst Stunden nach dir zu Bett geht, Malcolm«

»Was hält ihn denn so lange auf?«

»O, er liest und schreibt und manchmal spaziert er noch durchs Anwesen, wenn sich alle schlafen gelegt haben,« sagte Mrs. Courthope, »er und sein Hund.«

»Nun, ich mag lieber früh aufstehen. Ich gehe so gerne in die Stille des Morgen hinaus, ehe die Sonne aufgeht und den Tag mit sich bringt.« Malcolm fuhr noch eine Weile fort, seine Gedanken auszuspinnen in der Hoffnung, daß sich Duncans aufgewühlter Geist besänftigen werde. Er wurde in dieser Hoffnung auch nicht enttäuscht, denn wenn es einen Laut gab, den Duncan liebte, dann war es die Stimme seines Jungen, und allmählich legte sich der Sturm in seinem Inneren.

Mrs. Courthope besaß genug poetischen Sinn, um an Malcolms stiller Begeisterung Freude zu finden. Als sie sich erhob, um sich zu verabschieden, sprach sie einige zustimmende Worte für seine Ansichten. Auch Duncan stand auf und folgte ihr zur Türe, wo er sich mit einer höfischen Verbeugung verabschiedete.

»Sie ist eine anständige Frau, Mistress Kertope«, sagte er bei der Rückkehr ins Zimmer, »ich mache ihr keinen Vorwurf daraus, daß sie Clenlyon vergibt, denn er hat ja nicht *ihre* Großmutter umgebracht. Aber es ist nicht richtig, wenn sie mir sagt, ich solle diesem Schuft verzeihen. Doch sie ist eine Frau und weiß es nicht besser.«

Dann ließ er dieses Thema fallen und fuhr fort: »Du achtest bitte darauf, daß du die Kanone pünktlich um sechs Uhr abfeuerst, Malcolm. Mistress Kertope hat gesagt, Mylord, der jetzt eben auf seinen Besitz heimgekehrt ist, wolle alles so lassen, wie es war. Ich wundere mich wirklich, warum er nicht nach dem alten Duncan geschickt hat, damit er ihm ein oder zwei Lieder auf dem Dudelsack vorspielt, denn er muß in seinen Adern gutes Hochlandblut haben. Also gib acht, daß du die Kanone um sechs abfeuerst, mein Sohn.«

Seit einigen Jahren hatte sich Malcolm trotz seiner Jugend bei dem einen und anderen Bootsbesitzer von Seaton oder Scaurnose für die Heringsfischerei verdingt. So hatte er genug verdient, um für den nächsten Winter vorzusorgen, und das schmale Einkommen seines Großvaters als Dudelsackpfeifer und aus anderen kleinen Dienstleistungen konnte sich (auf verschiedene Verstecke in der Hütte verteilt) für spätere Tage vermehren. Bis zum Beginn der Heringssaison verdiente Malcolm ein wenig mit Angelfischerei. Im Vorjahr hatte er mit dem Kapitän eines Schoners um ein altes Rettungsboot gehandelt. Das hatte er mit Pech und Werg abgedichtet und in einen betriebsfähigen Zustand gebracht. Er verkaufte seine Fische in der Stadt und in ihrer unmittelbaren Umgebung, wo nicht wenig Haushälterinnen eine Vorliebe für den schmucken und fröhlichen jungen Fischer hatten.

So hielt er sich nun oft draußen in der Bucht auf, lange ehe es Zeit war, seinen Großvater zu wecken, damit er den Schläfern von Portlossie das Ende der Nacht verkünden konnte. Doch der alte Mann wachte immer um die richtige Zeit auf, und niemand hatte bisher zu klagen. Duncan war der Hahn, der den ganzen Hühnerhof aufweckte. Morgen um Morgen lärmte sein Dudelsack durch die Straßen der oberen Stadt bis zum Signal des Kanonenschusses.

Wenn Malcolm zum Fischen wollte, lud er die Kanone immer schon in der Nacht zuvor, und gegen Sonnenuntergang machte er sich an diesem Abend auf den Weg, um das zu erledigen. Am Rande der gebogenen Bucht war kein Geschöpf zu sehen außer ein paar Buben, die in dem glitzernden Sand, von dem eben die Flut zurückgewichen war, nach Sandaalen gruben. Doch oben auf dem langgestreckten Sandhügel wanderte ein einsamer Mann im gleichmäßigen Licht der rosigen Dämmerung hin und her. Als Malcolm das nächstliegende Ende der Sanddüne erklomm, wendete der Mann am abgewandten Ende um. Zwischen beiden stand die Kanone, und dort trafen sie zusammen.

Malcolm begriff sofort, daß dies Lord Lossie sein müsse, obgleich er ihn noch nie gesehen hatte, und er nahm den Hut ab. Der Marquis nickte und ging weiter, doch im nächsten Augenblick, als er Malcolm an der Kanone hantieren hörte, drehte er sich um und sagte: » Was macht Ihr denn mit der Kanone, junger Mann?«

»Ich reinige und lade sie, my Lord«, antwortete Malcolm.

»Und dann? Ihr werdet das Ding doch nicht abfeuern?«

»Erst morgen früh, my Lord.«

»Und warum?«

»O, nur um Eure Lordschaft aufzuwecken.«

»Hmm«, meinte seine Lordschaft mit mehr Ausdruck als Betonung.

»Soll ich sie denn nicht laden?« fragte Malcolm, warf den Ladestock zu Boden und näherte sich dem Drehbügel, als wolle er das Rohr wieder in die Scharte einlegen.

»Aber sicher! Ladet sie auf jeden Fall. Ich möchte mich nicht in Eure Bräuche einmischen.«

In Malcolms Redeweise lag etwas, an dem Lord Lossie Gefallen fand — die Mischung aus Respekt und Humor wahrscheinlich, und vielleicht auch die Offenheit und Gelassenheit. Er war nicht selbstbewußt genug, um schüchtern zu sein, und so frei von jedem Schema, daß er bei niemandem den guten Willen in Zweifel zog.

»Wie heißt Ihr?« fragte der Marquis plötzlich.

»Malcolm MacPhail, my Lord.«

»MacPhail? Den Namen habe ich erst heute gehört ... Laßt mal sehen —«

»Mein Großvater ist der blinde Dudelsackpfeifer, my Lord.«

»Ja, richtig. Sagt ihm, daß ich ihn im Hause sehen möchte. Ich habe meinen eigenen Pfeifer in Ceanglas zurückgelassen.«

»Ich werde ihn am Morgen mitbringen, my Lord, wenn Sie möchten, denn ich komme morgen früh mit schönen Forellen hin. Mistress Courthope sagte mir, sie wolle für Eure Lordschaft welche zum Frühstück braten. Aber vielleicht ist das noch zu früh für Sie, ihn zu sehen.«

»Ich werde nach ihm schicken wenn ich ihn sehen will. Macht nun weiter mit Eurer Feldschlange, aber achtet darauf, daß Ihr sie zum Abendessen nicht zuviel füttert,« sagte der Marquis, als er sich umwandte und seinen Spaziergang wieder aufnahm.

Malcolm zog den Hut und beugte sich von neuem zum Drehbügel.

Am nächsten Morgen ruderte er langsam die Bucht entlang, als ihn der Klang von seines Großvaters Dudelsack aufschreckte, der klar und schrill mit einem südlichen Wind von der Stadt oben heruntergetragen wurde. Er blickte auf seine Uhr; es war noch nicht einmal fünf Uhr! Die Aussicht auf eine Aufforderung, in Lossie House zu spielen, hatte den Geist des alten Mannes in solche Aufregung versetzt, daß er lange vor seiner üblichen Zeit aufgewacht war, und so mußte Portlossie ebenfalls aufwachen. Am schlimmsten war, daß er, wie Malcolm aus der Richtung des Klanges erkannte, beinahe das Ende seiner Runde erreicht hatte und nun wohl die Antwort der Kanone erwartete. Solange er den Schuß nicht hörte, würde er immer weiterspielen, bis kein Atem mehr in seinen Lungen war. Malcolm legte sich daher mit aller Kraft in die Riemen, ließ das Boot am Ufer auslaufen, und im nächsten Augenblick wurde der scharfe Knall der Kanone von den Felsen der Vorgebirge zurückgeworfen. Er stand noch immer da und beobachtete das Rauchwölkchen auf seinem Flug der See zu, als eine wohlbekannte Stimme dicht neben ihm sprach:

»Was macht ihr denn um alles in der Welt mit dieser gräßlichen Kanone?«

Malcolm fuhr auf. »Sie haben mich erschreckt, my Lady«, erwiderte er lächelnd und verbeugte sich.

»Ihr habt mir gesagt, daß Ihr sie um sechs Uhr abfeuert. Jetzt ist es auch nicht annähernd sechs Uhr.«

»Haben Sie den Dudelsack nicht gehört, my Lady?« entgegnete er.

»Doch, recht gut, aber ein ganzes Regiment von Sackpfeifern kann es nicht sechs Uhr werden lassen, wenn meine Uhr zeigt, daß wir noch nicht einmal fünf Uhr haben.«

Auf diese Aufforderung hin mußte Malcolm ihr erklären, daß der Grund in seiner Furcht lag, sein Großvater könne sich überanstrengen, da er zu heftigen Asthmaanfällen neige.

»Er sollte aufhören, wenn er müde ist«, warf sie ein.

»Ach, das würde sein Stolz nie zulassen«, antwortete Malcolm und wandte sich dem Strand zu, denn er wollte unbedingt die Angelschnur einholen, die er so eilends zurückgelassen hatte.

»Habt Ihr ein eigenes Boot?« fragte die Lady.

»Ja, das ist's, da drüben im Wasser. Möchten Sie gerudert werden? Sie ist schön und ruhig.«

»Wer? Das Boot?«

»Die See, my Lady.«

»Ist Euer Boot sauber?«

»Von allem außer Fisch. Aber nein, das paßt nicht zu einem hübschen Kleid wie dem Ihrigen. Ich kann Sie heute nicht einsteigen lassen, my Lady. Aber wenn Sie wollen, dann seien Sie morgen früh wieder hier. Ich werde um die gleiche Stunde hier sein und mein Boot so sauber haben wie einen Sonntagsanzug.«

»Ihr denkt mehr an mein Kleid als an mich«, entgegnete sie.

»Um Sie braucht man sich keine Gedanken zu machen, my Lady. Sie sind so gut gemacht, daß Sie keinen Schaden nehmen. Doch ich möchte nicht daran denken, wie das Kleid aussieht nach einer Stunde im Boot, wenn die Fische umherspringen. Aber ich muß nun wirklich gehen; ich wünsche Ihnen einen guten Morgen, my Lady.«

»Um Himmels willen, ich will Euch nicht von Euren kostbaren Fischen abhalten.»

Malcolm, der sich gemaßregelt fühlte und nicht wußte warum, nahm die Entlassung an und lief zu seinem Boot. Als er die Ruder in die Hand nahm, war das Mädchen verschwunden.

Seine Leine war nur kurz, aber an den Haken hingen schon doppelt so viele Fische wie er brauchte. Es war noch sehr früh, als er in den Hafen einlief. Zu Hause wartete sein Großvater schon auf ihn, und das Frühstück stand auf dem Tisch.

Duncan konnte nur schwer davon überzeugt werden, daß er das königliche Städtchen eine Stunde zu früh geweckt hatte. Er beharrte darauf, daß ihm früher noch nie ein solcher Fehler unterlaufen war und so könne ihm das auch jetzt nicht passiert sein.

»Deine Uhr lügt dir was vor, mein Junge«, sagte er.

»Aber die Sonne sagt das gleiche wie die Uhr«, beharrte Malcolm. Duncan kannte die Sonne und ihre Bedeutung wie ein Sehender, aber er konnte es sich nicht leisten, nachzugeben.

»Das war irgendeine Verschwörung dieser verfluchten Cawmills, damit ich meine kärgliche Pension verliere«, sagte er.

»Aber mach dir nichts draus, Malcolm. Ich werde das morgen früh wieder gut machen. Die guten Menschen sollen eine halbe Stunde länger als sonst ihren Schlaf haben.

Sechstes Kapitel

Die Lachsforelle

Malcolm wanderte mit seinen Fischen durch den Ort und hoffte, einen Teil von den weniger begehrten loszubringen und seinen Korb zu erleichtern, ehe er nach Lossie House kam. Doch er hatte nicht allzuviel Glück und kam nun zum sogenannnten Stadttor, wo eine kurze Straße die Hauptstraße im rechten Winkel abschloß, als er auf Mrs. Catanach stieß, die auf den Knien die Hausstaffel putzte.

»Nun, Malcolm, was für Fische hast du bei dir?« fragte sie, ohne sich umzuschauen.

»Woher wußten Sie, daß ich es bin, Mistress Catanach?« fragte der junge Mann.

»Daß du es bist?« wiederholte sie. »Wenn ich nur zwei Füße in einer Straße von Portlossie sehe, dann kann ich dir mit geschlossenen Augen sagen, zu welchem Kopf sie gehören.«

»Donnerwetter! Sie sind ja eine Hexe, Mistress Catanach«, meinte Malcolm fröhlich.

»Wer weiß«, entgegnete sie , erhob sich und nickte geheimnisvoll. »Ich habe dir nur die Wahrheit gesagt. Aber was hat dich denn gebissen, daß du uns heute früh um fünf Uhr aus den Betten gejagt hast? Dafür wirst du nicht bezahlt.«

»Ach, Madam, das war nur ein Versehen meines armen Daddy. Er hatte Angst zu verschlafen, und wachte dann zu früh auf. Ich selbst war draußen beim Fischen.«

»Aber du hast die Kanone abgefeuert, noch vor dem Schlag fünf.«

»Sicher habe ich das. Der arme Mann hätte sich mit seinem Dudelsack umgebracht, wenn ich das nicht gemacht hätte.«

»Nun, dann hätt' ihn der Teufel geholt, — den alten Bettler aus den Highlands!« warf Mrs. Catanach gehässig ein.

»So etwas dürfen Sie von meinem Großvater nicht einmal denken, Mrs. Catanach«, wies Malcolm sie zurecht.

Sie brach in ein seltsames Gelächter aus.

»So, darf ich das nicht?« wiederholte sie verächtlich. «Wer ist schon dein Großvater, daß ich auf das achtgeben sollte, was ich über ihn sage?«

Plötzlich änderte sie ihren Ton und fragte mit geheuchelter Freundlichkeit: »Was verlangst du denn für diese kleine Lachsforelle?«

Beim Sprechen näherte sie sich dem Korb und hätte den Fisch in die Hand genommen, wäre Malcolm nicht unwillkürlich zurückgewichen.

»Die kommt ins Herrenhaus hinauf für das Frühstück von Mylord«, sagte er.

»Papperlapapp! Überlaß mir die Forelle. Ich nehme an, du willst sechs Pence dafür haben«, sagte sie.

»Ich sage Ihnen nochmals, Mistress Catanach, sie kommt ins Herrenhaus hinauf«, erklärte Malcolm und trat zurück aus Furcht, sie würde den Fisch nicht mehr hergeben, wenn sie ihn erst einmal in der Hand hätte.

»Unsinn! Keiner von dort hat ihn bisher gesehen.«

»Aber Mistress Courthope war gestern abend bei uns und wollte das Beste haben, was an der Angel hängt.«

»Mistress Courthope! Wer fragte schon nach ihr? Dieses eingebildete alte Weib! Gib mir die Forelle, Malcolm. Du bist ein braver Bursche, und umso mehr, wenn du mir die Forelle gibst.«

»Nein, das kann ich nicht machen, Mistress Catanach — auch wenn es mir leid tut, daß ich Ihnen nicht behilflich sein kann. Aber ich habe mich verpflichtet. Hier habe ich jedoch einen schönen Schellfisch und einen kleinen Kabeljau, und da ist noch ein grauer Knurrhahn.«

»Du wirst mir die Forelle überlassen«, verlangte Mrs. Catanach erneut.

»Nein, das geht nicht. Das müssen Sie doch einsehen.«

Das Gesicht der Frau lief vor Ärger dunkelrot an.

»Das wird dir noch leid tun!» schrie sie.

»Mich erschrecken Sie nicht. So eine Hexe sind Sie nun auch wieder nicht«, sagte Malcolm, der von ihrer Hartnäckigkeit, ihren Drohungen und zornigen Blicken beunruhigt war.

»Treib mich nicht zu weit, Malcolm«, entgegnete sie. Ihre teigigen Wangen flammten vor Röte, und ihre Augen warfen ihm böse Blicke zu, als sie dastand und die geballte Faust nach ihm ausstreckte.

»Und warum nicht?« antwortete er kühl über die Schulter hinweg, denn er hatte sich bereits auf den Weg zum Tor gemacht.

»Du hergelaufener Bastard!« kreischte die Frau und watschelte eilends ins Haus zurück.

»Was hat sie denn bloß?« meinte Malcolm bei sich selbst. »Es muß ihr doch klarsein, daß Mrs. Courthope die erste Wahl hat.«

Malcolm stieg langsam hinan auf einem gewundenen Fahrweg, eingesäumt von Bäumen, die der Seewind verkrüppelt hatte. Der süße Duft des aufsteigenden Taus lag in der Luft, und hundert Vogelstimmen ließen sich alle auf einmal vernehmen, denn hier war ein wahres Vogelparadies. Schließlich kam ein langer, niedriger Flügel des Hauses in Sicht, und Malcolm ging zur Küchentür. Eins der Küchenmädchen teilte ihm mit, Mrs. Courthope sei in der Halle, und er solle mit seinem Korb dorthin gehen, denn sie wolle ihn sprechen.

Das Haus war alt, hatte zwei rechtwinklig angesetzte Flügel, doch mit vielen Giebeln, meist mit Giebelstufen verziert — ein echter schottischer Wohnsitz, grau und mit kleinen Fenstern, steilen Schieferdächern und vielen, konisch zulaufenden Türmchen. An manchen Fenstern waren Texte aus der Heiligen Schrift und alte Sprichwörter eingeschnitzt. Der älteste Teil sollte der Überlieferung nach einmal ein Kloster gewesen sein. Vor dem Haus befand sich ein großer kiesbestreuter Platz mit einem riesigen Serpentinblock aus einem zum Landsitz gehörigen Steinbruch in der Mitte, um den alle Fahrzeuge herumfahren mußten.

An einer Seite des Hauses überspannte eine große steinerne Brücke ein kleines Tal, durch das ein schaumbedeckter brauner Wasserlauf floß — das gleiche Gewässer, das neben Seaton in die Förde mündete. Das Wasser bezog seine Farbe nicht vom Schlamm, denn es war trotz der dunklen Färbung klar, sondern aus den Torfmooren des weiten Moorgebietes hinter dem Hügel. Zwischen der Rückfront des Hauses und einem über dreißig Meter tiefen Steilabfall zu dem Flüßchen hinab führte nur ein schmaler Pfad mit einem mit Brustwehr versehenen Geländer hindurch.

Hinter der offenen Türe zur Halle war Mrs. Courthope damit beschäftigt, kostbare Stücke abzustauben, die nicht den Hausmädchen anvertraut werden durften.

»Guten Morgen, Malcolm«, sagte sie. »Was hast du mir gebracht?«

»Eine prächtige Lachsforelle, Mem. Und Sie hätten nur hören sollen, wie Mistress Catanach mich beschimpft hat, weil ich sie ihr nicht ablassen wollte! Zuerst schmeichelte sie beinahe, aber als ich nicht nachgab, fing sie gleich an zu schreien und zu fluchen.«

»Sie ist eine seltsame Person, Malcolm. Das sind schöne Merlane. Die Forelle möchte ich eigentlich nicht haben. Du kannst sie ihr bringen, wenn du gehst.«

»Ich bezweifle, daß sie sie nimmt. Die Leute halten sie für eine schrecklich rachsüchtige Person.«

»Das erinnert mich daran, Malcolm, daß ich mir über deinen Großvater ernste Gedanken mache. Er ist keineswegs in einer christlichen Geistesverfassung — und er ist außerdem ein alter Mann. Die Bibel sagt uns klar, daß wir selbst keine Vergebung erlangen, wenn wir unseren Feinden nicht vergeben.«

»Ich glaube, Mem, das war ein Größerer als die Bibel, der das gesagt hat«, erwiderte Malcolm, der ein eifriger Schüler von Mr. Graham war. »Aber Sie sprechen ohne Zweifel von Campbell von Glenlyon«, fuhr er lächelnd fort. »Ihm wird es wohl nicht viel ausmachen, ob mein Großvater verzeiht oder nicht, denn schließlich ist er nun seit über hundert Jahren tot.«

»Ich mache mir keine Sorgen um Campbell von Glenlyon, sondern um deinen Großvater«, meinte Mrs. Courthope. »Es geht auch nicht nur um Campbell von Glenlyon. Er ist gegen den ganzen Clan und seine Nachkommenschaft so voll Haß!«

»Die existieren doch gar nicht, Mem. — Auf der ganzen weiten Welt gibt es nicht einen einzigen Nachkommen von *diesem* Glenlyon.«

»Das spielt keine Rolle, fürchte ich«, sagte Mrs. Courthope mit der ihr eigenen schlauen Logik. »Die Frage ist nicht, ob jemand zum Vergeben da ist oder nicht, sondern ob Duncan MacPhail bereit ist zu vergeben.«

»Das glaube ich wirklich, Mem, obwohl er sicher ebenso erstaunt wäre wie Sie, wenn er mich das sagen hörte.«

»Ich weiß nicht, was du damit sagen willst, Malcolm.«

»Ich will sagen, Mem, daß ein Blinder wie mein Großvater sich selbst nicht wirklich kennen kann, weil er auch andere Menschen nicht richtig kennt. Man lernt sich doch selbst teilweise dadurch kennen, daß man andere kennt, Mem, oder nicht?«

»Blindheit hindert einen Menschen sicher nicht daran, andere Menschen zu erkennen. Er hört und spürt sie und erfährt sogar mehr Freundlichkeit von ihnen wegen seiner Behinderung.«

»Von manchen, Mem. Aber was mein Großvater von Campbell von Glenlyon erfahren hat, war recht wenig Freundlichkeit.«

»Und genauso wenig Kränkung, meine ich«, sagte Mrs. Courthope.

»Da haben Sie Unrecht, Mem. Der Mord an der Urgroßmutter ist sicherlich eine große Kränkung. Aber selbst wenn Sie recht hätten, dann stimmt das trotzdem, was ich gesagt habe. Ich muß das ein bißchen erklären. Als ich noch zur Schule ging, da hörte ich einmal, wie ein bestimmter Junge sich über meinen Großvater lustig machte. Als ich das hörte, da hätte ich ihm das Herz ausreißen und ihm die Zähne in die Gurgel schlagen können. Doch als ich ihn schließlich fand und packen konnte, da wandte mir der Schuft ein so erschrecktes Hundegesicht zu, daß ich es nicht fertig brachte, ihm die Faust in dieses Gesicht zu schlagen. Mem, ein Gesicht ist etwas Schreckliches! Da blickt etwas vom Inneren heraus, was einen von dem abhält, was man eigentlich tun wollte. Doch mein Großvater hat nie ein Gesicht gesehen, nie im Leben — und Glenlyon ist noch dazu seit vielen Jahre tot. Wenn er in ein Gesicht schauen würde, selbst in das von Glenlyon, dann glaube ich, daß er nie mit dem Messer auf ihn losgehen würde.«

»Mit dem Messer auf ihn losgehen!« erwiderte Mrs. Courthope entsetzt.

»Nein, ich glaube sicher, das würde er nicht«, beharrte Malcolm. »Und eins glaube ich sicher — wenn die Zeit kommt, daß er Glenlyon im Himmel begegnet, wird er nicht weit davon entfernt sein, Vergangenes vergangen sein zu lassen.«

»Glenlyon im Himmel begegnen!« wiederholte Mrs. Courthope, die genug über das Massaker wußte, um über die selbstverständliche Art bestürzt zu sein, in der Malcolm sprach. »Hältst du es für wahrscheinlich, daß ein solcher Schurke, wie ihn eure Legenden beschreiben, je dorthin kommt?«

»Glauben Sie denn nicht, daß Gott ihm vergeben hat, Mem?«

»Ich habe kein Recht, über Glenlyon oder irgendeinen anderen Menschen zu richten. Aber wenn du mich fragst, so halte ich das für recht unwahrscheinlich.«

»Wie können Sie dann darüber klagen, daß mein blinder Großvater nicht vergeben will? — Nun, Mem, was sagen Sie jetzt?«

»Er könnte bereut haben, weißt du«, murmelte Mrs. Courthope, die sich ungemütlich in die Enge getrieben fühlte.

»In dem Fall«, entgegnete Malcolm, »wird der alte Mann in dem Augenblick davon erfahren, in dem er dorthin kommt, und ich zweifle nicht daran, daß er sich mit besten Kräften dazu überredet.«

»Aber was ist, wenn er nicht dorthin kommt?« beharrte Mrs. Courthope voller Güte.

»Aber ich bitte Sie, Mem! Ein Campbell sollte hineingelassen werden und mein Großvater draußenbleiben! Nein, da oben laufen die Dinge umgekehrt. Mein Großvater ist ein guter Mensch, auch wenn er die Dinge manchmal mehr nach dem Gesetz als nach dem Evangelium betrachtet.«

Anscheinend war Mrs. Courthope endlich zu dem Schluß gelangt, daß Malcolm ebenso ungläubig war wie sein Großvater, denn sie wählte schweigend ihren Fisch, zahlte ihm schweigend seinen Preis und wandte sich dann mit einem betrübten »Guten Tag« zum Gehen.

Er hätte nun am Flußufer entlang zum Meer hinabgehen können, doch da Mrs. Courthope auf ihr Anrecht an dem Fisch verzichtet hatte, fühlte er sich verpflichtet, Mrs. Catanach nochmals Gelegenheit zum Kauf der Forelle zu geben. So kehrte er auf dem Weg zurück, den er gekommen war.

»Hier ist Ihre Forelle, Mrs. Catanach«, rief er laut vor ihrer Haustür, die meist ein wenig aufstand. »Sie können sie für sechs Pence haben, das ist geschenkt bei der Größe.«

Beim Sprechen hielt er den Fisch durch die Türe, doch seine Augen waren auf die Hauptstraße gerichtet, wo eben das offene Wägelchen des Kommissionärs um die Ecke bog. Plötzlich wurde ihm die Forelle aus der Hand gerissen und so heftig in sein Gesicht geschleudert, daß er zur Straße zurücktaumelte. Der Kommissionär mußte scharf abbremsen, um ihn nicht zu überrollen. Aus dem Haus ertönte ein beleidigendes Gelächter, und im gleichen Augenblick stürzte ein riesiger, bösartiger Köter mit Haaren wie ein mißhandelter Schuhabstreifer und einer Boxernase heraus. Er schnappte die Forelle und sauste damit durchs Tor.

»Recht so, mein Kleiner!« schrie Mrs. Catanach der Bestie nach. »Bring sie Mrs. Courthope! Bring sie ihr zurück mit meinen besten Empfehlungen!«

Unter gemeinem Gelächter schlug sie die Türe zu und beobachtete den jungen Fischer aus einem Seitenfenster.

Während er so dastand und zornig und bestürzt dem Hund nachsah, hatte sich der Kommissionär von seiner Belustigung erholt, in die ihn die plötzliche Fülle von Ereignissen versetzt hatte, und nachdem er sein verstörtes Pferd wieder beruhigt hatte und mit den Zügeln schnalzte, um weiterzufahren, meinte er: »Du verkaufst deine Fische zu billig, Malcolm.«

»DerHund hat den Teufel im Leib«, knurrte Malcolm. Schließlich überwältigte aber auch ihn die Komik der Sache, er mußte lachen und wandte sich zum Gehen.

«O nein, mein Junge, der Teufel ist nicht dorthin gerannt, der ist im Haus zurückgeblieben«, sagte eine Stimme hinter ihm.

Malcolm drehte sich nochmals um und zog den Hut. Miss Horn war aus der Seaton heraufgekommen.

»Haben Sie das mitangesehen, Mem?« fragte er.

»Ja, ich habe beim Näherkommen alles beobachtet. Aber bleib nicht hier stehen, sie beobachtet dich immer noch wie eine Katze, die auf die Maus lauert. Ich kenne sie! Sie ist eine falsche Katze, ich kann sie nicht ausstehen. Sie ist nicht sauber und führt nichts Gutes im Schilde mit ihren Geheimnissen und ihrem bösen Wesen. Komm mit mir, ich möchte einen kleinen Fisch haben. Ich kann nichts essen, solange sie tot im Haus liegt. Aber ich muß ein bißchen Kraft bekommen vor der Beerdigung. Es war Gottes Barmherzigkeit, daß ich keine Gefühle habe, was wäre sonst aus mir geworden! Was kommt schon dabei heraus, wenn man sich grämt? Es ist das Salz im Wasser nicht wert, Malcolm. Das ist eine böse Welt, und sie könnte so gut sein, wenn es keine bösen Menschen gäbe.«

»Ich denke in diesem Moment mehr an böse Frauen, Mem«, sagte Malcolm. »Vielleicht gibt es sowas gar nicht. Aber da drin ist sicherlich ein ganzer Schwung. So eine schöne Lachsforelle! Ich muß mich wirklich bezwingen, um nicht dieses Miststück von Hund zu verfluchen!«

»Vorsicht, mein Junge! Hüte deine Zunge.«

»Sicher, ich werde das nicht tun. Aber so eine schöne Forelle — gerade so, wie Sie sie gern gehabt hätten.«

»Mach dir wegen der Forelle keine Gedanken mehr. Wo die herkam, gibt's noch mehr. Warum war sie denn so wütend auf dich?«

»Nur, weil ich verpflichtet war, Mistress Courthope die erste Wahl an meinen Fischen zu lassen.«

»Die Frau ist nicht einmal wert, daß du Notiz von ihr nimmst, außer daß du ihr aus dem Weg bleibst, und das solltest du auch besser tun. Erzürne sie lieber nicht, wenn du es vermeiden kannst. Sie hat einen bösen Blick, ich kann sie einfach nicht ausstehen. Hier, dein Geld. Jean, nimm den Fisch da.«

Gegen Ende der Unterhaltung waren sie vor Mrs. Horns Haus angelangt und standen nun an der Türe, während Miss Horn das Geld aus einer Tasche unter ihrem Gewand hervorkramte. Nun trat sie ins Haus, doch als Malcolm wartete bis Jean ihm den Fisch abnahm, drehte sie sich auf der Schwelle um und sagte: »Möchtest du sie sehen, Malcolm? — Sie war dir eine gute Freundin, solange sie unter uns weilte«, setzte sie nach kurzer Pause hinzu.

Der Junge zögerte. »Ich hab noch nie in meinem Leben einen Toten gesehen, Mem — ich fürchte mich ein bißchen«, meinte er nach kurzem Schweigen.

»Was soll das, mein Junge!« entgegnete Miss Horn in etwas gekränktem Ton. »Das kommt davon, wenn man Gefühle hat. Eine schöne Leiche ist das Schönste in der Schöpfung — und so still! Du solltest eine Leiche anschauen, Malcolm; du mußt das tun, ehe du selbst eine bist. Und du wirst nie eine schönere sehen als meine Grizel.«

»Wenn sie wollen, Mem«, sagte Malcolm resigniert.

Sie führte ihn sofort hinein, und er folgte ihr schweigend die Treppe hinauf in die Totenkammer.

Auf dem weißen Bett stand der lange, schwarze, unförmige Sarg, dem sich Malcolm mit einem seltsamen Bangen im Herzen näherte.

Miss Horn trat von hinten heran und zog das Tuch zurück. Da lag sie, erschreckend und doch mit einem seltsam flehenden Ausdruck, bei dem sich Malcolm das Herz zusammenzog. Seine Augen füllten sich mit Tränen, und Miss Horn bemerkte das.

»Du mußt deine Hand auf sie legen, Malcolm«, sagte sie. »Du solltest die Tote berühren, damit du nicht von ihr träumst.«

»Das könnte ich nicht«, antwortete Malcolm. »Und außerdem — sie wäre ein so schöner Traum, daß ich ihn nicht missen möchte. Sind sie alle so?« fragte er kaum hörbar, »so schön?«

»Nein, keineswegs«, erwiderte Miss Horn mit leichtem Unmut. »Würdest du vielleicht erwarten, daß Bawby Catanach so ausschaut? Nein — entschuldige bitte, daß ich diese Frau erwähnt habe, meine Liebe«, fügte sie plötzlich mit veränderter Stimme hinzu, verbeugte sich vor dem stillen Antlitz und sprach mit sanftem, entschuldigendem Ton. »Ich weiß gut, daß du selbst den Namen von ihr nicht ertragen kannst, aber das war das letzte Mal bis zur Ewigkeit, daß du ihn gehört hast, meine Liebe.« Dann wandte sie sich wieder Malcolm zu. »Und nun, mein Junge, lege deine Hand auf sie.«

»Ich kann es nicht«, antwortete der junge Mann noch immer kaum wahrnehmbar, »meine Hände sind nicht sauber. Nicht um alles in der Welt möchte ich sie mit meinen Fischhänden anfassen.«

Im gleichen Augenblick beugte er sich nieder, von einem unbewußten Impuls getrieben, und legte seine Lippen auf die Stirn der Toten.

Ebenso rasch fuhr er zurück, und jeder Zug verriet Bestürzung.

»O Mem!« flüsterte er entsetzt. »Sie ist so kalt!«

»Was sollte sie sonst sein?« entgegnete Miss Horn. »Möchtest du sie lieber warm begraben?«

Schweigend folgte er ihr aus dem Raum, ein schwaches Stechen auf den Lippen. Sie führte ihn in die Diele und gab ihm ein Glas Wein.

»Kommst du am Samstag zur Beerdigung?« fragte sie halb auffordernd, halb wißbegierig.

»Es tut mir leid, aber ich kann nicht«, antwortet er. »Ich habe Mr. Graham versprochen, für ihn die Schule zu übernehmen, damit er gehen kann.«

»Nun, Mr. Graham ist dir ohne Zweifel zu Dank verpflichtet, da können wir nichts machen. Richte deinem Großvater Grüße von mir aus«, sagte sie.

»Gern, Mem. Er wird sich darüber freuen, denn er ist schrecklich dankbar für jede Anteilnahme«, meinte Malcolm und wandte sich zum Gehen.

Siebtes Kapitel

Die Beerdigung

In dieser Nacht schlug das Wetter um und wurde wolkenverhangen und kalt. Der Samstagmorgen zog mit unangenehmem Nieseln und einem kalten Nordwind herauf. Alles war grau — anhaltend und hoffnungslos grau. An der Küste donnerten die Brecher unermüdlich und unheilverkündend auf den Sandstrand.

Trotz Nieseln und den von der See herantreibenden Nebelfetzen machte sich eine große Zahl der angesehensten männlichen Bürger des Ortes in düsterer Sonntagskleidung auf den Weg zu Miss Horns Haus, denn ungeachtet ihrer rauhen Art stand sie bei ihnen in hohem Ansehen. Mochte sie auch laut reden, — niemals sagte sie etwas Unrechtes oder klatschte heimlich. Doch in erster Linie wurde sie geachtet, weil sie eine der Ihren war. Ihr Vater, der Geistliche des Ortes, war vor zwanzig Jahren gestorben. Über ihre dahingeschiedene Kusine, die kränklich war und meist sich ans Haus hielt, war verhältnismäßig wenig bekannt. Doch alle begriffen, daß Miss Horn sehr an ihr hing, und die Ehrung der Toten geschah mehr um der Lebenden willen.

Als das Gebet sich dem Ende zuneigte, verriet das Geräusch von hin- und herschlurfenden Schritten, daß Watty Witherspail, der Leichenbestatter, und seine Gehilfen den Sarg die Treppe hinabtrugen. Bald erhob sich die ganze Gesellschaft, um sich ihm anzuschließen. Sie traten hinaus und ordneten sich hinter dem furchterregenden Leichenwagen mit seinen nickenden Federn, der Goldverzierung und schwarzen Holzverkleidung, der ein wenig zur Seite fuhr, um den Platz vor der Türe freizumachen.

Eben als sie sich alle in Bewegung setzen wollten, trat zum allgemeinen Erstaunen Miss Horn selbst, einsam in langem schwarzem Mantel und schwarzer Haube, aus der Türe und ging durch die Trauergemeinde hindurch, bis sie unmittelbar hinter dem Leichenwagen neben Mr. Cairns, dem Gemeindepfarrer, stand. Im nächsten Augenblick wandte sich Watty Witherspail flüsternd an sie.

»Sie haben doch nicht die Absicht, selbst mitzugehen, Mem?« fragte er.

»Und warum nicht, Watty, das möchte ich wissen?« brummte Miss Horn aus den verhüllten Tiefen ihrer Haube.

»Nie hat man von so etwas gehört!« entgegnete Watty voll des Unbehagens eines orthodoxen Leichenbestatters, der jede Neuerung mit eifersüchtigem Argwohn betrachtet.

»Nun, dann wird man eben von jetzt ab davon hören«, fuhr Miss Horn, die mit wachsendem Ärger laut gesprochen hatte, ohne darauf zu achten, wer ihr zuhörte. »Glauben Sie vielleicht, ich sei die ganzen Jahre hindurch wie eine Mutter zu dem armen Ding gewesen, nur um sie auf ihrem letzten Weg mit Ihnen und Ihresgleichen allein zu lassen?«

»Nehmen Sie sich in acht, Mem! Der Pfarrer steht neben Ihnen.«

»Und ich sage Ihnen, Sie sind nur eine Horde ungeschliffenes Mannsvolk. Wenn ich nicht selbst mitgehe, ist keine Frau unter euch, um darauf zu achten, daß alles ordentlich zugeht. Ich bitte auch den Herrn Pfarrer nicht um Verzeihung. Ich werde mitgehen, ich muß einfach meine arme Grizel zu ihrer letzten Ruhestätte begleiten.«

»Ich fürchte, es könnte für Ihre Gefühle zu viel werden, Miss Horn«, sagte der Pfarrer, ein ehrgeiziger junger Mann von niederer Herkunft, der große Angst hatte vor der Lächerlichkeit und nicht den geringsten Wert darauf legte, sie an seiner Seite zu haben.

»Gefühle!« rief Miss Horn in einem Ton ärgerlicher Verachtung. »Ich werde tun, was richtig ist. Ich gehe, und wenn Ihnen meine Gesellschaft nicht paßt, Mr. Cairns, dann können Sie nach Hause gehen, und ich gehe ohne Sie. Falls sie vielleicht herabschauen kann, dann soll sie sehen, daß ich bis zum Ende bei ihr bin.«

Ehe der Geistliche noch weiter antworten konnte, hatte sie ihren Platz verlassen und war hinter den Leichenwagen getreten. Im gleichen Augenblick setzte sich die Prozession in Bewegung. Sie trat beiseite und beobachtete aufrecht und mit strengem Blick die unregelmäßigen Reihen von zwei, drei und vier Männern, wie sie an ihr vorbeizogen. Sie selbst wollte den Abschluß bilden. Doch da war schon einer — Alexander Graham ging allein, mit gebeugtem Kopf als Letzter. In diesem Moment erblickte er Miss Horn, erkannte ihre Absicht, nahm seinen Hut ab und bot ihr seinen Arm. Sie nahm ihn fast begierig, und zusammen folgten sie schweigend dem Sarg durch Windböen und eintönigen Nieselregen.

Das Schulhaus lag dicht neben dem Friedhof. Plötzliches Schweigen überfiel die Schulkinder, als der Leichenwagen die Fenster verdunkelte, bis das angsteinflößende Gefährt langsam durch das eiserne Tor eingebogen war. Der verrückte Laird, der den ganzen Morgen dagewesen war, zitterte von Kopf bis Fuß, doch er erhob sich und ging zur Türe mit einem Blick seltsam gedämpften Eifers. Als Miss Horn und Mr. Graham in den Friedhof eingetreten waren, folgte er ihnen.

Barhäuptig stand die Trauergemeinde da und nahm mit einem letzten Blick auf den Sarg, der nun im Grab unten seinen endgültigen Platz gefunden hatte, Abschied. Damit waren die Begräbnisfeierlichkeiten erfüllt. Trotz Wind und Regen verließ niemand den Friedhof, bis die Hände der vielen Freunde den Hügel schützender Erde mit Spaten und Schaufel hoch auf das Grab getürmt hatten.

Nachdem alles vorüber war, bot Mr. Graham Miss Horn erneut seinen Arm. In völliger Ruhe war sie dagestanden und hatte alles mit ihren flinken Augen beobachtet. Sie nahm zwar sein Angebot an, machte jedoch keine Anstalten, zum Tor zu gehen, sondern blieb in der Haltung einer Gastgeberin stehen, die ihren Freunden folgen will. Als sie am Schulhaus angekommen waren, wollte sie sich von Mr. Graham verabschieden, doch er bestand darauf, sie nach Hause zu bringen. Entgegen ihrer Gewohnheit gab sie nach, und sie folgten langsam der heimkehrenden Gesellschaft.

»Endlich in Sicherheit«, seufzte Miss Horn beim Betreten der Stadt — ihre einzige Bemerkung auf dem Weg.

Sie bogen um eine Ecke und stießen auf Mrs. Catanach, die vor der Türe eines Nachbarhauses stand und auf ein Nichts starrte, wie das zu Zeiten ihre Gewohnheit war, doch unterhielt sie sich mit einer Person im Haus hinter ihr. Miss Horn drehte beim Vorbeigehen den Kopf zur Seite. Ein gemeiner, bösartiger, fast triumphierender Ausdruck huschte über das schwammige Gesicht der »Wehmutter«. Sie zog eine Augenbraue hoch, die andere hinab, so daß das Auge fast geschlossen war, und schaute den beiden nach, bis sie außer Sicht waren. Dann wandte sie den Kopf über die Schulter zurück, brach in ein leises Gelächter aus, das zur allgemeinen Schwammigkeit ihres körperlichen Zustandes paßte.

»Was sind die zwei doch für ein Paar!« sagte sie und stimmte wieder ein schmieriges Gelächter an.

Sobald der Trauerzug den Friedhof verlassen hatte, blickte der Laird hinter einem Grabstein hervor, schaute sich vorsichtig um, kam mit langsamen Schritten näher und blieb an dem frischen Grab stehen, auf dem der Totengräber nun den Rasen auflegte, damit es für den Sonntag ordentlich aussah.

»Wo ist sie hingegangen?« murmelte er vor sich hin. Er konnte im allgemeinen besser sprechen, wenn er seine Gedanken nur für sich selbst äußerte und keinen Versuch unternahm, mit anderen zu reden. »Ich weiß nicht, wo ich herkomme, und ich weiß nicht, wo sie hingegangen ist. Aber wenn ich selbst gehe, weiß ich vielleicht beides. I dinna ken ... I dinna ken whaur I come from.«

Tief in Gedanken versunken murmelte er mechanisch Worte vor sich hin, die diesen Gedanken entsprangen. So verließ er den Friedhof und kehrte in die Schule zurück.

Am nächsten Tag machte sich Malcolm nach dem Gottesdienst und einem müßigen Sonntagnachmittag am Abend wieder auf den Weg zu Mr. Graham. Er fand seinen Freund auf dem Friedhof auf einem Grabstein sitzend.

»Sieh mal«, sagte der Lehrer, »wie der Schatten vom einen Grab sich ausstreckt wie ein Arm und ein anderes umfaßt. In diesem Licht erscheint der Friedhof wie die eigentliche Geburtsstätte der Schatten.« Ein kurzes Schweigen folgte. »Paßt nun eigentlich das Morgenlicht besser zu einem solchen Ort oder das Abendlicht, Malcolm?«

Der Schüler dachte eine Weile nach.

»Das Abendlicht, Sir«, antwortete er dann, »denn sehen Sie, wenn die Sonne untergeht, ist das wie Sterben, und der Tod ist wie das Einschlafen, das Grab ist das Bett und der Rasen deckt wie eine Bettdecke zu, und eine lange Nacht liegt vor uns.«

»Glaubst du das sicher, Malcolm?«

»Nun, die meisten Menschen sehen es so, Sir.«

»Komm mit, Malcolm«, sagte Mr. Graham, nahm ihn am Arm und führte ihn zum östlichen Ende des Friedhofs.

»Lies das hier«, sprach er und deutete auf einen flachen moosbedeckten Grabstein, dessen Inschrift aber klar zu lesen war: »Er ist nicht hier, er ist auferstanden.«

Während Malcolm noch darüber nachdachte, was sein Lehrer ihm beizubringen versuchte, ergriff Mr. Graham von neuem das Wort: »Wenn er auferstanden ist — wenn die Sonne aufgeht, Malcolm — dann ist der Morgen und nicht der Abend die richtige Tageszeit für die Gräber, der Morgen, wenn die Schatten kürzer werden und sich voneinander trennen, nicht der Abend, wenn sie alle zu einem einzigen verschmelzen. Ich mochte den Friedhof am meisten abends in einer Zeit, als mir die Vergangenheit mehr bedeutete als die Zukunft. Aber nun besuche ich ihn beinahe an jedem hellen Sommermorgen und nur gelegentlich am Abend.«

»Aber Sir, ist der Tod nicht etwas Schreckliches?« fragte Malcolm.

»Das kommt darauf an, ob der Mensch ihn als Schicksal oder als den Willen eines vollkommenen Gottes ansieht. Seine Düsternis ist seine Bedrohung. Doch wenn Gott Licht ist, dann ist selbst der Tod voller Glanz — ein Glanz, der für unsere Augen wohl zu gleißend ist.«

»Aber das Sterben selbst — ist das nicht erschreckend? Gerade davor hätte ich Angst.«

»Ich sehe eigentlich nicht ein, warum das so sein sollte. Erschreckend wird das Sterben nur ohne Gott. Wenn *du* bis zur Stunde deines Todes deinen Gott nicht gefunden hättest, Malcolm, dann wärest du wirklich zu schelten.«

Eine rauhe Stimme in ihrer Nähe ließ sie hochschrecken. Der Sprecher war um eine Ecke der Kirche verborgen.

»So, nun ist sie zugedeckt. Aber ein Grab sieht nie ordentlich aus ohne Stein, und ihre alte Kusine wollte nichts davon hören, daß sie mit einem Stein zugedeckt wird. Ich sagte, man könne ihn zu ihren Häupten aufstellen, wo sie nichts davon spürt. Aber nein, nein, keinen Stein auf ihr Grab.«

Watty Witherspail war es, der da mit grober Stimme sprach.

»Und warum sollte sie keinen Stein haben?« entgegnete die Stimme von Jonathan Aulbuird, dem Totengräber. »Sicher war es ihr wegen der Kosten.«

»Wie soll ich wissen, warum sie es so haben will?«

»Sicher dachte sie, ein solcher Stein sei für ein so abgearbeitetes Geschöpf viel zu schwer zum Hochheben, wenn die Trompete einst erklingt«, meinte der Totengräber mit einem schwachen Lachen.

»Nun, ich bezweifle nicht, daß meine Kisten für den Zweck, dem sie dienen, ein bißchen zu gut gearbeitet sind«, erwiderte Watty. »Aber wenn das alles stimmt, was der Pfarrer sagt, dann sollten sie nicht allzuschwer zum Aufmachen sein. Wir wissen ja nicht, wann der Tag kommt, und es bleibt vielleicht keine Zeit für Feuchtigkeit und Würmer, die Bretter zu zerlegen.«

»Du liebe Zeit! Es sind doch nicht Eure langen Nägel und Schrauben, mit denen die Erlösten druntengehalten werden, selbst wenn das Jüngste Gericht schon morgen früh anbricht«, sagte der Totengräber. »Und die anderen, die würden gern drinbleiben, wo sie sind. Aber auch sie werden herauskommen, da braucht Ihr nichts zu fürchten.«

Malcolm und Mr. Graham horchten schweigend auf die sich entfernenden Schritte.

»Wie dicht das Feierliche und das Groteske, das Lächerliche und das Majestätische beieinanderliegen«, sagte der Lehrer. »Wir beide verharrten hier voller Scheu vor den Toten, hinter denen die Abgründe des Unbekannten liegen — und da kommen der Leichenbestatter und der Totengräber daher mit ihrem Gerede über die Stärke von Särgen und das Gericht des lebendigen Gottes!«

»Ich habe eben drüber nachgedacht«, meinte Malcolm, »wie seltsam es ist, daß es eine Frau wie Mistress Catanach ist, die die kleinen Kinder auf dieser Welt in Empfang nimmt wie der Türhüter der Welt. Es ist keine gute Verheißung für sie, daß sie sie hereinläßt. Und da sind nun Watty Witherspail und Jonathan Aulbuird als Pförtner, die uns öffnen und uns alle wieder aus dieser Welt hinauslassen. Denken Sie einmal nach, daß es solche Menschen sind, die so feierliche Vorgänge in ihren Händen halten.«

»Ja, wirklich, manche von uns haben seltsame Pförtner«, sagte Mr. Graham lächelnd, »die uns öffnen, und die hinter uns schließen. Doch selbst in ihnen ruht die menschliche Natur, die selbst eine Verkörperung des Unbekannten ist und durch die Tore des Geheimnisses hinausschreitet, um auf eine Weise zurückzuwandern, die vielleicht gar nicht so sehr verschieden ist von der Art, auf die sie hereingekommen ist.«

In seiner nachdenklichen Stimmung sprach der Lehrer in einem ruhigen und bedächtigen Buchstil, der in seltsamem Gegensatz zu der Weise stand, in der Malcolm seinen Teil des Gespräches bestritt.

»Ich hoffe nur, Sir, daß es nicht eine Art himmlischer Mistress Catanach ist, die auf der anderen Seite auf mich wartet, oder auf meinen armen Daddy, denn der könnte es schwerlich ertragen, von *ihr* herumgeschüttelt zu werden.«

Mr. Graham brach in herzliches Gelächter aus.

»Wenn da einer ist, der die Rolle der Amme spielt«, antwortete er, »dann wird wohl auch jemand da sein, der die Rolle der Mutter übernimmt.«

»Da wir gerade von Gräbern sprechen«, fuhr Malcolm fort, »ich wäre Ihnen sehr dankbar, wenn Sie einmal ein Wort des Trostes mit meinem Daddy sprechen könnten. Aus seinen Äußerungen wird mir klar, daß er nicht glaubt, er werde die Welt hinter sich lassen bei seinem Tode, sondern er stellt sich vor, er werde feucht und klamm im Boden liegen und zittern beim Gedanken an den plötzlichen, furchtbaren Ton der Trompete des Erzengels. Ich möchte gerne, daß Sie einmal abends vorbeikommen und mit ihm darüber sprechen. Es hätte keinen Sinn, mit dem Pfarrer zu reden, er würde es nicht verstehen. Und wenn Sie dann auch ein Wort über die Vergebung den Feinden gegenüber verlieren könnten! Ich habe Mistress Courthope gegenüber versucht, die Dinge klarzustellen, denn sie macht es bei ihm nur noch schlimmer. Sie trägt das, was der Pfarrer ihr beibringt, recht gut vor, aber sie kann wenig eigene Gedanken beisteuern, und so findet das, was sie sagt, bei meinem Großvater wenig Gehör. Aber bitte, lassen Sie ihn denken, Sie seien ganz zufällig vorbeigekommen.«

Sie spazierten durch den Friedhof, bis die Sonne niederstieg in das Grab der endlosen Auferstehung, wie Mr. Graham es nannte — die Wolken auf der einen Seite mit dem Pomp der Bestattung, die Wolken auf der anderen Seite mit dem Glanz der Auferstehung. Nachdem das Dämmerlicht entschwunden war, setzten sie sich von neuem hin und redeten und träumten zusammen von dem künftigen Leben, immer wieder unterbrochen von langen Pausen des Schweigens, denn der Lehrer glaubte an Einsamkeit und Stille.

Man sollte wohl eher sagen, er glaubte an Gott, und er glaubte, wenn der Mensch schweige, werde das Göttliche zu ihm sprechen, weil das Göttliche im Schweigen ist.

Achtes Kapitel

Der Marquis

Der nächste Morgen erhob sich mit einer Lieblichkeit, als sei der Saum des scheidenden Auferstehungstages auf ihn gefallen. Malcolm erhob sich mit dem Morgen, eilte zu seinem Boot und ruderte in die Bucht hinaus, um ein oder zwei Stunden zu fischen. Als ihm seine Uhr sagte, daß es Zeit sei, fuhr er eilends ans Ufer, feuerte die Kanone ab, ruderte zur Seaton zurück, frühstückte und machte sich auf den Weg, um das Beste seines Fanges nach Lossie House zu bringen.

Als er um die Ecke ihrer Straße bog, sah er Mrs. Catanach auf ihrer Hausschwelle stehen. Sie schien immer an der Türe herumzulungern und Ausschau zu halten, vielleicht auch zu beobachten.

»Was hast du heute in deinem Korb, Malcolm?« wollte sie wissen. Auf ihrem Gesicht lag ein eigentümliches Lächeln, dem aber die Wärme fehlte, um verlorenes Vertrauen wiederherzustellen.

»Nichts für Hunde«, entgegnete Malcolm und ging an ihr vorbei.

Doch sie tat einen Schritt vorwärts und sagte lachend: »Laß trotzdem sehen. Mein Hündchen ist unterwegs.«

»Aber wirklich, Mistress Catanach«, fuhr Malcolm fort, »ich mag es ganz und gar nicht, wenn man mir meine eigenen Fische ins Gesicht wirft, und ich mag es auch nicht, wenn irgendein bissiger Köter sie vor meinen Augen wegschnappt.«

Nach der Warnung von Miss Horn und eingedenk des seltsamen Einflusses, den ihre Gegenwart stets auf seinen Großvater zu haben schien, zog es Malcolm vor, sich nicht mit der Frau auseinanderzusetzen.

»Komm mir nicht in dem Ton«, entgegnete sie, »mein Hund würde es übel aufnehmen, wenn man ihn einen bissigen Köter nennt oder ihm Schimpfnamen ins Gesicht schleudert. Zum letzten Mal, was ist in deinem Korb?«

Beim Sprechen legte sie die Hand auf den Korb, doch Malcolm trat zurück und wandte sich dem Tor zu.

»Bewahre!« rief sie mit schrillem Gelächter. »Du hast doch nicht etwa Angst vor einer alten Frau wie mir?«

»Ich weiß nicht, vielleicht — vielleicht auch nicht, das kann ich nicht sagen. Aber ich will mit Ihnen nichts zu tun haben, Mem.«

»Malcolm MacPhail«, sagte Mrs. Catanach und senkte die Stimme zu einem heiseren Flüstern, während jede Spur eines Lachens aus ihrem Gesicht schwand, »du hast mehr mit mir zu schaffen, als du weißt, und du wirst noch mehr mit mir zu schaffen haben, als dir lieb ist. Hüte also deine Zunge, junger Mann.«

»Das mag sein«, sagte Malcolm, »aber nicht mit meinem Zutun. Und wenn ich noch Leben in mir habe, werde ich Sie das Fürchten lehren.«

»Nimm dich in acht!« warf sie mit steigendem Ärger hin, »geh zu Mistress Courthope mit deinen Grillen. Ich wünsche dir Glück — und zwar das Glück, das ich dir wünsche!«

Ihre letzten Worte klangen so sehr nach einem Fluch, daß Malcolm sich zu einem Lachen zwingen mußte, um nicht von kalter Furcht erfaßt zu werden.

Die Köchin im Herrenhaus kaufte ihm seine ganzen Fische ab, denn wegen des Sturmes hatten sie die letzten Tage keine bekommen. Als er sich umwandte, hörte er ein Klopfen am Fenster und sah, daß Mrs. Courthope ihn zu einer anderen Türe winkte.

»Seine Lordschaft hat mir aufgetragen, dich zu ihm zu schicken, wenn du das nächstemal kommst«, sagte sie.

»Nun, hier bin ich«, erwiderte der junge Mann.

»Du findest ihn im Blumengarten«, sagte sie. »Er ist heute ausnahmsweise früh aufgestanden.«

Er ließ seinen Korb oben an der Treppe stehen, die vom Felsen zum Fluß hinunterführte, und ging durch das Tal zum Garten. Ein seltsamer, altmodischer Ort war das mit hohen Hecken und dichten, baumbestandenen Alleen. Hier konnten zwei Menschen lange gehen, ohne sich zu begegnen, und es dauerte eine ganze Weile, ehe Malcolm eine Spur der Anwesenheit des Marquis fand. Schließlich vernahm er Stimmen und folgte den Lauten. Am Ende einer Allee fand er den Marquis in einer Laube, und neben ihm saß zu Malcolms Überraschung die weißgekleidete junge Dame, der er zweimal auf der Düne begegnet war. Der schottische Windhund, der zu Füßen seines Herrn lag, sträubte die Nackenhaare und fletschte knurrend die Zähne, doch das Mädchen hielt ihn am Halsband fest.

»Wer seid Ihr?« fragte der Marquis brummig, als habe er ihn nie zuvor gesehen.

»Ich bitte Eure Lordschaft um Verzeihung«, sagte Malcolm, »doch man hat mir gesagt, daß Eure Lordschaft mich sehen wollen, und man hat mich in den Blumengarten geschickt. Soll ich wieder gehen oder bleiben?«

Der Marquis blickte ihn einen Augenblick stirnrunzelnd an, ohne zu antworten. Doch allmählich glättete sich die Stirne vor Malcolms bescheidenem, aber ruhigem Blick, und der Schatten eines Lächelns breitete sich über das Gesicht des Marquis, der immer noch schwieg.

»Soll ich gehen oder bleiben, my Lord?« wiederholte Malcolm.

»Könnt Ihr nicht auf eine Antwort warten?«

»Solange Eure Lordschaft wünscht. Soll ich ein wenig umhergehen, Mem — my Lady, bis seine Lordschaft zu einem Entschluß gekommen ist? Glauben Sie, das würde Ihm gefallen?« fragte er im Ton des Ratsuchenden.

Doch das Mädchen lächelte nur, und der Marquis sagte: »Geht zum Teufel.«

»Da muß ich Eure Lordschaft um die nötigen Hinweise bitten«, entgegnete Malcolm.

»Eure Zunge ist lang genug zum Fragen, wenn ihr geht«, sagte der Marquis.

Malcolm hatte schon eine passende Entgegnung auf den Lippen, hielt sich aber rechtzeitig zurück und stand schweigend mit dem Hut in der Hand da. Der Marquis blickte ihn an, als habe er ihm nichts zu sagen, doch nach einigen Augenblicken ergriff die junge Dame das Wort.

»Besteht irgendeine Gefahr hier beim Bootfahren, Papa?« fragte sie.

»Ich meine, nicht mehr als zu erwarten wäre«, erwiderte der Marquis lustlos. »Warum fragst du?«

»Weil ich so gern eine Fahrt im Ruderboot unternehmen möchte. Ich will sehen, wie das Ufer aus der Sicht einer Seejungfrau aussieht.«

»Nun, ich werde dich eines Tages mitnehmen, wenn wir ein passendes Boot finden.«

»Ist Euer Boot passend?« fragte sie und wandte sich Malcolm mit einem Blick zu, in dem der Spaß funkelte.

»Das hängt davon ab, welche Definition my Lord für 'gecignet' hat.«

»Definition!« wiederholte der Marquis.

»Ist das Wort zu lang, my Lord?« fragte Malcolm.

Der Marquis lächelte nur.

»Ich weiß, was Sie sagen wollen. Es ist ein seltsames Wort aus dem Mund eines Fischerjungen. Aber warum sollte ein Fischer nicht ein bißchen was über Logik wissen, my Lord. Für Griechisch und Latein gibt es hier herum wenig Gelegenheit, aber Logik, da kann ein Fischer schon mithalten.«

»Wart Ihr in einem College?«

»Nein, my Lord, leider nicht. Aber ich gehe zur Schule, solange ich denken kann.«

»Wird da denn Logik gelehrt?«

»In gewissem Sinn. Wissen Sie, Mr. Graham bringt uns die Anfangsgründe bei, damit wir schnell und kühn im Denken werden.«

»Soll das heißen, daß Ihr noch immer in die Schule geht?«

»Nicht regelmäßig. Aber ich gehe hin, sooft Mr. Graham meine Hilfe haben möchte, und dabei lerne ich meist dies und jenes.«

»So seid Ihr also nicht nur Fischer, sondern auch ein Schulmeister? Zwei Sehnen auf Eurem Bogen — wer zahlt Euch denn für das Unterrichten?«

»O, niemand! Wer würde mich schon dafür bezahlen?«

»Nun, der Lehrer.«

»Nein, das wäre eine Kränkung, my Lord.«

»Wie könnt Ihr ohne Entgelt die Zeit aufbringen?«

»Die Zeit fällt nicht ins Gewicht verglichen mit dem, was Mr. Graham mir an den langen Abenden beibringt, — im Winter, my Lord, wenn das Meer so abweisend ist, daß man sich nicht hinauswagen kann.«

»Aber müßt Ihr nicht Euren Großvater unterstützen?«

»Meinem Großvater würde es gar nicht gefallen, das zu hören, my Lord. Er ist schrecklich unabhängig. Mit seinem Dudelsack und seinen Lampen und seinem Laden könnte er für uns beide den Unterhalt bestreiten. Menschen wie wir brauchen nicht viel. Er will es nicht zulassen, daß ich die Fischerei zu sehr ausdehne, und so habe ich Zeit zum Lesen und zu Besuchen bei Mr. Graham.«

Während der junge Mann sprach, betrachtete ihn der Marquis mit offensichtlich wachsendem Interesse.

»Aber Ihr habt mir immer noch nicht gesagt, ob Euer Boot nun passend ist«, sagte die junge Dame.

»Passend genug, Mem, für das, was von ihm verlangt wird, einen guten Fang an Land zu bringen.«

»Aber ist es auch geeignet für mich, eine Kahnfahrt zu machen?«

»Nicht in diesem Kleid, Mem, das sagte ich Ihnen schon vorher.«

«Es dringt doch kein Wasser ein, oder?«

»Nicht mehr, als man leicht wieder herausbefördern kann.«

»Setzt Ihr manchmal auch Segel?«

»Manchmal ein kleines Sturmsegel.«

»Unsinn, Flory!« sagte der Marquis. »Ich werde mich darum kümmern.« Dann wandte er sich Malcolm zu:

»Ihr könnt nun gehen. Ich werde nach Euch schicken, wenn ich Euch brauche.«

Malcolm dachte bei sich, daß der Marquis diesmal nach ihm geschickt habe, ehe er ihn brauchte. Doch er verbeugte sich tief und ging weg, — nicht ohne Enttäuschung, denn er hatte erwartet, daß der Marquis davon sprechen würde, sein Großvater solle mit dem Dudelsack ins Herrenhaus kommen.

Lord Lossie bewahrte sich in seinem Inneren noch ein Herz und eine gewisse Großzügigkeit, die von all den Lastern, an denen er teilgehabt hatte, nicht erstickt worden waren. Seine Arroganz war nicht so ausgeprägt, daß er nicht eine mannhafte Haltung geschätzt hätte. Ihm gefiel an Malcolms Benehmen, was andere vielleicht als bäuerisch angesehen hätten, Menschen, die nicht begriffen, daß diese Haltung aus der gleichen Quelle entsprang wie aristokratisches Verhalten, aus einem gewissen selbstlosen Vertrauen, dem Ursprung der Würde.

Der Marquis war mit Geld immer sehr verschwenderisch umgegangen und deshalb immer in finanziellen Schwierigkeiten. Als er vor ungefähr einem Jahr die Nachfolge seines Bruders als Marquis antrat, war er trotz seines großen Einkommens so tief verschuldet, daß er nicht auf sofortige Hilfe hoffen konnte. Sein neuer Besitz würde ihm allerdings eine Zuflucht vor hartnäckigen Gläubigern bieten. Er könnte hier auch für eine Weile größere Ausgaben vermeiden und vielleicht die Kräfte eines ungezügelten Lebens sammeln. Der Platz war ihm nicht fremd, denn vor rund zwanzig Jahren hatte er hier einmal fast zwölf Monate verbracht, und die Erinnerung an diese Zeit war im großen und ganzen angenehm. So befand er sich nun hier in Lossie House.

Er war um die fünfzig, vor der Zeit gealtert, sah aber jünger aus, denn das Gewissen hatte ihm nie viel zu schaffen gemacht. Seine Figur war von mittlerer Größe, breitschultrig, doch ziemlich schlank. Er mochte Tiere gern. So konnte er eine Stunde lang dasitzen und Demon, seinem großen irischen Jagdhund, den Kopf streicheln, ihn dann aber auch wieder so zum Zorn reizen, daß es schon fast gefährlich war. Der Lord liebte praktische Scherze und zögerte nicht, sich auch mit derben Scherzen abzugeben, wie sie in seinen lustigeren Tagen im Schwange waren. Lord Lossie war einer der Erfindungsreichsten auf diesem Gebiet gewesen und hatte am lautesten Beifall gezollt. Er geriet zwar schnell in Wut, ließ sich aber auch rasch wieder besänftigen. Beim Trinken konnte er eine ganze Menge vertragen, war aber kein Trunkenbold. Sein Glaubensbekenntnis bestand darin, daß wahrscheinlich ein Gott die Welt gemacht und in Gang gesetzt hatte, daß er sich aber keinen roten Heller, wie er es ausdrückte, darum kümmerte, wie es weiterging oder was ein so unbedeutendes Wesen wie ein Mensch tat oder unterließ.

Florimel hatte ihre Mutter verloren, als sie noch ein Kind war. Von dieser Zeit an war sie in der Schule gewesen, bis ihr Vater sie kürzlich nach Lossie House gebracht hatte. Sie wußte nicht viel, und das bißchen Wissen war ungenau und hätte, selbst wenn es korrekt gewesen wäre, für sie nur wenig Wert besessen. In der

Schule war sie vielerlei Gesetzen unterworfen gewesen und hatte sie als Bedrückung empfunden. Nun fühlte sie sich im siebten Himmel voller Entzücken über ihre Freiheit.

Ihr Vater betrachtete sie als Kind und meinte, es genüge vollauf, von diesem Kind zu erwarten, daß es keine Scherereien verursache. Hin und wieder sagte er sich, er müsse wohl eine Gouvernante für sie besorgen, doch hatte er noch nicht damit begonnen, Umschau zu halten. In der Zwischenzeit übte er weder die notwendige Autorität über sie aus noch behandelte er sie als Gefährtin. Er war von oberflächlicher Natur. Mit einer bezaubernden Tochter an seiner Seite bemühte er sich weder um eine Erkenntnis ihres Wesens noch um dessen Entfaltung, sondern saß da und brütete über vergangene Vergnügungen, die sich im eintönigen Fluß des Lebens verloren hatten. Was hätte ein solcher Mann aber auch für die Erziehung eines jungen Mädchens tun können? Als Vater erwartete er Eigenschaften an ihr, von denen er bei anderen Frauen nie die geringste Notiz genommen hatte. Aus diesem Grunde hatte er viel dazu getan, sein Recht zu verwirken, solche Eigenschaften an ihr zu verlangen.

So lief Lady Florimel wie ein ungezügeltes Fohlen umher und genoß das. Solange sie zu den Mahlzeiten erschien und glücklich aussah, gab sich der Vater keine Mühe mit ihr. Schwer zu sagen, wie er es fertigbrachte, diese erste Zeit in Portlossie ohne Gesellschaft zu bewältigen oder worüber er nachdachte. Seine ganze Tätigkeit bestand darin, mit Mr. Crathie, seinem Verwalter, über den Besitz zu reiten, doch er wußte herzlich wenig über Landwirtschaft, Ernten oder Vieh und kümmerte sich noch weniger darum. Zu diesem Zeitpunkt hatte er allerdings einige Freunde zu einem Besuch eingeladen und erwartete schon in Bälde ihre Ankunft.

»Wie gefällt dir denn dieses langweilige Leben, Flory?« fragte er, als sie vom Garten zurückkehrten, um zu frühstücken.

»Langweilig, Papa?« entgegnete sie. »Du warst niemals in einer Mädchenschule, sonst würdest du das hier nicht als langweilig bezeichnen. Hier ist das fröhlichste Leben von der Welt. Gehen, wohin man will, und meilenweit Platz zu haben! Und was für einen Platz! Das ist der lieblichste Ort in der Welt, Papa.«

Er lächelte zufrieden vor sich hin und hielt inne, um Demon zu streicheln.

Malcolm ging zum Fluß hinab. Er fand nicht allzuviel Gefallen an dem Marquis, denn er hatte ein ausgeprägtes Gefühl persönlicher Würde, obgleich ihm das nicht bewußt war. Beim Heimkommen fand er Duncan in einer Ecke sitzend, eine Schürze auf den Knien ausgebreitet und mit einer Zinnlampe beschäftigt. Er hatte den Docht herausgenommen und das dünne Rohr auf die Herdplatte gelegt, das Öl in eine Untertasse gegossen und polierte die Lampe nun eifrig, um sie zu reinigen.

Duncan hatte den Keim für seine Mission des Lichtes aus dem heimatlichen Hochland mitgebracht, wo er es im eigenen Haus praktiziert hatte, denn niemand außer ihm selbst durfte die Lampe reinigen, füllen oder stutzen. Er mußte eine Art Berufung für diese Tätigkeit empfinden, denn er war noch keinen Monat in Portlossie gewesen, als er auch schon in mehreren Familien Eingang als guter Geist für ihre Lampen gefunden hatte, und allmählich dehnte sich dieses Wirken immer weiter aus, bis er fast alle Häuser des Dorfes betreute.

Eigenartig und rührend war der Anblick des blinden Mannes, der sich so eifrig um das Licht anderer bemühte. Er war ein wunderbares Symbol des Glaubens — nicht nur an sich selbst, sondern auch an die geheimnisvolle und ihm selbst unfaßbare Vorrichtung, mit deren Hilfe andere sehen konnten und die er zum Gegenstand für seinen Lebensunterhalt gemacht hatte. Selbst als sein Enkel noch ein Baby war, pflegte er des Nachts die hellste und reinste der Tranlampen anzuzünden. Die Frauen, die zu Anfang hereingeschaut hatten, um ihre guten Dienste anzubieten, staunten über die Dreiheit von blindem Mann, Säugling und brennender Lampe, und manche machten Vorhaltungen über die nutzlose Verschwendung. Aber er hörte weder auf ihre Worte noch nahm er die Angebote an, beim Ankleiden und Ausziehen des Kindes zu helfen. Die einzige Hilfe, die er annahm, war die Betreuung des Kindes bei diesem und jenem Nachbarn, solange er seine Runden mit dem Dudelsack zurücklegte. Wenn er zum Lampenreinigen auszog, nahm er Malcolm immer mit.

An bestimmten Tagen besuchte er bestimmte Häuser und reinigte dort die Lampen. Am Anfang hatten es die Hausfrauen als Privileg angesehen, wenn sie auf seine Laune eingingen. Doch als sie nach und nach herausfanden, daß ihre Lampen viel besser brannten, seit sie ordentlich gewartet wurden, fingen sie an, ihm Vergütungen zuzustecken. Schließlich gewöhnten es sich die Hausfrauen an, ihm während der Wintermonate für das Reinigen der Lampen wöchentlich einen halben Penny für seine Dienste zu bezahlen. Er bat niemals darum. Wurde die Bezahlung übersehen, dann machte er nicht einmal eine Andeutung. Was ihm gegeben wurde, nahm er dankbar an und wurde von allen freundlich angesehen und sogar respektiert.

Aus seiner Verbindung mit den Lampen entwickelte sich ein kleiner Handel mit Öl, der sich zur Liste seines allgemeinen Handels hinzugesellte. Die Fischer bereiteten sich selbst Öl zu, doch manchmal ging der Vorrat aus. Dann fanden sie Hilfe im kleinen

Laden von Duncan, der das Öl vorwiegend aus der Leber der von seinem Enkel gefangenen Fische herstellte. Bei so vielen Einnahmequellen fragte niemand, wie er sein Auskommen fand.

Neuntes Kapitel

Der Sturm

Von Malcolms eigenem Standpunkt aus verlief sein Leben durchaus angenehm und erfreulich. Unschuld, Hingabe an andere, Gesundheit, eine erfreuliche Arbeit, Lust am Lesen, Muße und einen Freund mit hochfliegendem Geist — das waren die Einflüsse, in denen der Junge heranwuchs, in denen sein Herz wie eine Rosenknospe schwoll und sich anschickte, zur vollen Blüte aufzubrechen.

Doch nie hatte er bis jetzt die unmittelbare Gegenwart einer engen Beziehung zu einer Frau gefühlt. Mutter oder Schwester hatte er nie gekannt, und obwohl seine Stimme in Gegenwart einer Frau einen weicheren Ton annahm, fand er unter den Fischermädchen keine, die besonders anziehend gewesen wäre. Ihre Lebensumstände waren nicht dazu angetan, die zarteren Einflüsse der weiblichen Natur zum Vorschein zu bringen. Sie führten eine rauhe Sprache, hatten harte Arbeit mit Versorgung und dem Austragen der Fische und dem Trocknen der Netze; sie besaßen wenig Bildung und erhielten nur armselige religiöse Unterweisung. Gleichzeitig war mangelnde Tugend bei ihnen fast unbekannt. Malcolm wäre es nie in den Sinn gekommen, daß es Frauen gab, die fähig zur Unreinheit gewesen wären. Mrs. Catanach war die einzige Frau, gegen die er je Abneigung empfunden hatte — und diese Abneigung erweckte höchstens vage Vermutungen. So kam es, daß alle Frauen seiner Klasse ihn liebten und ihm vertrauten; er seinerseits bewegte sich in Gegenwart von Frauen frei von jeder Arroganz mit einem gewissen Selbstvertrauen. Die Töchter der Handwerker in der oberen Stadt sprachen mit ihm jedoch in einer etwas herablassenden Art, die ihn die trennende Kluft spüren ließ. Mit allen aber redete er in der Offenheit männlicher Freiheit.

Doch nun trat er in einen Lebensabschnitt ein, in der ein Mann nach der Ordnung der Dinge gezwungen ist, zumindest eine leise Ahnung vom Leben zu haben, das im Zusammensein mit anderen Menschen besteht. Malcolm besaß Selbstvertrauen, war aber in keiner Weise eingebildet. Er war weder hochfahrend, noch empfand er Minderwertigkeit. So hatte er noch nicht einmal angefangen darüber nachzudenken, welch ein Abgrund ihn von Lady Florimel trennte, ein Abgrund ohne Brücke, ein blanker, leerer Raum. Er empfand ihre Gegenwart nur als die eines anbetungswürdigen Wesens, dem man voll Entzücken zuhörte und das man doch ohne Scheu ansprach.

Lady Florimel war keine Büchernärrin, hatte aber in der alten Bibliothek von Lossie House herumgestöbert und war dabei auf die »Faerie Queene« (Märchenkönigin) gestoßen. Beim Durchblättern entdeckte sie ihren eigenen Namen. Ihre Neugier erwachte, und sie beschloß — kein leichtes Unterfangen —, das Gedicht von Anfang bis Ende zu lesen, um zu sehen, wer jene Lady Florimel war. Das Buchexemplar, das sie entdeckt hatte, bestand aus schmalen Bänden, von denen sie einen nun auf Schritt und Tritt mit sich trug. Nachdem sie zum erstenmal Meer und Poesie zusammen erlebt hatte, bildete sie sich bald ein, sich ohne das Geräusch der Wellen als Begleitung zu den Versen nicht auf ihr Buch konzentrieren zu können.

An einem schwülen Nachmittag lag Florimel an dem der See zugewandten Hang der Düne, vergraben in ihr Buch. Der Himmel dampfte vor Hitze, die See lag stumpf, als drücke die Luftschicht sie nieder. Langsam stieg die Flut, begleitet von einem leisen, schläfrigen Gemurmel auf dem Sand. Während sie las, kam Malcolm auf der Düne des Weges, doch erst, als er fast über ihr war, vernahm sie seine Schritte im weichen Sand.

Sie nickte freundlich, und er stieg zu ihr nieder.

»Wünschen Sie etwas von mir, my Lady?« fragte er.

»Nein«, antwortete sie.

»Ich war mir nicht sicher, ob Sie mir zugenickt haben, weil Sie etwas von mit wollten«, meinte Malcolm und schickte sich an, wieder die Düne hochzusteigen.

»Wohin geht Ihr jetzt?« fragte sie.

»O, nirgendwohin im besonderen. Ich kam nur, um die Dinge zu betrachten.«

»Was für Dinge?«

»Einfach den Himmel und das Meer.«

»Nun, dann möchte ich Euch nicht von so wichtigen Angelegenheiten abhalten«, sagte Lady Florimel und wandte den Blick wieder ihrem Buch zu.

»Wenn Sie meine Gesellschaft möchten, kann ich genausogut von hier aus Umschau halten als anderswo«, meinte Malcolm.

Mit diesen Worten streckte er sich einige Schritte von ihr entfernt weiter unten an der Düne nieder. Florimel blickte halb belustigt, halb ärgerlich, aber sie hatte das selbst herbeigeführt und strafte ihn nun, indem sie sich wieder auf ihr Buch konzentrierte und schwieg.

Malcolm lag da und schaute sie einige Augenblicke lang nachdenklich an; dann glaubte er den Grund für ihre Verstimmung gefunden zu haben, erhob sich, ging auf die andere Seite und legte sich von neuem nieder, wahrte aber eine noch respektvollere Entfernung.

»Warum habt Ihr Euch dorthin gelegt?« fragte sie, ohne aufzuschauen.

»Weil von Nordost eine leichte Brise weht.«

»Und Ihr wolltet durch mich davor beschützt werden?« fragte Lady Florimel.

»O nein, my Lady«, entgegnete Malcolm lachend, »so schmal wie Sie sind, wären Sie nur ein geringer Schutz für mich.«

»Warum habt Ihr Euch dann dorthin gelegt?« wollte das Mädchen wissen.

»Nun, my Lady, es ist heiß, und ich bewege mich fast die ganze Zeit unter den Fischen. Als ich mich auf den Weg machte, wußte ich nicht, daß ich Ihnen begegnen würde. So fiel mir eben ein, daß meine Kleidung nach Fisch riechen könnte. Das ist zwar gesund, aber manche Leute mögen das nicht. Soweit ich weiß, sind Leute wie Sie da vielleicht empfindlicher als wir Fischer.«

Diese Erklärung, so einfach sie war, gab ihr ihren Gleichmut zurück. Sie beugte den Kopf wieder über ihr Buch. Nach drei Stanzen sah sie auf und betrachtete den jungen Mann, der dalag und sie mit Augen anblickte, als wolle er ihr zu Diensten sein.

»Nun?« fragte sie schließlich. »Worauf wartet Ihr?«

»Ich dachte, Sie wollten mir etwas sagen, my Lady. Ich bitte um Verzeihung«, antwortete Malcolm, sprang auf und schickte sich zum Gehen an.

»Lest Ihr jemals?« wollte sie wissen und brachte ihn zum Halten.

»O ja«, erwiderte Malcolm, der sich umwandte und still dastand. »Am liebsten lese ich so, wie es my Lady eben tun, ich lege mich auf eine Düne und habe die ganze See vor mir.«

»Und was lest Ihr bei solchen Gelegenheiten?«

»Manchmal dies, manchmal das — was ich gerade in die Finger bekomme. Ich mag gern Reisebeschreibungen oder Geschichtsbücher, wenn sie nicht zu trocken geschrieben sind. Predigten mag ich nicht gern, obwohl es den Anschein hat, daß von ihnen in Portlossie mehr vorhanden sind als anderswo. Mr. Graham — das ist der Lehrer — hat eine feine Bibliothek. Aber sie besteht vorwiegend aus lateinischen und griechischen Büchern. Ich mag Latein zwar recht gern, aber wenn ich am Meer bin, will ich nicht etwas lesen, wo ich ständig im Lexikon nachschlagen muß.«

»Könnt Ihr denn auch Latein lesen?«

»Ja, ich kann etwas Vergil lesen und auch Horaz. Aber Damen befassen sich im allgemeinen nicht mit solchen Dingen.«

»Ihr Gentlemen gebt uns ja keine Gelegenheit. Ihr wollt uns nicht unterweisen.«

»Nun, my Lady, fangen Sie nicht an, sich über mich lustig zu machen wie my Lord. Ich kann es von ihm nur schwer ertragen, und wenn Sie das ebenfalls machen, dann müßte ich mich von Ihnen fernhalten. Ich bin kein Gentleman, und ich habe viel zu sehr Respekt vor dem, was einen Gentleman ausmacht, als daß ich so benannt werden möchte. Aber was das Latein angeht, so wäre ich stolz, my Lady darin zu unterrichten, wann immer Sie wollen.«

»Ich fürchte, ich habe keine besondere Lust zu lernen«, sagte Florimel. »Mögt Ihr Romane?«

»Ich habe nie einen Roman gesehen. Unter Mr. Grahams Büchern befindet sich kein einziger, und er hat bestimmt mindestens zweihundert. Ich glaube nicht, daß man in ganz Portlossie auch nur einen einzigen Roman findet.«

»Seid nicht zu sicher. In unserer Bibliothek gibt's eine ganze Menge.«

»Ich hatte nicht die Absicht, das Herrenhaus von Portlossie mitzurechnen. Ich kann mir vorstellen, daß Sie viele Bücher da oben haben.«

»Seid Ihr jemals in der Bibliothek gewesen?« fragte sie.

»Ich habe nie einen Fuß in das Haus gesetzt — mit Ausnahme der Küche, und ein- oder zweimal bin ich durch die Halle von einer Tür zur anderen gegangen. Ich möchte eigentlich gerne einmal sehen, wo vornehme Leute wie Sie leben. Für unsereinen, die wir nur ein oder zwei Zimmer haben, ist es schwer, sich vorzustellen, wie man ein so riesiges Gebäude ausfüllen kann. Aber die Bibliothek möchte ich zu gerne sehen.«

»Lest Ihr jemals Gedichte?«

»Manchmal«, meinte Malcolm, »wenn sie alt sind.«

»Man könnte meinen, Ihr sprecht von Wein! Läßt denn das Alter auch die Dichtung besser werden?«

»Ich weiß nichts vom Wein, my Lady. Aber ich spreche von alt nur, weil es so wenig neue Dichtung gibt, die mir gefällt. Mr. Graham ist sehr angetan von Mister Wordsworth — ein schöner Name für einen Dichter. Kennen Sie etwas von ihm, my Lady?«

»Ich habe nie von ihm gehört.«

»Ich selbst mag alte schottische Balladen lieber«, sagte Malcolm. »Milton gefällt mir. Seine Worte kann man richtig in den Mund nehmen. Ich mag keine Gedichte, die einem zwischen Lippen und Zähnen zerbröseln. Ich will Verse haben, bei denen man den Mund weit öffnen muß, um sie auszusprechen.«

»Ich verstehe nicht, wie Ihr das sagen könnt.«

»Hören Sie zu, my Lady. Ich weiß einen Vers, den ich erst gestern abend entdeckt habe:

'Sein flücht'ger Griff,
Instinkt in allen Teilen, hoch und tief,
floh und verfolgt' im Klang der Fuge.'

Hören Sie sich das an! Das klingt doch großartig — auch wenn man nicht genau weiß, was es heißen soll.«

»Ich glaube, ich weiß, was das heißen soll. Es ist von irgendeinem Musiker die Rede.«

»Ich kenne alle Wörter außer 'Fuge'.«

»Es beschreibt, wie die Finger eines Menschen eine Fuge spielen — auf der Orgel, glaube ich«, sagte Florimel.

»Eine Fuge ist also eine Art Melodie? Das bringt eine Menge Licht in die Sache, my Lady. Ich sah noch nie eine Orgel. Wie sieht sie denn aus?«

»So ähnlich wie ein Klavier.«

»Auch das habe ich noch nie gesehen.«

»Nun, es wird mit den Fingern gespielt — so ungefähr«, sagte Florimel und führte es vor. »Und die Fuge ist eine Art Musikstück, bei dem ein Teil den anderen verfolgt.«

»Das ist's!« rief Malcolm eifrig. »Das eins sich wendet und dem anderen nachrennt, das ist mit dem 'floh und verfolgt' gemeint. Ich hab's! Ich hab's! Sehen Sie, my Lady, was es heißt, eine solche Schulbildung mit Musik und all dem zu haben.«

Malcolm hatte in seiner Bescheidenheit zwar angenommen, das Mädchen sei ihm an Bildung unendlich weit überlegen, weil sie ihm erklären konnte, was eine Fuge ist, aber er fand schon bald heraus, daß sie ihm nicht weiterhelfen konnte, denn sie verstand kaum etwas von Grammatik, und ihr Wortschatz war recht beschränkt. Nichts hinderte sie jedoch, die ihr beigelegte Überlegenheit zu akzeptieren, denn für manche ist diese Annahme ebenso leicht wie für andere das Nachgeben.

»Ich nehme an, Ihr lest Eurem Großvater Milton vor?«

»Ja, manchmal — an den langen Vorabenden.«

»Was meint Ihr mit Vorabenden?«

»Ich meine damit die Zeit nach dem Eintritt der Dunkelheit, ehe man zu Bett geht. Am besten gefallen ihm die Schlachten der Engel.

Sobald irgendein Kampf vorkommt, steht er auf und marschiert im Zimmer umher. Manchmal schwenkt er auch seinen Claymore. Einmal hat er mir beinahe den Kopf abgeschlagen, weil er sich über meinen Sitzplatz geirrt hatte!«

»Was ist ein Claymore?«

»Ein langes Breitschwert, my Lady. Auch wenn mein Großvater noch so blind ist, Sie würden schwören, daß er in seinen jungen Tagen damit gekämpft hat, wenn man sieht, wie er es wie ein Stückchen Holz über seinem Kopf umherwirbelt.«

»Aber das ist doch höchst gefährlich«, meinte Florimel, die von der Erzählung ziemlich entsetzt war.

»Sicher«, bestätigte Malcolm. »Wenn Sie bei uns vorbeischauen möchten, dann würde ich Ihnen den Claymore, sein Messer und seinen Dolch und alles zeigen.«

»Ich glaube nicht, daß ich das wagen würde. Er ist doch zu schrecklich! Ich hätte entsetzliche Angst vor ihm.«

»Schrecklich, my Lady? Er ist der ruhigste, freundlichste alte Mann, den man sich vorstellen kann. Das heißt, sofern Sie nicht für einen Campbell Stellung nehmen oder etwas gegen andere Hochländer sagen. Sehen Sie, er stammt aus Glenco, und die Campbells erfüllen sein Gemüt mit Haß, ganz besonders Campbell von Glenlyon, der war der Schlimmste unter ihnen. Sie sollten ihn einmal hören, my Lady, wie er die Geschichte mit seinem Dudelsack erzählt. Es ist großartig, ihm zuzuhören!«

Mitten in die Unterhaltung zuckte ein greller Blitz, und Donner dröhnte durch die bleierne Luft, gefolgt von schweren, mit Hagelkörnern vermischten Regentropfen. Bei dem Blitz stieß Florimel einen Schrei aus und erhob sich halb, doch stürzte sie mit dem Donner nieder, wie betäubt von dem Krach. Mit einem Satz war Malcolm an ihrer Seite, doch als sie seine Angst um sie bemerkte, lächelte sie, griff nach seiner Hand und sprang auf.

»Los, kommt«, rief sie und eilte, immer noch seine Hand festhaltend, die Düne hinauf und auf der anderen Seite hinunter. Malcolm blieb Schritt für Schritt an ihrer Seite, doch war er heftig versucht, sie einfach hochzunehmen und mit ihr zu dem löcherigen Felsen hinzurennen, dessen Höhle ihnen den besten Unterschlupf bei dem plötzlichen Gewitter geboten hätte. Er konnte sich nicht denken, warum sie zur Straße hin eilte, die hoch auf einem unersteigbaren Damm verlief. Auf der anderen Seite lag die Parkmauer. Doch sie steuerte direkt auf ein Tor im Damm selbst zu, das dunkel zwischen zwei Pfeilern eingefaßt lag. Da er das Tor nie offen gesehen hatte, war es ihm nicht eingefallen. Einen Augenblick lang stand sie keuchend da, während sie mit zitternder Hand einen Schlüssel in das Schloß steckte. Im nächsten Augenblick stieß sie das ächzende Tor auf und trat ein. Als sie sich umwandte, um den Schlüssel herauszuziehen, sah sie Malcolm in einiger Entfernung auf der Düne in einem Sturzbach von Wolkenbruch stehen. Er hatte den Hut in der Hand und hielt nach einem Abschiedsblick Ausschau.

»Warum kommt Ihr nicht herein?« rief sie ungeduldig.

Im Nu stand er neben ihr.

»Ich wußte nicht, ob Euch das recht ist, wenn ich hereinkomme«, sagte er.

»Ich möchte Euch nicht gerne ertrinken lassen«, entgegnete sie und schloß das Tor.

»Ertrinken!« wiederholte er. »Es braucht schon eine ganze Menge, daß ich ertrinke. Ich hing eine ganze Nacht auf dem Kiel eines gekenterten Bootes, als ich erst fünfzehn war.«

Sie standen in einem Tunnel, der unter der Straße durchführte und den Park unmittelbar mit dem Strand verband. Das andere Ende des Durchganges war von Bäumen verdunkelt.

»Meinen Sie nicht, my Lady«, sagte Malcolm, »daß Sie nun besser ins Haus gehen sollten? Bei dem Wind und der Nässe werden Sie sich zu Tode erkälten. Ich werde Sie begleiten, soweit Sie mir erlauben, damit Sie nicht weggeblasen werden.«

Der Sturm flaute plötzlich ab, und seine letzten Worte hallten in dem gewölbten Durchgang laut wider. In der Stille verdüsterte sich die Welt für einen Augenblick, dann wurden sie von einem grellen Blitz geblendet, der nur die Finsternis des Tunnels hinterließ. Die schwarzen Gewitterwolken hatten weit vor der Zeit die Abenddämmerung mit sich gebracht. Ein dröhnender Donner folgte, und noch ehe er abgeklungen war, huschte ein weißes Gesicht am Gitter des Tores vorbei, und eine angsterstickte Stimme schrie laut:

»I dinna ken whaur it comes from!«*

Florimel griff nach Malcolms Arm. Das Gesicht war so dicht an ihnen vorbeigehuscht — nur das Gitter dazwischen, und der Schrei zerschnitt den Donner wie mit einem Messer.

Instinktiv, beinahe unbewußt, nahm er sie in seinen Arm, um sie vor ihrem eigenen Entsetzen zu bewahren.

»Haben Sie keine Angst, my Lady«, sagte er. »Das ist nur der verrückte Laird. Er ist ein ganz ruhiges Geschöpf, aber er weiß nicht, wo er herkommt — er weiß nicht, wo irgend etwas herkommt — und das kann er nicht ertragen. Aber der Laird würde keinem lebenden Wesen etwas zuleide tun.«

»Was für ein schreckliches Gesicht!« sagte das Mädchen schaudernd.

»Es ist kein schlimmes Gesicht«, meinte Malcolm, »nur das Gewitter hat ihn zutiefst erschreckt, und sein Gesicht sieht nun so totenblaß aus wie sonst nicht.«

»Kann man denn nichts für ihn tun?« fragt sie mitleidig.

»Auf dieser Seite des Grabes kaum, my Lady«, antwortete Malcolm.

Nun erst gewahrte das Mädchen ihre Stütze. Sie legte ihre Hand auf Malcolms Arm und schob ihn weg. Er gehorchte sofort, und sie sagte nichts.

»Es wurde davon geredet«, fuhr er rasch mit unsicherer Stimme fort, »ihn nach Aberdeen in eine Anstalt zu schicken und ihn nicht mehr wie bisher durch die Gegend streifen zu lassen. Aber das wä-

*— »Ich weiß nicht, wo es herkommt.«

re die schiere Grausamkeit, denn er liebt nichts so sehr wie das freie Herumstreifen, und er tut niemand einen Schaden. Er hat genauso ein Recht auf die Freiheit, die Gott ihm gab, wie jeder andere lebende Mensch, und vielleicht mehr als manch anderer.«

»Weiß man denn nichts über ihn?«

»Man weiß alles über ihn, my Lady, so wie von uns anderen auch. Sein Vater war der Laird von Gersefel — und nebenbei ist er nun selbst der Laird geworden. Aber es heißt, er habe eine solche Abneigung gegen seine Mutter, daß er nicht einmal das Wort 'Mutter' ertragen könne. Er schreit laut, wenn er es nur hört.«

»Es sieht aus, als klare das Wetter auf«, bemerkte Florimel.

»Das ist sicher nur eine kurze Unterbrechung«, erwiderte Malcolm nach einem Blick auf den Himmel, soweit man ihn durch die Stäbe sehen konnte, »aber ich glaube, Sie sollten nun zum Haus laufen, my Lady. Ich werde einige Schritte hinter Ihnen folgen und aufpassen, daß Sie sicher sind. Aber keine Angst — ich gebe schon acht, daß man Sie nicht in Gesellschaft eines Fischers wie mich sieht.«

Die Schlichtheit von Malcolms Äußerung erstickte jeden Zweifel, und das Mädchen schwieg. Sie ließen den Tunnel hinter sich, umrundeten einen kleinen Hügel und befanden sich unvermittelt mitten in einem Jungwald, durch den ein kiesbestreuter Weg zum Herrenhaus führte. Sie waren noch nicht weit gekommen, als ein Windstoß von weit größerer Heftigkeit als zu Beginn des Gewitters Wald und Bäume, junge Lärchen, Birken und Sykomoren, niederbog. Lady Florimel drehte sich um und hielt nach Malcolm Ausschau. Ihr Haar flatterte im Sturm, und ihr Kleid zerrte an ihr, als wollte es sie forttragen. Nie in ihrem Leben war sie im Sturm draußen gewesen, und sie fand diesen Kampf herrlich aufregend. Das Brüllen des Sturms in den Bäumen war großartig, und die Bäume, die sich drehten, bogen und dem Sturm trotzten, beflügelten ihre Phantasie so sehr, daß sie die Arme ausbreitete und anfing zu tanzen und herumzuwirbeln, als sei sie mitten im Zentrum des Sturmes. Malcolm, der sich vielleicht dreißig Schritte hinter ihr befand, war im nächsten Augenblick an ihrer Seite.

»Ist es nicht herrlich?« rief sie.

»Es bläst ganz ordentlich — fast so toll wie mein Daddy«, sagte Malcolm, der das Ganze genauso genoß wie das Mädchen.

»Wie könnt Ihr aus diesem großartigen Aufruhr der Natur ein Spiel machen«, sagte Florimel überlegen.

»Aus dem Sturm ein Spiel machen, weil ich ihn mit meinem Großvater vergleiche!« rief Malcolm. »Hören Sie, my Lady! Für den größten Sturm, der je tobte, ist es ein Kompliment, mit einem alten Mann wie ihm verglichen zu werden.«

Als der Sturm abgeflaut war, setzte Florimel ihren Weg fort. Malcolm hielt noch an und ließ einen passenden Abstand zwischen beiden.

»Ihr braucht nicht so weit zurückzubleiben«, meinte Florimel zurückblickend.

»Wie Sie meinen, my Lady«, antwortete Malcolm und kam herzu. »Ich werde mit Ihnen gehen, bis Sie mir Einhalt gebieten ... Ach, my Lady, heute sehen Sie so ganz anders aus als neulich morgens.«

»Welchen Morgen?«

»Als Sie am Fuße des löcherigen Felsens saßen.«

»Löcheriger Fels! Was ist das?«

»Das ist der Fels am Strand, in dem eine Höhle ist. Sie kennen den Felsen gut, my Lady. Sie saßen an seinem Fuß und lasen in Ihrem Buch, und Sie sahen so weiß aus wie frischgefallener Schnee. Ich dachte an den Engel auf dem Grabstein, als ich Sie damals sah.«

»Und wie sehe ich heute aus?« fragte sie.

»O, heute sehen Sie aus wie ein Geschöpf des Sturms oder vielleicht wie der Sturm selbst, der menschliche Gestalt angenommen hat.«

»Ach du liebe Zeit!« rief Florimel dazwischen. »Ich habe mein Buch verloren!«

»Ich werde zurückgehen und danach schauen, my Lady«, sagte Malcolm. »Ich kenne jeden Zoll des Strandes, und wenn es auf dem Weg liegt, den wir gekommen sind, dann muß ich auf alle Fälle darauf stoßen. Sie müssen nun heimgehen, denn der Regen wird gleich wieder einsetzen, und Sie werden naß, wenn Sie sich nicht beeilen«, fügte er mit einem Blick zu den Wolken hinzu.

»Aber wie bekomme ich es dann? Ich will es unbedingt haben.«

»Ich werde es einfach ins Haus bringen und sagen, daß ich es da gefunden habe, wo es gelegen hat. Aber geben Sie mir bitte Ihr Taschentuch, damit ich es darin einwickeln kann, denn ich fürchte, ich mache es sonst schmutzig.«

Florimel reichte ihm ihr Tuch, und er verabschiedete sich mit dem Versprechen, in längstens einer halben Stunde zurück zu sein.

Die bescheidene Ergebenheit und völlige Bereitschaft zum Dienst erinnerte an einen edlen Hund. Zwar schien es unwahrscheinlich, in Lady Florimels Herz Bewunderung zu wecken, doch empfand sie ein stilles, angenehmes Vergnügen. Er war ein Untergebener, auf den man sich verlassen konnte, und seine Anbetung war durchaus annehmbar. Es kam ihr nie in den Sinn, seine Aufmerksamkeit könnte eines Tages lästig werden.

Mit dem scharfen, aufmerksamen Blick eines Jagdhundes legte

Malcolm Schritt um Schritt den Weg zum Gittertor zurück, ohne das Buch zu entdecken. Er wandte sich von dem Tor im Tunnel ab und kletterte zum Fuß der Mauer, die darüber hinwegführte. Er hielt sich oben fest und war dann mit einem Satz oben auf dem Weg. Von dort lief er auf der anderen Seite durch das Gras, wo er von der Gittertüre aus den Weg zur Düne zurückverfolgte. Lady Florimel hatte das Buch fallenlassen, als sie aus dem Sand aufgesprungen war, und hier fand es Malcolm. Er wickelte es in das Tuch seiner Besitzerin und schlug den Weg zum Tor an der Flußmündung ein.

Als er zum Tor auf dem Gelände von Lossie House kam, stürzte der Aufseher, ein brummiger Kerl namens Bykes, der von seiner mittelmäßigen Autorität eine etwas übertriebene Vorstellung hatte, aus seinem Häuschen, und als Malcolm eben den offenen Weg betrat, schob er ihm das Tor vor die Nase.

»Willst du vielleicht ohne meine Erlaubnis hereinkommen?« schrie er gehässig.

»Was soll das heißen?« fragte Malcolm, der bereits seinen kräftigen Stiefel soweit vorgeschoben hatte, daß er die Türe nicht zuschlagen konnte.

»Hier haben keine Landratten und Gauner etwas verloren«, erklärte Bykes und drückte mit seiner Schulter gegen das Tor.

Aber im gleichen Augenblick flog er mitsamt dem Tor gegen die Wand des Pförtnerhäuschens.

»Bleibt da an der Mauer«, sagte Malcolm und schritt hindurch. Der Aufseher folgte ihm keifend und schimpfend, doch Malcolm drehte sich nicht einmal um. Im Haus angekommen, übergab er das Buch der Köchin mit einem kurzen Bericht, wo er es gefunden hatte, und bat sie nachzuforschen, ob es jemandem im Hause gehöre. Die Köchin schickte eins der Mädchen mit dem Buch zu Lady Florimel, und Malcolm wartete, bis sie zurückkam — mit einem Dank und einer halben Krone. Er nahm das Geld und kehrte durch das obere Tor in die Stadt zurück.

Zehntes Kapitel

Die Anklage

Am nächsten Morgen, kurz nach dem zeitigen Frühstück, stand der Aufseher in der Türe von Duncan MacPhails Hütte mit dem mündlichen Befehl an Malcolm, vor seiner Lordschaft zu erscheinen.

»Und ich werde dich nicht aus den Augen lassen, bis du dort bist«, fügte er hinzu. »Wenn du nicht friedlich mitkommst, werde ich dir Beine machen.«

»Wo ist Eure Vorladung?« fragte Malcolm.

»Du hast die Frechheit, nach meiner Vorladung zu fragen?« schrie Bykes wütend. »Los, komm, sonst werde ich dir das Laufen schon beibringen.«

»Hütet Eure Zunge und holt erst daheim die schriftliche Vorladung«, sagte Malcolm, »denn die habt Ihr ohne Zweifel, sonst hättet Ihr Euch mit einem solchen Auftrag nicht hier blicken lassen.«

Duncan, der in seinem Sessel eingenickt war, erwachte bei dem hitzigen Wortwechsel. In seiner eifersüchtigen Zuneigung erkannte er sofort, daß Malcolm beleidigt wurde. Er sprang auf, trat rasch zur Wand, holte sein Breitschwert herunter und stürzte zur Türe.

»Wer ist dieser Schuft?« schrie er. »Ich haue ihn nieder! Zeig mir diesen Dieb aus den Lowlands! Ich haue ihn in Stücke. Wer wagt es, meinen Malcolm zu beleidigen?«

Doch Bykes war beim ersten Anblick der Waffe in hellem Entsetzen verschwunden.

»Vorsicht, Vorsicht, Daddy!« sagte Malcolm und nahm ihn beim Arm, »niemand ist da. Der arme Mann konnte den Anblick des Claymore nicht ertragen und flüchtete wie der Herbstwind.«

»Dem Herrn sei Dank!« rief Duncan. »Aber was wollte dieser Schuft von dir, mein Sohn?«

Malcolm führte ihn zum Stuhl zurück und erzählte ihm, was er von der Sache wußte.

»Du gehst nicht ohne schriftliche Vorladung«, sagte Duncan. »Wenn my Lord der Marquis nach dir schickt wie ein Gentleman nach einem anderen, *dann* kannst du gehen.«

Binnen einer Stunde kehrte Bykes in Begleitung eines der Wildhüter, einem Engländer, zurück. In dem Augenblick, als er die Türe aufgehen hörte, griff Duncan erneut nach seinem Breitschwert.

»Wir wollen Euch holen, junger Mann«, sagte der Wildhüter, der unter der Türe stand, während Bykes ihm über die Schulter blickte.

»Weshalb?«

»Das wird sich weisen.«

»Wo ist Eure Vorladung?«

»Hier.«

»Legt sie auf den Tisch und geht zur Türe zurück, bis ich einen Blick darauf geworfen habe«, erklärte Malcolm. Er fürchtete die möglichen Folgen, die sich aus dem Zorn seines Großvaters ergeben könnten.

Der Wildhüter tat sofort, wie ihm geheißen war; offensichtlich war er vom Verhalten der beiden Männer belustigt und bewunderte es gleichzeitig. Nachdem Malcolm das Papier angesehen hatte, steckte er es in die Tasche, flüsterte seinem Großvater einige Worte zu und ging mit seinen Häschern.

Auf dem Weg zum Herrenhaus sprudelte Bykes über von Drohungen. Doch Will informierte Malcolm über die Sache, soweit sie ihm bekannt war — nämlich, daß der oberste Wildhüter, dem einige Dutzend seiner Brutfasanen weggekommen waren, eine genaue Überwachung an der Mauer entlang angeordnet hatte, daß Bykes auf seiner Runde am vergangenen Abend Malcolm dabei erwischt hatte, wie er über die Mauer gesprungen war, während er nach Lady Florimels Buch Ausschau hielt, und daß er zum Marquis gegangen war und seine Beschuldigung gegen Malcolm vorgebracht hatte.

Niemand auf dem ganzen Anwesen außer Bykes wäre imstande gewesen, einen Verdacht gegen Malcolm zu hegen, und der oberste Wildhüter verdächtigte ihn in keiner Weise. Doch da er wußte, daß seine Lordschaft wenig genug zum Lachen hatte und sich aus der Konfrontation zweier so gegensätzlicher Charaktere einige Belustigung versprach, war er mit Bykes' Bericht zum Marquis gegangen, und das war nun das Ergebnis. Lord Lossie war kein Richter, und die sogenannte Vorladung war nur der etwas streng gefaßte Wunsch, Malcolm möge bei ihm erscheinen und zu der Beschuldigung Stellung nehmen.

Der Beschuldigte wurde in eine von der Halle wegführende Gewölbekammer geführt. Lord Lossie trat ein und setzte sich auf einen großen Sessel in einer der Nischen.

»So, Ihr junger Naseweis!« sagte er halb ärgerlich, halb belustigt. »Wenn ich nach Euch schicke, weigert Ihr Euch, ohne ausdrückliche Vorladung zu kommen. Fürwahr, das ist ein schlechter Anfang, das muß ich schon sagen!«

»Eure Lordschaft hätten mich nie mit einer solchen Botschaft zu sich gerufen, wie diese giftige Kröte von Johnny Bykes sie mir überbracht hat. Hätten Sie ihn nur hören können! Er redete zu mir, als sei er geschickt worden, mich am Halsband vor Seine Lordschaft zu schleppen, und ich konnte nicht glauben, daß Eure Lordschaft so etwas tun würden. Auf jeden Fall wollte ich das nicht dulden. Aber Sie hätten wahrhaftig lachen müssen, wenn Sie gesehen hätten, wie er Fersengeld gab, als mein blinder Großvater mit seinem Breitschwert auf ihn losging!«

»Du Lügenmaul!« schrie Bykes. »Ich und Angst vor so einer alten Spinne, die noch nicht einmal genug Schnaufer hat, den Dudelsack zu füllen!«

»Haltet Euch zurück, Johnny Bykes. Noch ein übles Wort gegen meinen Großvater, und ich drehe Euch das Genick um in dem Augenblick, wo wir nicht mehr vor seiner Lordschaft stehen.«

»Das ist eine Drohung, my Lord«, wandte sich der Torhüter flehend an den Marquis.

»Und wohl verdient«, entgegnete seine Lordschaft. »Nun denn«, fuhr er fort und wandte sich wieder an Malcolm, »was habt Ihr für Euch vorzubringen zum Diebstahl an meinen Brutfasanen?«

»Mister MacPherson«, sagte Malcolm und nickte dem Wildhüter zu, »hat vielleicht Spaß an einer solchen Geschichte. Aber wirklich, my Lord, das ist so lächerlich, daß es mich nicht einmal ärgern kann. Ein Mann, der die ganzen Fische im großen, weiten Ozean haben kann, sollte ein solcher Schuft sein und die prächtigen Geschöpfe Eurer Lordschaft wegnehmen, — die Sünde einer solchen Tat gar nicht zu erwähnen! — Für einen ehrlichen Mann ist das nicht einmal des Leugnens wert, my Lord. Und Mister MacPherson weiß das selbst besser, denn schaut ihn nur an, wie er vor sich hinlacht.«

»Nun, wir haben keinen Beweis«, entgegnete der Marquis. »Aber was sagt Ihr zu der Beschuldigung des unbefugten Eindringens?«

»Das Gelände war immer offen für ehrliche Leute, my Lord.«

»Und warum mußtet Ihr dann über die Mauer springen?«

»Verzeihung, my Lord, Sie haben auch dafür keinen Beweis.«

»Wagst du zu behaupten«, schrie Bykes, der sich langsam wieder gefaßt hatte, daß ich nicht mit eigenen Augen gesehen habe, wie du über den Deich gesprungen bist — jawohl, und zwar mit etwas Weißem in der Hand, und das sah ganz nach Vogelschwingen aus, die noch flatterten?«

»Bin ich hinaus- oder hineingesprungen, Johnny Bykes?«

»O, hinein.«

»Ich bin wirklich über den Deich gesprungen, my Lord, aber hinaus, nicht hinein.«

»Und wie seid Ihr hineingelangt?« fragte der Marquis.

»Ich kam hinein, my Lord«, begann Malcolm, hielt aber dann inne.

»Wie seid Ihr hineingelangt?« wiederholte der Marquis.

»O, es gibt viele Wege hineinzukommen, my Lord. Das letzte Mal, mit Ausnahme von heute, war es über den Balg von Johnny Bykes da, der mich aussperren wollte.«

»Und das nennst du nicht Einbrechen?« warf Bykes ein.

»Nein, da war nichts zu brechen, außer vielleicht Euren Knochen, Johnny, aber das wäre schade gewesen, denn sie eignen sich so gut zum Wegrennen.«

»Ihr hattet kein Recht, gegen den Willen meines Torhüters einzudringen«, sagte seine Lordschaft. »Wozu ist ein Torhüter sonst da?«

»Ich hatte ein Recht, my Lord, solange ich etwas für my Lady zu besorgen hatte.«

»Und was war das für eine Besorgung?« wollte der Marquis wissen.

»Ich fand auf den Dünen ein Buch, das aussah, als gehöre es ihr. Auf der Innenseite war das Bild mit den zwei wilden Tieren, die bei der Türe von Eurer Lordschaft stehen. Und als ich es ins Haus brachte, stellte sich heraus, daß ich recht hatte. Hier ist die halbe Krone, die sie mir gab.«

Wie wenig wußte Malcolm davon, daß die zartesten Ohren horchten und die strahlendsten blauen Augen heruntersahen, belustigt, ängstlich, aber auch voller Interesse. Auf einem Absatz in halber Höhe der Treppe stand Lady Florimel und blickte über das Geländer. Ängstlich vermied sie, ihren Blick auf ihn zu richten, damit er nicht bewogen wurde, zu ihr hochzusehen.

»Ja, ja, allerdings«, meinte der Marquis, »aber«, so fuhr er hartnäckig fort, »ich möchte doch gerne wissen, wie Ihr das erste Mal hereingekommen seid. Ihr scheint da etwas mit der Antwort zu zögern.«

»Ja, in der Tat, my Lord.«

»Dann muß ich auf einer Antwort bestehen.«

»Nun, ich möchte lieber darauf verzichten. Es war eine saubere und einwandfreie Sache, und wenn Eure Lordschaft an meiner Stelle gewesen wären, hätten Sie genauso gehandelt.«

»Er war hinter einem von unseren Mädchen her«, flüsterte der Marquis dem Wildhüter zu.

»Fragen Sie ihn, my Lord, wenn es Eurer Lordschaft beliebt, was er in der Hand hielt, als er über die Parkmauer sprang«, sagte Bykes.

»Für Seine Lordschaft ist das alles gleich«. meinte Malcolm, ohne Bykes anzublicken, »es wäre besser, mich nicht zu fragen, denn es ginge mir gegen den Strich, die Antwort zu verweigern.«

»Ich möchte es gerne wissen«, sagte der Marquis.

»Sie müssen mir vertrauen, my Lord, daß ich nichts Böses getan habe. Ich gebe Ihnen mein Wort darauf, my Lord.«

»Aber wie kann ich wissen, was Euer Wort wert ist?« entgegnete Lord Lossie, dem die Würde gefiel, die in dem Benehmen des Jungen lag.

»Wenn man wissen will, was das Wort eines Mannes wert ist, muß man ihm zuerst Vertrauen schenken, my Lord. Es ist nicht viel, um was ich Sie bitte. Ich möchte es so sagen: Ich habe Gründe, die für mich gut und für Sie nicht schlecht sind, wenn Sie sie kennen würden, die Fragen Eurer Lordschaft nicht zu beantworten. Ich bestreite kein Wort von dem, was Bykes gesagt hat. Ich habe den Mann noch nie einen Lügner genannt. Aber er ist ein streitsüchtiger Wichtigtuer, der als Torhüter ungeeignet ist, außer vielleicht auf der Rückseite, wo niemand aus- und eingeht.«

»Wollt Ihr denn, daß er die ganzen Landstreicher der Gegend hereinläßt?« fragte der Marquis.

»Natürlich nicht, my Lord. Aber ich möchte, daß er Menschen wie mir, der ich den Fisch für den Frühstückstisch Eurer Lordschaft bringe, keine Scherereien macht, denn diese Tätigkeit kann man wohl kaum als Unfug ansprechen.«

»In dem, was Ihr sagt, ist ein Körnchen Wahrheit«, erwiderte der Marquis. »Aber es wäre nicht gut, wißt Ihr, wenn man jeden über die Parkmauer hüpfen ließe, dem das gerade einfällt. Warum seid Ihr eigentlich nicht zum Tor hinausgegangen?«

»Der Bach lag zwischen mir und dem Tor, und außen herum ist der Weg ziemlich weit.«

»Nun, ich muß Euch eine gewisse Strafe auferlegen, um andere abzuhalten«, sagte der Marquis.

»Schon gut, my Lord, so lange sie fair ist. Ich werde mich ihr ohne Klage unterwerfen.«

»Sie wird nicht zu hart ausfallen. Nur dies — daß Ihr John Bykes in dem Augenblick, da Ihr außerhalb der Sicht des Herrenhauses seid, die Tracht Prügel verabreicht, die er verdient.«

»O nein, my Lord, das kann ich nicht tun«, erklärte Malcolm.

»So habt Ihr trotzdem Angst vor ihm!«

»Angst vor Johnny Bykes, my Lord? Ha, ha!«

»Noch vor einer Minute habt Ihr ihm gedroht, und nun, da ich Euch die Erlaubnis erteile, ihn zu verprügeln, weigert Ihr Euch, diese Ehre anzunehmen.«

»Die Schande, my Lord. Er ist ein älterer Mann und nicht halb so groß wie ich. Aber wenn er sich noch ein weiteres Wort gegen meinen Großvater herausnimmt, dann werde ich ihm wirklich einen Denkzettel verpassen.«

»Nun, dann nichts wie fort mit euch beiden«, beendete der Marquis die Verhandlung und erhob sich.

Niemand vernahm das Rascheln von Lady Florimels Gewand, als sie die Treppe hinaufeilte. Bei sich überlegte sie, wie seltsam es war, ein Geheimnis mit einem Fischer zu teilen. Um ihrer selbst und um seinetwillen war sie froh, daß er so gut davongekommen war, denn andernfalls hätte sie sich verpflichtet gefühlt, ihrem Vater die ganze Geschichte zu erzählen, und sie war sich nicht so sicher wie Malcolm, daß der Marquis mit seinen 'Gründen' zufrieden gewesen wäre. Während sie so etwas wie eine mit Dankbarkeit gemischte Bewunderung empfand bei der Erkenntnis, was für ein getreuer Kavalier er war, fühlte sie sich doch gleichzeitig etwas irritiert über Malcolm, der sie in die peinliche Situation gebracht hatte, ein Geheimnis mit einem jungen Mann seiner Position zu teilen.

Einige Tage lang blieb das Wetter trüb und unbeständig mit kalten Windböen und gelegentlichen Regenschauern. Doch dann kam ein Morgen, noch immer grau zwar, aber warm und voller Hoffnung; noch vor Mittag brach die Sonne durch, und die letzten Nebel verzogen sich. Malcolm war in Scaurnose gewesen und hatte seinen Freund Joseph Mair besucht. Nun stieg er den steilen Pfad an der Seite des Vorgebirges auf seinem Heimweg hinunter, als sein scharfer Blick am Dünenhang eine Gestalt entdeckte, die niemand anders sein konnte als Lady Florimel. Sie hob den Blick nicht, bis er ganz nahe war, und auch dann schlug sie die Augen nieder ohne ein Zeichen des Erkennens, als sei er ein völlig fremder Fischer. Sie war schon halb und halb geneigt, eine Auseinandersetzung mit ihm vom Zaun zu brechen und stellte sich vor, er werde sich im Vertrauen auf ihr recht alltägliches gemeinsames Abenteuer und seinen Ausgang mit einem bisher nicht gezeigten Selbstvertrauen nähern. Ihr Kopf blieb regungslos über das Buch gebeugt, als er dastand und sie ansprach.

»My Lady«, fing er an und hielt den Hut in der Hand.

»Nun?« entgegnete sie, ohne auch nur den Blick zu heben, denn das ererbte Vorrecht ihres Ranges versetzte sie in die Lage, beleidigend kühl zu sein.

»Ich hoffe, das Büchlein sah nicht gar zu schlimm aus, my Lady«, sagte er.

»Das hat nichts zu sagen«, erwiderte sie.

»Wenn es meins wäre, würde ich nicht so denken«, gab er zurück und blickte sie eifrig an. »Hier ist Ihr Taschentuch, my Lady«, fuhr er fort. »Ich habe es sauber gefaltet aufbewahrt, seit mein Daddy es gewaschen hat. Für einen Blinden hat er das recht gut gemacht, und ich selbst hab's gebügelt, so gut ich konnte.«

Beim Sprechen wickelte er ein Stück braunes Papier auf, das er ihr bescheiden überreichte.

Sie nahm es langsam aus seiner Hand, legte es mit einem steifen »danke« neben sich und senkte wieder den Blick, als wolle sie damit ein Ende der Unterhaltung andeuten.

»Ich zweifle, ob Ihnen meine Gesellschaft heute willkommen ist, my Lady, und ich werde mich bald auf den Weg machen«, sagt Malcolm mit unsicherer Stimme, »aber da ist noch etwas, was ich Ihnen sagen muß. Als ich Ihnen neulich Ihr Buch brachte, schickten Sie mir durch Ihre Dienerin eine halbe Krone. Vor dem Mädchen wollte ich nichts gegen etwas sagen, was Sie mir gegenüber taten. Ich dachte bei mir, daß es vielleicht für die Würde von my Lady und die Sicht der Dinge notwendig ist —«

»Wie könnt Ihr irgendein Einverständnis zwischen Euch und mir andeuten!« rief das Mädchen in hellem Zorn.

»Lieber Gott, Mem! Was habe ich denn gesagt, daß Sie mich so anfunkeln? Ich dachte, Sie hätten das getan, weil Sie vor dem Mädchen nicht schäbig dastehen wollten gegenüber dem Burschen, der Ihnen Ihr Buch zurückbrachte.«

Während er sprach, rieb er die Münze, die er aus der Tasche genommen hatte, eifrig mit Sand ab, bis sie glänzte wie neu, als er sie ihr nun hinreichte.

»Ihr irrt Euch«, entgegnete sie ungnädig. »Ihr beleidigt mich mit der Annahme, ich wolle das Geld zurückhaben.«

»Glauben Sie denn, ich könne bezahlt werden für einen Gang zu einem Nachbarn, geschweige denn die Rückgabe eines Buches an eine Dame?« sagte Malcolm tief verletzt. »Das würde heißen, mich selbst zu verachten. Ich will für meine Arbeit bezahlt werden, und ich mag gern gut bezahlt werden. Aber was ich neulich tat, kann man schwerlich als Arbeit bezeichnen. Es kann wohl keine Kränkung sein, wenn ich Ihnen Ihr Geld zurückgebe, my Lady.«

Wieder hielt er ihr die Münze hin.

»Ich sehe nicht im geringsten ein, warum Ihr das Geld nicht nehmen wollt. Ihr habt zweifellos dafür gearbeitet.«

»Wirklich, my Lady, eine solche Einstellung würde die Welt um jede Gnade bringen! Was wäre das Leben wert, wenn man für alles zahlen würde? Nehmen Sie Ihre halbe Krone an sich, my Lady«, schloß er in eindringlichem Ton.

Doch der energische Ausbruch genügte, um Lady Florimel in ihrer augenblicklichen Laune zu verärgern.

»Macht mit dem Geld, was Ihr wollt; nur geht fort und laßt mich damit in Ruhe«, erklärte sie eisig.

»Was soll ich damit anfangen, wenn ich es nicht ausgeben will?« sage Malcolm mit der Geduld tiefer Enttäuschung.

»Gebt es irgendeiner armen Kreatur. Ich bin sicher, Ihr kennt jemand, der sich darüber freut.«

»Ich möchte nicht das Ansehen einer Großzügigkeit haben, die nicht von mir ausgeht.«

»Ihr könnt ja sagen, Ihr hättet es verdient.«

»Und mich damit selbst erniedrigen, indem ich eine Belohnung von einer geborenen Lady für das gleiche annehme, was ich gerne für jeden Bettler im Lande täte? O nein, my Lady.«

»Eure Worte sind in der Tat schmeichelhaft, wenn Ihr mich auf eine Stufe stellt mit jedem Bettler im Land!«

»Nur was einen solchen Dienst angeht, my Lady. Sie wissen recht gut, was ich damit sagen will. Bitte nehmen Sie das Geld zurück.«

»Wie könnt Ihr mich darum bitten zurückzunehmen, was ich einmal gegeben habe!«

»Als Sie das Geld gaben, konnten Sie nicht wissen, was Sie taten. Nehmen Sie es zurück, und ein Stein wird mir vom Herzen fallen.«

Er sprach doch tatsächlich von seinem Herzen! — Wie würde ein Mädchen in Lady Florimels Stimmung das aufnehmen?

»Bitte ärgert mich jetzt nicht länger!« sagte sie und unterdrückte ihren Zorn, als sie von neuem zu ihrem Buch griff.

Malcolm blickte sie einen Augenblick an, dann wandte er sein Gesicht der See zu und stand einen Atemzug lang still da. Lady Florimel blickte auf, doch Malcolm nahm ihre Bewegung nicht wahr. Er hob die Hand und schaute auf die halbe Krone, die in seiner Handfläche blinkte. Mit einer plötzlichen Drehung des Körpers und einer heftigen Bewegung des Armes schleuderte er die Münze schnell über den Sand in die auflaufende Flut. Noch ehe sie auf das Wasser klatschte, drehte er sich um und ging mit langen Schritten und gebeugtem Kopf von dannen.

Lady Florimel empfand einen heftigen Stich im Herzen.

»Malcolm!« rief sie.

Er wandte sich sofort um, kehrte langsam zurück und blieb schweigend vor ihr stehen.

Sie mußte etwas sagen. Ihr Blick fiel auf das Päckchen, das neben ihr lag, und sie sprach den ersten Gedanken aus, der ihr durch den Kopf ging.

»Wollt Ihr dies annehmen?« fragte sie und bot ihm das Taschentuch dar.

Benommen streckte er die Hand danach aus und nahm es an sich mit einem Blick, als wisse er nicht, was er da in der Hand hielt.

»Es ist schon etwas Eigenartiges!« meinte er schließlich mit einer enttäuschten Handbewegung. »Sie wollen nicht einmal das Waschen eines Taschentuches von mir annehmen, aber mir wollten Sie eine halbe Krone in die Hand drücken! Mem, Sie sind eine große, hübsche Dame. Und Sie haben eine Art an sich, und wenn es nur eine Bewegung Ihres Kopfes ist, die selbst einen Engel dazu verleiten könnte, alles fallen zu lassen, was er in der Hand hält. Aber ehe ich jemand kränke, die nichts als guten Willen von mir wollte, möchte ich, möchte ich — lieber der Fischerjunge sein, der ich bin.«

Sicher ein schwachbrüstiges Bekenntnis, aber Malcolm fühlte sich endlich erleichtert. Er legte das Päckchen fast andächtig neben ihr in den Sand und wandte sich von neuem zum Gehen. Doch Lady Florimel sprach wieder.

»Nun seid Ihr es, der mich kränkt«, sagte sie weich. »Wenn eine Dame einem Gentleman ihr Taschentuch schenkt, dann wird das im allgemeinen als ganz besondere Gunst aufgenommen.«

»Wenn ich einen Fehler gemacht habe, my Lady, dann deshalb, weil ich kein Gentleman und nicht gewohnt bin, wie ein Gentleman behandelt zu werden. Aber ich zweifle, ob ein Gentleman Ihre Absicht geahnt hätte, nachdem Sie ihm zuerst eine halbe Krone anboten.«

»O ja, das hätte er — unbedingt!« behauptete Florimel mit beleidigtem Ausdruck.

»Dann bedauere ich, my Lady, zum erstenmal in meinem Leben, daß ich nicht als Gentleman geboren wurde.«

»In diesem Falle hätte ich das Geschenk sicherlich nicht gemacht«, sagte Florimel in ihrer Launenhaftigkeit.

»Warum nicht, my Lady? Ich verstehe Sie wieder nicht. Zwischen uns muß doch ein großer Unterschied sein!«

»Weil ein Gentleman sich bei einer solchen Gunst Freiheiten herausgenommen hätte.«

»Nun, dann bin ich mehr als je glücklich darüber«, sagte Malcolm und hob mit einer langsamen Geste das Tuch auf, »daß ich nicht als Gentleman geboren bin, denn sonst würde ich auf arbeitende Menschen, zu denen ich selbst gehöre, herabschauen und sie als Menschen zweiter Klasse ansehen. Aber ich bitte Sie um Verzeihung, daß ich Sie falsch verstanden habe, my Lady. Und solange ich lebe, werde ich das hier als eine der Federn eines Engels betrachten, die er fallen ließ, als er am ausgehöhlten Felsen saß. Und wenn ich tot bin, will ich das Tuch auf mein Gesicht legen, dann kann ich vielleicht im Vorbeigehen einen Blick auf Sie werfen. Leben Sie wohl, my Lady.«

»Lebt wohl«, erwiderte sie freundlich. »Ich wünschte, mein Vater würde mir erlauben, daß ich mit Eurem Boot eine Ruderpartie unternehme.«

»Es steht Ihnen jederzeit zu Diensten, wenn Sie wollen, my Lady«, sagte Malcolm.

Lady Florimel lag auf der Düne und versuchte wieder zu lesen. Doch die beiden letzten Tage war sie dessen müde geworden. Sie hob ihren Blick vom Buch hoch und sah hinaus auf die See. Nirgends, nicht einmal an tropischen Ufern, gab es einen farbenprächtigeren Ozean. Üppig in Purpur und Grün, mattem Blau und funkelndem Gold erschien er Malcolm. Doch Lady Florimel empfand nur das Alleinsein. Ein einsames Boot lag an dem langen Strand. Ohne Lebenszeichen dehnten sich die bewegungslosen Klippen weit in das Meer hinaus. Wurde sie ihrer Freiheit ohne Gefährten langsam müde? War selbst der Streit mit einem Fischerjungen für sie eine Art von Zeitvertreib? Wünschte sie nun, ihn etwas länger aufgehalten zu haben? Konnte sie ein Interesse an ihm entwickeln, das über jenes hinausging, welches sie dem Hund oder dem Lieblingspferd ihres Vaters entgegenbrachte?

Was immer sie in diesem Augenblick an Gedanken und Empfindungen bewegen mochte, es blieb die Tatsache, daß Florimel Colonsay, die Tochter eines Marquis, und Malcolm MacPhail, der Enkel eines blinden Dudelsackpfeifers, eben eine Frau und ein Mann waren — und der Mann war diesmal der Edlere und tiefer Empfindende von beiden.

Plötzlich befand sich, fast wie aus dem Sand gewachsen, der verrückte Laird fast unmittelbar neben Lady Florimel.

»I dinna ken whaur I come from«, sagte er.

Lady Florimel fuhr hoch, richtete sich halb auf, und als sie den Zwerg so nahe sah, sprang sie auf die Füße und floh eilends zu dem Tor im Tunnel unter der Straße, wo sie verschwand. Von dort aus kletterte sie gemächlich auf den Hügel im Park. Aus der Sicherheit dieses erhöhten Standortes blickte sie zum Ufer hinab. Sie setzte sich und nahm einen Anlauf zum Lesen, wurde jedoch wieder gestört, diesmal durch einen rauhen Gruß von Demon. Gleich darauf erschien ihr Vater, und Lady Florimel fühlte sich plötzlich erleichtert, daß sie hier angetroffen worden war und nicht weiter draußen auf der Düne im Gespräch mit Malcolm.

Elftes Kapitel

Der Dudelsack

Einige Tage nach diesen Ereignissen betrat ein livrierter Diener des Marquis die Seaton, schnüffelte mit betontem Mißbehagen die Luft im Dorf und lenkte seine Schritte auf die Hütte zu, wobei er nach dem Weg 'zu einem gewissen blinden Mann, der auf einem Instrument genannt Dudelsack spielt', fragte. Der Stil, in dem er seine Botschaft ausrichtete, war vermutlich abgewandelt durch die Tatsache, daß er Malcolm mit seinem Großvater beim Nachtessen vorfand; denn er war dabei gewesen, als Malcolm von Bykes vor den Marquis geschleppt worden war, und hatte in gewisser Weise den jungen Mann und seine Natur verstanden. Er brachte deshalb in der höflichsten Art und ganz zu Duncan MacPhails Zufriedenheit die Bitte vor, Mr. Duncan MacPhail möge am nächsten Abend um sechs Uhr beim Marquis erscheinen und seiner Lordschaft und einigen vornehmen Gästen das Vergnügen machen, ihnen während des Desserts auf seinem Dudelsack vorzuspielen. Auf diesen Auftrag erwiderte der alte Mann in würdevoller und höflicher Weise im besten Englisch, dessen er sich bedienen konnte, zwar ziemlich verzerrt durch die gälische Aussprache und einzelne Ausdrücke, aber doch verständlich für den Boten, der das Wesentliche der Antwort zur Zufriedenheit seines Herrn mit nach Hause nahm und mit der Form seine Kollegen unter der Dienerschaft erheiterte.

Duncan nahm die Einladung äußerst gelassen auf, war aber doch überglücklich. Er hatte ein- oder zweimal vor dem verstorbenen Marquis gespielt, und nachdem er seither den Stil eines Dudelsackpfeifers beim Marquis von Lossie gepflegt hatte, betrachtete er nun den Auftrag als Bestätigung seines Amtes. Kaum waren die Schritte des Boten verhallt, da nahm er den Dudelsack aus der Ecke, füllte den Sack mit Luft und veranstaltete einen solch dröhnenden Lärm, daß sich in wenigen Minuten die ganzen Kinder der Seaton vor seiner Haustüre versammelt hatten. Als er schließlich außer Atem geriet, legte er das Instrument beiseite, holte sein Breitschwert von der Wand und machte sich daran, mittels Ziegelstaub und Lampenöl Griff und Klinge mit größter Sorgfalt zu polieren. Mit den empfindsamen Spitzen seiner langen, knochigen Finger spürte er auch die kleinsten Rostflecken auf. Schließlich war er mit dem Glanz zufrieden und bat Malcolm, ihm die Scheide zu bringen. Er bewahrte sie zusammen mit Felltasche und Sonntagsmantel in der Schublade auf, da das Leder so alt und brüchig war, daß er Angst hatte, sie könnte auseinanderfallen. Als nächstes machte er sich daran, den Dudelsack mit bunten Bändern zu schmücken. Er ließ sich von jedem einzelnen die Farbe sagen und befestigte sie nach einem nur ihm selbst bekannten Prinzip nacheinander, wie es ihm richtig schien. Er schüttelte und strich sie glatt und legte soviel Stolz in diese Arbeit, als handle es sich um Töne und nicht um Bänder. Als er damit fertig war, nahm er das Spiel wieder auf und fuhr damit trotz der Vorhaltungen seines Enkelsohnes fort, bis es Zeit war, zu Bett zu gehen.

In dieser Nacht schlief er nur wenig, und als der Tag fortschritt, nahm seine Aufregung immer mehr zu. Kaum hatte er seine Mittagsmahlzeit aus Haferbrei und Haferkuchen verzehrt, da wollte er sich schon für seinen Auftritt ankleiden. Malcolm brachte ihn jedoch dazu, sich hinzulegen und ihm beim Spiel zuzuhören. So seltsam es klingen mag, aber Malcolm gelang es, ihn mit dem Instrument in Schlaf zu spielen. Doch er hatte nicht mehr als fünf Minuten geschlafen, als er hellwach vom Bett aufsprang und rief: »Malcolm, mein Junge! Mein Sohn! Du hast mich einschlafen lassen, und diese vornehmen Leute warten ungeduldig auf meine Musik und verfluchen mich in ihrem Herzen!«

Erst der Beginn des Ankleideprozesses konnte ihn beruhigen, dessen Ergebnis in seiner Mischung aus Schäbigkeit und Glanz irgendwie rührend wirkte. Die herabbaumelnden messingbeschlagenen Enden seiner Felltasche vorn, das silberbeschlagene Dolchmesser an seiner Seite mit dem Heft, das einen aus schwarzer Eiche geschnitzten Adlerkopf darstellte, und dem schimmernden Stahlkorb mit dem Breitschwert auf der anderen Seite; die mächtige Schulterbrosche aus grobgearbeitetem Messing, der Dudelsack mit seinem fadenscheinigen Windsack und den farbigen Bändern, der verblaßte Kilt mit seinen Öl- und Schmutzflecken, die dutzendmal gestopften Strümpfe, die über und über mit Flicken besetzten Schuhe, die kaum noch das ursprüngliche Leder erkennen ließen, die von Wind und Wetter grau verfärbte runde blaue Kappe — all das vereinigte sich zu einem Bild, das für einen vulgären Menschen lächerlich anmuten mochte, für den, der diese Art liebte, aber rührend war. Duncan sah aus wie ein halbvermoderter Krieger, der einer fernen Vergangenheit entstiegen und in eine Welt getreten war, die nicht die seine war.

Ganz Seaton war auf der Straße, um sie abmarschieren zu sehen, Malcolm in seinem gewöhnlichen Sonntagsanzug und Duncan in seiner farbenprächtigen Hochlandtracht. Männer, Frauen und Kinder säumten die Häuserfront, als sie vorbeigingen, denn jeder kannte ihr Ziel und wünschte ihnen viel Glück. Duncan schritt voraus, Malcolm, der den Dudelsack trug, folgte nach. Er betrachtete seinen Großvater mit einer Mischung aus Stolz und Mitgefühl. So betraten sie das nächste auf den Grund des Herrenhauses führende Tor. Bykes sah sie und spöttelte, blieb ihnen aber aus dem Weg.

Im Hause wurden sie in den Dienerschaftsraum geführt, wo man ihnen Erfrischungen anbot. Der alte Mann aß nur wenig, da er, wie er sagte, den ganzen Raum für seinen Atem brauchte, trank aber gern ein Glas Bier. Er war ängstlich darauf bedacht, seinem Ruf als Dudelsackpfeifer gerecht zu werden, doch freute er sich auch, bei dieser Gelegenheit dem schwindenden Feuer des hohen Alters ein wenig Öl aufzugießen, und als der Ruf in den Speisesaal sich seiner Meinung nach lang hinzögerte, hatte er ein zweites Glas genommen, ehe sie die Halle verließen.

Sie wurden durch endlose Gänge geführt, über eine steinerne Wendeltreppe, durch eine Vorhalle; schließlich wurden sie aufgefordert, sich in einem Vorraum niederzulassen, der von den Geräuschen und Gerüchen der Festtafel nebenan erfüllt war. Nach langem Warten wurden sie in den Speisesaal geleitet. Duncan wäre ungeschützt durch seine Blindheit sogar unerschrocken in die himmlischen Hallen marschiert. Bei seinem Eintritt trat plötzliche Stille ein, denn sein von Armut gezeichnetes Alter und seine Würde übten für einen Augenblick ihre Wirkung aus. Dann setzten Summen und Gelächter von neuem ein, gelegentlich übertönte ein Fluch die wirren Laute des Gesprächs, das Gurgeln des Weines, das Klingen von Gläsern und Porzellan.

Vor Malcolms Augen, die zuerst betäubt und verwirrt waren, traten allmählich die Dinge in ihre Ordnung. Seine Augen entdeckten schnell das liebliche Gesicht von Lady Florimel, doch nach dem ersten Blick wagte er kaum, sie ein zweites Mal anzuschauen. Für ein so junges Mädchen trug sie viel zu viel Schmuck, denn ihr Vater hatte ihr alles übergeben, was ihrer Mutter gehört hatte, dazu noch einige Familienbrillanten, und in ihrer Unerfahrenheit sah sie keinen Grund, nicht alle Stücke zu tragen. Die Diamanten blitzten, funkelten und glühten auf ihrem weißen Hals, den sie unbedeckt trug und der Malcolm mehr verwirrte als alle Juwelen. Sie sprach und lachte mit einem jungen Mann, der ein halbwegs militärisches Aussehen hatte und seine Blicke uneingeschränkt über ihre Schönheit schweifen ließ.

Die Gäste waren nicht allzu zahlreich: eine gewisse Gräfin mit kühnem Gesichtsschnitt, in deren Augen das Feuer zu verblassen begann; der Soldat, ihr Neffe, ein verliebter Stutzer; ein großer schlanker Mann, der mit dem Essen herumtrödelte und trank, als müsse er seine Gebeine vor dem Vertrocknen bewahren; ein älterer, stiernackiger Mann vom Hannoveraner Schlag mit rotem Gesicht und endlich zwei Gutsherren aus der Nachbarschaft mit ihren Frauen, etwas gewöhnlich und höchst erfreut, an der Tafel des Marquis sitzen zu dürfen.

Die Zahl der Diener entsprach der Zahl der Gäste, doch Malcolm erspähte bald eine Gelegenheit, sich nützlich zu machen. Er sah, wie einer der Diener plötzlich weggerufen wurde und eine Schale mit Obst beiseite stellte in dem Augenblick, als die Gräfin darauf wartete; da sprang er fast unwillkürlich von seinem Sitz neben Duncan auf und reichte ihr die Schale. Er beendete anschließend die Runde um die Tafel, während der Marquis ihn mit eigenartigem Blick beobachtete.

Während er so beschäftigt war, verlor Duncan entweder die Geduld oder nahm an, er habe ein Signal erhalten, drückte mit aller Macht den vollaufgeblasenen Luftsack zusammen und blies einen so wilden Tusch, daß eine der Damen vom Stuhl hochfuhr. Der Marquis brach in Gelächter aus, wies ihn aber zum Einhalten an — was sich für den Augenblick als unmöglich erwies, denn Duncan war in voller Fahrt. Schließlich begriff er und ließ die Luft aus dem Instrument, fast wie ein plötzlich gezügeltes Pferd, und allmählich lockerten sich die angespannten Muskeln. Er nahm die Lippen vom Mundstück und ließ das Instrument auf seinen Schoß fallen. Er hörte, wie die Damen aufstanden und den Raum verließen, und erst als sich die Herren wieder zu ihrem Wein niedergesetzt hatten, war erneute Nachfrage nach seiner Kunst.

Ob die nun folgenden Ereignisse vorher arrangiert waren oder aus einer Laune des Augenblicks entsprangen, läßt sich nicht sagen. Während der alte Mann auf seinem Dudelsack blies, so tapfer es die anhaltende Demütigung erlaubte, unterbrach der Marquis das Spiel und bot ihm ein großes Glas Sherry an. Danach bat er ihn, so laut wie nur möglich zu spielen, damit sie sehen könnten, was sein Dudelsack hergäbe. Gleichzeitig schickte er Malcolm um einen speziellen Wein, den er haben wollte, zum Butler. Malcolm machte sich bereitwillig auf den Weg, verlor aber viel Zeit, weil er sich im Herrenhaus nicht auskannte. Als er zurückkam, mußte er eine dramatische Veränderung feststellen.

Sobald er den Raum verlassen hatte und der alte Mann aus vollen Lungen blies in der Vorstellung, seine Zuhörer mit der großartigen Musik der Berge des schottischen Hochlands zu erfreuen, nahm einer aus der Runde — wer, ließ sich nie feststellen, weil einer immer fröhlich die Schuld auf die anderen schob — ein Federmesser, trat leise hinter ihn und brachte dem Windsack einen langen Schlitz bei, so daß die Luft schlagartig ausströmte und der Ton abrupt abbrach. Kein Gelächter verriet die Ursache der Katastrophe, in stillem Vergnügen saßen die Verschwörer da und beobachteten seine Bewegungen. Einen Augenblick lang war Duncan so verblüfft, daß er keinen Gedanken fassen konnte, dann legte er das Instrument auf die Knie und begann nach dem Grund für den plötzlichen Kollaps zu forschen. Langsam traten ihm Tränen in die Augen und rannen über sein Gesicht.

»My Lord und meine Herren, ich hatte befürchtet«, sagte er mit zitternder Stimme, »daß mein Dudelsack es nicht mehr lange machen würde, aber ich habe doch geglaubt, er werde mich überleben.«

Plötzlich verstummte er, denn seine Finger hatten die Wunde entdeckt und verlangten nach einer Erklärung, sie liefen über die glatten Kanten des Schnitts und entdeckten die Schurkerei. Er stieß einen Schrei aus wie ein verwundetes Tier, warf den Dudelsack zur Seite und sprang auf. Dabei vergaß er, daß vor ihm eine Stufe war, er stolperte nach vorn und fiel schwer zu Boden. In diesem Augenblick betrat Malcolm das Zimmer, eilte ihm zu Hilfe und setzte ihn wieder auf die Stufen.

»Malcolm, mein Sohn«, schluchzte er, »man hat Duncan in der Halle des Fremden Unrecht zugefügt; sie haben meinem besten Freund das Messer ins Herz gestoßen, und ich bin zu blind, um Rache zu nehmen. Malcolm, nimm das Schwert und geh auf den Verräter los.«

Seine zitternde Stimme erhob sich zu einer wilden Klage und die Hand umfaßte das Heft der Waffe. Malcolm erkannte aus den Blicken der Männer, daß sein Großvater die Dinge richtig erfaßt hatte, und sagte zornig: »Sie sollten sich schämen, sich Edelleute zu nennen und einem armen blinden Mann, der sein Bestes getan hat, Ihnen eine Freude zu machen, einen derart üblen Streich zu spielen!«

Sie gaben ihm Zeichen, während er sprach, sich nicht einzumischen, aber Malcolm achtete nicht darauf und wandte sich seinem Großvater zu, den er zum Heimgehen überreden wollte. Aber die Herrschaften hatten nicht die Absicht, ihn schon gehen zu lassen. Lord Lossie, der wahrscheinlich durch den Wildhüter von den besonderen Antipathien des Dudelsackpfeifers wußte, nahm nun das Spiel auf.

»Das war wirklich zu gemein von Euch, Campbell«, sagte er, »dem alten Mann so hinterlistig mitzuspielen.«

»Ich hätte es wissen können«, schrie er mit erstickter Stimme, »daß da ein verfluchter Hund von einem Cawmill die Hand im Spiel hat!«

Einen Augenblick stand er schwankend da.

»Ihr braucht gar nicht zu versuchen, es zu leugnen! Es war

wirklich böse von Euch, Glenlyon«, unterbrach der Marquis die Stille im Raum.

Ein Wutgeheul brach aus Duncans Brust. Er hatte das Breitschwert aus der Scheide gerissen und keuchte: »Glenlyon! Dieser Teufel! Mit einem dreimal verfluchten Glenlyon habe ich getrunken?« Er wäre wohl mit der mächtigen Waffe weiter jedem im Raum nachgerannt, doch inzwischen war es seinem Enkel gelungen, die Arme um ihn zu schlingen und den Griff des schrecklichen Breitschwerts aus den knochigen Händen zu winden. Doch als Duncan seine Waffe losließ, verlor ihn Malcolm aus dem Griff. Duncan stürzte fort, zog den Dolch aus der Scheide und eilte in die Richtung, aus der er die letzten Worte vernommen hatte. Malcolm ließ das Schwert fallen und lief ihm nach in tödlicher Angst, was der alte Mann mit dem langen Messer anstellen würde, falls ihm jemand in die Quere kam.

»Pack mir den Schuft an der Gurgel« schrie der alte Mann. »Ich werde seinen Balg durchlöchern! Ich werde diesen Pferdedieb in Stücke hauen! Nur der Urenkel von Inveriggen darf dem Hund von Glenlyon an die Gurgel gehen!«

Während er diese Worte hervorstieß, rannte er wild im Raum umher, schwenkte seine Waffe, stieß Stühle um und fegte Schüsseln und Flaschen vom Tisch. Der Krach war fürchterlich, und den Männern, die das Durcheinander provoziert hatten, war das Lachen vergangen. Die rosigen Bäckchen des Hannoveraners hatten die Farbe von Blei angenommen. Der lange Dünne lachte wie ein Gerippe. Der Marquis bewahrte zwar seine kühle Haltung, blickte aber doch ein wenig ängstlich drein. Der Butler spähte durch die Türe, während Malcolm versuchte, seines Großvaters habhaft zu werden. Der alte Mann hatte eben mit seinem Dolch über den Tisch hin ins Leere gestochen und wollte erneut zustoßen, als Malcolm vorstürzte, um ihn davon abzuhalten, da er Gefahr für eine Schüssel erkannte. Doch die Schüssel ging zu Bruch und die Schneide drang durch Malcolms Hand und heftete sie an die Tischplatte, während Duncan in dem Glauben, er habe endlich Glenlyon erstochen, das Messer zitternd losließ.

»Da, Glenlyon!« sagte er und stand bebend im Nachklang der aufgewühlten Leidenschaften da, gälische Worte vor sich hinmurmelnd.

Malcolm hatte inzwischen das Messer aus dem Tisch gezogen und seine Hand befreit. Das Blut strömte, und der Marquis nahm sein Taschentuch und verband ihm damit die Hand. Doch der Junge wehrte die Aufmerksamkeit ärgerlich ab und hielt die Wunde mit der linken Hand fest, während er sich auf den Weg zu seinem Großvater machte.

»Du muß nun heimkommen, Daddy«, sagte er.
»Ist der Hund tot?« fragte Duncan eifrig.
»Nein, er atmet noch«, antwortete Malcolm.
»Ich werde erst gehen, wenn dieser Hund tot ist.«
»Was für ein gräßlicher Wilder!« sagte einer der Gutsherren, ein Friedensrichter. »Er sollte in ein Irrenhaus gesperrt werden.«
»Wenn Sie das tun wollen«, sagte Malcolm und bückte sich, um das Breitschwert aufzuheben, »dann müssen Sie näher bei unserem Heim beginnen. Und vergessen Sie bitte nicht, daß hier niemand gekränkt wurde außer meinem Großvater selbst.«
»He!« sagte der Marquis. »Und was wird aus all meinen Schüsseln?«
»Wirklich, my Lord, Sie können sich damit trösten, daß es keine Hirnschale war, denn die scheint im Herrenhaus ziemlich rar zu sein.«
»Ihr seid ein scharfzüngiger Racker!« sagte der Marquis.
Während dieses Wortwechsels hatte Duncan nach seinem Dudelsack herumgesucht. Nachdem er ihn gefunden hatte, drückte er ihn wie ein verletztes Kind an die Brust. »Komm heim, komm heim«, murmelte er, »dein eigner Barde hat dich gerächt.«
Malcolm nahm ihn am Arm und führte ihn weg. Er ging ohne ein Wort und drückte sein verwundetes Instrument an sich.
»Ihr werdet morgen früh von mir hören, mein Junge«, sagte der Marquis in freundlichem Ton, als sie aus dem Raum gingen.
»Ich habe nicht den Wunsch, noch etwas von Eurer Lordschaft zu hören. Sie haben für heute abend genügend angerichtet, my Lord, um sich bis zu Ihrem Todestag zu schämen, — falls Sie noch Schamgefühl in sich haben.«
Der militärisch aussehende Jüngling murmelte etwas von Widersetzlichkeit und trat einen Schritt auf ihn zu. Malcolm ließ seinen Großvater stehen und trat nochmals in den Raum.
»Nein, nein«, warf der Marquis dazwischen, »seht Ihr denn nicht, daß der Junge verletzt ist?«
Der junge Mann wandte sich zögernd ab, und Malcolm verließ mit seinem Großvater das Haus ohne weitere Belästigung. Die Kraft des alten Mannes war völlig erschöpft. Malcolm war froh, als er ihn schließlich sicher zu Bett gebracht hatte, denn seine Hand war inzwischen mächtig geschwollen und bereitete ihm heftige Schmerzen.
Duncan, der von seinem wilden Gefühlsaufruhr völlig ausgezehrt war, fiel rasch in einen unruhigen Schlaf. Malcolm ging alsbald zu einem ihrer Nachbarn, Meg Partan, und bat sie, bis zu seiner Rückkehr bei ihm zu wachen. Er verließ das Haus und ging bergan.

An Miss Horns Haus klopfte er leise an, worauf ihm von Jean geöffnet wurde.

»Was willst du zu dieser Stunde«, fragte sie, »wenn anständige Leute sich schon für die Nacht hergerichtet haben?«

»Ich möchte Miss Horn sprechen.«

»Ich wette, daß sie schon zu Bett gegangen ist«, sagte Jean, »aber ich werde gehen und nachsehen.«

Ehe sie ging, sah sie jedoch nach, ob die Küchentüre geschlossen war, denn ob sie nun zur Klasse der 'anständigen Leute' gehörte oder nicht, jedenfalls saß Mrs. Catanach in Miss Horns Küche, und keine von beiden hatte eine Nachthaube auf.

Jean kehrte umgehend zurück und bat Malcolm, in die Diele hinaufzugehen.

»Ich bin da in ein Mißgeschick geraten, Miss Horn«, sagte er beim Eintreten, »und ich glaube, ich konnte nichts besseres tun, als zu Ihnen zu kommen, denn Sie können den Mund halten, und das ist mehr als Gold wert.«

Das Kompliment war an Miss Horn nicht verschwendet, die sich umso mehr darüber freute, als sie es für gerechtfertigt ansah. Malcolm berichtete ihr die ganze Geschichte, die in ihr einen heftigen Unwillen und eine Serie wilder Blitze in ihren Blicken auslöste. Dann zeigte er ihr seine Hand.

»Mein Gott, Malcolm!» rief sie. »Was für ein Glück, daß ich keine Gefühle empfinde, sonst könnte ich den Anblick nicht ertragen. Mein armer Junge!«

Sie stürzte zur Treppe und schrie: »Jean, Jean! Hol heißes Wasser und Leinentücher!«

»Ich habe keins von beiden«, entgegnete Jean vom Fuß der Treppe aus.

»Dann mach Feuer und stell Wasser auf. Ich werde ein paar Tücher suchen«, setzte sie zu Malcolm gewandt hinzu, »und wenn ich den Rücken von meinem besten Sonntagskleid reißen muß.«

Sie kehrte zurück mit genügend Lappen für ein kleines Spital. Bis die brummelnde Jean mit dem heißen Wasser kam, saßen sie im matten Licht einer Talgkerze und sprachen.

»Das ist ein schreckliches Haus, da drüben in Lossie«, sagte Miss Horn, »und schreckliche Dinge haben sich da zugetragen. Der alte Marquis war ein übler Mensch. Ich wage nicht wiederzugeben, was er alles getan hat, selbst wenn nur die Hälfte von dem wahr ist, was behauptet wird. Der letzte war ein bißchen besser, und ich nahm an, der neue sei nicht so übel. Aber es liegt auf der Hand, daß er halt aus dem gleichen Stall ist wie die anderen.»

»Ich glaube nicht, daß er es besonders böse meint,« sagte Malcolm, dessen Zorn unter dem beruhigenden Einfluß von Miss

Horns Mitgefühl abgeklungen war. »Ich glaube, er ist eher gedankenlos als heimtückisch — und macht alles aus Spaß. Er sprach nachher sehr freundlich zu mir, aber ich konnte das nicht annehmen nach der Art, wie er meinen Daddy gedemütigt hat. Aber man sollte denken, er sei alt genug, um es besser zu wissen.«

»Ein alter Narr ist der schlimmste von allen Narren«, sagte Miss Horn. »Aber kein Streich dieser Art, auch wenn er noch so schlimm ist, kommt an das heran, was über seinen Bruder gesagt wurde. Natürlich hat niemand offen darüber gesprochen, alle deuten nur mit niedergeschlagenen Augen und Kopfschütteln an, als wollten sie sagen ... 'Ich könnte Ihnen da was erzählen .... wenn ich mich traute!' Offengestanden zweifle ich selbst, ob irgend etwas wirklich bekannt war, obwohl eine ganze Menge mehr war als nur Verdacht. Und wo Rauch ist, da ist auch Feuer.«

Während sie redete, bemühte sie sich, so gut sie konnte, unter vielen Mitleidsbekundungen um seine Hand. Als sie sie gebadet, verbunden und in eine Schlinge gelegt hatte, wünschte er ihr gute Nacht.

Zu Hause angekommen übernahm Malcolm die Nachtwache an Duncans Bett. Er ließ von Zeit zu Zeit Klagen über den Ermordeten von Glenco hören, dann wieder Erregung, daß er das Herz von Glenlyon getroffen hatte, und wieder Laute des Kummers um seinen ruinierten Dudelsack. Gegen Morgen wurde er schließlich ruhiger, und Malcolm schlief auf seinem Stuhl ein.

Zwölftes Kapitel

Die Kränkung

Als er am nächsten Morgen erwachte, schlief Duncan immer noch. Malcolm bereitete den Tee zu, setzte sich dann wieder neben das Bett und wartete auf das Erwachen des alten Mannes.

Das erste Anzeichen seines Erwachens war eine schwache, gemurmelte Frage: »Wird der Hund tot sein, Malcolm?«

»So sicher, wie du ihn erstochen hast«, antwortete Malcolm.

»Dann werde ich mich fertig machen«, sagte Duncan und machte eine Bewegung, als wolle er sich erheben.

»Für was, Daddy?«

»Für das Hängen, mein Sohn«, entgegnete Duncan kühl.

»Das hat noch Zeit, Daddy, bis sie nach dir schicken«, erwiderte Malcolm und achtete darauf, die wahren Umstände des Falles nicht zu offenbaren.

Duncan stimmte zu und nickte wieder ein.

Nach einer Weile fuhr er aus dem Schlaf hoch.

»Ich hatte einen bösen Traum, Malcolm, mein Sohn«, sagte er, »oder vielleicht war es mehr als ein Traum. Cawmill von Glenlyon, Gott verfluche ihn, kam an mein Bett und sprach zu mir: 'MacDhonuill, sagte er - als Toter wußte er meinen Namen, - MacDhonuill', sagte er, 'was soll das heißen, daß du meine Nachkommen erstichst?' Und ich antwortete ihm und sagte zu ihm: 'Ich bete darum, daß du es selbst gewesen, du verfluchter Glenlyon.' Und er sagte mir: 'Es wäre nicht gut, das zu wünschen; es würde dir schlecht bekommen, mich zu verfluchen, denn ich bin ein Toter. Aber was mir Sorgen macht', fuhr er fort, 'das bist du selbst.' 'Ich?' sagte ich. 'Du', sagte er, 'denn was wird man wohl mit dir machen, nachdem du einen Mann getötet hast, nur weil er meinen Namen trug, und er war nicht einmal ein Sohn von mir!' Und dann bin ich aufgewacht, und es war alles ein Traum!«

»Und nicht einmal so ein schlimmer Traum, Daddy!« meinte Malcolm.

»Kein übler Traum, mein Sohn, denn ich wünsche mir fast, ich hätte den Hund nicht ganz umgebracht!«

»Nun, Daddy, — vielleicht ist das für dich eine schlechte Nachricht, aber du hast niemanden getötet.«

»Habe ich meinen Dolch nicht in diesen Hund hineingerannt?« rief Duncan wild. »O nein, o nein, dann muß ich mich bis ans Ende meiner Tage schämen, wenn ich so nahe dran war, es zu tun. Aber das muß noch geschehen!«

Er schwieg einige Augenblicke, dann fuhr er fort: »Aber ich habe doch etwas getötet! Was war das, Malcolm ?«

»Du hast eine große Schüssel zu Boden gefeuert«, antwortete Malcolm. »Ich möchte wetten, daß sie mindestens ein Pfund gekostet hat.«

»Ich hörte das Geräusch, wie sie zerbrach; aber ich habe in etwas Weiches gestochen.«

»Du hast deinen Dolch in den Mahagonitisch von Mylord gerannt«, sagte Malcolm. »Man mußte ganz schön ziehen, um ihn wieder herauszubekommen.«

»Dann hat mein Arm nicht alle Kräfte verloren, Malcolm! Ich wünschte, der Tisch wäre der Brustkorb von Glenlyon gewesen!«'

»Du solltest keine solchen Stoßgebete von dir geben, Daddy.«

»Nun, selbst wenn ich dem toten Cawmill verzeihen könnte, wie soll ich dann dem verzeihen, der meinen Dudelsack aufgeschlitzt hat? O nein! Keine Musik mehr bis an mein Lebensende, Malcolm! Mein Dudelsack ist stumm auf immer!«

»Ich werde den Windsack bald wieder richten, Daddy. Und wenn ich das nicht kann, dann werden wir einen neuen besorgen. Du wirst noch oft auf deinem Instrument spielen, bis du deine Augen schließt!«

Sie wurden unterbrochen durch den wenig feierlichen Eintritt des gleichen Dieners, der ihnen die Einladung überbracht hatte. Er trug einen wunderschönen Dudelsack mit silberbeschlagenen Pfeifen aus Ebenholz.

»Ein Geschenk von my Lord, dem Marquis«, sagte er anmaßend, fast grob und legte das Instrument auf den Tisch.

»Ein neuer Dudelsack«, rief Malcolm, »und was für ein phantastischer, Daddy.«

»Nimm ihn fort!« schrie der alte Mann, dessen schwache Stimme kaum die Last der Empörung trug, die in ihr schwang. »Ich nehme keine Geschenke an vom Marquis, der den alten Duncan betrogen hat und ihn mit dem verfluchten Glenlyon hat trinken lassen. Sag das dem Marquis!«

Der Mann, der sich wohl freute, Überbringer einer so belustigenden Botschaft zu sein, trat mit dem Dudelsack den Heimweg an.

Der Marquis war zufrieden gewesen mit dem Erfolg seines Scherzes, obwohl dieser eine so ernste Wendung genommen hatte. Die Wut des alten Mannes war in seinen Augen im höchsten Maß lächerlich, und der Zorn des Jungen war so mannhaft, daß es schon pittoresk wirkte. Er hatte sogar beschlossen, etwas verschwommen und höchst zweifelhaft in der Durchführung, für den Fischerjungen etwas zu tun.

Der Dudelsack, den er überbringen ließ, gehörte zum Haus. Es war ein altes Instrument, in den Augen jeden Kenners oder Antiquitätenfachmannes von außergewöhnlichem Wert. Doch der Marquis war keins von beidem, und es machte ihm nicht das geringste aus, sich von dem Instrument zu trennen. Er zweifelte nicht daran, hierdurch eine Aussöhnung zuwege zu bringen, und war in keiner Weise auf eine Zurückweisung seines Geschenkes vorbereitet, die ihn aufs äußerste verblüffte und verärgerte.

Einmal verstand er nicht, daß jemand von Duncans geringem Stand eine Kränkung empfinden konnte, denn obwohl er selbst ein erhebliches Maß an Hochländerblut in den Adern hatte, verstand er nichts von den Sitten und tiefen Gefühlen der Kelten. Was in ihm noch edel war, fühlte sich zurechtgewiesen, und es tat ihm auch etwas leid, daß er zwischen sich und dem aufrechten jungen Fischer, zu dem er von Anfang an eine gewisse Zuneigung empfand, eine Barriere errichtet hatte.

Außer der Gräfin mit den scharfen Gesichtszügen schien keine der Damen im Wohnzimmer, denen er den höchst amüsanten Scherz in allen Einzelheiten geschildert hatte, die üble Geschichte belustigend zu finden, auch wenn sie alle gelacht hatten. Lady Florimel betrachtete die Geschichte als äußerst unwürdig und empfand Mitleid mit dem alten Mann, der ihrer Meinung nach verrückt sein mußte, und sie freute sich über das Lob, das ihrem jungen Kavalier von niederem Stand zuteil wurde. Die Wunde an seiner Hand wurde vom Marquis für nicht ganz so ernst erachtet, daß er deshalb den Spaß, als den er das Ganze gewertet sehen wollte, hätte verdüstern lassen.

Sie saßen bei einem späten Frühstück, als der Lakai auf der Rückkehr von seiner erfolglosen Mission am Fenster vorbeiging. Der Marquis bemerkte zufällig den zurückgewiesenen Dudelsack und ließ den Mann hereinrufen. Er hörte sich den Bericht an, entließ ihn dann mit kurzem Kopfnicken — seine Gewohnheit, wenn er verärgert war — und saß schweigend da.

»War das nicht kühn — noch dazu von armen Leuten?« fragte Lady Florimel mit blitzenden Augen, während sich ihr Gesicht rosig überzog.

»Es war unverschämt«, schrie der Marquis mit einem Fluch.

»Ich glaube, es war würdig«, entgegnete Lady Florimel und benutzte den gleichen Fluch.

Der Marquis blickte erschreckt auf. Die Gäste brachen nach kurzem Schweigen in lautes Gelächter aus.

»Ich wollte nur sehen, ob ich auch fluchen kann, wenn ich's versuche«, meinte Lady Florimel ruhig. »Ich finde nicht, daß es nett klingt, und ich glaube auch nicht, daß ich mir's angewöhnen werde.«

»Du sollst das in meiner Gegenwart lieber bleiben lassen, meine Dame«, erklärte der Marquis, und seine Augen funkelten belustigt.

«Außerhalb deiner Gegenwart werde ich sicher nicht fluchen«, erwiderte sie. »Wenn ich mir das recht überlege«, fuhr sie fort, »so weiß ich, was ich tun werde: Jedesmal, wenn du in meiner Gegenwart ein schlimmes Wort benutzest, werde ich es dir nachsagen. Es kümmert mich nicht, wer dabei ist — Pfarrer oder Richter. Nun sieh mal zu, was passiert.«

»Du wirst dir das noch angewöhnen.«

»Wenn du dir's nicht zuerst abgewöhnst, Papa«, sagte das Mädchen unter fröhlichem Lachen.

»Du verdammte kleine Amazone!« sagte der Vater.

»Aber was geschieht nun mit dem verdammten Dudelsack?« fragte sie und beobachtete den Marquis aus den Augenwinkeln. «Du kannst doch nicht zulassen, daß dir die Leute so kommen! Einfach dein Geschenk zurückgeben, also wirklich! Was meinst du, wenn ich die Sache in die Hand nehme?«

»Um alles in der Welt! Was willst du denn tun?« fragte ihr Vater.

»Ich werde natürlich dafür sorgen, daß sie das Geschenk annehmen, es wäre einfach entsetzlich, mit dem verrückten Alten nicht quitt zu sein.«

»Wie du willst, Flory«.

»Dann gibst du dich also selbst in meine Hände, Papa?«

»Ja, aber überlege dir gut, was du tust.«

»Das werde ich, und ich passe auf, daß sie das auch tun«, antwortete sie. Damit war das Thema erledigt.

Lady Florimel rechnete mit ihrem Einfluß auf Malcolm und dessen Einfluß auf seinen Großvater. Da sie aber auf ihre Würde achtete, wollte sie ihnen nicht direkt entgegenkommen, sondern abwarten, bis sich eine Gelegenheit bot, mit ihm zu sprechen. Doch diese Gelegenheit ergab sich nicht, obwohl sie fast jeden Morgen zur Sanddüne wanderte. Inzwischen sorgte der Zustand von Duncans Dudelsack und von Malcolms Hand dafür, daß in der Frühe weder durch Blasen noch durch den Kanonenschuß Marquis und Bürger des Orts geweckt wurden. Nachdem zwei Wochen ins Land gegangen waren, wurde sie besorgt wegen ihrer Prahlerei, und das umso mehr, als ihr Vater jede Anspielung darauf zu vermeiden schien.

Dreizehntes Kapitel

Die Versöhnung

Allmählich wurde Lady Florimel klar, daß ihr Vater von ihr einen brauchbaren diplomatischen Schachzug erwartete, und die Zeit drängte, etwas zu unternehmen, um ihre Glaubwürdigkeit zu erhalten. Sie vergaß auch nicht, daß die morgendliche Stille ohne Dudelsackspiel für den Ort das Memento eines derben Scherzes ihres Vaters war, eines grausamen Scherzes von so herzloser Art, daß ein Dudelsackpfeifer das von einem Marquis angebotene Versöhnungsgeschenk nicht annehmen wollte.

An einem lieblichen Abend befand sich Lady Florimel gegen Sonnenuntergang daher zum erstenmal auf dem Weg vom unteren Tor in Richtung Seaton. Sie wanderte am westlichen Dorfrand entlang und gelangte zur Seefront, wo sie eine Gruppe von Kindern bat, ihr den Weg zur Hütte des blinden Pfeifers zu zeigen. Zehn machten sich gleichzeitig auf, sie zu führen, und bald darauf klopfte sie an die halbgeöffnete Türe, durch die sie die beiden bei ihrem Abendessen aus trockenem Haferkuchen und Magermilchkäse mit einem Krug Wasser sehen konnte — ein drastischer Gegensatz zu der Mahlzeit, die eben im Herrenhaus zu Ende gegangen war.

Bei ihrem Klopfen erhob sich Malcolm, öffnete die Türe ganz und bat sie mit unsicherer Stimme, einzutreten; dann schnappte er einen Stuhl, wischte ihn mit seiner Kappe ab und stellte ihn für Florimel an das Fenster, durch das ein roter Strahl der untergehenden Sonne fiel. Ihr rascher Blick nahm seine verbundene Hand wahr.

»Habt Ihr Euch die Hand verletzt?« fragte sie freundlich.

Malcolm versuchte sie durch Zeichen zum Schweigen zu bringen und deutete auf seinen Großvater, aber es war zu spät.

»Die Hand verletzt, Malcolm, mein Sohn?« rief Duncan überrascht und ängstlich. »Wie ist das zugegangen?«

»Eine hübsche junge Dame ist gekommen, um dich zu besuchen, Daddy«, sagte Malcolm mit einem Versuch, von der Frage abzulenken.

»Ich freue mich sehr, die hübsche junge Dame zu sehen, und danke sehr für die Ehre — aber was ist mit der Verletzung an deiner Hand, Malcolm?«

»Ich werde dir alles sagen, Daddy. Das ist my Lady Florimel vom Herrenhaus.»

»Hmm!« brummte Duncan, und die Pein der Kränkung brach bei der Erwähnung der Szene von neuem auf. »Aber«, fuhr er nach einem Augenblick des Schweigens mit seinen Überlegungen fort, »sie ist eine Lady, und man kann ihr deshalb keinen Vorwurf machen. Setzen Sie sich, my Lady, diese armselige Hütte steht Ihnen zur Verfügung.«

Doch Lady Florimel hatte bereits Platz genommen und überlegte eifrig, wie sie den Zweck ihres Besuches am besten vorbringen konnte. Der Pfeifer saß schweigend da und wälzte einen schmerzlichen Verdacht wegen Malcolms Verletzung in seinem Kopf.

»Ihr wollt also meinem Vater nicht verzeihen, Mr. MacPhail?« fragte Lady Florimel.

»Ich verzeihe jedem außer zwei Menschen«, erwiderte er, »Glenlyon und dem Mann, wer er auch sein mag, der mir die Schande angetan hat, in Gesellschaft von Glenlyon zu trinken.«

»Aber da irrt Ihr Euch vollständig«, sagte Lady Florimel mit bittender Stimme. »Ich glaube nicht, daß mein Vater den Gentleman kennt, von dem Ihr sprecht.»

»Gentleman!« wiederholte Duncan. »Ein Hund ist er! Nein, er ist kein Hund; Hunde sind gut. Er ist ein Bastard aus einem Fuchs und Wolf.«

»Wer hat dann Duncan MacPhail angelogen?«

»Das war doch nur ein Spaß — wirklich!« sagte das Mädchen, das sich allmählich gedemütigt fühlte.

»Das war ein übler Spaß, und er hätte wohl so ausgehen können, daß man den armen Duncan gehängt hätte«, entgegnete der Pfeifer.

Nun hatte Lady Florimel davon gehört, daß im Verlauf des Spaßes jemand verletzt worden war, und ihr rascher Verstand brachte dieses Gerücht und die Wunde an Malcolms Hand sofort miteinander in Zusammenhang.

»Das hätte wohl sein können«, sagte sie und wagte um des Vorteils willen auch einen Fehlschlag, »es war wirklich gut, daß Ihr niemand verletzt habt außer Eurem Enkelsohn.»

»O my Lady!« rief Malcolm mit verzweifeltem Vorwurf, »und ich habe es doch die ganze Zeit vor ihm geheimgehalten! Sie hätten auf die Gefühle eines alten Mannes Rücksicht nehmen müssen! Schließlich ist er blind wie ein Maulwurf, my Lady!«

»Seine Gefühle!« entgegnete ihm das Mädchen ärgerlich. »Er hätte doch wissen müssen, welches Unheil er in seinen törichten Wutanfällen anrichten kann.«

Duncan hatte sich erhoben und tastete sich nun durch den Raum. Als er vor seinem Enkel stand, nahm er seinen Kopf und drückte ihn an seine Brust.

»Malcolm!« sagte er mit hohler, gebrochener Stimme, »Malcolm, Adler der Felsen, Herz der Heide! Warst du es, auf den ich mit meiner bösen Hand eingestochen habe, mein Sohn? Habe ich meinen eigenen Jungen verletzt? Nie wieder werde ich meinen Dolch tragen, nie wieder!«

Er wandte sich um, tastete sich zu seinem Stuhl, setzte sich nieder und weinte.

Lady Florimels Zorn erlosch. Im nächsten Augenblick war sie an seiner Seite. Ihre weiche junge Hand legte sich auf seine knochigen Finger, die sein Gesicht bedeckten. Auf seiner anderen Seite stand Malcolm und flüsterte ihm ins Ohr, als spreche er mit einem kleinen Kind: »Es ist fast schon wieder so gut wie eh und je, Daddy. Es ist nicht weiter schlimm. Das war nur ein Kratzer, weiter nichts zum Nachdenken.«

»Der Dolch ist hindurchgegangen, Malcolm! Er ist im Tisch gesteckt! Ich weiß es jetzt! O Malcolm, Malcolm! Wollte Gott, ich hätte mich selbst getötet, ehe ich meinem Jungen wehtat!«

Er gebot Malcolm, sich neben ihn zu setzen, nahm seine verletzte Hand zwischen seine Hände und versank in tiefes Schweigen. Die Anwesenheit von Lady Florimel, die sich zu ihrem Stuhl zurückbegab und schweigend wartete, hatte er völlig vergessen.

»Das war kein guter Scherz«, murmelte er endlich, »einem ehrlichen Mann gegenüber. Mich wütend zu machen ist kein Scherz. Und es war ein ganz übler Scherz, ein großes Loch in meinen armen Dudelsack zu schneiden. Aber ich bin froh, daß Glenlyon nicht da war, denn ich bin zu blind, um ihn zu töten.»

»Aber Ihr werdet sicher meinem Vater verzeihen, wenn er es wieder gut machen will. Dieser Dudelsack ist seit Jahrhunderten in unserer Familie«, sagte Florimel.

»Mein eigener Dudelsack ist mindestens seit fünf oder sechs Generationen in unserer Familie«, meinte Duncan, »und ich habe mich schon gewundert, warum mein Junge den Luftsack nicht geflickt hat! Mein armer Junge!«

»Wir werden einen neuen Sack besorgen, Daddy«, erklärte Malcolm. »Er braucht schon seit langem eine Ausbesserung, weil er so alt ist.«

»Und dann werdet ihr zusammen spielen können«, setzte Lady Florimel eindringlich hinzu.

Duncans Entschluß geriet durch diesen Vorschlag sichtlich ins Wanken. Er dachte eine Weile nach. Endlich sprach er mit der Feierlichkeit eines Menschen, der einen Ausweg aus einem bis dahin undurchdringlichen Dschungel von Schwierigkeiten gefunden hat:

»Wenn my Lord der Marquis zu Duncan nach Hause kommt

und Duncan sagt, es sei alles nur Spaß gewesen und es tue ihm leid, dann wird Duncan dem Marquis die Hand schütteln und den Dudelsack annehmen.«

Bei diesem stolzen Vorschlag leuchtete Malcolms Gesicht auf. Auch Lady Florimel lächelte, doch aus Belustigung.

»Wird my Lady Duncans Botschaft an my Lord den Marquis überbringen?« fragte Duncan.

Nun hatte Lady Florimel ihres Vaters Sinn für Späße geerbt, und der Gedanke, ihm ein solches Friedensangebot zu überbringen, reizte sie unwiderstehlich.

»Ich werde sie ihm überbringen«, sagte sie und erhob sich, um zu gehen.

Am nächsten Abend, als sie beim Dinner saßen, erzählte sie ihrem Vater die ganze Geschichte ihres Besuches bei dem Pfeifer und schloß mit der wörtlichen Wiedergabe der Bedingung, zu welcher der alte Mann auf eine Versöhnung eingehen würde.

Wäre dieser Vorschlag von einem Gleichgestellten gekommen, dem er eine Kränkung zugefügt hatte, dann hätte der Marquis keinen Gedanken daran verschwendet, denn jemand Unrecht zufügen, war nichts, das Eingeständnis jedoch wäre eine Schande gewesen. Doch hier war die beleidigte Partei von lächerlich niedrigem Stand und der Vorschlag deshalb so unsinnig, daß ihn der Marquis nur als Verlängerung des Spaßes auffaßte, der ihm noch mehr Erheiterung versprach. Er nahm ihn deshalb mit dröhnendem Gelächter auf, in das alle seine Gäste einstimmten.

»Der alte Windbeutel!« sagte der Marquis.

Als sich die Heiterkeit etwas gelegt hatte, schlug der militärische Jüngling, ein gewisser Lord Meikleham, der so aggressiv auf Malcolm zugegangen war, vor, dem Bettler aus dem Highland eine Tracht Prügel zu verabreichen, worauf Lady Florimel konterte, er möge das doch lieber bei dem jungen Fischer probieren — eine Anregung, die er mit einem verächtlichen Schweigen quittierte.

In Lord Lossies Erheiterung über die Komik der Situation mischte sich eine gewisse Bewunderung. So war er nicht abgeneigt, auf die 'Bedingung' zur Versöhnung einzugehen, schon um das verletzte Gemüt des Hochländers zu besänftigen. Er wandte sich an seine Tochter und fragte: »Hast du schon eine Zeit vereinbart, Flory, zu der dein armer Vater 'Abbitte' leisten soll?«

»Nein, Papa, soweit bin ich nicht gegangen.«

Der Marquis dachte eine Zeitlang schweigend nach.

»Eure Lordschaft werden doch wohl nicht einen solchen Fehler in Erwägung ziehen!« sagte der Friedensrichter, Mr. Morrison.

»Doch, das tue ich«, entgegnete der Marquis.

»Das wäre ein zu großes Maß an Leutseligkeit«, warf ein anderer ein. »Eure Lordschaft möge mir erlauben, die Weisheit eines solchen Schrittes in Zweifel zu ziehen. Diese Fischer sind eine Klasse für sich, ein rauher Haufen und nur allzu bereit, die Autorität zu verachten.«

»Der Geist treibt mich, und es wird uns gesagt, den Geist nicht zu unterdrücken«, entgegnete der Marquis mit fröhlichem Lachen.

»Komm, Flory, wir gehen auf der Stelle und bringen es hinter uns.«

Sie machten sich auf den Weg nach der Seaton, und der gleiche Diener wie zuvor trug den Dudelsack nach. Der überglückliche Malcolm empfing sie und bat sie zu seinem Großvater herein.

Was immer die Einstellung des Marquis gewesen sein mochte, in dem Augenblick, da er auf dem Boden des Pfeifers stand, gewann der Gentleman in ihm die Oberhand. Sein Benehmen dem alten Mann gegenüber war nicht nur höflich, sondern respektvoll. Nie in den letzten zwanzig Jahren seines Lebens war er dem Himmelreich so nahe wie nun, da er seinen Frieden mit dem blinden Pfeifer machte.

Als Duncan die Stimme vernahm, erhob er sich voll Würde und machte einige Schritte auf den Marquis zu, streckte seinen langen Arm aus, die große Hand mit der braunen Innenfläche nach oben gewandt.

»Ich bin stolz, my Lord den Marquis unter meinem Dach zu begrüßen«, sagte er.

Der Besuch genügte bereits, allen Groll aus seiner Seele zu bannen.

Der Marquis nahm die angebotene Hand freundlich an.

»Ich bin gekommen, um Verzeihung zu bitten«, sagte er.

»Kein Wort mehr, my Lord«, unterbrach Duncan. »My Lord ist aus eigener Güte gekommen, mir ein großes Geschenk zu überreichen, denn sein Herz ist traurig gewesen wegen des Mißgeschicks, das meinen armen Dudelsack getroffen hat. Er ist schon sehr alt, my Lord, und geht leicht kaputt.«

»Es tut mir leid —«, sagte der Marquis, doch wieder unterbrach Duncan.

»Es würde mir eine große Freude machen, wenn my Lady und Eure Lordschaft meinem armen Haus die Ehre erweisen, Platz zu nehmen und mir das Vergnügen machen, Ihnen ein wenig Musik darzubieten.«

Sie setzten sich, und auf ein Zeichen seiner Lordschaft legte der Diener das Mitbringsel in Duncans Hände und zog sich zurück. Der Pfeifer empfing das Instrument mit einer stolzen Geste voller Dankbarkeit, befühlte es rundum und füllte dann den Sack zu glanzvoller Fülle. Im nächsten Augenblick durchdrang ein schriller Laut die Luft, und der Pfeifer sprang voller Freude und Stolz auf, schritt in dem engen Raum hin und her und begleitete das Instrument mit großartigen Gesten und Drehungen.

Malcolm, der hinter den sitzenden Gästen stand, verfolgte mit Blicken voller Bewunderung jede Bewegung seines Großvaters. Für ihn lag in dieser Vorführung nichts Lächerliches. Auf einem Berghang über einem Tal wäre diese Musik ohne Zweifel voll Poesie gewesen, ein kämpfendes Regiment hätte sich keine bessere Anfeuerung zur Schlacht wünschen können, und selbst in einer großen Halle wäre der Klang willkommen gewesen. Doch in einem Raum von vielleicht zwölf Quadratmetern mit einer Holzdecke, die wie ein gespanntes Trommelfell wirkte, war das für den Marquis und Lady Florimel fast wie eine Folter. Nach einiger Zeit erhoben sich beide gleichzeitig, um die Flucht anzutreten.

»My Lord und Lady müssen nun gehen, Daddy«, übertönte Malcolm die Pfeifen.

Der Pfeifer hatte über dem Lärm, den seine Lungen und Finger erzeugten, die Besucher völlig vergessen. Doch in dem Augenblick, als die Stimme seines Enkels an seine Ohren drang, trat plötzlich Stille ein.

»My Lord«, sagte er, »das ist der großartigste Dudelsack, auf dem ich je geblasen habe, und ich bin my Lord und Gott dem Herrn dankbar für dieses Geschenk und stolz. Dieses Instrument wird von Generation zu Generation gehen bis ans Ende der Zeit, bis zum lauten Hall der Posaune des Erzengels, wenn Glenlyon in das höllische Feuer geworfen wird.»

Er beendete seine Rede mit einer tiefen Verbeugung. Sie schüttelten ihm die Hand , dankten für seine Musik, wünschten ihm gute Nacht und verließen die Hütte mit einem Kopfnicken für Malcolm.

Duncan nahm sein Spiel in dem Augenblick wieder auf, als sie das Haus verlassen hatten, und Malcolm, der sich für die nächsten paar Stunden keine Sorgen um sein Wohlergehen zu machen brauchte, ging hinaus auf der Suche nach Stille.

Vierzehntes Kapitel

Das Fest

Nicht lange danach erhielten alle Teile der Bevölkerung ringsum Einladungen zu einer Veranstaltung, die der Marquis und Lady Florimel abhalten wollten. Die Kaufleute und alle, die gesellschaftlich über ihnen standen, wurden einzeln mit einer Note im Namen des Marquis, doch in der Handschrift von Mr. Crathie eingeladen, alle übrigen durch den Laut des Dudelsacks und die Verlesung aus dem Mund von Duncan MacPhail. Zu Johnny Bykes Befriedigung blieb der Ausschluß von unpassenden Personen den Torhütern überlassen.

Mit Rücksicht auf die Fischer wurde der erste Samstag nach der kürzlich begonnenen Saison für den heimischen Heringsfang festgelegt. Schon um fünf Uhr in der Frühe war Mr. Crathie auf den Beinen. Er wies die Arbeiter an, die Zelte und Tische aufzustellen, hielt Besprechungen mit dem Aufseher, dem Butler und der Köchin; dann wieder galoppierte er auf seinem Pferd zur hauseigenen Farm oder zur Schnapsbrennerei, zwischendurch auch in den Ort zum Lossie Arms, wo einige weiter weg wohnende Gäste untergebracht waren. Die Adeligen der Umgebung, Gäste von Stand und die Geistlichkeit sollten mit dem Marquis in der großen Halle speisen. In der Nähe des Hauses waren auf der Wiese Zelte für die Bürger und die Pächter der Höfe des Marquis aufgestellt. Weiter weg unter Bäumen standen die Tische für die Fischer, Mechaniker und Farmarbeiter. Hier wurde auch dem Pfeifer sein Platz angewiesen.

Als die Zeit heranrückte, begannen die Gäste bei allen Eingängen hereinzuströmen. Die Fischer kamen durchs Seetor; viele von den Männern trugen blaue Wolljacken, die Frauen meist kurze, großgemusterte Kleider. Jede Gruppe bedachte beim Eintreten Johnny Bykes mit einem Scherz oder einer Stichelei, auf die er unterschiedlich, aber stets mürrisch reagierte. Durch das Tor zur Stadt kamen die Leute von Portlossie. Die Lords und Gutsherren nahten in gelben Kutschen, leichten zweirädrigen Wagen und Postkutschen von der hochgelegenen Straße her durch das Haupttor. Weit oben im Tal bot ein anderes Tor dem Landvolk Zutritt, das teils zu Fuß, teils zu Pferde kam. Als sich das gemeine Volk näherte, wurden alle vom Totengräber, der jeden einzelnen kannte, zu den verschiedenen Tischen gewiesen.

Der Marquis war früh auf dem Anwesen, zwischen Gästen unterwegs mit einer freundlichen, spontanen Höflichkeit, die jedem eine gute Meinung über ihn einflößte. Lady Florimel gesellte sich bald zu ihm und gewann vom Fleck weg alle Herzen. Mit Duncan sprach sie voll Herzlichkeit; kaum hatte er ihre Stimme vernommen, zog er den Hut, schob ihn unter den Arm und antwortete mit tiefer Würde, Malcolm zeichnete sie mit einem Lächeln aus, das sein Herz voll Stolz schwellen ließ. Als nächstes erschien die Gräfin mit dem scharfgeschnittenen Gesicht. Sie hängte sich am anderen Arm des Grafen ein und nickte seinen Gästen häufig, aber herablassend zu. Auf den Spuren Lady Florimels tauchte Lord Meikleham auf, der wenig Aufmunterung empfing, aber eifrig die Brosamen aufsammelte, die ihm zufielen. Plötzlich ertönte die große Glocke unter der höchsten vergoldeten Wetterfahne mit lautem Schlag. Der Marquis führte seine wichtigsten Gäste in die Halle, und sobald er sich gesetzt hatte, wurde gleichzeitig an allen Tischen serviert.

An dem Platz, wo Malcolm mit seinem Großvater saß, wurde das feine Benehmen durch Duncan in bedauerlicher Weise unterbrochen, denn ohne Wissen, was um ihn herum vorging, brach er auf Bitten eines Nachbarn in ein ungeheures Getöse mit seinem Dudelsack aus, was sich die ganze Gesellschaft sofort zunutze machte, und bald war in diesem Teil des Festes nur noch das Klappern von Messern, Gabeln und Löffeln zu hören. In der Halle begannen bald angejahrte Witze ihre verstaubten Schwingen zu erheben. Die um den Marquis sitzenden Gäste lachten bald über den Streich, den er dem blinden Pfeifer gespielt hatte, und die Abbitte, die er in der Folge hatte leisten müssen. Vielleicht war es mehr als nur Neugierde, warum einige Gäste den alten Mann und seinen Enkel sehen wollten. Der Marquis sagte, der alte Pfeifer werde selbst dafür sorgen, daß man ihn nicht übersehe, er wolle aber nach dem Jungen schicken, der in seiner Art ebenso sehr ein Original sei wie der Alte.

Der Marquis wandte sich an den Mann hinter seinem Stuhl, und nach wenigen Minuten erschien Malcolm im Gefolge des Dieners.

»Malcolm«, sprach der Marquis freundlich, »ich möchte, daß Ihr die Augen offenhaltet und darauf achtet, daß hier herum kein Unfug angerichtet wird.«

Der Marquis hatte keine Befürchtungen wegen des Verhaltens seiner Gäste, er hatte nur einen Vorwand gebraucht für seine Bitte um Malcolms Erscheinen. »Inzwischen fehlt es uns hier einigermaßen an Leuten«, fügte er hinzu. »Würdet Ihr bitte dem Butler etwas zur Hand gehen?«

»Aber gern, my Lord«, antwortete Malcolm und vergaß bei der Aussicht, in Sichtweite von Lady Florimel zu sein und sich nützlich machen zu können, völlig, daß er seine eigene Mahlzeit erst halb aufgegessen hatte. Der Butler war recht froh über die Hilfe und erklärte am Ende des Tages, er könne ihn zu einem weit besseren Diener machen als alle, die bei Tisch serviert hatten.

Der Marquis hielt es jedoch für wünschenswert, daß sich der Aufenthalt in der Halle nicht zu lange ausdehnte. Deshalb erhob er sich nach dem Dinner und einigen Gläsern Wein und machte bei den anderen Tischen die Runde. Er hielt sich an die Gesellschaftsordnung und kam als letztes zu den Tischen der Bauern, Mechaniker und Fischer. Sein Erscheinen wurde mit lauten Rufen begrüßt. Einer der ältesten unter den Fischern stand auf und bat mit einer Stimme, die an den Kampf gegen Sturmgetöse gewohnt war, um Ruhe. Dann wandte er sich an den Gastgeber.

»Wir wären stolz, Euer Lordschaft, wenn Sie mit uns ein Glas trinken würden«, sagte er. »Wir haben nicht jeden Tag die Ehre der Gesellschaft von Eurer Lordschaft.«

»Und ich nicht die Eure«, entgegnete der Marquis mit herzlicher Höflichkeit. »Ich werde mit Vergnügen ein Glas mit euch heben — mehr aber nicht. Mein Kopf hält nicht soviel aus wie mancher von euren.« Sobald sein Glas gefüllt war, erhob er sich von seinem Sitz am Ende des Tisches und trank auf die Fischer von Portlossie, ihre Frauen und Schätzchen, wünschte ihnen einen überreichen Fang an Heringen und viele Kinder, um die Brut und den Kampf mit dem Fisch weiterzuführen. Seine Ansprache wurde mit kräftigen Hochrufen aufgenommen, während der Marquis langsam fortschlenderte, um sich wieder zu seinen Freunden zu gesellen.

Malcolm, der nach dem Marquis die Halle verlassen hatte, wurde bald auf zwei Männer von etwas seltsamem Aussehen aufmerksam, die lauter als andere Beifall klatschten, nur so taten, als tränken sie und gelegentlich wissende Blicke austauschten. Er entdeckte bald, daß sie auf der anderen Seite des Tisches noch einen Gefährten hatten, der offensichtlich genau wie sie selbst niemand aus der Gegend kannte. Malcolm gefielen weder ihre Gesichter noch ihr Benehmen, und er beschloß, ein Auge auf sie zu haben. Als die Mehrzahl der Gäste ihre Gläser stehen ließen, um zum Klang von Duncans Dudelsack und einer kleinen Blaskapelle, einer Harfe und zwei Violinen, die der Marquis zur Verfügung gestellt hatte, zu tanzen, blieben die Objekte von Malcolms Mißtrauen am Tisch sitzen, rückten allmählich zusammen und begannen, sich zu besprechen. Als die Tänzer schließlich auf der Suche nach Getränken zurückkamen, erhoben sie sich und schlenderten unter den Bäumen fort. Malcolm hielt sich in Sichtweite und folgte ihnen durch die zunehmende Dunkelheit, von Baum zu

Baum huschend. Plötzlich vernahm er den Laut rennender Füße und erspähte im nächsten Augenblick die unverkennbare Gestalt des verrückten Laird, der durch die wachsende Düsternis der Bäume mit Gebärden wilden Entsetzens stürzte. Als er an Malcolms Standort vorüberkam, schrie er mit einer Stimme, die wie ein unterdrücktes Quieken klang: »Meine Mutter! Es ist meine Mutter, I dinna ken whaur I come from!«

Sein unvermitteltes Auftauchen und der Aufschrei erschreckten Malcolm so sehr, daß er für einen Augenblick seine Wache vergaß, und als er wieder Ausschau hielt, waren die Männer verschwunden. Da er keinerlei Ahnung von ihren Absichten hatte, wandte er sich um und ging zum Haus zurück. Als er sich der Front von der Brücke näherte, glaubte er, eine Gestalt durch den Eingang verschwinden zu sehen und beschleunigte seine Schritte. Eben als er den Eingang erreichte, hörte er eine Türe zuschlagen. Er nahm an, es sei die Türe zum Abschließen der zweiten Halle, von der die Haupttreppe emporführte, folgte diesem denkbar unbestimmten Hinweis und stürzte die Treppe hinauf. Er betrat den ersten Gang, auf den er traf, fand ihn beinahe dunkel mit einer halbgeöffneten Türe am Ende, durch die der schwache Schein eines Fensters drang. Dann wurde dieser Schein für einen Augenblick verdunkelt, als sei jemand am Fenster vorbeigegangen. Er eilte weiter — geräuschlos, denn der Boden war dick mit Teppichen belegt — und kam an den Fuß einer steinernen Wendeltreppe. Er eilte die dunkle Treppe hinauf, am Absatz des zweiten Stockes vorbei, ohne ihn wahrzunehmen, und gelangte in die Mansardenräume unter niedrigen, unregelmäßigen Decken, die in irgendwelchen fernen Ecken mit dem Boden zusammenstießen. Sein einziges Licht war der kalte, blaue Schimmer von einem gelegentlichen Sturmfenster. Er wanderte in dem weiten Bereich umher und versuchte vergeblich, die Spur wieder aufzunehmen, sah aber nichts.

Plötzlich entdeckte er am Ende eines langen, niedrigen Ganges, auf den er nach langem Umherwandern gestoßen war, einen Schein wie von einer Kerze. Er kroch darauf zu und legte sich flach auf den Boden. Nun konnte er um die Ecke schauen, von der die Lichtquelle ausging. Das Herz blieb ihm stehen, denn nur wenige Schritte vor ihm befand sich eine gedrungene weibliche Gestalt mit einer kleinen Laterne in der Hand, und er erkannte sofort das verschwommene, böse Gesicht von Mrs. Catanach. Neben ihr stand eine große, zierliche Gestalt, von Kopf bis Fuß in Schwarz gehüllt. Mrs. Catanach sprach leise, und was Malcolm aufschnappte, war offensichtlich das Ende einer Unterhaltung.

»Ich werde mein Bestes tun, da können Sie ganz sicher sein, my Lady«, sagte sie. »An dieser Kreatur ist etwas Unheimliches, und zweifellos wurden Sie übel behandelt und sind im Recht. Aber es ist ein riskantes Unternehmen und könnte Ermittlungen nach sich ziehen. Aber Sie können mir vertrauen, ich werde Sie nicht im Stich lassen.«

Als sie geendet hatte, wandte sie sich der gegenüberliegenden Türe zu und versuchte ohne Erfolg, sie zu öffnen. Sie zog den Schlüssel ab und wählte aus einem Schlüsselbund, den sie bei sich trug, einen anderen aus, mit dem sie am Schlüsselloch herumhantierte. Malcolm überlegte bei sich, daß er einen Erfolg ihrer Bemühungen nicht zulassen dürfe, ganz gleich, was ihre Absichten waren. Er erhob sich, ging vorsichtig aus dem Gang hinaus und ließ dann seinen blauen Hut auf die beiden Gestalten zuwirbeln. Gleichzeitig klopfte er auf den Boden und stimmte ein furchterregendes Geheul an. Mrs. Catanach stieß einen entsetzten Schrei aus und ließ ihre Laterne fallen, die verlosch. Ihre Gefährtin hatte bereits das Weite gesucht, und Mrs. Catanach folgte ihr. Bei ihrer schnellen Flucht bewegte sie sich sehr leise, nur ihre Kleider raschelten, und der Schlüsselbund klirrte.

Malcolm fand den Weg zurück zur Halle ohne große Schwierigkeiten. Niemand begegnete ihm unterwegs. Als er ins Freie trat, schien der Vollmond durch die Bäume. Die Fröhlichkeit hatte an Lautstärke zugenommen, und die meisten Damen und Herren tanzten im Mondlicht unter den Bäumen. Ein wenig abseits vom Rest saß Lady Florimel mit Lord Meikleham, der wahrscheinlich beim letzten Tanz ihr Partner gewesen war, unter einem Baum. Sie blickte zum Mond auf, der sie beschien, und in ihren Augen lag ein Glanz, und ihre Wangen schimmerten. Malcolm schien es, als komme dieser Glanz nicht nur vom Mondlicht. Er ging weiter mit dem ersten Gefühl der Eifersucht in seiner Brust. Zum erstenmal wurde ihm bewußt, daß der Abstand zwischen Lady Florimel und ihm abgrundtief war. Doch für den Augenblick warf er diese Gedanken beiseite und eilte von Gruppe zu Gruppe auf der Suche nach dem Marquis.

Als er keine Spur von ihm finden konnte, stieg er in den Blumengarten hinab. Doch auch dort suchte er ohne Erfolg, und am entferntesten Ende wollte er eben umkehren, um anderswo nachzusehen, als er von der anderen Seite einer hohen Mauer, die den Garten umgab, ein Stöhnen hörte. Er kletterte an einem Spalier hoch, erreichte die Mauerkrone und blickte auf der anderen Seite hinab, wo er zu seinem Entsetzen und Zorn den verrückten Laird auf dem Boden liegen sah, während sich die Männer, denen er gefolgt war, über ihn beugten und ihn offenbar brutal quälten, um ihn auf die Beine zu bringen und mitzunehmen. Einer schlug nach ihm, der andere zerrte seinen Kopf an den Haaren hin und her, und der Dritte stieß ihn gegen seinen Buckel.

Malcolm stieg in den Garten hinunter, zerrte eine Stange aus einem Erbsenbeet, kletterte über die Mauer und stürzte sich mit geschwungenem Stock auf die Männer.

»Nur nicht so wütend, Mann!« schrie einer und wich seinem Schlag aus, »wir machen nichts Unrechtmäßiges. Es ist nur der verrückte Laird. Wir bringen ihn ins Irrenhaus nach Aberdeen — auf Anordnung seiner eigenen Mutter!«

Bei diesem Wort entrang sich der Kehle des niedergeworfenen Opfers ein erstickter Schrei. Malcolm stieß einen kräftigen Fluch aus und schlug von neuem auf den Kerl ein, während ein anderer herzukam und heftig über Malcolm herfiel. Doch sein Stock erwies sich den dreien überlegen, und schließlich rief einer von ihnen: »Es ist der Sohn des blinden Pfeifers — ich werde ihn schon noch kriegen!« und gab Fersengeld, die anderen hinter ihm her.

Malcolm war mehr daran gelegen, den Laird zu retten, als die Männer zu bestrafen. Er wandte sich um und fand ihn in bedauernswertem Zustand — geknebelt und die Hände rücksichtslos auf den Rücken gebunden. Malcolm befreite ihn rasch mit seinem Messer, doch der arme Kerl war kaum weniger hilflos als vorher. Er klammerte sich an Malcolm und stöhnte erbarmungswürdig. Alle Augenblicke schaute er angstvoll hinter sich. Nach wenigen Augenblicken stieß er einen Schrei aus und rannte plötzlich los. Malcolm folgte ihm den steilen Abhang des kleinen Tals empor und bemühte sich, ihn nicht aus den Augen zu verlieren.

Sie waren nur wenige Schritte von der Höhe des Abhangs entfernt angekommen, als der Laird sich erschöpft zu Boden fallen ließ, und Malcolm konnte nicht mehr für ihn tun, als ihn in die Stadt zu bringen. Schließlich nahm er ihn wie ein Kind in die Arme und eilte mit ihm hinweg zu Miss Horns Haus.

»Was ist denn hier los?« rief Miss Horn, als sie die Türe öffnete.

»Es ist der Laird, Mr. Stewart«, erwiderte Malcolm.

»Komm rein und leg ihn hin«, sagte Miss Horn und führte ihn in ihre kleine Diele.

Dort legte Malcolm seine Last auf das Sofa und gab einen kurzen Bericht von seiner Rettungsaktion.

Sie lauschte seiner Erzählung schweigend mit wilden Blicken und wütend geblähter Nase. Als er geendet hatte, sagte sie: »Er ist in schrecklichen Schwierigkeiten. Ich muß ihm Gesicht und Hände waschen und ihn zu Bett bringen. Könntest du mir helfen, ihn auszuziehen, Malcolm?« Dann wusch sie ihm Gesicht und

Hände wie eine Mutter, trocknete ihn behutsam ab, und der Laird ließ es sich wie ein Kind gefallen. Dann nahm sie ihn bei der Hand und führte ihn in das Zimmer, wo ihre Kusine zu schlafen pflegte. Malcolm brachte ihn zu Bett; dort lag er unbeweglich still, und niemand konnte sagen, ob er wachte oder schlief.

Dann machte sich Malcolm auf den Weg zurück zu Lossie House, nachdem er versprochen hatte, seinen Großvater heimzuführen, sicher zu Bett zu bringen und anschließend zurückzukommen.

Fünfzehntes Kapitel

Der Laird

Bei Malcolms Rückkehr war Jean bereits zu Bett gegangen, und Miss Horn ließ ihn ein und führte ihn in die Diele. Der Raum hatte eine niedrige Decke, Möbel mit dünnen Füßen und schäbige Vorhänge. Alles bot den Ausdruck einer dahinschwindenden Behaglichkeit. Der Duft verwelkter Rosenblätter lag im Raum.

Miss Horn hatte in dem altmodischen Kamin ein kleines Feuer angezündet, und ein Teekessel summte auf dem Ständer. Sie bat Malcolm, sich ans andere Ende des Feuers zu setzen und begann, ihn nach dem Verlauf des Tages und dem Gang der Ereignisse zu befragen.

Miss Horn besaß zu Recht den Ruf der Diskretion. Sie hörte zwar gerne Neuigkeiten, hatte aber die seltene Tugend, Dinge nicht ohne zwingende Notwendigkeit weiterzuerzählen. Malcolm, der mitten in der Nacht allein mit ihr beisammensaß, verbunden durch das Band einer gemeinsamen Wohltat, zögerte deshalb keinen Augenblick, seine ganzen Abenteuer vom Abend vor ihr auszubreiten. Sie hatte die breiten Hände in den Schoß gelegt und enthielt sich jeder Bemerkung, jeden Ausrufs, während er mit der Geschichte der Mansarde fortfuhr, doch ihre Augen nahmen während des Zuhörens einen dunkleren und wilderen Ausdruck an.

»Da steckt irgendeine Teufelei dahinter!« erklärte sie schließlich, als er geendet hatte. »Wo zwei schlechte Weiber zusammenkommen, muß der Böse selbst bei ihnen sein.«

»Das bezweifle ich nicht«, entgegnete Malcolm, »und eine von beiden ist wirklich eine böse Frau, das kann man wohl sagen. Aber von der anderen weiß ich nichts — aber sie muß eine Dame sein nach der Art, wie die Hebamme mit ihr gesprochen hat.«

»Nur weil du nichts von ihr weißt«, erwiderte Miss Horn, »ist das kein Grund zu der Annahme, sie sei nicht genauso schlecht wie die andere.« Sie hielt inne. »Ich muß dir eine Geschichte erzählen, wie sie eine alte Frau wie ich nur selten einem jungen Mann wie dir berichtet.«

»Ich werde meine Zunge im Zaum halten, Mem«, sagte Malcolm.

»Ich vertraue auf deine Diskretion«, sagte Miss Horn und begann ihre Erzählung: »Vor einer Reihe von Jahren — und ich wette, daß es über zwanzig sind — versuchte diese Frau, Bobby Catanach, sich auf dem Weg einer freundschaftlichen Bekanntschaft an mich heranzumachen. Sie war noch nicht lange in der Gegend, und niemand wußte, woher sie kam — außer vielleicht der damalige Marquis. Ich konnte sie kaum ertragen, doch ich hatte meine Gründe, warum ich sie weitermachen ließ. Sie war gerissen und dachte, sie könnte mich dazu bringen, über etwas zu reden, was ich wußte, und ihr gegenüber den Mund aufzutun. Sie tat ihren Mund auf mit Geschichten über Geschichten von diesem und jenem Nachbarn und alles mögliche, was sie hätte für sich behalten sollen. Aber aus mir bekam sie nichts heraus — und deshalb haßt sie mich bis zum heutigen Tage.«

Miss Horn hielt inne und trank einen Schluck Tee.

»Eines Tages traf ich sie in meiner Küche an, wo sie dasaß und eine eingehende Konferenz mit Jean abhielt. Ich hatte Jean damals schon, und es ist mir schleierhaft, warum ich sie bis heute behalten habe. Zu jener Zeit war Grizel Campbell — eine Kusine dritten Grades war sie — gekommen, um bei mir zu leben. Sie war ein hübsches Ding, wie du nur je eines gesehen hast, aber von schwächlicher Gesundheit, und sie konnte die Anwesenheit dieser Catanach im Haus nicht ertragen. Wie ein Geier erschien sie; ob einer krank war oder tot, Bobby Catanach war da.

So war ich ärgerlich, als ich sie da mit Jean schwatzen sah. In dem Augenblick, als ich eintrat, sprang Bobby auf, lief mir nach und sagte zu mir: 'He, Miss Horn! Schlechte Nachrichten — Lady Lossie ist gestorben! Sie ist seit drei Wochen tot!' — 'Nun', sagte ich, 'was ist daran so schrecklich?' Denn ich konnte niemals einsehen, was schrecklich sein soll, wenn ein Körper im natürlichen Verlauf der Dinge stirbt. 'Wir werden sie hier nicht sehr vermissen', sagte ich, 'denn solange ich denken kann, habe ich nie davon gehört, daß sie hier gewesen wäre.' — 'Aber das ist nicht alles', sagte Bobby und folgte mir die Treppe hinauf bis in mein Zimmer, kam herein und schloß die Türe hinter sich. Dann sprach sie weiter: 'Und wissen Sie, wer noch tot ist?' 'Ich habe von niemand gehört', entgegnete ich ihr. 'Wer sonst als der Laird von Gersefell!' sagte sie. 'Es tut mir leid, das zu hören, ein braver Mann', sagte ich, denn jedermann mochte Mr. Stewart. 'Und was halten Sie davon?' sagte sie. 'Davon halten?' fragte ich. 'Was sollte ich davon halten, als daß dies der Wille der Vorsehung ist.' — 'Nun, genau das ist es nicht, Miss Horn!' Dann fuhr sie fort: 'Wessen Sohn ist diese bucklige Kreatur?' fragte sie. 'Wessen sonst als der Sohn des armen Toten?' sagte ich. Und dann trat sie dicht an mich heran, und mir tat es schon leid, daß ich sie hatte die Treppe heraufkommen lassen; mit festem Griff faßte sie meinen Arm, als seien wir langjährige Freunde. 'Er ist Lord Lossies Sohn!' sagte sie und machte ein Gesicht, daß einer Katze übel werden konnte. 'Und kaum ist my Lady tot, da folgt *ihr* Mann, aber nicht my Lord, ihr nach! Nun, was halten Sie davon?' sagte sie. 'Was halten Sie davon?' sagte ich wieder zu ihr. 'O, was weiß ich?' sagte sie mit einem bösen Blick; und mit einem verschlagenen Gelächter wandte sie sich ab, als ob sie gehen wolle, drehte sich aber nochmals um. 'Vielleicht wußten Sie nicht, daß die Frau des Toten vor sechs Wochen selbst niedergekommen ist? Und Sie kennen ihren Zustand!' — 'Die arme Dame!' sagte ich und dachte mehr an dieses üble Geschwätz als an die Kindswehen. 'Ja, ja', sagte sie mit einem teuflischen Lachen, 'denn das Baby ist tot, so wird mir gesagt — und ein hübscher kleiner Junge, wie Sie nur je einen gesehen haben! Und was glauben Sie, wo sie ihn bekam? Nicht in ihrem eigenen Heim, sondern in Lossie House!' Und damit war sie zur Türe draußen und die Treppe drunten bei Jean. Nun war ich aber selbst so wütend, daß ich ihr nachging und sie und Jean miteinander aus dem Haus wies. Ich konnte sie vor sich hinkichern hören, als sie die Treppe hinunterging. Mir drehte sich einfach der Magen um.

Ich kann nicht sagen, was an dem Skandal ihrer Geschichte von den beiden Paaren richtig oder falsch war, oder warum sie sich die Mühe genommen hatte, mir davon zu erzählen. Doch schon bald hieß es, der junge Laird sei schwachsinnig zu seiner körperlichen Mißgestalt, und seine Mutter könne ihn nicht um sich ertragen. Sicher war, daß auch der kleine Bursche seine Mutter nicht ausstehen konnte. Wenn sie in seine Nähe kam, stieß er einen gellenden Schrei aus und rannte, so schnell ihn seine winzigen Spinnenbeinchen trugen — und sie rannte mit dem, was ihr gerade in die Finger kam, ihm nach, so wurde gesagt — aber ich weiß es nicht. Auf jeden Fall wurde die Witwe immer mißlauniger, und ich zweifle nicht, daß sie zu dem armen Kerl grausam war — aber wer weiß, vielleicht war es, weil sie das andere Kind verloren hatte. Schließlich verließ er das Haus für immer. Es scheint, daß ihre erste Wut auf ihr armes mißgestaltetes Kind, das schon bei der Geburt einen Buckel gehabt haben soll, immer mehr zunahm, bis sie sich zu regelrechtem Haß auswuchs.«

»Was Sie sagen, Mem, klingt schrecklich, und ich zweifle nicht, daß es stimmt. Aber wie kann eine Mutter ihr eigenes Kind hassen?« fragte Malcolm.

»Nun, in diesem Fall ist es vielleicht ein Kind der Sünde. Denn selbst ein Lügenmaul wie Bobby Catanach kann eine böse Wahrheit sagen, und er trägt die Male an sich herum, weißt du. So läuft er als Symbol ihrer Sünde durch die Welt, das kann für sie kein angenehmer Anblick sein, und ihr Herz sucht nach einem Grab für ihn, wo er ihr aus den Augen ist. Sie trug ihn, brachte ihn zur Welt und will ihn auch begraben. Und ich glaube, sie grollt dem

Marquis — auch wenn er längst tot und vergangen ist — noch immer, weil er ihr einen Nachkömmling anhängte und sie dann nachher nicht heiratete. Es wurde behauptet, daß der Mann, der ihn viele Jahre später in einem Duell tötete, ein Freund von ihr war.«

»Aber warum machen denn die Leute so schreckliche Dinge, Mem — sie als verheiratete Frau und er als verheirateter Mann?«

»Nun, man kann nie sagen, was manche Männer und Frauen tun. Ich kann sehr dankbar dafür sein, daß ich so eine Person war, die kein Mann zweimal anschaut. Aber worauf ich hinauswill, ist folgendes: Die Frau, die du in einer geheimen Konferenz mit dieser Catanach gesehen hast, ist nach meiner Überzeugung niemand anders als Mistress Stewart, die Mutter des armen Laird. Ich zweifle auch nicht, daß du, als du sie auseinandergetrieben hast, ein Komplott der beiden gegen Laird vereitelt hast. Es kommt für niemand etwas Gutes dabei heraus, wenn zwei Sternschnuppen aus der Finsternis wie diese beiden zusammen sind.«

»Seine eigene Mutter!« rief Malcolm.

Die Türe ging auf, und der verrückte Laird kam herein. Seine Augen waren weit aufgerissen, doch sein Blick ließ erkennen, daß er nur in einem furchtbaren Traum befangen war. »Vater im Himmel!« murmelte er immer wieder, begleitet von wilden Bewegungen, als wolle er Schläge abwehren. Miss Horn nahm ihn behutsam bei der Hand. Sobald er ihre Hand spürte, wurde sein Gesicht ruhig, er gab sofort nach und wurde ins Bett zurückgeführt.

»Du kannst einen Eid darauf ablegen, Malcolm«, sagte sie bei ihrer Rückkehr, »sie führt gegen diese arme Kreatur nur Böses im Schilde. Aber du und ich, wir werden ihr das Handwerk legen, wenn es der Wille des Herrn ist. Sie will seiner aus irgendeinem üblen Grund habhaft werden — ihn vielleicht in ein Irrenhaus einsperren, wie diese Gauner sagten, ihn aber vielleicht auch ganz beseitigen.«

Eine kurze Stille trat ein.

»Nun kommen wir zu der Frage«, meinte Malcolm, »was die beiden mit jener Türe im Sinn hatten.«

»Auf jeden Fall etwas Unrechtes — das ist alles, was ein Sterblicher zu sagen vermag. Ich habe von irgendeinem Raum im Herrenhaus reden hören, von dem man eine furchtbare Geschichte berichtet und dessen Türe aus einem bestimmten Grund nie geöffnet wird. Ich habe davon gehört, kann mich aber jetzt nicht erinnern, denn damals habe ich nicht richtig achtgegeben, und es ist auch schon viele Jahre her. Aber auf jeden Fall führten die beiden bestimmt nichts Gutes im Schild. Ihresgleichen wird wenig acht auf solche Altweibergeschichten geben.«

»Meinen Sie, ich solle dem Marquis davon berichten?« fragte Malcolm.

»Nein, eigentlich nicht, und doch mußt du es tun. Es ist nicht deine Aufgabe zu wissen, daß in einem Haus Unrecht geschieht und dem Hausherrn nichts davon sagen — außerdem hat er dir den Auftrag gegeben. Aber für den Laird bringt es nichts, denn um wen kümmert sich der Marquis schon als um sich selber?«

»Er kümmert sich um seine Tochter«, sagte Malcolm.

»O ja — was solche Leute schon kümmern nennen. Aber es gibt keinen Lumpen im ganzen Land, dem er sie nicht verkaufen würde, vorausgesetzt, er wäre aus alter Familie und hätte genügend Geld.«

»Aber was machen wir nun mit dem Laird?«

»Wir müssen erst überlegen, was wir mit ihm anfangen. Ich möchte ihn ja gerne selbst hier behalten — das heißt, wenn er möchte —, aber da ist diese Jean! Sie klatscht und tratscht mit dem Feind, und ich kann ihr nicht vertrauen. Ich glaube, das Beste wäre, wenn du dich seiner annehmen würdest, Malcolm. Ich würde gerne alle Kosten tragen — denn du wärst wohl kaum in der Lage, nach ihm zu sehen und gleichzeitig deinem Fischfang nachzugehen.«

»Ich könnte ihn mit aufs Boot nehmen, wenn ich mit der Angel fische. Aber ich weiß nicht, wie es mit dem Heringsfang ist. Der blaue Peter hätte sicher nichts dagegen, aber das ist eine harte Arbeit und für einen schwachen Körper wie bei dem Laird könnte es den Tod bedeuten, wenn er manchmal ganze Nächte und bei jedem Wetter draußen sein müßte.«

Sie kamen über diesen Punkt hinaus zu keinem Entschluß, außer daß sie darüber nachdenken wollten und Malcolm in der Frühe nochmals vorbeischauen würde. Aber noch vorher hatte der Laird die Frage für sie erledigt. Als Miss Horn nach einer beinahe schlaflosen Nacht nach ihm sah, stellte sie fest, daß er die Angelegenheit selbst in seine eigenen schwachen Hände genommen hatte und verschwunden war.

Sechzehntes Kapitel

Der Bericht

Es war allgemein bekannt, daß die Hütte von Joseph Mair einer der Zufluchtsorte des Laird war. Sobald Malcolm von seiner Flucht erfahren hatte, machte er sich auf und erkundigte sich dort, ob man etwas von ihm wisse. Er hatte eine kurze Unterhaltung mit Joseph, den er auf einem kleinen Rundgang den Klippen entlang auf dem Vorgebirge antraf, doch dieser wußte nichts vom Laird. Er drängte Phemy, aber ob sie nun etwas wußte oder nicht — sie sagte nichts. Wahrscheinlich machte sie sich mehr Sorgen um die Sicherheit des Laird, als daß sie Malcolm irgendwelche Geheimnisse über die Zufluchtsstätten des Laird verraten könnte. Auf dem Rückweg von Scaurnose ging Malcolm nach Lossie House, denn er hatte den Marquis noch nicht gesehen, dem er über die Abenteuer der vergangenen Nacht Bericht erstatten mußte.

Der Marquis war noch nicht aufgestanden, doch Mrs. Courthope sagte, sie werde ihm Bescheid geben, sobald seine Lordschaft erschienen sei. Malcolm warf sich also ins Gras und wartete, während sich sein Geist mit seltsamen Fragen beschäftigte, allen voran die Frage, wie Gott es zulassen konnte, daß ein Geschöpf so mißgebildet und hilflos zur Welt kam wie der Laird, und wie er dann noch zulassen konnte, daß dieses Geschöpf wegen seiner Hilflosigkeit mißhandelt wurde. Die Probleme des Lebens begannen in voller Schärfe auf ihn einzustürmen. Überall schienen die Dinge aus dem Gleichgewicht. Er gehörte nicht zu denen, die sich über äußerliche Ungleichheit beklagten. Falls er ein Gefühl des Neides gegen Lord Meikleham hätte empfinden wollen, dann nicht wegen dessen gesellschaftlicher Stellung. Er besaß genug Philosophie, um zu wissen, daß das Leben eines Fischers dem eines Marquis wie Lord Lossie vorzuziehen war — daß die Befriedigung im Leben nach dem Grad der Interessen zu messen ist und nicht nach dem Grad der Annehmlichkeiten, die es bietet, denn je mehr Annehmlichkeiten, desto größer die Unrast. Er wollte sich auch nicht über die Kluft beklagen, die zwischen ihm und Lady Florimel lag. Die Schwierigkeit lag tiefer: Wenn eine solche Kluft durch ein gesellschaftliches Gesetz, das kaum weniger hart war als ein Naturgesetz, geschaffen wurde, warum sollte dieser Riß dann in sein persönliches Leben Eingang finden? Mit einem Wort ließ sich das, obwohl Malcolm seinen Gedanken keine endgültige Form gab, auf die Frage bringen, warum ein Fischer wie er sich in Gefahr bringen sollte, sich in die Tochter eines Marquis zu verlieben? Warum sollte etwas überhaupt möglich sein, was von den Verhältnissen her ein Ding der Unmöglichkeit schien?

Die Kirchenglocke begann zu läuten, tönte fort und verklang schließlich. Über den Kirchhof kam der Klang der Psalmen durch die graue sonntägliche Luft. Zum erstenmal fühlte er sich wie ein Schaf, das sich von der Herde getrennt hatte. Der Gottesdienst mußte schon halb vorbei sein, als ein Bediensteter, dem Mrs. Courthope vor dem Aufbruch zum Gottesdienst die Sache anbefohlen hatte, Malcolm die Mitteilung brachte, der Marquis wolle ihn sehen.

»Nun, MacPhail, was wollt Ihr von mir?« sagte seine Lordschaft bei Malcolms Eintritt.

»Es ist meine Pflicht, Eure Lordschaft von bestimmten Vorgängen in der vergangenen Nacht zu informieren«, antwortete Malcolm.

»Nun denn, was gibt's?« fragte der Marquis.

Malcolm fing ganz von vorne an und berichtete von den Männern, die er beobachtet hatte, wie er in der Annahme, ihnen zu folgen, in der Mansarde gelandet war, und was er dort gesehen und unternommen hatte.

»Habt Ihr eine der beiden Frauen erkannt?« wollte der Marquis wissen.

»Eine ja, my Lord«, erwiderte Malcolm, »Mistress Catanach, die Hebamme.«

»Was für eine Frau ist sie?«

»Nun, sie ist die Hebamme, und manche Leute können sie nicht ausstehen. Mir ist kein besonderes Übel bekannt, das ich ihr zur Last legen könnte, aber ich würde ihr nicht trauen. Mein Großvater — er ist blind, wie Sie wissen — fängt geradewegs an zu zittern, wenn sie in seine Nähe kommt.«

Der Marquis lächelte.

»Was glaubt Ihr denn, was sie im Schilde führt?« fragte er.

»Ich weiß auch nicht mehr als der Hut, den ich ihr ins Gesicht warf. Aber etwas Gutes hatte sie sicher nicht im Sinn. Auf jeden Fall, da Sie mich in gewisser Weise beauftragt hatten, my Lord, fühlte ich mich verpflichtet, sie am Betreten des abgeschlossenen Raumes zu hindern — vor allem, da sie wie ein Wurm im Haus Eurer Lordschaft herumkroch.«

»Ganz richtig. Würdet Ihr bitte für mich läuten?«

Er wies den eintretenden Mann an, Mrs. Courthope zu ihm zu schicken, erhielt jedoch zur Antwort, daß sie noch nicht aus der Kirche zurück war.

»Könnt Ihr mich zu dem Raum führen, MacPhail?« fragte er.

»Ich werde es versuchen«, antwortete Malcolm.

Bis zum richtigen Teil des Dachgeschosses fand er mit der Sicherheit einer Brieftaube. Dort mußte er ein- oder zweimal wieder zurückgehen, doch schließlich hielt er an und sagte zuversichtlich: »Das ist die Türe, my Lord.«

»Seid Ihr sicher?«

»Todsicher, my Lord.«

Der Marquis versuchte, die Türe zu öffnen, mußte jedoch feststellen, daß sie sich nicht bewegen ließ.

»Sagtet Ihr nicht, daß sie den Schlüssel hatte?«

»Nein, my Lord. Ich sagte, sie habe Schlüssel gehabt, aber ob sie den Schlüssel hatte, wußte sie wohl selbst nicht. Vielleicht war es einer an dem Bund, den sie noch nicht ausprobiert hatte.«

»Ihr seid ein scharfsinniger Bursche«, meinte der Marquis. »Ich wünschte, ich hätte einen solchen Diener um mich.«

»Ich wäre ohne Zweifel recht grobschlächtig«, entgegnete Malcolm lachend.

Seine Lordschaft war anderer Ansicht, verfolgte das Thema jedoch nicht weiter.

»Ich habe eine unklare Erinnerung«, sagte er, »daß es hier im Haus einen Raum gibt, mit dem eine alte Geschichte oder Legende verknüpft ist. Ich muß das herausfinden. Ich möchte annehmen, daß Mrs. Courthope darüber Bescheid weiß. Sprecht inzwischen kein Wort über diese Sache. Vielleicht verschafft uns das noch ein bißchen Unterhaltung.«

»Ich werde schweigen wie ein Grab, my Lord.«

»Ihr seid schon ein seltsamer Mensch!« bemerkte der Marquis.

Malcolm glaubte, er mache sich wieder über ihn lustig wie schon einmal, blieb jedoch ruhig.

»Ihr könnt nun heimgehen«, sagte seine Lordschaft. »Ich werde mich um diese Sache kümmern.«

»Seien Sie aber vorsichtig im Umgang mit Mrs. Catanach, my Lord; mit ihr ist nicht gut Kirschen essen.«

»Was! Ihr habt doch nicht etwa Angst vor einer alten Frau?«

»Nur ein wenig, my Lord — ich will sagen, ich habe keine Angst vor einem Dornhai oder einer Ratte, sondern würde sie nehmen und in der richtigen Weise anfassen, denn sie haben scharfe Zähne.

Manche Leute glauben, Mistress Catanach habe mehr Zähne, als sie zeigt.«

»Nun, wenn ich ihr nicht gewachsen sein sollte, werde ich nach Euch schicken«, sagte der Marquis gutgelaunt.

»So leicht erreichen Sie mich nicht, my Lord. Wir gehen jetzt auf Heringsfang.«

»Schön, schön, wir werden sehen.«

»Ich wollte Ihnen aber noch etwas berichten, my Lord«, sagte Malcolm, als er dem Marquis die Treppe hinabfolgte.

»Und was?«

»Ich kam noch hinter eine andere Verschwörung — eine sehr viel ernstere, denn sie richtet sich gegen jemand, der sich nicht verteidigen und sich gegen nichts zur Wehr setzen kann — der arme verrückte Laird.«

»Wer ist das?«

»Jeder kennt ihn, my Lord. Er ist der Sohn der Lady of Kirkbyres.«

»Ich erinnere mich an sie — eine alte Flamme meines Bruders.«

»Davon weiß ich nichts, my Lord, aber er ist ihr Sohn.«

»Was ist denn mit ihm los?«

Sie hatten die Halle erreicht, und da Malcolm bemerkte, daß der Lord ungeduldig war, beschränkte er sich auf die wichtigsten Punkte.

»Ich glaube nicht, daß es Eure Aufgabe war, sich hier einzumischen, MacPhail«, sagte der Lord ernst. »Seine Mutter muß das doch am besten wissen.«

»Das bezweifle ich, my Lord! Es wäre eine geradezu teuflische Grausamkeit, ein armes harmloses Geschöpf einzusperren, das ebenso unschuldig wie mißgestaltet ist.«

»Er ist, wie Gott ihn geschaffen hat«, sagte der Marquis.

»Er ist nicht, wie Gott ihn geschaffen hat«, entgegnete Malcolm.

»Was wollt ihr damit sagen?« fragte der Marquis.

»Es ist doch klar, my Lord«, antwortete Malcolm, »daß das Mißgeformte wieder gerichtet wird. Es wird ein Tag kommen, an dem alles Verkehrte zurechtgerückt wird.«

»Und das Krumme wird gerade«, wandte der Marquis lachend ein.

»Ohne Zweifel, my Lord. An jenem Tage wird er seine vollkommene Gestalt erhalten«, sagte Malcolm in völligem Ernst.

»Pah! Ihr glaubt doch nicht, daß sich Gott um einen so unförmigen Klumpen Fleisch kümmert!« rief der Marquis voller Verachtung aus.

»Er kümmert sich ebensosehr darum wie um Sie oder my Lady«, sagte Malcolm. »Täte er das nicht, dann wäre er nicht Gott.«

Der Marquis lachte wieder. Er hörte wohl die Worte mit seinen Ohren, doch sein Herz war taub für die Gedanken, die darin zum Ausdruck kamen. So nahm er Malcolms Ernst für Respektlosigkeit und amüsierte sich darüber.

»Ihr müßt nun einiges in Ordnung bringen«, sagte er. »Kümmert Euch um Eure eigenen Dinge.«

»Ich werde es versuchen, my Lord. Es ist die Aufgabe jedes Menschen, wo er kann, die Ketten der Ungerechtigkeit zu lösen und die Unterdrückten freizulassen. Ich wünsche Ihnen einen guten Tag, my Lord.«

Damit wandte sich der junge Fischer um und ließ den Marquis lachend in der Halle zurück.

Siebzehntes Kapitel

Die Legende

Lord Lossie ließ die Haushälterin rufen, als sie aus der Kirche zurückkehrte.

»Setzen Sie sich, Mrs. Courthope«, forderte er sie auf. »Ich möchte Sie nach einer Geschichte fragen, an die ich eine vage Erinnerung habe. Ich hörte davon, als ich vor rund zwanzig Jahren einen Sommer in diesem Hause verbrachte. Sie hat mit einem Zimmer in diesem Haus zu tun, das niemals geöffnet wurde.«

»Es gibt eine solche Geschichte, my Lord«, antwortete die Haushälterin. »Ich erinnere mich, daß der verstorbene Marquis darüber zu lachen pflegte und hin und wieder drohte, die Prophezeihung herauszufordern; aber die alte Eppie überredete ihn, das nicht zu tun.«

»Wer ist die alte Eppie?«

»Sie ist nun tot, my Lord. Sie war damals über hundert. Sie wurde im Haus geboren und aufgezogen, verbrachte ihr ganzes Leben hier und starb im Haus. So wußte sie mehr darüber als irgendein anderer —«

»Je wissen wird«, beendete der Marquis ihren Satz. »Und warum wollte sie nicht, daß das Zimmer geöffnet wird?« fragte er.

»Wegen der alten Weissagung, my Lord.«

»Ich kann mich an keinen einzigen Punkt der Geschichte erinnern.«

»Ich wünschte, die alte Eppie wäre noch am Leben und könnte sie erzählen«, sagte Mrs. Courthope.

»Sie kennen sie also nicht?«

»Doch, ganz gut, aber meine englische Zunge kann sie nicht ordentlich wiedergeben. Aus meinem Munde klingt das nicht richtig. Ich habe sie viele Male gehört, denn oft mußte ich einen Besucher zu Eppies Zimmer bringen, der die Geschichte hören wollte, und die alte Frau mochte nichts lieber, als sie zu erzählen. Aber ich konnte mir die Bemerkung nicht verkneifen, daß sie selbst in meiner Zeit noch weiterwucherte. Die Geschichte ähnelte einem Baum: Sie wuchs von Jahr zu Jahr.«

»So geht es mit vielen guten Geschichten«, sagte der Marquis. »Aber erzählen Sie mir bitte endlich.«

»Ich kann nur einen Teil so wiedergeben, wie sie das konnte. Sie ist in Reimen überliefert. Ich kann sie kaum verstehen, aber mit den Worten bin ich sicher.«

»Nun, dann lassen Sie bitte hören.«

Mrs. Courthope dachte einen Augenblick nach und wiederholte dann folgende Zeilen:

»The lord quha wad sup on 3 throwmes o'cauld airn,
The ayr quha wad kythe a bastard and carena,
The mayd quha wad tyne her man and her bairn,
Lift the sneck, and enter, and fearna.«

»Das war's, my Lord«, sagte sie abschließend. »Und man sollte eines nicht übersehen«, setzte sie hinzu, »daß dies die einzige Tür in diesem Gang ist, die einen 'Sneck' hat, wie sie's hier nennen.«

»Was ist das eigentlich?« fragte seine Lordschaft, der in der Sprache seiner Heimat nicht sonderlich beschlagen war.

»In England nennen wir es anders, aber auf jeden Fall ist es ein Türschloß. Ich habe mir die Mühe gemacht, korrekt Schottisch zu lernen, und ich habe den Vers Eurer Lordschaft Wort für Wort wiedergegeben.«

»Daran zweifle ich nicht«, entgegnete Lord Lossie, »aber ich kann keinen Sinn darin erkennen. Sie glauben also, daß mein Bruder an die Geschichte geglaubt hat?«

»Er lachte immer darüber, my Lord, aber er tat wenigstens so, als gehe er den dringenden Bitten der alten Eppie nach.«

»Wollen Sie damit sagen, daß er der Geschichte mehr Glauben schenkte, als er selbst zugeben wollte?«

»Nein, das wollte ich damit nicht sagen, my Lord.«

»Und was wollten Sie dann sagen?«

»Als die Nachricht von seinem Tode kam, behaupteten einige der Leute hier, er müsse irgendwann einmal diese Türe geöffnet haben.«

»Wie kamen sie darauf?«

»Aufgrund der ersten Zeile der Weissagung.«

»Wiederholen Sie sie bitte.«

»'The lord quha wad sup on 3 throwmes o'cauld airn'«, sagte Mrs. Courthope nachdrücklich und fuhr fort: »Sie sagte immer, das 'three' bedeute eine Zahl 3.«

»Das legt den Schluß nahe, daß der Vers irgendwo aufgeschrieben war.«

»Sie sagte, in ihren Tagen sei es auf dem Fußboden zu lesen gewesen, wie mit einem glühenden Eisen eingebrannt.«

»Und was bedeutet diese Zeile?«

»Eppie sagte, es bedeute, daß der Herr dieses Ortes, der jene Türe öffnet, durch eine Schwertwunde sterben werde. Drei Zoll kaltes Eisen soll das heißen, my Lord.«

Der Marquis wurde nachdenklich. Sein Bruder war bei einem Duell mit Schwertern getötet worden. Er schwieg eine Zeitlang, dann meinte er schließlich: »Erzählen Sie mir die ganze Geschichte.«

Mrs. Courthope dachte nach und fing an zu berichten. Den Kernpunkt der Geschichte erzählte sie wie folgt:

In alter Zeit gab es einen Herrn von Lossie, der sich mit unheiligen Dingen abgab. Obwohl er die meiste Zeit in Lossie House lebte, schenkte er seinen Geschäften keine Beachtung. Ein Verwalter erledigte alles für ihn, und Lord Gernon vertraute ihm über lange Zeit hinweg, ohne die geringsten Nachforschungen nach seiner Abrechnung anzustellen. In den Köpfen der Leute in der Stadt — der alten Stadt, meine ich — bestand kein Zweifel, daß er Macht über die Kräfte der Natur erlangt hatte, denn er war imstande, die Winde zu entfesseln, Regen auszulösen, Blitze zu rufen und über Stadt und See donnern zu lassen. Dies und noch viele andere unheilvolle Taten wurden ihm im geheimen zur Last gelegt. Die Stadt, die sich am Fuß des Herrenhauses hinkauerte, lebte in Angst und Schrecken vor dem, was der Lord über sie zu bringen vermochte. Wenn der Donner über ihren Köpfen grollte, die Blitze um Dächer und Türme des Herrenhauses zuckten, wagte kaum einer, einen Blick aus der Türe zu werfen. Lord Gernon selbst wurde in gleicher Weise gemieden, obwohl kaum jemand die Gelegenheit hatte, ihn zu sehen, da er so selten sein Haus verließ. Es gab nur einen Menschen im ganzen Gemeinwesen, der erklärte, keine Angst vor ihm zu haben — und das war ein junges Mädchen, die Tochter seines Verwalters. Sie ging so weit zu behaupten, daß Lord Gernon niemandem etwas Böses wolle. Von den Nachbarn wurde sie deshalb für sündhaft leichtsinnig angesehen.

Er arbeitete in einer bestimmten hochragenden Wohnung im Erdgeschoß mit Kcllcrn darunter. Seltsam war, daß er jedoch in der Mansarde oben schlief — so weit entfernt von seinem Laboratorium, als die Ausdehnung des Hauses erlaubte. Deshalb sagten die Leute, er wage nicht, in der Nähe seiner Taten zu schlafen, sondern suche Schutz für die Stunden des Unbewußten im geistlichen Schatten der Kapelle, die im gleichen Flügel lag wie seine Kammer.

Mit Hilfe seiner Zauberei fand er endlich heraus, daß der Mann, dem er lange Zeit vertraut hatte, ihn seit langen Jahren beraubte. Der Mann bestritt das energisch, doch nachdem sein Herr mehrmals geheimnisvoll die Hand bewegte, befiel ihn ein Zittern. Danach bewegten sich seine Lippen wie unter einem geheimen Zwang, er war außerstande, ihre Äußerungen zu kontrollieren und bekannte die ganze Wahrheit. Darauf befahl ihm sein Herr, hinzugehen und die Hauptbücher zu holen. Er lief weg wie von Sinnen und taumelte wie im Traum nach Hause. Dort flehte er seine Tochter an, zum Lord zu gehen und für ihn zu bitten in der Hoffnung, daß sie in der Lage sei, Barmherzigkeit für ihn zu erwirken.

Sie gehorchte und war von jener Stunde an verschwunden. Die Leute des Herrenhauses behaupteten später, daß sie am nächsten und an den folgenden Tagen immer wieder Stöhnen und Schreie aus der Kammer des Zauberers gehört hätten.

Die Liebe des Verwalters zu seiner Tochter gab ihm zwar nicht den Mut, sie in der Behausung des Tyrannen zu suchen, aber sie trieb ihn endlich dazu, sich an die Gerichte seines Landes zu wenden, um zu retten, was zu retten war. Er suchte den Gerichtshof des großen Bruce auf und legte ihm seine Klage vor. Dieser gerechte Monarch entsandte sofort einige seiner vertrauenswürdigsten Krieger unter dem Schutz eines Mönches, den er als geeigneten Gegenspieler für jeden Zauberer unter Gottes Sonne erachtete, um Lord Gernon in Haft zu nehmen und das Mädchen zu befreien. Als sie in Lossie House ankamen, fanden sie das Anwesen still wie ein Grab. Die Dienstboten waren verschwunden. Doch sie folgten den genauen Anweisungen des Verwalters, den keine Überredung dazu bringen konnte, seinen Fuß über die Schwelle zu setzen, und konnten so ihren Weg in die von ihm bezeichneten Teile des Hauses finden. Nachdem sie den Eingang zum Laboratorium aufgebrochen und es verlassen vorgefunden hatten, stiegen sie in der einfallenden Dämmerung eines Winternachmittages in die oberen Regionen des Hauses hinauf.

Noch ehe sie oben an der Treppe angekommen waren, die zur Kammer des Zauberers führte, vernahmen sie unerklärliche Laute, die deutlicher, aber nicht viel lauter wurden, als sie sich der Türe näherten.

»Wenn es nicht wegen des Mädchens wäre«, flüsterte einer mit ängstlicher Stimme seinem Nachbarn zu, »würde ich den Zauberer gern dem Teufel überlassen.«

Kaum hatte er diese Worte geäußert, da öffnete sich die Türe, und heraus trat eine Gestalt — niemand konnte sagen, ob Phantom oder eine lebendige Frau. Bleich, verloren, verzweifelt und ohne Ziel kam sie direkt auf die Männer zu, mit Augen, die nichts wahrnahmen. Entsetzt wichen sie zurück. Die Gestalt ging weiter, blickte nicht rechts und links und sank die Treppe hinab. Kaum war sie verschwunden, liefen sie ihr alle zusammen nach und stürzten die Treppe hinunter. Doch obwohl sie das ganze Haus durchsuchten, fanden sie kein Geschöpf außer einer Katze von fragwürdiger Erscheinung, die sie wohlweislich in Ruhe ließen. Nachdem sie zurückgekehrt waren, bezogen sie eine Position, von der aus sie die Türe zur Kammer Tag und Nacht beobachten konnten.

Nach drei Wochen hatten sie weder einen Schrei noch einen anderen Laut vernommen. Sie blieben noch weitere drei Wochen auf ihrem Beobachtungsposten, dann traf ein übler Geruch ihre Nasen, der immer stärker wurde, bis sie schließlich befriedigt zu dem Schluß kamen, daß der Zauberer tot sei. Sie kehrten deshalb zum König zurück und erstatteten Bericht, worauf Lord Gernon für tot erklärt und sein Erbe in seine Rechte eingesetzt wurde. Doch viele Jahre hieß es, er sei immer noch am Leben, und ob er wirklich auf normalem Wege gestorben war, daran hegte die alte Eppie ihre Zweifel, denn immer wieder hatte es Gerede über seltsame Laute, ja sogar Schreie aus dem Raum gegeben — Gerede, das noch zu Mrs. Courthopes eigener Zeit im Hause umging. Es hieß, sobald einer dieser Schreie zu vernehmen sei, werde unweigerlich früher oder später der Lord von Lossie oder einer seiner Familienangehörigen von einem Übel befallen.

»Zeigen Sie mir den Raum, Mrs. Courthope«, sagte der Marquis und erhob sich, sobald sie ihre Geschichte beendet hatte.

Die Haushälterin blickte ihn entsetzt an.

»Was!« meinte seine Lordschaft. »Sind Sie als Engländerin womöglich abergläubisch?«

»Ich bin vorsichtig, my Lord, auch wenn ich keine Schottin bin«, entgegnete Mrs. Courthope. »Ich möchte nur vorschlagen, nehmen Sie sich lieber Zeit und denken Sie erst darüber nach.«

»Nein, aber ich möchte doch wissen, welcher Raum das ist.«

Mrs. Courthope ging voran, und seine Lordschaft folgte ihr genau zu der Türe — wie er erwartet hatte —, an der Mrs. Catanach sich zu schaffen gemacht hatte und dabei von Malcolm beobachtet worden war. Er untersuchte sie genau und fand im oberen Teil etwas, das der Überrest einer eingeritzten Inschrift sein mochte, aber so verwischt, daß das nicht mehr sicher zu erkennen war. Er zeigte sich befriedigt, und sie gingen wieder zusammen die Treppe hinab.

Achtzehntes Kapitel

Die Geschichte

Am nächsten Samstag versammelte sich eine große Schar aus dem Dorf zur Hochzeit von Annie Mair und Charles Wilson. Nach einer kurzen Feier in der Kirche machte sich die Hochzeitsgesellschaft auf den Weg — voran die Braut zwischen dem blauen Peter, ihrem Bruder und ihrem Brautführer, die beide die Braut am Arm führten. Dahinter folgte die übrige Gesellschaft meist in Dreiergruppen. Sie gingen die Straße entlang, und die erste Person, auf die sie trafen, mußte auf die glückliche Zukunft des Brautpaares einen Toast ausbringen.

Sie hatten den Weg nach Portlossie von Alton aus halbwegs zurückgelegt, als ein Gentleman sorglos auf sie zuschlenderte, Lord Meikleham, der Gast von Lord Lossie und Lady Florimel. Malcolm war nicht der einzige, der ihn kannte. Lizza Findlay, die Tochter von Meg Partan (Partan war nur ein Spitzname, das schottische Wort für 'Krabbe', den ihr einige Nachbarn als heiteren Hinweis auf ihr Temperament beigelegt hatten), das hübscheste Mädchen in der Hochzeitsgesellschaft, errötete über und über. Sie hatte in der vergangenen Woche mit ihm in Lossie House getanzt, und er hatte ihr als höfliche Aufmerksamkeit Dinge gesagt, die er einem Mädchen seines eigenen Standes gegenüber niemals gebraucht hätte. Er wäre vorbeigegangen und hätte allenfalls einen beiläufigen Blick auf die Gesellschaft geworfen, wären sie nicht allesamt stehengeblieben. Die Braut nahm eine Flasche und ein Glas, die ihr Bruder trug, goß einen Becher Wein ein, während der Trauzeuge sich an Lord Meikleham wandte mit den Worten: »Sie sind der Braut als erster begegnet, Sir.«

»Was wollt Ihr damit sagen?« fragte Lord Meikleham.

»Es geht ums Glückwünschen, Sir«, antwortete Joseph Mair. »Wer der Braut als erster begegnet und nicht Unglück über das Brautpaar bringen will, muß von der Braut einen Schluck annehmen.«

»Nun, daran soll's nicht fehlen«, sagte Lord Meikleham, nahm den Hut ab und empfing den Becher, »erlaubt mir, Euch Glück zu wünschen. Ich trinke auf die Gesundheit von Euch beiden.« Er leerte das Glas auf einen Zug.

»Ist dies das einzige Vorrecht, das mit meinem Glück verbunden ist?« fragte Lord Meikleham nach dem Trunk. »Wenn ich das Glas der Braut annehme, muß ich mich auch in die Gesellschaft der Braut einreihen. Mein guter Mann«, fuhr er fort und näherte sich dabei Malcolm, »Ihr habt mehr als euren Teil an den erfreulichen Dingen dieser Welt.«

Der Lord spielte darauf an, daß Malcolm zwei Partnerinnen hatte, eine an jeder Seite. Lord Meikleham zunächst befand sich Lizza Findlay, der er beim Sprechen seinen Arm bot.

»So einfach wird nicht geteilt, my Lord«, entgegnete Malcolm und hielt Lizzas Hand mit seinem Arm fest. »Fischersleute teilen gerne ihren Wein, aber nicht ihre Mädchen!«

Lord Meikleham wurde rot, und Lizza blickte, offensichtlich enttäuscht, zu Boden. Doch der Brautvater, der angenehmere Umgangsformen hatte als die meisten seinesgleichen, mischte sich ein: »Sehen Sie, my Lord, wir möchten für den Augenblick gerne unter uns bleiben, denn wir sind ein rauhes Volk für jemand Ihresgleichen. Aber wenn Sie gerne am Abend kommen und mit uns reden wollen, dann sind Sie herzlich willkommen, und wir würden das als große Ehre von Eurer Lordschaft ansehen.«

»Das werde ich gerne machen«, antwortete Lord Meikleham, zog den Hut und ging seiner Wege.

Die Gesellschaft kehrte ins Haus der Brauteltern zurück, wo ein umfangreiches Mahl aus Tee, Brot und Butter, Kuchen und Käse aufgetischt wurde. Dann begab man sich auf einen erneuten Spaziergang, manche in Richtung zum Vorgebirge, andere zum Strand hinab, damit das Haus für die abendlichen Belustigungen hergerichtet werden konnte.

Gegen sieben Uhr tauchte Lord Meikleham auf und wurde herzlich begrüßt. Er hatte eine prächtige Brosche für die Braut gekauft, die sie mit kindlicher Freude entgegennahm. Er beteiligte sich mit ganzem Herzen an ihren Spielen, die schon begonnen hatten, und brachte es die ganze Zeit fertig, daß sich Lizza Findlay als seine bevorzugte Gespielin fühlen konnte. Im allgemeinen Trubel fiel niemand die ungewöhnliche Röte ihrer Wangen oder das lebhafte Funkeln in ihren Augen auf.

Meikleham war ein gutaussehender Mann und ein Lord; Lizza war hübsch, auch wenn sie nur die Tochter eines Fischers war.

Bei dem nun folgenden Abendessen saß der Lord neben Lizza. Er ließ sich getrockneten Rochen mit Senf, Brot, Käse und Bier schmecken. Jeder bediente sich selbst. Lord Meikleham und einige andere waren mit Messer und Gabel ausgerüstet, doch die meisten anderen brauchten solche künstlichen Hilfsmittel nicht.

Nach dem Abendessen folgten weitere Feiern und Zeremonien, und keiner schien im geringsten Notiz davon zu nehmen, daß Meikleham und Lizza fehlten.

Nach vierzehn Tagen reisten Lord Meikleham und seine Tante ab. Der Marquis, dem es in der Folge wohl ein wenig langweilig war, fing an, in der Nachbarschaft Besuche zu machen. Hin und wieder war er auch für ein oder zwei Wochen verreist, und obwohl Lady Florimel nicht viel von seiner Gesellschaft hatte, vermißte sie ihn bei den Mahlzeiten und empfand den Ort ohne seine Anwesenheit recht trübe.

Bei der Rückkehr von einer seiner längeren Reisen sprach er mit ihr über eine Gouvernante, doch schon bei der ersten Erwähnung setzte sie sich heftig zur Wehr. Sie erklärte, sie habe in der Bibliothek Studienmaterial in Hülle und Fülle und beim Herumwandern in der Umgebung eine Menge Unterhaltung. Wenn er ihr eine Gouvernante aufzwinge, werde sie die Frau einfach umbringen. Ihr leichtherziger Vater lachte belustigt auf und ließ das Thema vorerst fallen.

Lady Florimel gestand nicht ein, daß sie ihr Leben allmählich eintönig fand; sie erwähnte auch nicht, daß sie seit einiger Zeit die Bekanntschaft mit einigen der armen Nachbarn pflegte, deren eigenartige Lebensweise, Denken und Reden sie interessierten. Vor allem Duncan MacPhail mochte sie recht gerne. Der alte Mann war so völlig anders als alles, wovon sie bisher gehört oder gelesen hatte, so stolz und doch so dienstbereit, wie er mit seiner Kappe für sie einen Stuhl sauberwischte und sich gekränkt zurückzog, wenn sie sich nicht setzte, — wie er zufrieden damit war, auf seinem Dudelsack zu spielen, während andere speisten, jedoch für einen derben Scherz vom Marquis selbst eine Entschuldigung forderte — so voll Freundlichkeit und doch auch voller Rachegelüste. Alles war so seltsam, so komisch, so interessant. Doch Lady Florimel hatte bis jetzt niemals etwas studiert, hatte nicht einmal erkannt, daß Dinge studiert werden wollten, das heißt, danach verlangten, verstanden zu werden. Am seltsamsten und widersprüchlichsten erschien ihr seine Freude am Reinigen von Lampen und Kerzenhaltern, für Lady Florimel nur eine niedrige, dreckige Beschäftigung. Die poetische Seite dieser Tätigkeit, deren Poesie durch seine Blindheit noch gesteigert wurde, erkannte sie nicht.

Er hatte ihr auch Geschichten zu erzählen, Geschichten von Bergen, Strömen und Flüssen, von Liebe und Rache, wilde Legenden aus dem Nebel der keltischen Geschichte. Er wußte Lieder, die sie immer wieder fesselten, daß sie stundenlang dasaß und ihm zuhörte.

Was Wunder, daß sie durch ihre regelmäßigen Besuche in der Abwesenheit ihres Vaters das Herz des einfachen alten Mannes gewann. Und eines Abends, als sie in jugendlichem Übermut seinen Dudelsack nahm, den Luftsack aufblies und auf etwas sprunghafte Art eine Hochlandweise ertönen ließ, da kannte die Begeisterung des alten Mannes keine Grenzen mehr. Er sprang vom Stuhl auf, hüpfte im Zimmer umher und rief sie bei allen zärtlichen und poetischen Namen, die ihm sein englischer Wortschatz erlaubte.

Ihre Besuche waren für Duncan umso tröstlicher, als Malcolm jetzt beinahe jede Nacht draußen war und den größten Teil des Tages mit Schlafen zubrachte. Andernfalls hätte Florimel ihn nicht so oft besuchen können. Ehe die Fischfangsaison zu Ende ging, war der Pfeifer wohl zwanzigmal drauf und dran gewesen, dem vornehmen Mädchen jedes Geheimnis seines Lebens zu enthüllen, so gründlich berauschten ihn ihre Jugend und ihr Charme.

»Es ist wirklich schade, daß Sie keine Frau haben, die sich um Sie kümmert, Mr. MacPhail«, sagte sie eines Abends. »Ohne Frau, die nach Ihnen schaut, müssen Sie doch sehr einsam sein.«

Duncans Gesicht verdüsterte sich, nur seine blinden Augen glänzten. »Ich habe meinen Jungen, ich brauche keine Frau.«

»Aber Sie empfinden den Frauen gegenüber doch sicher anders als den Campbells gegenüber?« fragte Florimel.

»Nehmen Sie diesen bösen Namen nicht noch einmal in den Mund!«

»Aber warum hassen Sie den Namen so sehr?«

»Sie wissen doch, was dieser Hund meinen Vorfahren in Glencoe angetan hat!« rief der Pfeifer voller Haß und mit dem Blick eines gereizten Tigers.

»Sie erschrecken mich richtig!« sagte Florimel und erhob sich, als wolle sie gehen.

»Bitte verzeihen Sie, my Lady. Setzen Sie sich wieder, mein Engel vom Himmel, und ich werde nichts mehr darüber sagen. Ich werde Ihnen eine Geschichte erzählen, dann wissen Sie, warum der Name dieses verfluchten Cawmill mein Blut zum Sieden bringt.«

Er nahm seinen Dudelsack und stimmte einen Gesang an, den er während der Darbietung übersetzte. Er trug in Gesang, Klage und Tanz die Legende des Campbell von Glenlyon vor, der die Getreuen im Tal von Glencoe erschlug:

Schwarz stehn die Berge um das Tal von Glencoe;
Hart strebt der Fels an den Seiten empor;
Kalt strömt die Luft von schneeklaren Gipfeln;
Schneidende Winde suchen den Wandrer.
Kälter als Eis, das von oben herabbricht,
Ist das Herz des Campbell, des Höllenhunds Glenlyon.

Ist jetzt die Jagdzeit zur Pirsch auf das Rotwild?

Glenlyon, sprach Ian, des Häuptlings Sohn,
Was suchst du mit Flinten und Dienern soviel?

Freunde, ein Feuer und den Schluck zum Willkommen,
Sprach der höllische Lügner, trug den Tod doch im Herzen.

Komm zu mir in mein Haus, arm ist's, aber dein.
Sie gaben ihm reichlich und taten's als Gruß.

Weh über den Häuptling! Gottes Fluch den Verrätern!
Weh über den Häuptling, den Vater des Stamms!
Erschlagen liegt er, und nicht in der Schlacht!
Neun Männer mit dem echten Herz schlug Glenlyon!
Er, des Gast er war, schlug den Herrn von Inverriggen.
Fünfzig mordeten sie, der Rest floh von hinnen,
In den Schnee der Berge die Frauen und Kinder
Fielen nieder und schliefen ohn' Erwachen am Morgen.

Der Sänger des Tals ist allein unter Fremden.
Allister, Barde des Tals und der Berge,
Sing dem Frieden für den Geist von des Vaters Vater,
Der gemordet ward vom Fluch von Glencoe, Glenlyon.

Als er geendet und sich wieder etwas gefaßt hatte, sagte er: »Sie wissen nun, my Lady, warum mir selbst der Name von Glenlyon verhaßt ist.«

»Aber es war nicht Ihr Großvater, den Glenlyon umbrachte, Mr. MacPhail?«

»Und wessen Großvater sollte es denn gewesen sein, my Lady?« entgegnete Duncan und richtete sich auf.

»Die Leute von Glencoe waren keine MacPhails. Ich habe die Geschichte des Massakers gelesen und weiß alles darüber.«

»Er könnte der Vater meiner Mutter gewesen sein, my Lady.«

»Aber in Eurem Lied war vom Vater des Vaters die Rede.«

»Ich sagte, der Vater von Allisters Vater, my Lady.«

»Ich kann Sie nicht ganz verstehen, Mr. MacPhail. Was hat das alles mit Ihrem Namen zu tun? Ich muß gestehen, ich weiß nicht, wie ich Sie nennen soll.«

»Nennen Sie mich Ihren alten Barden, Duncan MacPhail, meine liebe Lady, und haben Sie Geduld mit mir. Ich werde Ihnen über alles erzählen, aber Sie müssen meinem alten Hirn Zeit zum Nachdenken geben. Mein Kopf wird recht dumm. Nach dem blutigen Massaker von Culloden[1] mußte sich mein Vater verstecken, und er nahm einen Namen an, der nicht sein eigener war. Und

[1]Siehe Anhang 2, Seite 308

meine arme Mutter, die mich aufzog, hörte drei Monate lang kein Sterbenswort von ihm, als er nach der Schlacht fort war. Und als er eines Nachts, als der Mond nicht am Himmel stand, wie ein Fuchs zu ihr zurückkroch, beschlossen sie, für eine Zeitlang zusammen fortzugehen und sich MacPhail zu nennen. Aber nach und nach trugen sie wieder ihren eigenen Namen.«

»Und warum haben Sie dann nicht Ihren richtigen Namen, wenn Ihre Eltern wieder den eigenen annahmen? Er klingt doch viel schöner.«

»Weil ich den anderen behalten habe, meine liebe junge Dame.«

»Und warum?«

»Weil — weil ... Ich werde Ihnen das ein andermal erzählen. Ich bin heute zu müde, um noch weiter über die verfluchten Campbells zu sprechen.«

»Dann heißt auch Malcolm eigentlich nicht MacPhail?«

»Nein, my Lady.«

»Ist er der Sohn Ihres Sohnes oder Ihr Tochtersohn?«

»Vielleicht nicht, my Lady.«

»Ich möchte wissen, wie sein richtiger Name lautet. Hat er den gleichen Namen wie Sie? Es scheint mir nicht achtbar, wenn Sie nicht den richtigen Namen tragen.«[2]

»O doch, my Lady. Es ist sehr achtbar. Viele gute Menschen haben sich den Namen von ihrem Nachbarn borgen müssen.«

»Ich möchte wissen, wie Malcolm wirklich heißt«, beharrte Lady Florimel.

»Nun, sehen Sie, my Lady«, erwiderte Duncan, »manche Menschen haben Namen und kennen sie nicht. Und manche Menschen haben keinen Namen und kennen ihn auch nicht. Und manche Menschen haben keinen Namen und meinen doch, sie hätten einen.«

»Sie sprechen in Rätseln, Mr. MacPhail, und ich mag keine Rätsel!« sagte Lady Florimel mit leichtem Unwillen, der nicht völlig gespielt war.

»Ja, sicher — o ja! Nennen Sie mich Duncan MacPhail, nicht mehr und nicht weniger, my Lady — noch nicht!« wich er aus.

»Ich sehe schon, Sie vertrauen mir nicht«, sagte das Mädchen, erhob sich rasch, sagte ihm Gute Nacht und verließ die Hütte.

Duncan saß eine Zeitlang schweigend da, dann griff seine Hand langsam nach dem Dudelsack, mit dessen Spiel er sich bis zum Zubettgehen tröstete. Lady Florimel, die geglaubt hatte, sie könne in jeder Weise Einfluß auf den alten Mann ausüben, wenn es ihr gefiel, war verärgert. Es war ihr wohl doch nicht gelungen, genügend Hinweise von ihm zu erhalten, um einen romantischen Glanz

[2]Siehe Anhang 3 Seite 309

auf den jungen Mann zu werfen, für den sie sich schon so sehr interessierte. Auch Duncan empfand Mißfallen, doch gegen sich selbst, weil er einen Menschen enttäuscht hatte, dem er soviel Zuneigung entgegenbrachte. Eine Zeitlang war er drauf und dran gewesen, ihr bestimmte Dinge zu enthüllen, doch im letzten Augenblick hatte er sich an sein Geheimnis geklammert und konnte es nicht preisgeben. Er hatte so lange Stillschweigen bewahrt, daß er nun vor einem Bruch dieser Gewohnheit zurückschreckte, die ihm zur zweiten Natur geworden war.

Eine ganze Woche verstrich, ohne daß Lady Florimel in seine Nähe kam, und der alte Mann fühlte sich elend. Endlich betrat sie eines Abends die Hütte des Pfeifers. Sie wählte eine Zeit, in der Malcolm draußen auf See sein mußte. Duncan erkannte ihren Schritt in dem Augenblick, als sie vom Ufer her um die Ecke bog, und sie hatte kaum ihren Fuß auf die Schwelle gesetzt, da eilte er aus dem Haus, sie zu begrüßen. »Ach, meine liebe Lady«, fing er an und stürzte sich sofort in eine Erklärung, warum er sich zuvor geweigert hatte, offen über Malcolms Vergangenheit zu sprechen, so als habe ihr Gespräch eben erst geendet. »My Lady muß mir verzeihen, denn es ist eine lange Geschichte, die Sie wahrscheinlich gar nicht glauben werden. Und sie ist mit einer anderen langen Geschichte verknüpft, die mir das Herz zerreißt, daß ich das Gefühl habe, ein brennender Teufel wohne in meinem Brustkorb. Aber ich werde Ihnen die eine erzählen, die zu meinem Malcolm gehört. Er ist nun ein erwachsener junger Mann, aber das war er nicht immer. Nein, er war einmal ein ganz winziges Kindchen in meinen alten Armen. Aber damals waren sie noch nicht alt. Warum müssen die Menschen nur alt werden, my Lady?«

Lady Florimel antwortete mit einer allgemeinen Bemerkung, und Duncan füllte den Dudelsack mit Luft, als wolle er seine Erzählungskraft stärken. Nach einigen seltsamen Tönen, die klangen, als wandere ein von Pein getriebener Geist umher, begann er seine Geschichte. Zuerst aber ließ er sich von Lady Florimel die Zusicherung geben, daß sie seine Enthüllungen nicht Malcolm weitergeben werde, da er, wie er sagte, gute Gründe habe, sie ihm zu einem geeigneten Zeitpunkt selbst zu offenbaren.

Er vermied jeden Hinweis, warum er einen anderen Namen genommen oder sein heimatliches Tal verlassen hatte und berichtete, wie er nur mit einem Dudelsack als Gefährten und mit nichts als den Kleidern an seinem Leib auf Wanderschaft gegangen war. Er nahm den Weg an den Ufern von Invernes, Nairn und Moray; bei jedem Haus bot er an, Dudelsack zu spielen oder die Lampen und Kerzenhalter zu reinigen und erhielt als Entgelt meist an Nahrung und Unterkunft, aber auch an Geld genug, um ihn den ganzen

Weg von Glenco nach Portlossie zu bringen. Irgendwo in der Nähe dieses Ortes befand sich eine Höhle, in der sein Vater nach der Flucht aus Culloden sich sechs Monate lang verborgen hatte in Hunger und Kälte und ständiger Gefahr, endeckt zu werden. Da er aus unerklärlichen Gründen nun seinerseits einen Platz fern seines geliebten Tales suchte, wo er Zuflucht nehmen konnte, machte er sich auf, die Höhle zu finden, die ihm in Erinnerung an seinen Vater eher ein Heim werden würde als jeder andere Ort der Erde.

Bei seiner Ankunft in Portlossie nahm er eine Unterkunft in einem kleinen öffentlichen Gasthaus in der Seaton. Von dort aus machte er sich am nächsten Morgen auf den Weg, um die Höhle zu finden — ein scheinbar ebenso hoffnungsloses wie gefährliches Unternehmen. Doch die Beschreibung seines Vater über Lage und Beschaffenheit hatten im Geist des alten Mannes eine so lebhafte Vorstellung erweckt, daß er sich imstande glaubte, direkt in die Höhlenöffnung hineinzumarschieren. Aber er suchte die ganze Ostflanke des Vorgebirges von Scaurnose ab, wo sie liegen mußte, ohne eine Höhle zu finden, wie sein Vater sie beschrieben hatte. Immer und immer wieder glaubte er, auf sie gestoßen zu sein, doch schnell wurde er von seinem Irrtum überzeugt.

Da Tag und Nacht für Duncan sich so ähnlich waren, wählte er aus einem Wunsch der Geheimhaltung heraus die Nacht für seine Streifzüge zwischen den Felsen und die Erforschung ihrer Höhlungen.

Eines Nachts, oder mehr gegen Morgen, denn er glaubte, Mitternacht sei längst vorüber, saß er müde in einer großen offenen Höhle, lauschte auf die steigende Flut und schlief mit dem Dudelsack auf den Knien bald ein. Er fuhr mit einem Schlag aus dem Schlaf auf, denn der Dudelsack schien sich zu bewegen und ein letzter schwacher Klagelaut entwich ihm. Beim Himmel, da lag ein Säugling drauf! Eine Zeitlang saß er völlig verstört da, doch schließlich kam er zu dem Schluß, daß eine umherziehende Zigeunerin ihn als bereitwilligen Empfänger für das Kind, das sie nicht haben wollte, auserkoren hatte. Jemand mußte in der Nähe sein. Er rief laut, erhielt aber keine Antwort. Das Kind begann zu schreien. Er versuchte es zu besänftigen, und es wurde still. In dem Augenblick, als es auf seine eigenen Liebkosungen antwortete, rührte sich das noch winzige 'Ich bin hier' der ewigen Liebe im Herzen des einsamen Mannes: Er wußte, in seinen Armen lag ein Wesen solcher Hilflosigkeit, daß er arm, blind und verlassen wie er war, für dieses Wesen doch ein Turm der Stärke war. Er drückte das Kind an seine Brust, erhob sich und trat den Rückweg über die Felsen nach der Seaton an, doch mit weit vorsichtigeren Schritten als zuvor.

Er hätte das Kind lieber versteckt für den Fall, daß jemand Anspruch darauf erhob, — was allerdings den Umständen nach wenig wahrscheinlich war —, aber um des Kindes willen brachte er es in die Pension, wo er zu jeder Stunde freien Zugang hatte. Dorthin also trug er seinen Schatz, schützte das Kind mit dem Dudelsack gegen die Nachtluft, so gut es ging. Er weckte niemand auf, und da das Kind erst kurz zuvor gefüttert worden war, schlief es mehrere Stunden hindurch; dann aber tat es sein Bestes, die ganze Nachbarschaft aufzuwecken.

Duncan erzählte auf eingehende Fragen die Wahrheit, doch in so geschickter Weise, daß manche ihm überhaupt keinen Glauben schenkten. Andere hatten seine Suche auf den Felsen seit seiner Ankunft vor einigen Wochen beobachtet und schlossen nun, er habe das Kind mit sich gebracht und es bisher verborgen gehalten. Die Überzeugung der Bevölkerung richtete sich schließlich auf die zweite Version, daß das Kind des Pfeifers Enkel war, doch niedrig geboren, und daß er sich deshalb schäme, es anzuerkennen, doch bereit und willens sei, es zu versorgen und als Findelkind aufzuziehen. Auf diesen Teil macht Duncan in seiner Erzählung Lady Florimel gegenüber keine Anspielungen. Der Hinweis genügte, daß er darauf achtete, den ersten Teil unberührt zu lassen.

Für das Baby wurde großartig gesorgt, denn es hatte mindestens ein Dutzend Pflegemütter gleichzeitig. Keine Frau in der Seaton, die auf Grund der besonderen geforderten Qualitäten Anspruch erheben konnte, versäumte es, diesen Anspruch geltend zu machen. Das Ergebnis war ein schier unglaublicher Sturm der Eifersucht.

Inzwischen erkrankte der Stadttrommler und starb. Miss Horn setzte sich dafür ein, daß Duncan seine Stelle antreten konnte. Die Gegner dieser Idee bemühten sich hart darum, daß die Trommel als wesentlicher Bestandteil dieses Amtes anerkannt werde, doch Duncan erklärte, kein von ihm erzeugter Laut werde von einem anderen Instrument als dem Dudelsack stammen. Die edler Gesinnten unter den Verantwortlichen der Stadt schätzten den Pfeifer ohnehin wegen seiner Unabhängigkeit, und am Ende trat der Dudelsack für eine Zeit die Nachfolge der Trommel an.

Man mag sich fragen, warum Duncan nun willens war, einen väterlichen Anspruch auf Malcolm preiszugeben, indem er bekannte, daß sie nicht gleichen Blutes waren.

Ein Grund dafür war zweifellos der Wunsch nach einem Vertrauensverhältnis zwischen ihm und Lady Florimel, ein weiterer die wachsende Überzeugung, daß der Junge adeliges Blut in den Adern hatte. Der dritte Grund aber lag darin, daß er Malcolms Herz bis dahin so gründlich geprüft hatte, um keine Furcht haben zu müssen, eine Veränderung der Lebensumstände könnte seine Zuneigung mindern oder zu einem anderen Verhalten bewegen, als wenn er wirklich sein Enkel gewesen wäre.

Es überraschte nicht, daß eine solche Erzählung auf Lady Florimels Vorstellungskraft einen beträchtlichen Einfluß ausübte. Aus den knappen Fakten, die einen zweiten Band bildeten, begann sie sofort einen ersten und dritten zu konstruieren. In dieser Nacht träumte sie von dem jungen Fischer, und am Morgen dachte sie über die Wechselwirkung ihrer Begegnung mit ihm nach. Dabei kamen ihr genügend Hinweise in den Sinn, die auf die Herkunft über seinen jetzigen Lebensumständen hindeuteten. Zum erstenmal fand sie nun eine Rechtfertigung ihres Traumes, daß er sehr wohl der letzte Sproß irgendeiner adeligen Familie sein könnte.

Damit soll nicht im mindesten angedeutet werden, daß sie sich in ihn zu verlieben begann. Im Gegensatz zu seinem guten Aussehen und seinem noblen Verhalten, das für schärfere Augen als die ihren im Moralischen wie im Physischen offenkundig wurde, wog für sie die gleichfalls unleugbare Komik seines Dialekts und Tonfalls sehr schwer. Die eigenartige Geradlinigkeit seines Benehmens und seiner Anrede wirkten auf sie nicht selten einfach ungehobelt. Zu diesen Einwänden kam noch der beständige Fischgeruch in seiner Kleidung — für sich allein schon ausreichend, um sie vor der Katastrophe zu bewahren, sich in ihn zu verlieben. Das einzige Ergebnis ihres Nachdenkens war der Entschluß, ein wenig Kurzweil bei ihm zu finden, da sie von seiner Geschichte mehr wußte als er selbst.

Neunzehntes Kapitel

Die Verschwörung

Bald danach spazierte Duncan an einem warmen Augustabend über den harten, feuchten Sand zur Seaton, neben sich Mr. Graham und Malcolm.

»Ich wünschte, Sie könnten für einen Augenblick sehen, Mr. MacPhail«, sagte der Lehrer. »Bei diesem Sonnenuntergang wären Sie überwältigt vor Freude.«

»Ja«, meinte Malcolm, »mein Daddy wäre dann so glücklich, daß er seinen Dudelsack packen und anfangen würde zu spielen!«

»Und warum sollte ich dann meinen Dudelsack nehmen wollen?« fragte Duncan.

»Um Gott zu preisen«, antwortete Malcolm,

»O ja«, murmelte Duncan nachdenklich. »Dafür ist er da.«

»Wofür ist er da?« fragte Mr. Graham feierlich.

»Um Gott zu preisen«, erwiderte Duncan ernst.

»Ich möchte Sie fast beneiden«, entgegnete Mr. Graham, »wenn ich bedenke, wie Sie eines Tages Gott preisen werden. Welch herrliches Erwachen wird das für Sie sein!«

»Dann meinen Sie also, Mr. Graham, daß ich tief und fest schlafe und nicht die ganze Zeit hellwach in meinem Sarg liege?«

»Noch viel besser, Mr. MacPhail!« gab der Lehrer fröhlich zurück. »Ich bin der Meinung, daß Sie so, wie Sie jetzt sind, schlafen, und im Augenblick Ihres Todes werden Sie das Gefühl haben, gerade aufzuwachen, zum erstenmal in Ihrem Leben. Sie werden weit mehr schauen als einer von uns jetzt.«

Aber der arme Duncan konnte sich mit diesem Gedanken nicht anfreunden; die Vorstellungen, von denen sein Geist erfüllt war, verhinderten das.

»Ja, ich weiß —am Tag des Jüngsten Gerichts«, sagte er. »Aber was hat das für einen Zweck, wenn meine Augen schon vorher geöffnet werden. Ich kann doch nichts sehen mit der ganzen Erde über mir - und dem Grabstein, den mein Malcolm auf seinen Großvater legen wird, um ihn warmzuhalten und damit die Leute wissen, daß da unten der blinde Pfeifer liegt, wach und ganz und gar unbehaglich.«

»Verzeihen Sie, Mr. MacPhail, aber das ist alles ein Irrtum«, sagte Mr. Graham nachdrücklich. »Der Körper ist nur eine Art Hülle, die wir beim Sterben abwerfen, so wie das Korn seine Schale abwirft, wenn es zu keimen beginnt. Das Leben der Saat kommt aus der Erde in einem neuen Leib, wie der Apostel Paulus sagt.«

»Dann«, unterbrach ihn Duncan, »werde ich also aus meinem Grab herauswachsen wie ein Saatkorn, das Weizen oder Gerste gibt?«

Der Lehrer begann zu zweifeln, ob er dem alten Pfeifer je den Gedanken nahebringen könne, daß der lebendige Mensch das Samenkorn ist, das ausgesät wird, und daß der neue Leib, wenn der alte stirbt, mit dem Menschen in sich lebendig aus dem alten hervorgeht — daß der Tod des einen die Geburt des neuen ist.

»Nein, nein«, meinte er mit einer gewissen Ungeduld, »*Sie* werden niemals im Grab sein: Nur Ihr Körper wird dort untergebracht, und nichts ähnliches wie Leben bleibt darin zurück außer dem Lächeln, das die glückliche Seele auf dem Gesicht hinterläßt. Der arme Leib, der nun verlassen ist, ist so tot, daß er nicht einmal aufhören kann zu lächeln. Lassen Sie sich von Malcolm aus dem Buch der Offenbarung vorlesen, wie schon damals große Scharen um den Thron standen. Sie waren in dieser Welt gestorben, doch dort waren sie wohlbehalten und glücklich.«

Sie gingen zusammen weiter, doch Mr. Graham konnte Duncans geistigen Augen die Gedanken so wenig vermitteln wie seinen physischen die Wirklichkeit des Sonnenunterganges.

Die drei Männer wußten nichts davon, daß auf der entgegengesetzten Seite der Bucht der verrückte Laird zusammen mit Joseph Mairs zehnjähriger Tochter Phemy in einer großen Höhle saß. Phemy war eine der seltenen Naturen, die unendlich viel Mut besitzen, weil ihnen das Mißtrauen fehlt. Deshalb verbrachte sie viel Zeit mit dem Laird und scheute sich nicht im mindesten, ihm überallhin zu folgen. An diesem warmen Augustabend war sie mit ihm zu der Höhle gegangen, die der Vorstellung von etwas, was der Laird ein Heim nennen konnte, so nahe kam wie jede andere Zuflucht. Sie lag am Rand des Wassers auf der gegenüberliegenden Seite des Vorgebirges von Scaurnose; es war dieselbe Höhle, in der Malcolms Großvater vor so vielen Jahren Unterschlupf gefunden hatte. Es gab viele Durchgänge und Hallen in verschiedenen Richtungen, da der Höhleneingang vom Wasser abgewandt und unter dem dahinterliegenden Deich lag. Dem Laird hatte sie seit vielen Jahren eine feuchte, aber einsame Zuflucht geboten.

An diesem Abend hatte Phemy den Laird überredet, für die Nacht mit zum Haus ihres Vaters zu gehen. Gerade als sie die Tiefen der Höhle verlassen wollten, faßte der Laird plötzlich mit zitternden Händen Phemys Arm und zog sie in die Dunkelheit zurück. Er stammelte ihr ins Ohr: »Da ist jemand! I dinna ken whaur I come from!«

Phemy ging den Gang vor und horchte, konnte aber nichts hören. Sie kam zurück und sagte: »Bleib, wo du bist, Laird. Ich gehe hinunter, und wenn ich nichts höre oder sehe, komme ich zu dir zurück.«

Phemy setzte ihre Füße mit untrüglicher Sicherheit auf die wohlbekannten Stellen bei ihrem Abstieg, schlich zum Ende des Ganges, in dem sie sich aufhielten, und blickte vorsichtig in den Höhleneingang hinaus, der sich zum Ufer hin öffnete. Die Dämmerung fiel rasch ein, und die Dunkelheit der Höhle bot ihr völligen Schutz davor, gesehen zu werden. Sie hielt den Atem an und horchte; ihr Herz schlug so heftig, daß sie glaubte, nicht mehr die nächsten Ereignisse wahrnehmen zu können. Eine ganze Reihe von Minuten — ihr erschien es wie eine halbe Stunde — vergingen, ohne daß sie irgendetwas hörte. Doch als sie zum letztenmal hinauslugte, glitt eine Gestalt an ihrem Blickfeld gegen den Höhlenausgang zu vorbei, eine stämmige Frau. Sie betrat die gegenüberliegende Seite der Höhle, stolperte über ein nicht bemerktes Gebilde und schrie auf, gefolgt von einem Fluch. »Der Teufel soll die holen, die mir eine solche Falle gestellt hat!« sagte sie.

»Haltet Euer böses Maul!« zischte eine Stimme.

»O, Sie sind da, Mem?« entgegnete die andere.

»Natürlich bin ich da! Warum kommt Ihr so spät?«

»Ich konnte nicht wagen, gesehen zu werden, Mem. Ich mußte die rückwärtigen Wege nehmen, wenn Sie wissen, was ich meine«, sagte die zuletzt Angekommene.

»Weib, Ihr macht mich noch wahnsinnig!« warf ihr die erste entgegen.

»Nun, Mem«, erwiderte die andere und änderte plötzlich ihren Ton. »Ich bin mehr und mehr überzeugt, daß er genau der richtige Bursche für Eure Zwecke ist. Sehen Sie, einmal weiß niemand, wo er herkommt, wie der Laird sagen würde, und niemand kann auch nur im geringsten widersprechen — der alte Mann weniger als jeder andere, denn ich kann ihm etwas sagen, von dem er weiß, daß es die Wahrheit ist. Aber ich will nichts unternehmen, ehe ich weiß, wo er herkommt.«

»Wäre es Euch nicht lieber, das nicht so genau zu wissen? Ihr könntet dann bereitwilliger schwören.«

»Mir ist es gleichgültig, auf welcher Seite ich mein Brot kaue. Aber ich werde erst schwören, wenn ich die Wahrheit kenne. Er ist schon der richtige Mann, wenn wir seiner habhaft werden können. Er hat gerade das richtige Aussehen, Mem. Er sieht dem Marquis ein bißchen ähnlich — meinen Sie nicht, Mem?«

»Unverschämte Person!«

»Nehmen Sie es nicht tragisch! Alles muß genau überlegt sein. Es würde der Sache nur noch mehr Wahrscheinlichkeit verleihen. Die Leute gehen sogar soweit zu behaupten, der Bucklige selbst sei nicht der Sohn des alten Laird Mr. Steward, ein ehrlicher Mann!«

»Das ist eine gemeine Lüge!« schleuderte ihr die andere entgegen.

»Es gibt Schlimmeres als eine kleine Lüge. Nun, eines läßt sich leicht beweisen: Sie lagen vor langer Zeit einen Monat oder sechs Wochen krank in Lossie House. Wenn die Leute erfahren, daß Sie zu dieser Zeit einen Buben zur Welt brachten, der geraubt wurde und von dem man bis heute nichts mehr gehört hat, dann werden die Leute sagen: 'Es kann leicht sein.' Sehen Sie, es könnte Gründe geben, gute Gründe, warum man das Kind verschwinden ließ, und das würde die ganze Geschichte für die, die sie hören, viel glaubwürdiger machen.«

»Ihr seid ein schandbares Weib! Das hieße, vor aller Welt bekennen, daß er nicht der Sohn meines verstorbenen Gatten war.«

»Das sagen sie ohnehin, und wieviel schlechter wären Sie dran? Lassen Sie sie reden, soviel sie wollen, solange wir ihnen zeigen können, daß er von Ihrem Leib entsproß und im Ehebett geboren wurde? Er ist ein schmucker Bursche — sieht gut genug aus, um my Lady und seiner Lordschaft zu gehören — und damit erscheint es dem böswilligen Volk viel wahrscheinlicher, daß er der Erbe des alten Steward von Kirkbyres ist.«

Sie stimmte ein heiseres Gelächter an.

»Und außerdem«, fuhr sie fort, »weiß ich recht gut, wie man ein solches Gerede in Gang setzt. Ich werde nicht die erste sein, die etwas verlauten läßt. Ich werde Miss Horns Jean zum Schwatzen bringen, und dann ist es in Windeseile im ganzen Ort herum — zuerst als Geschwätz, das niemand versteht, aber dann lauter und deutlicher, und schließlich wird es my Lady zu Ohren kommen. Dann können Sie mich einem Friedensrichter zum Verhör vorführen lassen, so daß nicht der Anschein einer Absprache zwischen uns entsteht. Aber, wie ich schon vorher gesagt habe, ich werde nichts unternehmen, ehe ich nicht zuerst alles über den Burschen herausgefunden habe und dann von Ihnen die Erlaubnis bekomme.«

»Aber was geschieht, wenn es aufkommt?«

»Sie können alles mir überlassen.«

»Und was werdet Ihr tun?«

»Es mit mir nehmen«, war die Antwort, erneut von heiserem Lachen gefolgt.

»Wohin?«

»Stellen Sie keine Fragen, dann erhalten Sie keine Lügen vorgesetzt. Auf jeden Fall werde ich keine Spuren hinterlassen. Und damit eins klar ist: Ich muß meinen Anteil in den Händen haben, sobald die Sache beschworen ist. Wenn Sie mich im Stich lassen und sich nicht an die Vereinbarung halten, dann werden Sie erleben, daß ich sehr schnell mehr Licht in die Sache bringe und einen großen Irrtum bekenne. Beim Allmächtigen, ich werde beim nächsten Mal, wenn ich befragt werde, das genaue Gegenteil beschwören! Jawohl, und jeder wird mir glauben. Und wie stehen Sie dann da, my Lady? Denn ich kann mir einen Fehler erlauben, Sie nicht. Man wird sie wegen Meineides drankriegen.«

»Ihr seid eine gefährliche Komplizin«, sagte die Dame.

»Ich bin ein Werkzeug, das Sie richtig in die Hand nehmen müssen, oder Sie werden sich zerschneiden«, entgegnete die andere ruhig.

»Nun denn, sobald ich des hergelaufenen Rackers habhaft werde.«

»Meinen Sie den jungen Laird oder den jungen Marquis, Mem?«

»Ihr vergeßt, Mrs. Catanach, daß Ihr mit einer Lady sprecht.«

»In einer gewissen Nacht, da muß mit Ihnen schon einiges losgewesen sein, Mem. Aber jetzt Schluß mit den Späßen.«

»Wie ich schon gesagt habe, sobald ich meinen armen Kleinen in die richtigen Hände übergeben habe, bin ich bereit für den nächsten Schritt.«

»Warum wollen Sie es bis dahin aufschieben? Es wird so oder so nicht viel ausmachen.«

»Ich will es Euch sagen. Sein Onkel, Sir Joseph, brüstet sich damit, ein ehrlicher Mann zu sein, und wenn irgend so ein Wichtigtuer ihm hinterbringt, was die Leute angeblich sagen, daß der Steward nicht schlimmer beieinander ist, als harte Behandlung aus ihm gemacht hat — Ihr wißt ja, daß sein Vater bis zur letzten Stunde seinen Anblick nicht ertragen konnte —, dann wäre er umso fester entschlossen, seine Vormundschaft sicherzustellen und mir die Dinge aus der Hand zu nehmen. Aber wenn ich den armen Kerl erst in einer Irrenanstalt oder in meinem eigenen Gewahrsam habe ...«

»Nun, Mem«, rief die Hebamme mit ihrem schmierigen Gelächter, »wenn Sie und ich auffliegen, da wäre wirklich was los! Ha, ha, ha!«

Sie verließen zusammen die Höhle, und Phemy, die am ganzen Leib zitterte, kehrte zum Laird zurück.

Sie verstand nur wenig von dem, was sie gehört hatte, doch aufgrund ihrer Zuneigung zum Laird behielt sie einen guten Teil davon im Gedächtnis. Sie hielt es für richtig, dem Laird gegenüber nichts von dem zu wiederholen, was sie erlauscht hatte, denn das würde sein Entsetzen nur vermehren. Als er sie auf seine eigene Weise danach fragte, bereitete es ihr keine Schwierigkeiten, ihn mit einer geringen Portion an Informationen zufriedenzustellen. Nach ihrer Ankunft zu Hause berichtete sie, soviel sie konnte, ihrem Vater, der zu der Einsicht kam, das Beste, was sie zu tun vermochten, sei ein noch wachsameres Auge auf den Laird und seine Freiheit zu haben.

Zwanzigstes Kapitel

Der Umzug

Eines Tages, gegen Ende der Fischfangsaison, sprach der Marquis bei Duncan vor und wurde herzlich und ohne Befangenheit willkommen geheißen.

»Mr. MacPhail«, sagte der Marquis, »ich möchte gerne, daß Sie in der kleinen Hütte am Ufer des Bachs wohnen, die einer meiner Wildhüter zu benutzen pflegte, wie man mir sagt. Ich werde sie für Sie in Ordnung bringen lassen, und Sie sollen dort mietfrei als mein Dudelsackpfeifer wohnen.«

»Ich danke Eurer Lordschaft für diese Freundlichkeit«, sagte Duncan. »Ich wäre stolz auf diese Ehre, aber das wird zu weit weg vom Ufer sein für die Fischerei meines Jungen.«

»Ich habe auch für ihn einen Plan«, entgegnete der Marquis. »Ich lasse eine kleine Jacht für mich bauen — ein Vergnügungsboot, verstehen Sie — und zwar in Aberdeen, und ich möchte Malcolm dafür als Skipper haben. Er ist aber ein so brauchbarer Bursche, und so zuverlässig, daß ich es lieber hätte, wenn er im Herrenhaus ein Zimmer bewohnt. Ich möchte ihn gerne in Rufweite haben, wenn ich ihn brauche.«

Für Malcolm hatte dieser Vorschlag etwas Bestechendes. Gewiß, Lord Lossie hatte ihn immer wieder einmal gekränkt, aber das Vertrauen, das er ihm entgegenbrachte, wog weit schwerer. Und dann die Nähe von Lady Florimel! Und vielleicht durfte er die Bücher in der Bibliothek lesen! Ein hübsches Zimmer und das herrliche Land ringsrum! Das war wirklich eine große Versuchung! Auch der alte Mann gewann Geschmack an der Idee, je länger er darüber nachdachte. Der einzige Grund zum Murren war die Trennung von seinem Enkel bei Nacht. Vergeblich erinnerte ihn Malcolm daran, daß er während der Fischfangsaison ja auch die meisten Nächte allein war. Duncan erwiderte, daß er nur zur Türe gehen und auf das Meer hinausschauen müsse, und nichts sei zwischen ihm und seinem Jungen; aber hier wisse er nicht, wie viele steinerne Mauern sich zwischen ihnen erhoben. Er war durchaus willens, einen Versuch zu machen und zu sehen, ob er's würde ertragen können, vor allem wegen der Aussage des Marquis: »Sie werden alle Lampen und Kerzenhalter im Haus zu warten und zu betreuen haben,« die mehr Gewicht erlangte, als er wahrscheinlich beabsichtigt hatte.

Schließlich gab er nach, und Malcolm ging, mit dem Marquis zu sprechen. Er vertraute dem Marquis nicht völlig, aber er hatte immer schon Spaß daran gefunden, etwas für andere zu tun. Während er sich auf seinem Weg die Sache nochmals durch den Kopf gehen ließ, schreckte er doch etwas davor zurück, so völlig für einen anderen auf Abruf zu stehen. Das kam jenem Gefühl für persönliche Freiheit in die Quere, das vielleicht den Armen mehr bedeutet als den Reichen. Aber er sagte sich, er habe ja auch keine Einschränkungen erfahren, als er unter dem Kommando des blauen Peters beim Fischfang war, und wenn der Marquis wirklich so freundlich war, wie er vorgab, dann durfte das unter ihm auch nicht der Fall sein.

Lady Florimel erwartete mit Vergnügen Malcolms wahrscheinliche Zustimmung zu den Plänen ihres Vaters, aber sicherlich wäre er nicht gerade erbaut gewesen, hätte er gewußt, welche Art von Vergnügen sie erwartete. Seit einiger Zeit litt das Mädchen unter einem allzu großen Maß an Freiheit. Sie erhoffte sich Unterhaltung von Malcolms Aufnahme in den Haushalt von Lossie House und nahm an, daß ihr Wissen von den spärlichen Konturen seiner Geschichte zu dieser Unterhaltung Wesentliches beitragen werde.

Malcolm wurde sofort zu seiner Lordschaft geführt, den er mit seiner Tochter beim Frühstück vorfand.

»Nun, MacPhail«, fragte der Marquis, »habt Ihr Euch entschlossen, mein Skipper zu werden?«

»Ja, gerne, my Lord«, antwortete Malcolm.

»Wißt Ihr mit einem Segelboot umzugehen?«

»Gewiß, my Lord.«

»Braucht Ihr Unterstützung?«

»Das hängt von verschiedenen Umständen ab — der Größe des Bootes, dem Wind und davon, ob Eure Lordschaft oder my Lady mit dem Steuerruder umgehen können.«

»Dann können wir das also erst festlegen, wenn das Boot kommt. Wie ich höre, wird es schon bald auf dem Wege sein. Aber ich kann Euch nicht herumlaufen lassen wie ein Bauer«, meinte seine Lordschaft mit einem scharfen Blick auf den Sonntagsanzug, den Malcolm für diesen Besuch angezogen hatte.

»Was sollte ich denn tun, my Lord?« entgegnete Malcolm. »Die einzige andere Kleidung, die ich habe, riecht nach Fisch, und weder Sie selbst noch my Lady könnten sie im gleichen Raum ertragen.«

»Gewiß nicht«, bemerkte der Marquis beiläufig, während er sich seinem Omelette widmete. »Ich dachte an Eure künftige Stellung als Skipper meines Bootes. Was haltet Ihr von einem Kilt?«

»O nein, my Lord«, wehrte Malcolm ab. »Ein Kilt ist kein Kleidungsstück für die Seefahrt. Ein Kilt taugt nicht dafür, my Lord.«

»Ihr könnt doch sicher keine Einwände erheben gegen die Kleidung Eurer eigenen Leute?«

»Der Kilt paßt ohne Zweifel vorzüglich auf die Berge«, sagte Malcolm, »aber, meiner Seel', auf See, my Lord?«

»Nun, dann geht zum besten Schneider in der Stadt und bestellt einen Marineanzug — weiße Segeltuchhose und blaue Jacke ; Ihr werdet zwei Anzüge brauchen.«

»Ein Anzug wird mir fürs erste reichen, my Lord. Ich werde einfach zu Jamie Sangster gehen, der meine Kleidung macht — viel ist's gewiß nicht — und maßnehmen lassen. Er macht sie für mich gut genug. Bei ihm kann man sicher sein, daß man etwas für sein Geld bekommt.«

»Ich sagte Euch, geht zum besten Schneider in der Stadt und bestellt zwei Anzüge.«

»Nein, nein, my Lord, das ist nicht notwendig. Ich könnte es mir sowieso nicht leisten. Wir sind nicht so mit Geld ausgestattet wie Eure Lordschaft.»

»Dummkopf! Glaubt Ihr vielleicht, ich heiße Euch Anzüge bestellen, wenn ich nicht die Kosten dafür übernehme?«

Lady Florimel sah ihre Hoffnung auf Unterhaltung in keiner Weise enttäuscht.

»Aber nein, my Lord«, entgegnete Malcolm, »das hat keinen Zweck. Ich muß selbst für meine Kleidung bezahlen, sonst hätte ich dauernd Angst, sie zu verderben, und ich könnte mich dann keinen Augenblick darin wohlfühlen.«

»Nun, dann behaltet Euren Stolz. Ab mit Euch!« knurrte der Marquis mit einem Fluch.

»Jawohl, soll er seinen Stolz behalten und ab mit ihm!« stimmte Lady Florimel zu und hängte mit todernstem Gesicht den gleichen Fluch an.

Malcolm starrte sie verblüfft an. Lady Florimel verzog keine Miene, der Marquis brach in schallendes Gelächter aus.

Malcolm blieb einen Augenblick starr stehen. »Ich glaube, ich werde verrückt!« sagte er und griff sich an den Kopf. »Es wird Zeit, daß ich gehe. Guten Morgen, my Lord.«

Am nächsten Morgen sprach Duncan bei Mrs. Findlay vor und bat sie, seinen Ladenvorrat zu übernehmen. Da er nun seit einiger Zeit der Pfeifer seiner Lordschaft sei, meinte er, werde er nun ein passendes Quartier im Herrenhaus beziehen. Sie ging freundlich darauf ein und drückte die Hoffnung aus, Duncan werde seine alten Freunde nicht vergessen, wo er nun unter lauter Lords und Ladies lebe. Darauf antwortete Duncan mit ebenso ausgesuchter Höflichkeit, als hätte er sich an Lady Florimel selbst gewandt.

Noch vor dem Ende der Woche wurden seine wenigen Haushaltsgegenstände auf einem Karren von Bykes durch das Seetor gebracht. Malcolm warf Bykes im Vorübergehen ein munteres »Hallo, Johnny« zu, worauf ihm mit einem nichtssagenden Grinsen geantwortet wurde. Den restlichen Vormittag verbrachten sie damit, die Wohnstätte in Ordnung zu bringen, und am Nachmittag meldete sich Malcolm in seiner neuen Gewandung im Herrenhaus. Nachdem er vor seine Lordschaft geführt worden war, hatte er eine Frage und eine Bitte vorzubringen.

»Haben Sie wegen Mistress Catanach etwas unternommen, my Lord?«

»Was wollt Ihr damit sagen?«

»Wegen ihres Herumschnüffelns in Ihrem Haus, my Lord.«

»Nein. Ihr habt wohl nichts weiter herausgefunden?«

»Nein, my Lord. Ich hatte keine Möglichkeit. Aber Sie dürfen sicher sein, daß sie keine guten Absichten dabei verfolgte.«

»Ich hege keinen entsprechenden Verdacht gegen sie.»

»Nun, my Lord, haben Sie irgendwelche Einwände dagegen, daß ich da oben schlafe?«

»Keineswegs — aber Ihr solltet erst mal hören, was Mrs. Courthope dazu zu sagen hat. Vielleicht seid Ihr nicht mehr so bereitwillig, nachdem Ihr ihre Geschichte angehört habt.«

»Aber ich habe die Erlaubnis Eurer Lordschaft, jedes Zimmer auszusuchen, das ich möchte?«

»Gewiß. Geht zu Mrs. Courthope und sagt ihr, ich wünsche, daß Ihr Euch selbst Euer Quartier aussucht.«

Nachdem er umgehend die Nachricht seines Herrn übermittelt hatte, machte sich Mrs. Courthope, die sich ein wenig darüber wunderte, auf den Weg, um ihm die für Dienerschaft reservierten Teile des Hauses zu zeigen. Er folgte ihr von Stockwerk zu Stockwerk — zuletzt in die oberen Regionen, durch all die verwirrenden, unregelmäßigen Speicher des alten Gebäudes, jetzt eine plötzlich auftauchende steile Treppe hinab, dann wieder eine ander hinauf, wo man keine vermutet hätte.

Mrs. Courthope war die Freundlichkeit selbst, denn sie freute sich sehr, daß Malcolm nun im Haus wohnte. Sie führte ihn von Zimmer zu Zimmer, machte hin und wieder einen Vorschlag und hörte sich amüsiert seine Bemerkungen an, was ihm gefiel oder mißfiel. Schließlich merkte er, daß er ihr durch den Gang folgte, in dem sich die geheimnisvolle Türe befand, doch sie blieb keinen Augenblich stehen und ließ auch keine Absicht erkennen, ihm einen der vielen Räume zu zeigen, die auf diesem Flur lagen.

»So eine Menge Zimmer!« sagte Malcolm innehaltend. »Wer schläft denn hier?«

»Niemand hat in einem dieser Räume geschlafen seit undenklichen Jahren«, erwiderte Mrs. Courthope, ohne stehenzubleiben. Während sie sprach, kamen sie an der furchterregenden Türe vorbei.

»Ich möchte gerne in diesen Raum hineinschauen«, sagte Malcolm.

»Diese Türe wird niemals geöffnet«, antwortete Mrs. Courthope, die nun am Ende des Ganges angelangt war und sich umwandte. Beim Sprechen hielt sie einen Moment inne, um dann weiterzugehen.

»Warum nicht?« fragte Malcolm und blieb vor der Türe stehen.

»Ich möchte dir nicht gerne hier antworten. Komm mit. Ich bin sicher, daß dies kein Teil des Hauses ist, in dem du gerne wohnen möchtest.«

»Wie wollen Sie das denn wissen, Mem? Und wie kann ich es sagen, ehe Sie mir gezeigt haben, wie die Zimmer aussehen? Vielleicht ist gerade das der Platz, der mir besonders gut gefällt. Bitte öffnen Sie einfach die Türe, Mem, damit ich einen Blick hineinwerfen kann.»

»Ich traue mich nicht, die Türe aufzuschließen. Ich sage dir, sie wird niemals geöffnet. Das ist gegen die Regeln des Hauses. Komm mit mir in mein Zimmer, dann werde ich dir die Geschichte um dieses Zimmer erzählen.«

»Aber Sie werden mich doch in das nächste Zimmer schauen lassen? Sicher gibt's keine Vorschrift, daß das auch nicht aufgemacht werden darf, oder?« fragte Malcolm und näherte sich der Türe neben dem geheimnisvollen Zimmer.

»Gewiß nicht, aber ich bin sicher, wenn du erst die Geschichte vernommen hast, die ich dir zu erzählen habe, dann wirst du keine Lust mehr haben, in diesem Teil des Hauses zu schlafen.«

»Ich möchte es wenigstens einmal anschauen.»

Mit diesen Worten griff Malcolm nach der Türklinke. Die Türe war nicht abgesperrt. Er warf einen vorsichtigen Blick in den Raum und trat in ein schmales Zimmer mit niedriger Decke, einem tiefen Giebelfenster in einem hohen Dachgiebel und Erkern auf beiden Seiten des Fensters. Nach dem dunklen Gang vermittelte das Fenster, das den Blick auf den Bach freigab, den Eindruck der Helle. Der Raum war behaglich eingerichtet, die Vorhänge des Himmelbetts waren blau und weiß gewürfelt.

»Das ist genau der richtige Platz für mich, Mem«, sagte Malcolm beim Verlassen des Zimmer. »Das heißt, wenn Sie ihn für jemanden wie mich, der an so etwas nicht gewöhnt ist, nicht für zu großartig halten.«

»Du bist hier herzlich willkommen«, meinte Mrs. Courthope, die gar nicht so sicher war, daß er noch Wert auf das Zimmer legte, wenn er ihre Geschichte vernommen hatte.

Solange Malcolm sich in dem Zimmer aufhielt, rührte sie sich nicht von der Stelle. Nun eilte sie zu ihrem Zimmer zurück, und dem staunenden Malcolm erschien es wie eine halbe Meile, als er ihr steile Wendeltreppen hinunter, durch endlose Gänge und um zahlreiche Ecken herum folgte. Als sie schließlich im Zimmer angekommen waren, hieß sie ihn sich setzen und reichte ihm ein Glas selbstbereiteten Wein, während sie ihm die Geschichte ungefähr in gleicher Weise berichtete, wie schon zuvor dem Marquis. Sie sprach die Hoffnung aus, daß Malcolm, falls der Marquis je den Wunsch verspüren sollte, das Geheimnis der Kammer zu erkunden, ihn nicht dazu ermuntern sollte, denn dieser Phantasie nachgeben wäre ohne Zweifel nutzlos und könnte außerdem gefährlich werden.

»Ich!« rief Malcolm. »Als ob er auf das achtgeben würde, was ich sage!«

»Nun, es gehört manchmal nur wenig dazu, einen Menschen in die eine oder andere Richtung zu treiben«, sagte Mrs. Courthope.

»Aber Mem, Sie glauben doch sicherlich nicht an solche närrischen verstaubten Geschichten? Für eine Geschichte ist das ganz nett, aber der Gedanke, daß jemand deshalb sein Verhalten ändern könnte, erstaunt mich doch.«

»Ich sagte nicht, daß ich daran glaube«, entgegnete Mrs. Courthope ein wenig verdrießlich, »aber reine Tollkühnheit ist nicht sehr sinnvoll.«

» Sie glauben doch sicher nicht, Mem, daß Gott etwas davon abhängen läßt, ob ein Mann in seinem eigenen Haus eine Türe aufmacht oder nicht? Das ist gegen alle Vernunft«, beharrte Malcolm.

»Es mag Gründe geben, die wir nicht verstehen«, erwiderte sie. »Etwas zu tun, wovor wir von irgendeiner Seite gewarnt werden, ohne daß gute Gründe vorliegen, ist im bestem Falle tollkühn.«

»Nun, Mem, ich muß unter allen Umständen das Zimmer neben der Kammer des alten Hexenmeisters haben. In dem will ich schlafen und sonst in keinem im ganzen großen Haus.«

Mrs. Courthope erhob sich voll unguter Gefühle und ging im Zimmer hin und her.

»Ich nehme mir nichts heraus, was über das Wort seiner Lordschaft hinausgeht«, drängte Malcolm.

»Wenn du dich nur auf das Wort stützt«, warf Mrs. Courthope ein und sah ihm ins Gesicht, »dann kannst du auch gleich in Lord Gernons Zimmer selbst schlafen!«

»Jawohl, das werde ich auch«, entgegnete Malcolm.

Die Andeutung, die Sache könnte eine noch schlimmere Wendung nehmen, löste einen weiteren Einspruch aus.

»Ich muß das Zimmer dann selbst herrichten«, meinte sie resignierend, »denn von den Mädchen geht keins auch nur die Treppe hinauf, geschweige denn in eins der Zimmer.«

»Aber nein, Mem! Das dürfen Sie nicht«, rief Malcolm. »Sagen Sie zu keiner ein Wort. Ich wette, so gut wie der alte Hexenmeister kann ich auch ein Bett machen. Geben Sie mir einfach Decken und Bezüge, und ich besorge das so sauber wie jedes Mädchen im Haus.«

»Das Bett muß aber gelüftet werden«, warf die Haushälterin ein.

»Um alles in der Welt, das ist das letzte, was es braucht, nachdem es neben jener Kammer liegt. Aber ich habe schon oft auf einer Bootsladung voll Hering geschlafen, und es hat mir nichts geschadet. Dann wird mich auch ein gutes Bett nicht umbringen, selbst wenn wirklich die Motten drin sein sollten.«

Mrs. Courthope gab nach und händigte ihm alles aus, was er brauchte. Noch ehe der Abend kam, hatte Malcolm sein neues Quartier recht behaglich eingerichtet. Doch erst, als er seinen alten Großvater in seiner einsamen Hütte zur Nacht versorgt hatte, kehrte er in seine neue Behausung zurück.

Gegen Mittag am nächsten Tag erschien der alte Mann in der Küche. Weder er noch sonst jemand konnte sagen, wie er den Weg dorthin gefunden hatte. Bei seinem Eintritt war gerade niemand da, und die Köchin beobachtete ihn bei ihrer Rückkehr einen Augenblick von der Türe aus, wie er seinen Weg mit seinen großen knochigen Händen abtastete, deren Berührung doch so zart war wie die eines Schmetterlings. Sie kannte den alten Mann nicht und nahm zuerst an, er sei auf der Suche nach etwas zu essen, doch auf einmal entdeckten seine Hände einen Kerzenhalter aus Messing. Er umklammerte ihn mit den Fingern. Ach, er war sauber, und mit einem Ausdruck der Enttäuschung stellte er ihn zurück. Sie wunderte sich noch mehr, was sein Begehr sein mochte, und sah ihm weiter zu. Im nächsten Augenblick hatte er einen silbernen Kerzenhalter in der Hand, den sich das Küchenmädchen noch nicht vorgenommen hatte. Einen Moment lang glaubte sie, er sei ein Dieb, der den Messigständer weggestellt und nun den silbernen genommen hatte. Doch er ging nicht weiter als zum Herd, setzte sich, breitete ein Taschentuch über seine vom Kilt bedeckten Knie, brachte einen ähnlichen Lappen von irgendwoher zum Vorschein und fing an, den Kerzenständer zu reinigen.

Inzwischen war eins der Mädchen, das ihn kannte, neben die Köchin getreten und beobachtete ihn ebenfalls belustigt. Doch als sie sah, wie er das alte Messer aus seinem Strumpf zog und anfing, damit den Dorn von anhaftendem Wachs zu befreien, schien es ihr geraten, die Stille zu unterbrechen. »Das ist ein silberner Halter, Mister MacPhail:, rief sie, »Sie dürfen nicht Ihr Messer nehmen, sonst zerkratzen Sie ihn schrecklich.«

Zornige Röte breitete sich über die faltigen Wangen des Pfeifers. Ohne im geringsten durch ihre plötzliche Einmischung erschrocken zu sein, wandte er sein Gesicht der Sprecherin zu. »Sie halten die Finger vom alten Duncan für etwas Ungeübtes, Mem. Als wenn sie nicht Silber von Messing unterscheiden könnten! Und wenn sie so dumm wären, dann würde mir meine Nase den Unterschied sagen. Selbst das Messer vom alten Duncan weiß es besser und wird das Silber so wenig zerkratzen wie das Messing. Das Messer vom alten Duncan wird nichts zerkratzen als die Haut von einem Cawmill.«

Nun hatte der Kerzenhalter in der Küche nichts verloren, und wenn er einen Kratzer bekam, dann würde der Butler ärgerlich. Doch das Mädchen war eine Campbell, und Duncans Worte erschreckten sie so, daß sie nichts weiter zu sagen wagte. Sie bemerkte aber bald, daß der Pfeifer seine Geschicklichkeit nicht überschätzt hatte: Das Dolchmesser hinterließ keine Spur auf dem Metall. In wenigen Minuten hatte er das Wachs weggeschmolzen, das er mit dem Messer nicht erreichen konnte, und den Kerzenständer auf Hochglanz poliert, ohne etwas anderes zu hinterlassen als den unangenehmen Geruch des Trans von seinem Putzlappen. Von Stund' an war er nicht nur der Dudelsackpfeifer im Herrenhaus, sondern ihm oblag auch das Reinigen der Lampen und Kerzenständer von Lossie House, und alles, was er zur bequemen und erfolgreichen Durchführung seiner Pflichten benötigte, wurde ihm besorgt.

Einundzwanzigstes Kapitel

Der Raum

Malcolm verbrachte die erste Nacht recht unruhig, doch nicht wegen der dünnen Wand, die ihn vom Zimmer des Zauberers trennte, sondern wegen der Totenstille ringsum, denn all sein Leben lang war er an das Geräusch des Meeres gewöhnt, und das Ausbleiben hatte auf ihn einen ebenso aufrüttelnden Effekt wie ein ungewohnter Laut. Fortwährend konnte er die tiefe Stille hören — was Wunder, daß er immer wieder schlaflos dalag und seine Ruhe endlich so erschüttert war, daß er für die nächtlichen Schrecken anfällig wurde. Schon die Lage des Zimmers reichte aus, seine Phantasie zu verführen und sie für die Interessen seines Feindes zugänglich zu machen.

Doch Malcolm hatte schon früh gelernt, daß der Wille eines Menschen ebenso wie ein echter Herrscher jede aufrührerische Bewegung niederwerfen muß; er war weit davon entfernt, solchen Attacken nachzugeben, wie sie ihn nun befielen. Doch es dauerte lange, bis er in Schlaf fiel, und während er träumte, verlor er nicht ganz das Bewußtsein für seine seltsame Umgebung. Er schien zu wissen, daß er in seinem eigenen Bett lag, und doch war er der Anwesenheit einer blassen Frau in einem weißen Gewand gewärtig, die im nächsten Raum still und schweigend auf dem Bettrand saß, die Hände im Schoß, und wußte trotz ihres Schweigens, daß sie über ein verlorenes Kind klagte. Er wußte auch, wo ihr Kind sich befand — es lag weinend in einer Höhle drunten am Strand —, doch er konnte weder aufstehen und zu ihr gehen noch seinen Mund zu einem Ruf öffnen. Die Vision kehrte immer wieder, wie wenn auf einer Drehorgel fort und fort der gleiche Ton gespielt wird, und als er am nächsten Morgen erwachte, erschien es ihm, als habe sie die ganze Zeit seines Schlafes ausgefüllt.

Gegen zehn Uhr wurde er zum Marquis gerufen, den er mit Lady Florimel beim Frühstück antraf.

»Wo habt Ihr letzte Nacht geschlafen?« fragte der Marquis.

»Neben dem Zimmer des alten Hexenmeisters.«

Lady Florimel blickte auf; ihr Interesse war geweckt, denn ihr Vater hatte ihr eben erst die Geschichte erzählt.

»Wirklich?« sagte der Marquis. »Dann hat Mrs. Courthope — hat sie Euch die Legende von ihm berichtet?«

»Ja, das hat sie, my Lord.«

»Nun, und wie habt Ihr geschlafen?«

»Recht mäßig, my Lord.«

»Und warum?«

»Ich weiß nicht, aber ich war töricht genug, den Ort als etwas unheimlich zu empfinden.«

»Ach!« sagte der Marquis. »Dann habt Ihr also genug davon! Ihr wollt es nicht noch einmal versuchen?«

»Was sagen Sie da, my Lord?« entgegnete Malcolm. »Wollen Sie, daß ein Mann vor der ersten kleinen Furcht die Flucht ergreift? Nein, my Lord, das wäre grundfalsch.«

»O, dann habt Ihr also Angst gehabt?«

»Nein, das kann ich eigentlich nicht sagen. Es ist mir nichts Schlimmeres zugestoßen als ein Traum, der mich heimsuchte, und es war keineswegs ein böser Traum.«

»Worum ging es denn?«

»Ich glaubte, auf dem Bett im Nebenzimmer sitze eine schöne Dame in ihrem Nachtgewand, und ihr Herz war von Kummer erfüllt, obwohl sie keine einzige Träne vergoß. Sie klagte um ein kleines Kind, das sie verloren hatte, und ich wußte genau, wo das Kind war — drunten in einer Höhle in der Nähe des Ufers, glaube ich — und ich wollte so gerne zu ihr gehen und ihr den Kummer nehmen, doch ich konnte weder Hand noch Fuß bewegen. Ich brachte auch keinen Laut aus meinem Mund, um ihr zuzurufen. Und die ganze Zeit, die ich schlief, träumte ich immer wieder das gleiche. Doch an alldem war nichts Furchterregendes, my Lord.«

»Nein, wirklich nicht«, sagte seine Lordschaft.

»Nur wurde mir das Herz schwer, weil ich nichts tun konnte, ihr zu helfen.«

Seine Lordschaft gab ein seltsames Lachen von sich und wechselte dann das Thema.

»Von diesem Boot ist immer noch keine Nachricht da«, sagte er. »Ich muß nochmals schreiben.«

»Ich würde gerne die Bücher sehen«, fuhr Malcolm fort.

»Du weißt nicht, wie gelehrt er ist, Papa.«

»Wenig genug«, meinte Malcolm.

»Doch, ich weiß es schon«, entgegnete der Marquis seiner Tochter. »Aber er muß den Skipper von meinen Büchern und den Gelehrten von meinem Boot fernhalten.«

»Sie meinen einen Gelehrten, der Ihre Bücher übersieht. Bei Gott! Ein solcher Skipper würde Ihr Boot schlecht steuern, my Lord«, sagte Malcolm und lachte kurz auf.

»Bravo!« rief der Marquis, der sicherlich nicht überkritisch war. »Habt Ihr eine ordentliche Schrift?«

»Sie ist nicht allzu schlecht, my Lord.«

»Umso besser. Ich sehe, daß Ihr Euren Lohn wert seid.«

»Das hängt vom Lohn ab«, entgegnete Malcolm.

»Das erinnert mich, daß Ihr noch nicht darüber gesprochen habt.«

»Eure Lordschaft auch nicht.«

»Nun, was stellt Ihr Euch vor?«

»Was Sie für richtig halten, my Lord. Nur verlangt bitte nicht von mir, daß ich um Lohn zu Mr. Crathie gehe.«

Der Marquis hatte den Mann, der bei Malcolms Eintritt bei Tisch bedient hatte, fortgeschickt, und Malcolm hatte während der Unterhaltung aus eigenem Antrieb sein Bestes getan, für ihn einzuspringen. Die Mahlzeit war zu Ende; Lady Florimel bat ihn, einen Augenblick in der Halle zu warten.

»Er ist so amüsant, Papa!« sagte sie. »Ich möchte ihn sehen, wie er die Bücher anstarrt. Er hält schon die hundert Bände des Schullehrers für eine großartige Bibliothek. Er ist solch ein Esel! Es macht den größten Spaß, ihn zu beobachten.«

»So ein Esel ist er auch wieder nicht«, meinte der Marquis, aber er fand in seinem Kind ein Echo und lachte mit.

Florimel lief fröhlich weg, wie in Erwartung eines Spaßes, und traf sich mit Malcolm.

Er folgte ihr über zwei Treppen und durch lange, enge Gänge. Alle Gänge des Hauses waren lang und eng und vermittelten ihm ein Gefühl des Eingesperrtseins, das sich sofort verlor, als sich nun eine Türe öffnete. Nie hätte er sich einen solchen Raum träumen lassen, wie sie ihn jetzt betraten. Er blieb in staunender Beklemmung stehen, als sie die Türe zur Bibliothek aufstieß und er die zehntausend Bände auf einen Blick in feierlicher Stille dastehen sah. Es war wie ein Königsgrab. Doch sein Erstaunen äußerte sich auf seltsame Weise, die für seine Herrin unfaßlich war.

»O my Lady!« rief er, nachdem er eine Zeitlang die Bücher in atemloser Verwirrung angestarrt hatte, »in meinem Kopf dreht sich einfach alles.«

»Es ist eine feine Sache, eine solche Bibliothek zu haben«, meinte das Mädchen.

»Das ist es wirklich, my Lady! Das ist eins der Vorrechte, wenn man von Stand ist«, sagte Malcolm. »Da braucht es schon eine Familie, die Jahrhunderte hindurch in einem Haus lebt, wo sich Dinge ansammeln, bis eine solche unübersehbare Menge von Büchern wie hier zusammenkommt. Das ist ein großartiger Anblick — wirklich sehenswert.«

»Angenommen, Ihr wäret eines Tages ein reicher Mann«, sagte Florimel in dem herablassenden Ton, den sie ihm gegenüber meist anschlug, »dann wäre es wohl Eure erste Tat, eine solche Bibliothek zusammenzutragen, nicht wahr?«

»Nein, my Lady. Eine Bibliothek kann nicht aus dem Boden gestampft werden, so wenig wie ein Haus oder eine Nation oder ein Baum; sie brauchen alle ihre Zeit zu wachsen, eine Bibliothek auch. Ich wüßte nicht einmal, nach welchen Büchern ich schauen und fragen müßte. Ja, ich möchte sagen, wenn ich's versuchen würde, dann könnte ich im Augenblick die Namen von nicht mehr als zwei Reihen Bücherrücken nennen. Man muß mit Büchern Bekanntschaft schließen wie mit lebenden Menschen.«

»Aber Ihr könntet jemand, der mehr davon versteht als Ihr, beauftragen, sie für Euch zu besorgen.«

»Genauso gut könnte ich jemand beauftragen, meine Mahlzeiten für mich zu essen.«

»Das ist kein fairer Vergleich«, wandte Florimel ein. »Es wäre eher so, als wenn Ihr jemand, der mehr vom Kochen versteht als Ihr selbst, beauftragt, das Dinner für Euch zu bestellen.«

»Sie haben recht, my Lady, aber ich denke doch vom einen wie vom anderen so. Sie meinen, was würde mit jemandem wie mir geschehen, der mit Hafermehl und Hering aufgewachsen ist, wenn man ihm eine Mahlzeit vorsetzt, wie my Lord, Ihr Vater, sie jeden Tag zu sich nimmt und sich nichts dabei denkt? Aber wenn jemand die Aufgabe hätte, meine Bücher zu kaufen, ich könnte mir vorstellen, daß ich dann als erstes die Hälfte in den Fluß werfen würde.«

»Wozu sollte das gut sein?«

»Den Schund auszusondern. Sehen Sie, my Lady, es geht nicht um Bücher schlechthin, sondern darum, welche Bücher man hat. Aber es müssen wohl viele von der richtigen Sorte sein. Ich frage mich, ob Mr. Graham sie je gesehen hat. Sicher hätte er in diesem Falle einmal etwas davon erwähnt.«

»Was aber wäre dann das erste, Malcolm, was Ihr tun würdet, wenn sich eines Tages zufällig herausstellen sollte, daß Ihr ein großer Mann seid?« fragte Florimel, setzte sich in einen der riesigen Bibliothekssessel und blickte den jungen Fischer an, während sie ihren Rock zurechtrückte.

»Ich glaube, ich müßte mich erst hinsetzen und mir die Veränderung mehrmals durch den Kopf gehen lassen, ehe ich mich selbst kenne oder weiß, was aus mir werden soll«, sagte er.

»Das ist keine Antwort auf meine Frage«, entgegnete Florimel.

»Nun, als nächstes würde ich Mr. Graham dazu bewegen, mit mir nach Aberdeen zu fahren und mich dort in einige Klassen mitzunehmen.«

»Aber ich will wissen, was Ihr als erstes tun würdet«, beharrte das Mädchen.

»Ich sagte schon, daß ich mich hinsetzen und darüber nachdenken würde.«

»Das werte ich nicht als etwas, was man tut.«

»Aber, my Lady, Denken ist die härteste Arbeit, die ich kenne.«

»Nun, was ist es, worüber Ihr zuerst nachdenken würdet?« fragte Florimel, die sich nicht von ihrem Kurs abbringen ließ.

»Ja, also, als drittes würde ich... —«

»Ich will wissen, worüber Ihr als erstes nachdenken würdet!«

»Ich kann noch nicht sagen, was ich als drittes tun würde. Vier Jahre am College würden mir Zeit geben, über vieles nachzudenken.«

»Ich will endlich wissen, an was Ihr als erstes denken würdet!« rief Florimel mit gespielter Anmaßung, aber doch recht herrschsüchtig.

»Nun, nun, my Lady — wenn Sie unbedingt wollen — aber zu einem wie großen Mann würden Sie mich denn machen?«

»Laßt mal sehen — ja, zum Erben einer Grafschaft. Das ist doch wirklich großzügig, nicht wahr?«

»Das heißt soviel wie daß ich eines Tages ein Graf würde.«

»Ja, das bedeutet es.«

»Und ein Graf kommt gleich nach dem Marquis, oder?«

»Ja, das ist der nächstniedrigere Rang. Doch der Unterschied ist nicht so groß, daß sie sich nicht auf der gleichen Ebene der Höflichkeit begegnen.«

»Ich weiß wirklich nicht, was das alles bedeutet, aber wenn my Lady mich zu einem Grafen machen will, habe ich nichts dagegen einzuwenden.«

Er stand schweigend da.

»Nun?« fragte das Mädchen.

»Was ist nun Ihr Wille, my Lady?« erwiderte Malcolm, als erwache er aus einer Träumerei.

»Wo bleibt Eure Antwort?«

»Ich sagte, ich würde ein Graf werden, um my Lady zu Gefallen zu sein. Aus dem gleichen Grunde würde ich auch Lakai werden, selbst wenn ich nur Sie und niemand sonst bedienen müßte.«

»Ich frage Euch«, verlangte Florimel noch herrischer zu wissen, »was würdet Ihr als erstes tun, wenn Ihr eines Tages plötzlich kein Fischer mehr wäret, sondern der Sohn eines Grafen?«

»Aber ich möchte immer ein Fischer sein — bis ans Ende der Schöpfung, my Lady.«

»Ihr weigert Euch, auf meine Frage zu antworten!«

»Aber nein, my Lady, wenn Sie unbedingt eine Antwort verlangen.«

»Ich verlange eine Antwort!«

»Wenn Sie eine haben wollen, dann, aber...«

»Kein Aber, sondern eine Antwort.«

»Nun — es ist Ihre eigene Schuld, my Lady! — Ich würde einfach, wo ich gerade vor Ihnen stehe, hinknien und eine Menge Dinge sagen, die Sie dann vielleicht schon zur Genüge kennen.«

»Was würdet Ihr mir sagen?«

»Ich würde Ihnen sagen, daß Ihre Augen strahlend sind wie der Blitz, Ihre Wangen wie eine weiße Rose, Ihr Haar so weich, wie sie aus der Hand des Schöpfers kamen, als er nichts Schöneres mehr schaffen konnte, Ihr Mund so, daß die Leute nicht wagen, Ihnen näher zu kommen, und Ihre Gestalt, da gibt es in der Natur nichts anderes — Sie wollten es ja so haben, my Lady!« fügte er entschuldigend hinzu — und das war gut so, denn Lady Florimels Wangen waren errötet, lange ehe er mit dem Ausbruch seines keltischen Gemütes zu Ende war. Ob sie sich nun wirklich ärgerte oder nur so tat, auf jeden Fall fiel es ihr nicht schwer, Malcolm vorzuspielen, sie sei wirklich zornig.

Sie erhob sich aus dem Sessel — doch erst, als er geendet hatte —, fegte halbwegs bis zur Türe, drehte sich dann um und blitzte ihn an.

»Wie könnt Ihr es wagen!« fuhr sie ihn an, denn ihre Herkunft brach sich Bahn, und sie wandte sich um und verließ den Raum. Den armen Kerl ließ sie mittendrin stehen wie eine Statue, der die Bücher alle den Rücken zukehrten.

»Nun wird sie zu ihrem Vater laufen und ihm alles erzählen«, meinte er bei sich, »und ich werde eine Menge Ärger bekommen. Aber ich werde ihm einfach die Wahrheit sagen müssen, und dann kann er draus machen, was er will.«

Mit diesem Entschluß blieb er, wo er war, und erwartete jeden Augenblick das Auftauchen des wütenden Vaters, der ihn mindestens aus dem Haus werfen würde. Doch Minute um Minute verging, und kein zorniger Vater erschien. Er beruhigte sich nach und nach, und als die große Glocke zum Mittagsmahl erklang, hatte er sich in einen von Miltons Prosabänden vergraben.

Der Leser mag erkennen, daß Malcolm im Stadium der Verliebtheit noch nicht sehr weit gediehen war, wenn er nun imstande war zu lesen. Ich möchte dazu bemerken, daß ihm die Kraft seiner Persönlichkeit und seines gesunden Menschenverstandes und die Erkenntnis der großen Distanz zwischen ihm und Lady Florimel erlaubten, sich nun mit Büchern zu befassen.

Ein paar Tage lang bekam er Lady Florimel nicht zu sehen. Da er aber nach der neuen Behausung seines Großvaters schauen mußte, da ihm die Werkstatt von Schreiner und Hufschmied offenstanden und sein Auge vieles entdeckte, was in Ordnung gebracht werden mußte, wurden ihm die Stunden nicht lang.

Allmählich fand sie jedoch, sie habe ihn genügend bestraft für ein Vergehen, für das sie selbst zu tadeln war. Sie begann dem Interesse nachzugeben, das sie unwillkürlich für ihn empfand — ein Interesse, das noch verstärkt wurde durch das Geheimnis um seine Geburt und die Tatsache, daß sie darum wußte, während er selbst völlig ahnungslos war. Sie suchte seine Gesellschaft unter dem Vorwand, seine Hilfe zu brauchen, die sie halb erbat, halb forderte, und Malcolm fand sich von neuem im Sonnenschein ihrer Gunst. Jung, wie er war, machte er sich selbst einen Reim auf den Anlaß.

Eines Nachmittags ließ ihn der Marquis in die Bibliothek kommen, doch bei Malcolms Eintritt war sein Herr nicht da. Er nahm den Band von Milton herab, in dem er schon bei früherer Gelegenheit gelesen hatte, und vertiefte sich schnell hinein.

Er hörte den Marquis nicht hereinkommen, und als dieser ihn ansprach, fuhr Malcolm auf und hätte beinahe das Buch fallenlassen. »Ich bitte Eure Lordschaft um Verzeihung, ich hörte Sie nicht hereinkommen.«

»Ich habe einen Auftrag für Euch«, sagte der Marquis.

Malcolm stellte umgehend das Buch auf seinen Platz im Regal zurück und trat auf seinen Herrn zu. »Werden Sie mir erlauben, hin und wieder in diesem phantastischen Raum zu lesen, my Lord? Ich meinte, wenn ich nicht andere Dinge zu erledigen habe und niemand sonst hier drin ist?«

»Aber sicher«, antwortete der Marquis, »nur dürfen der Gelehrte und der Skipper einander nicht ins Gehege kommen.«

»Darauf werde ich besonders achten, my Lord. Ich würde ebensowenig ein Buch mit Arbeitshänden anfassen, wie ich eine Makrele zubereiten würde, ohne sie vorher zu säubern.«

»Und wenn wir Gäste haben, dann achtet darauf, daß Ihr ihnen nicht in den Weg kommt.«

»Aber sicher, my Lord.«

»Und nun«, sagte seine Lordschaft und erhob sich, »möchte ich, daß Ihr Mrs. Stewart von Kirkbyres einen Brief überbringt. Könnt Ihr reiten?«

»Ich reite ohne Sattel gut genug für einen Fischer«, entgegnete Malcolm, »aber ich bin noch nie im Sattel geritten.«

»Je rascher Ihr Euch daran gewöhnt, umso besser. Geht und sagt Stoat, er soll die braune Stute satteln. Wartet im Hof; ich werde Euch den Brief selbst geben.«

»Gut, my Lord«, sagte Malcolm. Aus Bemerkungen, die er im Stall aufgeschnappt hatte, wußte er, daß die genannte Stute schwierig zu reiten war, aber er hätte sich lieber den Hals gebrochen, als Einwände zu erheben.

Das Pferd war kaum gesattelt, als der Marquis in Begleitung von Lady Florimel erschien, beide in der Erwartung, auf Malcolms Kosten etwas zum Lachen zu haben. Doch als die Stute hinausgeführt wurde und Malcolm sich in den Sattel schwingen wollte, da rührte sich etwas im Herzen des Marquis, vielleicht auch in seinem Gewissen. Er blickte einen Augenblick Malcolm an, dann die Stute, die ihre Ohren angelegt hatte, und schließlich die Steine auf dem gepflasterten Hof.

»Führt sie aufs Gras, Stoat«, sagte er.

Der Stallknecht gehorchte, und Malcolm stieg auf. Im gleichen Augenblick lag er unter allgemeinem Gelächter auf dem Rücken im Gras; der Marquis und die Lady taten sich keinen Zwang an, die Diener lachten nur gedämpft. Doch im nächsten Augenblick war Malcolm wieder auf den Beinen und im Sattel, da der Stallknecht das Tier immer noch am Zügel hielt. Ein wenig Ärger ist ein guter Ansporn auch für eine ehrliche Anstrengung. Diesmal blieb er eine halbe Minute im Sattel, ehe er wieder im Gras landete. Aber auch diesmal hatte ihn Mutter Erde nur in Empfang genommen, um seine Kraft anzustacheln. Er unternahm einen dritten Versuch, und diesmal hielt er sich im Sattel. Sobald das Pferd merkte, daß es ihn nur mit Mühe würde abwerfen können, wurde es ruhig.

»Bravo!« rief der Marquis und übergab ihm den Brief.

»Muß ich auf eine Antwort warten, my Lord?«

»Wartet es ab«, beschied ihn der Marquis.

Malcolm sprach einige Worte mit der Stute und ritt weg.

Der Marquis und Lady Florimel hatten aufgehört zu lachen, als sie voller Interesse den Kampf zwischen Malcolm und der Stute beobachteten. Nun sahen sie ihm mit erfreutem Ausdruck nach, wie er das Tal hinauf verschwand, blickten einander an und lächelten.

»Es steckt gutes Blut in ihm, ganz gleich, wie er dazu kam«, meinte der Marquis. »Das Land verdankt seinem Adel mehr, als man allgemein weiß.«

Zweiundzwanzigstes Kapitel

Die Begegnung

Nach seiner siegreichen Kraftprobe mit der Stute fühlte sich Malcolm recht erfrischt und genoß den zehn Meilen langen Ritt an diesem kühlen Herbstnachmittag. Einige Felder waren abgeerntet, ein oder zwei standen voll Garbenbündel, während auf vielen Feldern der Hafer in verschiedenen Stadien von verblassendem Grün wogte und raschelte. Allenthalben brüllte das Vieh, und in der Luft ließen sich die Krähen vernehmen. Die Sonne nahte sich dem Untergang, und dünner Nebel stieg aus den Senken. Nie in seinem Leben war Malcolm so weit von der Küste weggewesen. Die Straße führte ihn nach Süden in das Herz des Landes.

Der Vater des verstorbenen Eigentümers von Kirkbyres hatte die Erbin von Gersefell geheiratet, einem an sein eigenes grenzendes Landgut von doppeltem Ausmaß. Wenn daher die Rede auf den Titel des Gutsherrn kam, wurde einmal der eine, dann wieder der andere benutzt. Die vereinigten Güter, die der verstorbene Mr. Stewart geerbt hatte, waren von einem Umfang, der es ihm erlaubte, obwohl er ein einfacher Mann war, um die Hand der schönen Tochter eines verarmten Baronets in der Nachbarschaft anzuhalten, von deren etwas getrübtem Ruf er nichts wußte, da er nur wenig Berührung mit der Welt hatte, in der er sich bewegte. Völlig unerwartet brachte auch sie ihm einige Jahre nach ihrer Heirat einen Besitz zu — ein Umstand, der zweifellos mit dazu beitrug, daß in ihr der verzehrende Wunsch aufkeimte und wuchs, die Güter unter ihre eigene Verwaltung zu bringen.

Gegen Ende seines Rittes kam Malcolm in eine kahle, öde Moorlandschaft am langgestreckten Hang eines Berges — eine trostlose Landschaft; auf zwei Meilen war kein Haus und kein Baum zu sehen. Ein halb mit dunklem Wasser gefüllter Graben lief zu beiden Seiten der Straße, die sich schnurgerade durch ein schwarzes Torfmoos zog, das sich düster nach allen Seiten ausdehnte. Der Anblick wurde auch nicht aufgehellt durch die Sonne, die sich auf der Oberfläche eines Tümpels spiegelte, wo früher Torf gestochen worden war, oder durch Kissen von Wollgras, das weiß und einsam inmitten der weiten Einöde wogte.

Als er endlich den Kamm des Hügels erreicht hatte, erblickte er unter sich das Haus von Kirkbyres, neben dem ein modernes Pförtnerhaus stand. Er kam an eine alte Mauer mit einem eisernen Tor in der Mitte, und innerhalb der Mauer erhob sich das alte, kahle Haus mit seinen grauen Mauern, spitzen Giebeln und dem steilen Dach in die blaßblaue Luft. Er ritt an der äußeren Mauer entlang auf der Suche nach dem rückwärtigen Eingang und kam schließlich zu einem Wirtschaftshof, wo ihm ein Junge das Pferd abnahm. Er fand die Küchentüre offen, trat ein, und nachdem er seinen Brief an die Bedienerin übergeben hatte, setzte er sich, um eventuell auf Antwort zu warten.

Nach wenigen Minuten kehrte sie zurück und forderte ihn auf, ihr zu folgen. Damit hatte er nicht gerechnet, kam jedoch ihrer Aufforderung sofort nach. Das Mädchen führte ihn durch einen dunklen Gang und über eine abgetretene steinerne Wendeltreppe zu einem Raum, der ihm reicher ausgestattet und altmodischer erschien als alle Räume, die er in Lossie House gesehen hatte.

Auf einem Schemel saß Mrs. Stewart mit dem Rücken zum Fenster, eine große schlanke Dame, in aufrechter, entspannter Haltung und einer Bewegung, die an die geschmeidige Anmut eines Leoparden erinnerte. Sie begrüßte ihn lächelnd mit einem Kopfnicken. Ihr Lächeln zeigte selbst im Zwielicht und ihrem eigenen Schatten einen Elfenbeinglanz. Sie sprach zu ihm mit einer harten, schwingenden Stimme, in der ein geübteres Ohr als das Malcolms die Absicht zu gefallen herausgehört hätte. Ihm entging nicht der Gegensatz zwischen dem Bild, das er sich in seinem Sinn von der Mutter des verrückten Laird gemacht hatte, und der Frau, die vor ihm saß.

»Ihr habt einen langen Ritt gehabt, Mr. MacPhail«, sagte sie, »Ihr müßt müde sein.«

»Das hat mich nicht angestrengt, Mem«, erwiderte Malcolm. »Es war ein schöner Nachmittag, und ich hatte für den Ritt eine von den besten Stuten des Marquis.«

»Ihr werdet aber doch ein Glas Wein annehmen?« fragte Mrs. Stewart. »Wollt Ihr bitte so freundlich sein und die Glocke läuten?«

»Nein danke, Mem. Die Stute sollte vielleicht ein wenig zu fressen und etwas Wasser bekommen, aber ich selbst brauche nichts.«

Ein Schatten huschte über das Gesicht der Dame. Sie erhob sich und läutete, wartete dann schweigend, bis jemand kam.

»Bring Wein und Kuchen«, sagte sie, dann wandte sie sich Malcolm zu: »Euer Herr spricht sehr freundlich von Euch. Er scheint Euch durch und durch zu vertrauen.«

»Es freut mich, das zu hören, Mem, aber er hatte niemals Grund, mir zu vertrauen oder zu mißtrauen.«

»Er scheint anzunehmen, daß ich vielleicht gleiches Vertrauen in Euch setze.«

»Ich weiß nicht. Ich möchte nicht, daß Sie mir allzu viel vertrauen.«

»Ihr wollt doch nicht den guten Charakter abstreiten, den Euer Herr Euch beimißt?« fragte die Dame lächelnd und blickte ihn an.

»Ich möchte nicht, daß Sie mir Vertrauen schenken, ehe Sie mein Wort haben«, sagte Malcolm.

»Darüber möchte ich mir mein eigenes Urteil bilden«, erwiderte sie mit gewinnendem Lächeln. »Aber macht mir die Freude und trinkt ein Glas Wein.«

Sie erhob sich und trat auf die Karaffe zu.

»Bitte nicht, Mem! Ich bin nicht daran gewöhnt, es könnte mein Urteil trüben«, meinte Malcolm, der sich von Anfang an auf die Defensive verlegt hatte, als Freund des Laird wachsam seinem eigenen Verhalten gegenüber.

Bei seiner zweiten Ablehnung überschattete sich das Gesicht der Dame erneut, doch ihr Lächeln blieb. Sie drängte ihn nicht weiter und setzte sich wieder.

»My Lord sagt mir«, sprach sie und faltete die Hände auf dem Schoß, »daß Ihr hin und wieder meinen armen unglücklichen Knaben seht.«

»Er ist nicht so völlig unglücklich, Mem«, sagte Malcolm, aber sie fuhr fort, ohne auf seine Bemerkung einzugehen.

»Und daß Ihr ihn erst vor kurzem aus den Händen von Raufbolden gerettet habt?«

Malcolm erwiderte nichts.

»Jedermann weiß«, fuhr sie nach kurzer Pause fort, »was für eine unglückliche Mutter ich bin. Vor vielen Jahren verlor ich das liebste Kind, das die Welt je gesehen hat, während mein armer Stephen mir blieb als Gespött jedes Straßenbengels.«

Sie seufzte tief, und eine ihrer blassen Hände nahm ein Taschentuch von einem neben ihr stehenden Arbeitstischchen.

»Nicht in Portlossie, Mem«, widersprach Malcolm. »Dort gibt's nur wenige, die so hartherzig sind und so schlechte Manieren haben. Sie sind daran gewöhnt, ihn in der Schule zu sehen, wo er sich immer wieder sehen läßt, und sie mögen ihn ganz besonders, denn er ist eins der besten Geschöpfe unter den Lebewesen.«

»Ein armes, hirnloses, unlenkbares Wesen. Er bereitet mir tiefen Kummer«, sagte die Witwe mit erneutem Seufzen.

»Selbst ein Kind könnte ihn lenken«, widersprach Malcolm energisch.

»Wenn ich ihn doch von meiner Liebe überzeugen könnte! Aber er gibt mir ja keine Gelegenheit. Er hat eine unerklärliche Angst vor mir, ein Irrtum, dem mit keinem Argument beizukommen ist. Je mehr Sorge und Freundlichkeit er braucht, desto weniger will er sie aus meinen Händen annehmen. Ich sehne mich danach, ihm mein Leben zu widmen, und er läßt mich nicht. O,

Mr. MacPhail, wie wenig wißt Ihr um das Herz einer Mutter. Selbst wenn mein bildschöner Knabe mir nicht genommen worden wäre, dann wäre Stephen doch mein Idol, schwachsinnig wie er ist, und er wird es sein bis ans Ende seines Lebens. Und...«

»Er ist nicht schwachsinnig, Mem«, warf Malcolm ein.

»... und bedenkt«, fuhr sie fort, »welcher Kummer es für eine verwitwete Mutter sein muß, auch wenn er ein noch so armseliger Gesellschafter wäre, zu denken, daß ihr Junge wie ein Bettler im Land umherstreunt! Das reicht, um einer Mutter das Herz zu brechen. Wenn ich ihn doch nur überreden könnte, für eine Woche heimzukommen, damit ich es mit ihm versuchen könnte. Aber es hat keinen Sinn, es zu versuchen; böse Menschen haben Unheil zwischen uns gesät, böse Lügen verbreitet und den armen Kerl in Angst und Schrecken versetzt. Es ist völlig unmöglich, wenn ich nicht jemand finde, der mir hilft, und es gibt so wenige, die Einfluß auf ihn haben.«

Malcolm dachte, sie müsse wohl ihre Chance gehabt haben, ehe er von ihr fortlief, aber er konnte nicht umhin, seine Gefühle ihr gegenüber etwas zu mildern.

»Angenommen, ich berichte ihm, was Sie gesagt haben?« fragte er.

»Das hätte nicht den geringsten Zweck. Er ist so voreingenommen gegen mich, daß er nur laut schreien und einen seiner schrecklichen Anfälle bekommen würde.«

»Ich sehe nicht, was sich dann noch tun ließe«, sagte Malcolm.

»Ich muß ihn hierherbringen lassen, einen anderen Weg gibt es nicht.«

»Und was hätte das für einen Sinn, Mem? Sie sagten eben selbst, daß er in diesem Falle wegrennen würde.«

»Ich meinte auch nicht mit Gewalt«, entgegnete Mrs. Stewart. »Jemand, zu dem er Vertrauen hat, müßte mit ihm kommen, sonst habe ich keine Chance. Euch vertraut er jetzt, Eure Gegenwart würde ihn davon abhalten, wieder mit Entsetzen zu reagieren.«

Ihr Ton war so kultiviert und ihre Stimme so flehentlich, daß die Stärke seiner Vorurteile ins Wanken geriet. Wäre er nicht unbedingt auf der Seite ihres Sohnes gestanden und deshalb in allen Ehren verpflichtet, zu seinen Gunsten Zweifel zu hegen, dann hätte er sich wohl dazu überreden lassen, nach ihrem Willen zu handeln. Er wußte absolut nichts, was gegen sie sprach — er war sich nicht einmal sicher, ob sie die Person war, die er im Dachgeschoß von Lossie House in der Gesellschaft von Mrs. Catanach gesehen hatte. Aber er wappnete sich, ihr zu mißtrauen, und hielt sich zurück.

»Es ist klar«, fuhr sie nach einer Pause fort, »daß nur die Mitwirkung von jemand, der mit beiden Seiten Freund ist, den geringsten Nutzen haben kann. Ich weiß, daß Ihr ein Freund meines Sohnes seid — ein wahrer Freund —, und ich sehe nicht, warum Ihr nicht auch mir ein Freund werden könntet. Wollt Ihr auch mein Freund sein?«

Sie erhob sich bei diesen Worten, näherte sich ihm und richtete aus dem Schatten heraus die volle Kraft ihres Blickes auf ihn, während sie ihm eine weiße Hand entgegenstreckte. Sie kannte nur zu gut die Macht einer noch gut aussehenden Frau jeden Alters über einen jungen Mann von zwanzig.

Malcolm, der davon nichts wußte, spürte jedoch die Macht und war auf seiner Hut. Er erhob sich ebenfalls, nahm aber ihre Hand nicht.

»Ich habe nur allzuviele Gründe«, fuhr sie fort, »manchen zu mißtrauen, die — im Gegensatz zu Euch — ihren Eifer, mir zu helfen, bekundeten. Aber ich weiß, daß weder Lord Lossie noch Ihr ein falsches Spiel mit mir treibt.«

Sie nahm seine große rauhe Hand zwischen ihre weichen Handflächen, und einen Augenblick lang geriet Malcolm in Versuchung, nicht etwa seinen Freund zu verraten, sondern mitfühlendes Nachgeben vorzutäuschen, um zu ihrer eigentlichen Absicht vorzustoßen und, wenn sie sich als falsch erweisen sollte, sie umso leichter vereiteln zu können. Doch seine ehrliche Natur schrak vor solcher Täuschung zurück, selbst wenn der Zweck ein guter war. Es war ihm nicht gegeben, Falschheit selbst zur Durchkreuzung von Falschheit einzusetzen. Vorgetäuschte Freundschaft war für ihn das gemeinste aller verabscheuungswürdigen Dinge.

»Ich kann Ihnen nicht helfen, Mem«, sagte er. »Ich wage es nicht. Ihr Sohn liegt mir so am Herzen, daß ich mir lieber die Hände abhacken ließe, als etwas zu tun, was ihm schaden könnte.«

»Nun, mein lieber Mr. MacPhail«, erwiderte sie in überredendem Tonfall und mit ihrem süßesten Lächeln, »Ihr könnt es sicherlich nicht als schädlich bezeichnen, wenn ein armer Schwachsinniger in die Pflege seiner eigenen Mutter zurückkehrt?«

»Das müßte sich herausstellen«, wandte Malcolm ein. »Aber über eines bin ich sicher, Mem, nämlich daß er keinesfalls so ein Idiot ist, wie manche ihn gerne haben möchten.«

Mrs. Stewart zog ein enttäuschtes Gesicht. Sie wandte sich von ihm ab, ging zu ihrem Sitz zurück und verbarg ihr Gesicht im Taschentuch.

»Ich fürchte«, sagte sie nach einem Augenblick, »ich muß meine letzte Hoffnung aufgeben: Ihr seid nicht freundlich zu mir, Mr. MacPhail. Ihr glaubt böse Dinge von mir.«

»Das stimmt, aber nicht nur vom Hörensagen«, erwiderte Malcolm. »Der Anblick des armen Kerls, wenn er nur zufällig das Wort 'Mutter' hört, ist nicht so leicht zu vergessen. Das kann nicht von ungefähr kommen.«

Mrs. Stewart verbarg ihr Gesicht an der gepolsterten Lehne des Sessels und schluchzte. Einen Augenblick später setzte sie sich wieder aufrecht hin, zurückgelehnt und mit roten Augen. Wie in einem plötzlichen Entschluß sagte sie: »Ich werde Euch alles sagen, was ich darüber weiß, dann könnt Ihr selbst urteilen. Als er noch ein ganz kleines Kind war, suchte ich die besten Ärzte in London und Paris um Rat auf. Alle rieten mir zu einer bestimmten Behandlung, die über Monate hinweg im Abstand von wenigen Tagen durchgeführt werden mußte. Sie war zwar schmerzhaft, aber einfach, doch von einer Art, daß niemand besser geeignet war als seine Mutter, sie durchzuführen. Ach! Anstatt ihm zu helfen, hat sie mir die schlimmste Verletzung der Welt eingebracht: Mein Kind haßt mich.«

Die Erklärung war einleuchtend genug und der Kummer der Mutter offenkundig. Malcolm konnte nicht anders, er war gerührt. »Es ist nicht so, daß ich nicht Ihr Freund sein möchte, Mem, aber ich bin schon der Freund Ihres Sohnes, und wenn ihm irgendetwas zu Ohren kommen sollte, was sein Mißtrauen gegen mich weckt, dann würde mir das zutiefst zu Herzen gehen.«

»Dann könnt Ihr beurteilen, wie ich fühle«, sagte die Dame.

»Wenn es Ihr Herz heilen könnte, mir weh zu tun, dann würde ich darüber nachdenken, Mem, aber wenn es uns allen dreien wehtäte, ohne daß etwas Gutes dabei herauskommt, dann wäre dies ein schwerer Fehlschlag. Ich werde nichts unternehmen, ehe ich nicht völlig sicher bin, daß ich auch wirklich einen Freundesdienst leiste.«

»Deshalb seid Ihr auch die einzige geeignete Person, mir zu helfen, die ich kenne. Wenn ich andere Leute in dieser Sache engagieren würde, dann könnten sie mit dem armen Kerl vielleicht grob sein.«

»Höchstwahrscheinlich, Mem«, pflichtete Malcolm ihr bei, während ihn ihre Worte erneut wachsam machten.

»Aber ich könnte vielleicht dazu gedrängt werden«, fügte sie hinzu.

Malcolm reagierte mit einem verschluckten Fluch.

»Es könnte notwendig werden, Gewalt anzuwenden, während Ihr ihn mit einem einzigen Wort leiten könntet.«

»Nein, ein solcher Verräter bin ich nicht.«

»Wo läge da der Verrat, wenn Ihr wißt, daß es zu seinem eigenen Guten ist?«

»Das weiß ich eben nicht, Mem«, entgegnete Malcolm. »Sehen Sie selbst, Mem«, fuhr er fort und raffte sich auf, an das Mutterherz zu appellieren, »da ist ein Mann, der nach dem Willen Gottes nicht so ist wie andere Leute. Sein Geist ist sicherlich schwach — aber nicht in dem Maß, wie Leute annehmen, die ihn weniger kennen als ich — ich glaube, daß die Schwäche vielleicht mehr in seiner Zunge liegt als in seinem Gehirn. Aber er ist das sanftmütigste aller Geschöpfe — ein wirklicher Gentleman, Mem, wenn es je einen gab — und freundlich gegen jedes Wesen, ob Mensch oder Tier! Ein Kind könnte ihn jeden Weg führen außer einem.«

»Überallhin, nur nicht zu seiner eigenen Mutter!« rief Mrs. Stewart, drückte ihr Tuch auf die Augen und sprach schluchzend weiter. »Es gibt da ein Kind, an dem er sehr hängt, wie ich höre«, setzte sie hinzu, als sie sich gefaßt hatte.

»Er mag alle Kinder«, bemerkte Malcolm, »und es gibt nur eins, was ihm das Leben erträglich macht — und das ist seine Freiheit — einfach seine Freiheit, hinzugehen wo er will, wie der Wind; sein Gesicht am Morgen dahin zu wenden und am Abend wieder zurück, wenn es ihm gefällt; zu wandern.«

»Wohin?« unterbrach seine Mutter etwas zu schnell.

»Wohin es ihm Spaß macht, Mem; ich könnte nicht sicher sagen, wohin. Aber er liebt das Ächzen der See und das Funkeln der Sterne. Ich glaube fest, wenn Sie den armen Mann um seine Freiheit berauben, werden Sie ihn umbringen.«

»Dann wollt Ihr mir also nicht helfen?« rief sie verzweifelt. »Man hat mir gesagt, Ihr seid selbst eine Waise, und doch wollt Ihr kein Mitleid haben mit einer kinderlosen Mutter — ja schlimmer noch als kinderlos, denn ich hatte einst den liebsten Jungen, den man sich vorstellen kann. Er wäre jetzt ungefähr in Eurem Alter, und ich habe niemals mehr Trost im Leben gefunden, seit ich ihn verlor. Gebt mir meinen Sohn, und ich werde Euch segnen, Euch lieben.«

Beim Sprechen stand sie auf, trat behutsam auf ihn zu und legte eine Hand auf die Schulter. Malcolm zitterte, blieb aber innerlich fest.

»Wirklich, Mem, ich kann und will Ihnen nichts versprechen. Spielen Sie einem Mann gegenüber falsch, weil er weniger imstande ist, für sich selbst zu sorgen als andere Menschen? Wenn ich sicher wäre, daß Sie es fertigbringen und er hernach glücklich bei Ihnen wäre, dann wäre das etwas anderes. Aber außer unter Zwang könnten Sie ihn nicht lange genug um sich haben, um es zu versuchen. Und selbst dann würde er sterben, ehe Sie ihn überzeugt haben. Ich zweifle nicht, daß Sie keine Chance mehr bei ihm haben und versuchen müssen, ohne ihn zufrieden zu sein. Ich werde Ihnen, wenn Sie wollen, soviel versprechen: Ich werde ihm alles berichten, was Sie gesagt haben.«

»Das wird nichts nützen!« entgegnete die Dame mit schlecht verhehltem Zorn.

»Sie glauben, er werde das nicht verstehen, aber er versteht es recht gut.«

»Und Ihr würdet wiederkommen und mir berichten, was er gesagt hat?« murmelte sie mit dem überredenden Ton wiederentflammter Hoffnung.

»Vielleicht, vielleicht auch nicht — ich kann es nicht versprechen. Haben Sie irgendeine Antwort, die ich auf den Brief von my Lord mit zurücknehmen soll, Mem?«

»Nein, ich kann nicht schreiben, ich kann nicht einmal denken. Ihr habt mich so elend gemacht.«

Malcolm zögerte noch.

»Geht, geht«, sagte sie niedergeschlagen. »Sagt Eurem Herrn, daß ich mich nicht wohlfühle. Ich werde morgen schreiben. Wenn Ihr etwas von meinem armen Jungen hört, dann habt Mitleid mit mir und erzählt es mir.«

Je mehr Malcolm für Stephen Partei ergriff, desto erstrebenswerter schien es Mrs. Stewart, ihn auf ihre Seite zu ziehen. Sie erkannte klar genug, falls man von ihm Zeugnis über die geistigen Fähigkeiten des Lairds haben wollte, daß seine Aussagen sich stark gegen ihre Pläne auswirken würden. Wenn aber die Interessen solch eines jungen Mannes in diese Pläne eingefügt werden könnten, dann ließen sich die meisten Leute dafür einnehmen.

Dreiundzwanzigstes Kapitel

Der Schlag

»Nun, Malcolm«, fragte seine Lordschaft, als der Junge sich bei ihm meldete, »wie geht es Mrs. Stewart?«

»Nicht allzu gut, my Lord«, antwortete Malcolm.

»Was! Ihr habt Euch doch nicht etwa geweigert?«

»Doch, my Lord.«

»Nun, nun! Habt Ihr mir eine Botschaft von ihr überbracht?« Er sprach ziemlich ärgerlich.

»Nur daß sie sich nicht wohl fühlt und morgen schreiben wird.«

Der Marquis dachte einige Augenblicke nach. »Wenn ich das zu einer persönlichen Sache mache, MacPhail — ich meine, Ihr würdet Euch doch nicht weigern, wenn ich Euch um einen persönlichen Gefallen bitte?«

»Ich muß wissen, um was es geht, ehe ich etwas dazu sagen kann, my Lord.«

»Ihr müßt mir vertrauen, daß ich nichts von Euch verlange, was Ihr nicht durchführen könnt.«

»Da könnte es vielleicht zweierlei Meinung geben, my Lord.«

»Du junger Bauernlümmel! Beim Zeus, wie weit ist's mit der Welt gekommen!«

»Soweit ich mit reinem Gewissen gehen kann, werde ich gehen — und keinen Schritt weiter«, sagte Malcolm.

»Wollt Ihr sagen, daß Euer Urteil sicherer leitet als meins?«

»Nein, my Lord. Ich könnte dem Urteil Eurer Lordschaft wohl folgen, aber wenn es in dieser Sache um das Gewissen geht, dann bin ich meinem Gewissen verpflichtet und nicht dem Eurer Lordschaft oder irgendeines anderen Menschen. Nehmen Sie an, die Sache erscheint Eurer Lordschaft richtig, mir aber scheint sie unrecht, was würdet Ihr dann von mir verlangen?«

»Tun, was ich Euch gesagt habe, und mir die Schuld überlassen.«

»Nein, my Lord, das taugt nichts: Ich bin verpflichtet zu tun, was ich für recht hielt und niemand die Schuld beimessen, ganz gleich, was dabei herauskam.«

»Heuchler! Warum habt Ihr mir nicht gesagt, daß Ihr ein Heiliger werden wollt, ehe ich Euch in Dienst nahm?«

»Weil ich keine solche Absicht hege, my Lord. Ein Mann kann sicherlich wissen, daß er kein Heiliger ist, und trotzdem den Wunsch haben, seine Hände sauber zu halten.«

»Sagte Euch Mrs. Stewart, was sie von Euch will?« fragte der Marquis nach einer Weile fast wild.

»Sie wollte, daß ich den armen Laird zu ihr zurückschaffe. Aber ich habe meine Zweifel, trotz ihrer schönen Worte, was sie mit ihm anfangen würde, und ich würde mich lieber hängen lassen, als daran teilhaben.«

»Warum solltet Ihr Zweifel haben an dem, was eine Dame Euch sagt?«

»Ich hätte keine Bedenken, ihr zu glauben, nur habe ich so einiges gehört, und deshalb scheint es mir angebracht, auf der Hut zu sein.«

»Nun, ich nehme an, Ihr seid ein persönlicher Freund des Idioten.«

Seine Lordschaft wollte ihn reizen, deshalb hielt er einen Augenblick inne, doch Malcolms Haltung verriet nichts außer abwartender Wachsamkeit.

»...deshalb muß ich jemand anderen damit beauftragen, den Burschen für sie zu fassen«, schloß er.

»Das werden Sie nicht tun, my Lord!« rief Malcolm in flehentlichem Ton, aber sein Herr zog es vor, ihn mißzuverstehen.

»Ich möchte wissen, wer mich daran hindern sollte?« sagte er.

Malcolm akzeptierte die in der Frage liegende Mißdeutung und antwortete gelassen: »Ich, my Lord, und ich werde auf jeden Fall mein Bestes tun.«

»Bei meinem Wort!« rief Lord Lossie, »Ihr strapaziert meine Gutmütigkeit mehr als genug, junger Mann!«

»Hört mich einen Augenblick an, my Lord«, erwiderte Malcolm. »Ich habe es mir immer wieder überlegt, und ich erkenne klar wie Tageslicht, daß ich als Diener Eurer Lordschaft, dem Sie Vertrauen entgegenbringen, Ihnen das sagen muß, was ich Mrs. Stewart nicht in gleicher Weise zu sagen verpflichtet war: Auch auf die Gefahr hin, Sie zu erzürnen, muß ich Eurer Lordschaft mit allem Respekt sagen, daß es keine Hand geben wird, ob behutsam oder nicht, die an den Laird gegen seinen eigenen Willen gelegt wird, wenn ich es verhindern kann.«

Der Marquis wurde des Wortwechsels müde. Er war auch wütend, und das umso mehr, weil er fühlte, daß Malcolm im Recht war.

»Geh zum Teufel, du Dummkopf!« sagte er mehr ungeduldig als wütend.

»Ich glaube, da brauche ich mir nicht viel Mühe zu geben«, entgegnete Malcolm, der nun auch verärgert war.

»Was wollt Ihr mit dieser Frechheit sagen?«

»Ich meine, my Lord, wenn ich gehe, dann gehe ich von ihm

weg. In diesem Augenblick ist er nicht weit von Eurer Lordschaft entfernt.«

Der Ärger, der sich in dem Marquis aufgesammelt hatte, brach sich schließlich in höchstem Zorn Bahn. Er sprang von seinem Stuhl auf, ging drei Schritte auf Malcolm zu und schlug ihn ins Gesicht.

Malcolm taumelte zurück, bis ihn die Türe auffing. »Vorsicht, my Lord!« rief er, während er sein blaues Baumwolltaschentuch herauszog. »Das hätten Sie nicht tun dürfen! Sie werden Blutflecken auf den Teppich bekommen.«

»Idiot!« schrie seine Lordschaft, der seine Tat schon bereute, »warum habt Ihr Euch nicht gewehrt?«

»Es war mein Streit, und ich konnte handeln, wie ich wollte, my Lord.«

»Und warum hättet Ihr einen solchen Schlag einstecken wollen? Nicht einmal die Hand heben, um Euch zu verteidigen!« sagte der Marquis, der sich über sich selbst ebenso ärgerte wie über Malcolm.

»Weil ich einsah, daß ich im Unrecht war, my Lord. Ich habe den Streit vom Zaun gebrochen, ich hatte kein Recht, so ausfallend und aufsässig zu werden. So wagte ich mich nicht zu wehren. Ich bitte Eure Lordschaft um Verzeihung. Aber täuschen Sie sich nicht in mir, my Lord, und glauben Sie nicht, weil ich diesen Schlag hingenommen habe im Bewußtsein, daß ich im Unrecht war, würde ich mich genau so verhalten, wenn gegen den armen Laird etwas unternommen wird.«

»Verzieht Euch jetzt und laßt Euch erst wieder blicken, wenn Ihr Euch sehen lassen könnt. Ich hoffe, das wird Euch eine Lehre sein.«

»Ganz sicher, my Lord«, sagte Malcolm. »Aber es war nicht notwendig, mich so zu schlagen: ein Wort hätte mich mehr ins Unrecht gesetzt.«

Damit verließ er das Zimmer mit dem Taschentuch vor dem Gesicht.

Der Marquis bedauerte bereits, daß er sich zu dem Schlag hatte hinreißen lassen, vor allem weil Malcolm ihn eingesteckt hatte ohne das geringste Zeichen von Feigheit. Malcolm wäre aber, hätte er sich gewehrt, sehr viel schlechter weggekommen, denn sein Herr war in seiner Jugend ein Raufbold gewesen, und weder sein rechter noch sein linker Arm hatten Stärke und Geschicklichkeit eingebüßt.

Nachdem Malcolm gegangen war, schritt der Marquis eine Zeitlang im Zimmer auf und ab. Er fühlte sich auf seltsame und unerklärliche Weise unbehaglich. »Der dumme Kerl! Warum hat er sich von mir schlagen lassen?«

Malcolm ging zur Hütte seines Großvaters. Im Vorbeigehen blickte er durchs Fenster. Der alte Mann saß da mit dem Dudelsack auf den Knien und sah bekümmert aus. Als Malcolm eintrat, streckte er ihm die Arme entgegen.

»Malcolm, mein Sohn, mit dir ist etwas geschehen!« rief er. »Du bist verletzt! Ich weiß es, ich spüre das in mir, auch wenn ich's nicht sehen kann. Wo ist es?«

»Beim Sprechen befühlte er Kopf und Gesicht.

»Meiner Seel'! Du blutest ja, Malcolm!« rief er im gleichen Moment.

»Nicht der Rede wert, Daddy, nur wie von einem zuckenden Fischschwanz.«

»Aber wer hat das getan?« fragte Duncan.

»Ach, der Herr hat mir eine Ohrfeige verpaßt«, antwortete Malcolm gleichgültig.

»Wo ist er?« schrie der Pfeifer und stand wütend auf. »Bring mich zu ihm, Malcolm. Ich werde ihn erdolchen. Ich werde meinen Dolch in seinen bösen Leib rennen!«

»Nein, nein, Daddy«, wehrte Malcolm ab. »Von Messern haben wir genug.«

»Dann hast du's selbst besorgt, Malcolm, mein tapferer Junge!«

»Nein, Daddy, ich habe die Schläge eingesteckt wie ein Mann, denn ich habe sie verdient.«

»Verdient, geprügelt zu werden, Malcolm? — Geprügelt zu werden wie ein Hund?«

»So schlimm war's nicht, Daddy. Ich habe ihm nur gesagt, der Teufel sei an seiner Seite.«

»Und das hat ohne Zweifel gestimmt«, rief Duncan und wachte aus seiner Verzagtheit auf.

»Ja, es war schon so, aber ich hatte kein Recht, es zu sagen.«

»Aber du hast doch zurückgeschlagen, Malcolm? Sag nicht, daß du ihm seinen Schlag nicht heimgezahlt hast. Erzähl mir das nicht, Malcolm.«

»Wie könnte ich meinen Herrn schlagen, wenn ich selbst im Unrecht bin, Daddy?«

»Dann muß ich das selbst besorgen«, erklärte Duncan ruhig. Die Lippen zusammengepreßt in ruhiger Entschlossenheit, wandte er sich zur Türe, um aus dem nächsten Zimmer sein Schwert zu holen.

»Bleib ruhig, Daddy«, flehte ihn Malcolm an und faßte ihn beim Arm. »Setz dich hin und höre dir erst einmal alles an.«

Duncan gab nach, um besser über die Umstände unterrichtet zu werden, auf die Malcolm nun ausführlich einging. Doch ehe er zu

Ende kam, hatte er geschickt übergewechselt auf die Sorgen, Leiden und Gefahren des Laird, um den alten Mann von dem Streit abzulenken; ganz besonders verweilte er bei den Machenschaften der Mutter. Duncan hörte ihm mit deutlichem Mitgefühl zu.

Und wenn der Marquis es wagt, mir hier in die Quere zu kommen, dann mag er selbst zusehen«, sagte Malcolm am Ende seines Berichts.

Diese Versicherung trug wesentlich dazu bei, daß sich Duncan beruhigte, bewies sie doch einen mutigen Vorsatz seines Enkels, auf dessen Männlichkeit er eifersüchtig bedacht war. Er stimmte schließlich zu, die Revanche aufzuschieben, bis Malcolm Gelegenheit zu einer ordentlichen Auseinandersetzung hatte, in der er beweisen konnte, daß er kein Feigling war. Sein Zorn verflog allmählich, bis er schließlich den Jungen bat, den Dudelsack zu nehmen, um ihm Unterricht zu geben. Malcolm unternahm einen Versuch, stellte jedoch fest, daß es ihm mit seinen geschwollenen, verletzten Lippen unmöglich war, den Dudelsack zu füllen; er mußte daher seinen Großvater bitten, ihm vorzuspielen. Der war gerne einverstanden und spielte, bis es Zeit war, zu Bett zu gehen. Nachdem er ihn versorgt hatte, ging Malcolm still zu seinem eigenen Zimmer, wobei er das Abendessen und die Augen von Mrs. Courthope umging. Er fiel sofort in einen tiefen Schlaf und verbrachte eine Nacht des völligen Vergessens, und kein adeliger Zauberer und keine weiße Dame suchten ihn im Traum heim.

Einige Tage vergingen, in denen Malcolm befand, daß ihn niemand zu Gesicht bekommen sollte: früh am Morgen schlich er sich zu seinem Großvater hinunter und kehrte am Abend in sein eigenes Zimmer zurück. Duncan erklärte den Leuten, er fühle sich nicht wohl, werde aber in ein oder zwei Tagen wieder in Ordnung sein. Für den Barden war es eine frohe Zeit; er feierte die Zurückgezogenheit seines Enkels mit Musik und wilden Geschichten von Seen und Mooren in den Highlands, die er in Wort und Gesang vortrug. Malcolms Gesicht sah nun weit besser aus, obwohl die Spuren des Schlages noch deutlich genug zu erkennen waren, als eines Nachmittags ein Bote kam und ihn zum Marquis rief.

»Wo habt Ihr die ganze Zeit herumgeschmollt?« lautete die Begrüßung seines Herrn.

»Ich habe nicht geschmollt, my Lord«, antwortete Malcolm. »Eure Lordschaft sagte selbst, ich solle aus dem Weg bleiben, bis ich mich wieder sehenlassen könne, und niemand hat mich bis jetzt zu Gesicht bekommen.«

»Wo habt Ihr Euch dann aufgehalten?«

»Nachts in meinem eigenen Zimmer, und solange Leute da waren, hielt ich mich bei meinem Großvater drunten auf — ein oder zweimal bin ich auch am Fluß hinaufgegangen.«

»Ihr konntet also die Schande nicht ertragen, mit einem solchen Gesicht gesehen zu werden, wie?«

»Es hätte für den einen oder anderen von uns eine Schande sein können — vielleicht für uns beide.«

»Wenn Ihr nicht lernt, Eure Zunge im Zaum zu halten, dann kommt es noch schlimmer.«

»My Lord, ich habe meinen Fehler eingestanden und den Schlag hingenommen. Aber wäre ich nicht im Unrecht gewesen — nun, dann lägen die Dinge anders.«

»Hütet Eure Zunge, sage ich Euch! Ihr seid ein ehrlicher, anständiger Kerl, und es tut mir leid, daß ich Euch geschlagen habe. So!«

»Danke, my Lord!«

»Ich habe nach Euch geschickt, weil ich eben aus Aberdeen Nachricht erhielt, daß das Boot auf dem Weg ist. Ihr müßt Euch bereit machen, es bei seinem Eintreffen zu übernehmen.«

»Das werde ich, my Lord. Es paßt mir nicht, solange auf dem Land zu sein. Ich mag lieber die Wellen unter mir.«

Am nächsten Morgen nahm er sich Brot und Käse als Mahlzeit und ein Buch mit und ging mit einem Fernglas bewaffnet zum Strand, um nach dem Boot Ausschau zu halten. Alle paar Minuten ließ er den Blick über den Horizont schweifen, doch der Morgen und der Nachmittag vergingen, ohne daß etwas zu sehen war.

Er hatte eben den ersten Hauch der Dämmerung wahrgenommen, als eine winzige Schaluppe um Deid Heid bog, wie das Vorgebirge genannt wurde, das die Bucht nach Osten abschloß. Die Sonne sank groß und rot auf der anderen Seite von Scaunose und ließ den Himmel hinter den weißen Segeln rosig erglänzen, als das Boot in einer sanften Brise auf die Bucht zuhielt. Der schmale Mond hing blaß und geisterhaft darüber, und sein Schein reichte kaum aus, um zu zeigen, daß er es wirklich war und nicht vergessene Fetzen von einer zerrissenen Wolke. Als das Boot den Punkt passiert hatte und die Bucht ansteuerte, verschwand plötzlich der warme Schimmer von den Segeln, und es sah aus, als habe der Anblick von Death's Head (Totenkopf) das Blut erstarren lassen.

»Da ist es!« rief Malcolm begeistert. »Fast wie ein kleines Heringsboot, aber es gleicht ihm nicht mehr, als Lady Florimel Meg Partan gleicht. Ich hatte keine Ahnung, daß es so hübsch sein würde. Aber ich werde trotzdem nicht in der Lage sein, es in einer Sturmbö im Griff zu behalten. Da brauche ich noch einen Mann. Einen Jungen kann ich da nicht brauchen, es muß schon ein Erwachsener sein. Ich will den blauen Peter selbst haben, wenn er darauf eingeht.«

Er schob das Fernrohr zusammen und wartete einige Minuten später an der Hafenmauer.

Malcolm sprang an Bord, und die beiden Männer, die das Boot überführt hatten, übergaben es ihm.

Das Boot hatte ein volles Deck mit einer schmucken kleinen Kabine. Die Planken waren fast weiß. Alles war so sauber, die aufgezogenen Segel blähten sich so straff, und alles war tiptop, daß Malcolm vor Entzücken völlig überwältigt war. Wäre der Bach schiffbar gewesen, dann hätte er das zierliche Ding heimgesteuert und direkt unter den Mauern des Herrenhauses vertäut! Er versorgte das Boot für die Nacht und ging, um die Ankunft zu melden.

Lady Florimels Freude war groß. Sie wäre am liebsten gleich am nächsten Morgen auf eine »Küstenfahrt«, wie sie es nannte, aufgebrochen, doch ihr Vater hörte auf Malcolm.

»Sehen Sie, my Lord«, sagte er, »ich muß das Boot erst genau kennen, ehe ich es wage, Sie mit hinauszunehmen. Ich kann es auch nicht allein bedienen, dazu brauche ich noch einen zweiten Mann.«

»Besorgt Euch einen«, meinte der Marquis.

Früh am nächsten Morgen machte sich Malcolm daher auf den Weg nach Scaurnose und fand den blauen Peter bei seinen Netzen. Er konnte sich einen oder zwei Tage freimachen und war bereit, mit Malcolm zu gehen. Sie kehrten gemeinsam zurück, brachten das Segelboot ins Fahrwasser und probierten es bei westlicher Brise nach allen Regeln der Kunst aus. Das Ruder reagierte mühelos, das Boot hob sich leicht wie ein Vogel, lag gut im Wasser und schien in jeder Weise sicher zu sein.

»Das ist das schönste Boot, das je vom Stapel lief!« meinte Malcolm zum Schluß seiner Beschreibung der Eigenschaften und des Verhaltens, die für seinen Herrn viel zu ausführlich war.

Am nächsten Morgen wollten sie die erste Fahrt antreten — ostwärts, falls der Wind seine Richtung behielt, und zwei oder drei Meilen von Portlossie bei einer alten Ruine anlegen.

Vierundzwanzigstes Kapitel

Die Bootsfahrt

Lady Florimels Phantasie war so erfüllt von dem bevorstehenden Vergnügen, daß sie am nächsten Morgen schon bald nach Tagesanbruch aufwachte. Sie stand auf und zog ängstlich den Vorhang zurück. Der Tag war wie eine Ode Gottes an die Menschen!

Am Fuß ihres Fensters unter der großen Brücke bildete der Bach einen tiefen, dunklen Teich. Weiter im Norden dehnte sich das große Meer, von Wellen und Schaumkronen fröhlich bewegt. Gegen den Horizont wirkte es wie ein blauer Berghang voller weidender Schafe. Doch heute verschwendete sie keinen Gedanken daran, warum die Wasser so bewegt waren. Sie kleidete sich hastig an, rief ihren großen Jagdhund und schlug den kürzesten Weg — den durch das Stadttor — zum Hafen ein. Sie mußte unbedingt Bekanntschaft schließen mit ihrem neuen Spielzeug.

Mrs. Catanach schaute in ihrer Nachtmütze aus dem oberen Fenster herab, wie eine Spinne mitten im Netz, und nickte mit einem lächelnden Blick hinter ihr her, als wolle sie bedeuten, Lady Florimel werde wegen ihres guten Aussehens eines Tages noch Kopfschmerzen bekommen. Doch Mrs. Catanach war erst einmal selbst dran, denn in diesem Augenblick stürzte ihr Hund, der ständig aussah wie aus der Aschengrube gezogen, aus dem Nichts hervor und schnappte nach Lady Florimels Kleid. Sie erschrak und stieß einen Schrei aus. Sofort schoß ihr eigener Hund, der hinter ihr hergetrödelt war, mit schnellen Schritten los und fuhr wie ein Racheengel auf das bissige Tier nieder, das noch fliehen wollte, doch zu spät. Demon riß seine mächtigen Kiefer auf und packte ihn an den Flanken, die viel größer waren als seine eigenen, als habe er ein Kaninchen zwischen den Zähnen. Das Geheul des Köters brachte Mrs. Catanach in ihren Unterröcken auf die Beine. Sie raste auf den Hund los, den Lady Florimel vergebens von seinem Opfer wegzuzerren versuchte, und faßte ihn an der Kehle.

»Passen Sie auf! Er ist gefährlich!« schrie das Mädchen.

Mrs. Catanach erkannte, daß sie nicht mit ihm fertig wurde, ließ ihn los und stürzte in verzweifelter Wut auf seine Herrin. Demon bemerkte das mit einem flammenden Auge, ließ den Köter los, der sich unter gräßlichem Gejaule mit lahmen Hinterbeinen ins Haus schleppte, und sprang auf die Frau los. Lady Florimel war von Entsetzen erfaßt, denn sie wußte um die wilde Natur des

Tieres, wenn sie erst einmal geweckt war. Mit seinen glühenden Augen, den entblößten langen Reißzähnen, den hochgestellten Rückenhaaren und dem steif abstehenden Bart hätte man ihn wohl für einen Wolf halten können. Seine Herrin warf sich zwischen die beiden und schlang ihre Arme fest um den Hals des Tieres.

»Laufen Sie! Laufen Sie um Ihr Leben!« schrie sie. »Ich kann ihn nicht lange halten.«

Mrs. Catanach floh, von Entsetzen getrieben. Ihre kräftigen Beine trugen ihren mächtigen Körper über die Straße zu ihrer offenen Haustüre, ein tragik-komischer Anblick. Kaum war sie verschwunden und hatte die Türe hinter sich zugeworfen, als Demon sich von seiner Herrin losriß, auf die Türe zuschoß wie von einem Katapult geschleudert, sie aufstieß und nach innen verschwand.

Lady Florimel stieß einen erneuten Schreckensschrei aus und stürzte ihm nach.

In diesem Augenblick ertönte Duncans Dudelsack, als er vom Stadttor auftauchte. Sie erkannte, daß sie den Hund nicht mehr unter Kontrolle bringen konnte, lief von der Hütte weg zu Duncan hin und rief laut: »Mr. MacPhail! Duncan! Hören Sie auf zu blasen und kommen Sie sofort hierher!«

»Wer ruft mich da?« fragte Duncan, der die Stimme nicht klar unterscheiden konnte.

Sie legte ihre vor Angst zitternde Hand auf seinen Arm und begann ihn mit sich zu ziehen. »Ich bin's — Lady Florimel«, sagte sie. »Kommen Sie hierher. Demon ist da im Haus und attackiert eine Frau.«

»Um Gottes Willen!« rief Duncan. »Nehmen Sie den Dudelsack, my Lady, damit ihm nichts Schlimmes zustößt.«

Sie eilte auf die Türe zu, doch bevor er die Schwelle ganz überschritten hatte, schauderte er und trat zurück. »Dies ist ein böses Haus«, sagte er. »Ich werde nicht hineingehen.«

Oben war ein großes Getümmel im Gange, vermischt mit Knurren und Schreien, aber kein Geheul war zu hören.

»Rufen Sie den Hund, bitte. Vielleicht hört er auf Sie«, rief sie — wohl wissend, wie lange ein Argument brauchte, um bei Duncan zu wirken — und flog die Treppe hinauf.

»Demon! Demon!« rief Duncan mit angstvoller Stimme.

Ob der Hund glaubte, sein Freund sei nun in Not, läßt sich nicht sagen, aber im gleichen Augenblick erschien er. Mit einem Satz sprang er vom Treppenabsatz herab, über den Kopf seiner Herrin hinweg, die eben hinauflief, sprang zu Duncan hinaus und legte mit hechelnder Zunge seine Pfoten auf Duncans Schulter.

Doch der Pfeifer taumelte zurück und stieß den Hund von sich. »Das ist Blut!« rief er — »das Blut dieser bösen Frau!«

»Bitte, lieber Duncan, halten Sie ihn draußen«, bat Lady Florimel. »Ich werde gehen und nachsehen. Da! Wenn Sie nicht achtgeben, ist er wieder droben.«

Mit großem Zögern kam er ihrer Bitte nach und faßte das knurrende Tier am Halsband. Lady Florimel wandte sich eben, um vollends die Treppe hinaufzugehen und nachzusehen, was für schreckliche Dinge sich zugetragen hatten, als sie zu ihrer großen Freude vom anderen Ende der Straße Malcolms Stimme vernahm. »He, Daddy, was ist los, daß ich dich nicht spielen höre?«

Sie lief hinaus, und der Dudelsack baumelte an ihrer Hand, daß die Baßpfeife auf dem Boden hinter ihr herschleifte. »Malcolm! Malcolm!« schrie sie, und fast so behende wie Demon war er an ihrer Seite.

Ziemlich unzusammenhängend berichtete sie, was sich zugetragen hatte. Er lief die Treppe hinauf, gefolgt von Florimel.

In der vorderen Dachstube stand Mrs. Catanach mit dem Gesicht zur Türe, in dem ein geradezu teuflischer Ausdruck von bösartiger Wut lag. Zu ihren Füßen lag ihr Hund mit aufgerissener Kehle.

Sobald sie Malcolms ansichtig wurde, brach sie in einen Schwall ordinärer Flüche aus.

»Halten Sie sich im Zaum und schämen Sie sich, Mistress Catanach!« rief er. »My Lady steht hinter mir und hört jedes Wort.«

»Was will sie denn von mir hören außer einem Fluch? Ich schwöre bei Gott, daß sie mir dafür bezahlen soll, oder mein Name ist nicht ... « sie hielt plötzlich inne.

»Dachte ich mir's doch«, meinte Malcolm mit einem seltsamen Blick.

»Was dachtest du? Wie sollte ich sonst heißen als Bawby Catanach? Seit du my Ladys Lakai geworden bist, ist mit dir noch weniger auszukommen! Sorge komme über euch beide! Meine arme Beauty umgebracht von diesem Höllenhund von ihr!«

»Wenn Sie so weitermachen, wird der Marquis Sie aus der Stadt weisen, noch ehe zwei Tage um sind«, warnte Malcolm.

»Wird er das, wie?« entgegnete sie verächtlich und zeigte all ihre verbliebenen Zähne.

»My Lady, hören Sie nicht auf sie, sie hat ein böses Mundwerk«, sagte Malcolm und wandte sich zu Florimel um, die weiß und zitternd in der Tür stand. »Gehen Sie einfach hinunter und sagen Sie meinem Großvater, er soll den Hund heraufschicken. Es wird wohl eine Möglichkeit geben, ihr den Mund zu stopfen.«

Mrs. Catanach warf Florimel einen entsetzten Blick zu.

»Ich werde nichts dergleichen tun«, erwiderte Florimel. »Schämt Euch!«

»Vorsicht, my Lady!« entgegnete Malcolm. »Ich habe das nur gesagt, um die Wirkung auszuprobieren.«

»Du Teufelsbrut!« schrie die Frau. »Dafür werde ich die Rechnung noch präsentieren, und wenn ich dafür mein eigenes Herz rösten müßte!«

»Nun, Sie sind ja schon prächtig dabei! Dieser miese Köter von Ihnen hat bekommen, was er verdient hat. Ich frage mich wirklich, was er jetzt von Lachsforellen hält, wie, Mem?«

»Hört endlich auf, Malcolm«, sagte Florimel. »Ich schäme mich für Euch. Wenn diese Frau nicht verletzt ist, dann haben wir in ihrem Haus nichts verloren.«

»Nun hört sie bloß an!« rief Mrs. Catanach voller Verachtung. »Die Frau!«

Aber Lady Florimel achtete gar nicht mehr darauf. Sie hatte sich umgewandt und stieg die Treppe hinab. Malcolm folgte ihr schweigend, und auch Mrs. Catanach ließ nichts mehr von sich hören.

Draußen auf der Straße drückte sie Duncan seinen Dudelsack in den Arm. Er ließ den Hund los und begann sofort den Luftsack zu füllen. Florimel aber setzte den Weg zum Hafen nicht fort, sondern wandte sich heimwärts, begleitet von Malcolm und Demon.

»Was ist das für eine schreckliche Frau!« sagte sie schaudernd.

»Ja, das ist sie. Aber ich glaube, sie wäre noch schlimmer, wenn sie sich nicht hin und wieder auf diese Weise Luft machen würde«, bemerkte Malcolm.

»Wie meint Ihr das?«

»Dadurch bekommen die Leute Angst vor ihr, und manchmal wird sie so vielleicht daran gehindert, noch Schlimmeres anzurichten. Wenn sie je versuchen sollte, sich mit Euch anzulegen, my Lady, dann würde ich ihr an Ihrer Stelle möglichst wenig entgegnen.«

»Was könnte ich schon zu einem so niedrigen Geschöpf sagen?«

»Sie würden vielleicht nicht wissen, was sie im Schilde führt oder wie sie zu Werke geht, my Lady. Ich würde Ihnen raten, ihr in jeder Beziehung zu mißtrauen. Mein Daddy hat eine feine moralische Nase für Ungeziefer, und er kann sie nicht ausstehen, obwohl er nie einen Blick in ihr Gesicht tun konnte und in Wahrheit nicht einmal mit ihr gesprochen hat.«

»Ich werde mit meinem Vater über sie sprechen. Eine solche Frau ist nicht geeignet, unter zivilisierten Menschen zu leben.«

»Da haben Sie Recht, my Lady, aber sie würde nur einen anderen Weg finden, das gleiche zu erreichen. Natürlich müssen Sie Ihrem Vater davon erzählen, aber sie ist es nicht wert, daß er irgendeine Notiz von ihr nimmt.«

Beim Frühstück berichtete Florimel ihrem Vater. Seine erste Regung — wenigsten soweit er erkennen ließ — war Ärger über sie selbst. »Du kannst doch nicht allein ausgehen, und noch dazu zu so früher Stunde«, sagte er. »Ich werde wohl gezwungen sein, dir eine Gouvernante zu beschaffen.«

»Aber wirklich, Papa«, entgegnete sie, »ich sehe nicht ein, wozu es gut sein soll, einen Marquis zum Vater zu haben, wenn ich nicht genau so sicher herumlaufen kann wie die Fischerskinder. Wenn ich nicht tun kann, was mir Spaß macht, kann ich genau so gut in der Schule sein!«

»Und wenn nun der Hund dich angefallen hätte?« fragte er.

»Das hätte er wagen sollen!« rief das Mädchen mit blitzenden Augen.

Ihr Vater sah sie einen Augenblick an und dachte bei sich: 'So spricht eine Colonsay!', ging dann aber auf das Thema nicht weiter ein.

Es blieb ein herrlicher Tag mit einer leichten Brise. Der ganze Himmel, die Luft und das Meer lebten — mit ziehenden Wolken, mit Wind und glitzernden Wellen. Als sie später inmitten einer kleinen Zuschauergruppe an Bord gingen, konnte Lady Florimel sich kaum halten vor Entzücken, gerade daß sie nicht auf dem kleinen Deck herumtanzte, das halb im Schwenkbereich der Ruderpinne lag. Das Boot eines Schoners, der am Kai lag, schleppte sie aus dem Hafen, dann spannte das kleine Kunstwerk seine Segel wie ein Vogel, lehnte sich leewärts und schien über die Wellen zu fliegen. Malcolm saß am Steuer, und der blaue Peter beobachtete dic Segel.

Lady Florimel erwies sich als recht seetüchtig, und ihre Freude war so ansteckend, daß sie sogar auf das Herz ihres Vater übersprang, das so lange viel zu träge war, um auf einfache Fröhlichkeit zu reagieren. Sie stellte unaufhörlich Fragen — zuerst über Segel und Takelage, dann über das Steuer. Doch als Malcolm ihr erklären wollte, wie das Wasser sich zur Bewegung des Steuers verhielt, lehnte sie es ab, sich damit zu befassen.

»Laßt mich erst mal ans Steuer«, meinte sie, »und dann sagt mir, wie alles funktioniert.«

»Das ist immer das Beste«, meinte Malcolm. »Legen Sie Ihre Hand einfach auf die Ruderpinne, my Lady, und schauen Sie dann dort vorn zu dem Punkt, den man Deid Heid nennt. Sehen Sie, wenn ich die Ruderpinne so drehe, dann bewegt sich der Bug von dem Punkt weg; drehe ich in der anderen Richtung, dann kommt er wieder auf den Punkt zu. Halten Sie den Bug einfach zwei Meter davon weg.«

Florimels Entzücken kannte keine Grenzen, als sie die Steuerung des Schiffes in ihrer Hand hielt, ja sie war so übermütig, daß sie anstatt geradeaus zu steuern, kleine Scherze mit dem Steuer trieb. Hin und wieder mußte Malcolm mahnend eingreifen.

»Nun mal sachte, my Lady. Steuern Sie nicht soviel. Halten Sie das Boot auf geradem Kurs.« An ihren Vater gewandt sagte er: »My Lord, würden Sie mit my Lady ein Wörtchen reden, sonst muß ich ihr die Ruderpinne abnehmen.«

Doch nach und nach wurde sie der geforderten Aufmerksamkeit müde; sie gab das Ruder ab und versuchte eine Erklärung für seinen Einfluß in einer Weise zu finden, die Malcolm begeisterte.

»Sie werden eines Tages ein guter Skipper werden«, sagte er. »Sie stellen die richtigen Fragen, und das ist fast so gut, wie wenn man die richtigen Antworten weiß.«

Schließlich ließ sie sich auf die Kissen fallen, die Malcolm ihr gebracht hatte, und blickte schweigend zum Ufer, während ihr Vater seine Zigarre rauchte. Am Strand füllten vielmals zerbrochene, ausgezackte Steine den Gezeitenstreifen. Dahinter erhoben sich hohe Klippen aus grauem und braunem Gestein, hie und da orange und grüne durch Flechtenüberzug unberührt von den normalen Gezeiten, doch bei Hochwasser wurden die Wogen dagegen gepeitscht. Jenseits der Landspitze, der sie sich rasch näherten, trafen sich Klippen und See bei halber Tide.

In dem Augenblick, als sie die Spitze umrundeten, rief Malcolm: »Da sehen Sie, my Lord; dort liegt Colonsay Castle, von dem Eure Lordschaft den Namen hat!«

Er konnte wohl reden, doch sie sahen nichts — nur Klippen, die sich von einem weißgesäumten Ufer erhoben. Kein zerbrochener Turm, keine zinnenbewehrte Brustwehr ragten über den Horizont.

»Da gibts doch nichts dergleichen!« bemerkte Lady Florimel.

»Sie dürfen nicht nach Türmen oder Zinnen schauen, my Lady, da werden Sie nichts entdecken; die Zeiten sind längst vorbei. Richten Sie Ihren Blick einmal auf den Klippenhang und suchen ihn ab, bis Sie an eine Stelle kommen, die wie Mauerwerk aussieht. An den meisten Stellen erhebt sie sich kaum über den Klippenrand, aber da und dort sind noch einige Fuß davon vorhanden.«

Lady Florimel folgte der angegebenen Richtung und machte bald die Ruine aus. Die Front eines vorspringenden Teils der Klippe war mit Mauerwerk bedeckt, während die Mauern ihrerseits auf den vorspringenden Felsmassen ruhten. Darüber befanden sich grasbewachsene Steinhaufen und Hügel und ein einzeln stehender Mauerrest mit einem kleinen Fenster, das wie eine leere

Augenhöhle ohne Schädel dahinter wirkte, das war alles, was von See her von dem Bauwerk zu sehen war, das sich einst herrschaftlich auf der Kante der Klippe erhoben hatte.

»Das ist selbst als Ruine armselig!« meinte Lord Lossie.

»Bedenken Sie nur, wie alt die Anlage ist, my Lord! Es heißt, sie reichte bis in die Zeit der seeräuberischen Dänen zurück. Vielleicht ist sie sogar älter als König Alfred! Sie dürfen das hier nur als Fundament betrachten. Es liegen genügend Steine herum, um zu erkennen, daß es einmal vom Land abgetrennt und nur über eine Zugbrücke zu erreichen war. Es ist ein herrlicher alter Platz, my Lord.«

»Was würdet Ihr damit anfangen, wenn es Euch gehören würde, Malcolm?« fragte Lady Florimel.

»Ich würde meine Freizeit dort zubringen, es ausbessern, damit es der Witterung standhalten kann. Es ist ziemlich zerfallen.«

»Wozu wäre das gut? Ein Haufen alter Steine!« sagte der Marquis.

»Es gibt sicherlich nicht mehr viel solcher Anlagen«, entgegnete Malcolm. »Ich wundere mich über Eure Lordschaft!«

Er starrte zum Fuß der Klippen hinüber. Beim Näherkommen dehnte sich die Ruine und trat auseinander, und die Einzelheiten waren besser zu erkennen.

»Angenommen, Malcolm, Ihr wäret Lord Lossie, was würdet Ihr dann damit anfangen?« fragte Lady Florimel ernsthaft, doch der Schalk blitzte in ihren Augen.

»Ich würde versuchen, zuerst den Grund zu finden.«

»Was wollt Ihr damit sagen?«

»Das werden Sie sehen, wenn wir hineinkommen. Es gibt dort innen eine Menge offener Plätze. Sehen Sie dieses kleine quadratische Fenster? Es läßt das Licht auf einen dieser Plätze fallen. Darunter sind vielleicht Gewölbe, soweit ich weiß, denn diejenigen, in die man hineinkommt, sind halb mit Steinen gefüllt. Ich würde das alles ausräumen lassen und vom Fundament aus beginnen, bauen, ausbessern und untermauern, bis ich das Schloß wieder hochwachsen lasse und es sollte wieder hochwachsen, bis es dastünde, wie es einmal durch Scharfsinn und Geschicklichkeit von Menschen gebaut worden ist.«

»Aber das heißt Vergangenes wiederzuerrichten«, meinte seine Lordschaft. »Es wäre wohl kaum möglich, die Überreste, so wie sie jetzt sind, zu erhalten.«

»Es wäre schwierig, my Lord. Aber bedenken Sie, was für ein großartiger Platz das wäre, um dort zu leben!«

Der Marquis lachte.

»Ein großartiger Platz für Möwen aller Art!« sagte er. »Aber wie kommt es, bitte, daß ein Fischer wie Ihr solche extravaganten Vorstellungen hegt? Wie seid Ihr dazu gekommen, über solche Dinge nachzudenken?«

»Die Gedanken sind frei, my Lord. Wenn etwas gut ist, darüber nachzudenken, warum sollte ein Fischerjunge wie ich dann seine Gedanken nicht damit befassen? Ich habe eine Menge über alte Schlösser und solches in der Geschichte Schottlands gelesen, und es gibt über sie viele alte Geschichten und Balladen.«

»O schau, Papa!« rief Florimel, »wir sind schon fast am Ufer.«

»Laß das Großschott locker, Peter. Stehen Sie noch nicht auf, my Lady; in einer Minute sind wir an Land.«

Fast im gleichen Augenblick folgte ein leichtes knirschendes Geräusch, das sich verstärkte, und noch ehe man bemerkte, daß die Geschwindigkeit sich verringert hatte, lag das Boot auf dem Kies, wo die kleinen Wellen der eben umgekehrten Gezeiten gegen das Heck klatschten.

Malcolm sprang im Augenblick über Bord.

»Wie zum Teufel sollen wir hier an Land gehen?« fragte der Marquis.

»Ja«, setzte Florimel hinzu, »wie zum Teufel sollen wir hier an Land gehen?«

»Vorsicht, my Lady!« warnte Malcolm, »solche Worte passen gar nicht zu Ihrem hübschen Mund.«

Der Marquis lachte.

»Ich frage, wie wir hier an Land kommen?« wollte Florimel mit ernster Würde wissen, doch mit dem Schalk in den Augenwinkeln.

»Das werden Sie gleich sehen, my Lady«, antwortete Malcolm. Er lehnte sich über die niedere Schiffswand und hatte sie in seine Arme genommen, ehe sie eine Einwendung erheben konnte. Er trug sie ans Ufer wie ein Kind — und sie mußte, um sich im Gleichgewicht zu halten, den Arm um seine Schulter schlingen —, stellte sie auf dem Kies ab und ließ sie zurück, als sei sie eine Ladung Fischnetz, dann watete er zum Boot zurück.

»Und wie soll ich an Land kommen, bitte?« fragte der Marquis. »Stellt Ihr Euch vor, Ihr könnt mich auch so an Land tragen?«

»O nein, my Lord! Für einen Mann wäre das unter seiner Würde. Springen Sie mir einfach auf den Rücken.«

Beim Sprechen drehte er sich um und bückte sich.

Der Marquis nahm die Aufforderung an und ließ sich wie ein Schuljunge unter fröhlichem Gelächter an Land bringen.

Sie befanden sich in einem kleinen Tal, das nur nach der See hin offen war. Nach einer Seite wurde es von dem Vorgebirge begrenzt, auf dem das alte Schloß gelegen war. Seitlich erhoben sich die Felsen senkrecht in beträchtliche Höhe. Um nach oben zu gelangen, mußten sie einen schlängelnden Pfad hochsteigen, bis sie den Zugang zum Schloß von der Landseite erreichten.

»Nun, wäre das nicht ein herrlicher Platz zum Leben, my Lord«, fragte Malcolm, als sie oben angekommen waren — der Marquis außer Atem, Florimel frisch wie eine Lerche am Himmel. »Schauen Sie sich diesen Ausblick an! Der richtige Ort für Piraten wie die alten Dänen! Hier entging ihnen nichts. Stellen Sie sich vor, my Lord, wie Sie an einem Wintertag am Fenster stehen und das aufgewühlte Wasser der See betrachten. Der Wind bläst um die Türme, die Luft riecht nach Schnee, über Ihrem Kopf türmen sich die Wolken eine Meile hoch, und kein lebendes Wesen außer Ihrer Familie lebt näher als die Farm dort drüben!«

»Ich sehe eigentlich nichts besonders Anziehendes an Eurer Beschreibung«, meinte seine Lordschaft. »Und wo«, erkundigte er sich umherschauend, »wäre dann der Garten?«

»Wozu sollten Sie sich einen Garten wünschen mit der See zu Ihren Füßen? Das Meer ist schöner als jeder Garten!«

»Und wie kriegt Ihr einen Wagen hier herauf?« fragte der Marquis weiter.

»Von der Landenge dort windet sich ein Weg ins Landesinnere. O wie schön wäre es, die ganzen herumliegenden Steine wegzuräumen, das natürliche Gras saftig heranwachsen und eine Menge Hochlandschafe darauf weiden zu lassen. Und wenn es mir gehörte, würde ich die ganzen kleinen Rinnsale zu einem einzigen Wasserlauf zusammenfassen, der hier herabliefe, wo wir gerade stehen, gurgelnd und plätschernd durch Hof und Küche, hinaus zu den Klippen, und als Wasserfall in den Ozean stürzte. Das übrige würde ich der Natur selbst überlassen. Es wäre ein phantastischer Platz, my Lord! Und wenn Sie genug davon hätten, könnten Sie einfach nach Lossie House hinüberfahren und sich dort für eine Zeitlang zurückziehen. Ich hätte viel Spaß daran, das für Eure Lordschaft herzurichten.«

»Das glaube ich wohl!« meinte der Marquis.

»Komm, Papa, wir wollen uns einen hübschen Platz für unser Lunch suchen«, drängte Florimel.

»Soll ich zurückgehen und die Körbe holen, my Lord?« fragte Malcolm.

»Ach ja, ich glaube schon. Aber Ihr könnt Euch Zeit lassen. Wir werden uns frühestens in einer Stunde ans Essen machen.«

»Bitte geben Sie acht, my Lord, wenn Sie durch die Ruine gehen. Es gibt dort recht ekelhafte Löcher und Gewölbe, wo man sie nicht vermutet. Ich möchte eigentlich nicht gerne, daß Sie ohne mich herumspazieren.«

»Unsinn! Geh jetzt«, entgegnete der Marquis.

»Aber ich mache keinen Spaß«, beharrte Malcolm.

»Ja, ja, wir werden schon aufpassen«, erwiderte sein Herr ungeduldig, und Malcolm lief hinunter, ohne von der Versicherung des Marquis befriedigt zu sein.

In einer solchen Umgebung fiel es nicht schwer, auf seine Rückkehr mit den Lunchkörben zu warten. Florimel und der Marquis gingen auf dem Pfad weiter, um einen Blick auf die Ruinen zu werfen und einen Platz fürs Picknick auszusuchen.

Von dem Platz aus, auf dem sie standen und zum Meer hinüberblickten, senkte sich der Boden zu der schmalen Landenge hinab, die nach Malcolms voriger Aussage einen Graben ausfüllte, der früher von einer Zugbrücke überspannt wurde. Dahinter hob sich das Land wieder zu den grasbewachsenen Hügeln hin, unter denen viele Überreste der alten Ruine begraben lagen.

Sie schritten den Isthmus entlang, dessen eine Seite durch die kleine Bucht gebildet wurde, in der sie angelegt hatten. Dahinter erkletterten sie einen steilen Anstieg aus festem Gestein, über den sie das Zentrum des seewärts gelegenen Teils des alten Schlosses erreichten.

Hier standen sie plötzlich vor einer kleinen Öffnung zu ihren Füßen, die senkrecht nach unten führte. Florimel blickte hinein und entdeckte eine kleine Wendeltreppe. Die Öffnung schien ihr gerade groß genug, um hindurchzuschlüpfen. So zog sie ihr Kleid fest an sich und war schon halb in der Erde vergraben, als ihr Vater, dessen Aufmerksamkeit durch etwas anderes abgelenkt war, bemerkte, was sie vorhatte. Er nahm an, sie sei hineingefallen, doch ihr fröhliches Lachen gab ihm die Gewißheit, daß alles in Ordnung war, und noch ehe er sie erreicht hatte, war sie völlig von der Oberfläche verschwunden. Er folgte ihr etwas besorgt, gelangte nach kurzem Abstieg zu ihr; sie stand in einem kleinen Gewölbe und blickte durch das viereckige Fensterchen, das ihnen Malcolm auf der Anfahrt gezeigt hatte. Die kahlen Wände ringsum bestanden aus braunem Stein, an dem die Nässe früherer Regengüsse haftete. Durch Öffnungen in den Wänden, die wohl früher einmal Türen bildeten, ging Florimel von einem Raum immer weiter in den nächsten; jeder war dunkel, braun, feucht und verwittert. Ihr Vater stand währenddessen an dem kleinen Fenster, das sie verlassen hatte, und beobachtete teilnahmslos, wie die beiden Männer das Lunch aus dem Boot ausluden, das sich mit jeder Welle der auflaufenden Flut hob und senkte.

Schließlich befand sich Florimel am oberen Ende eines steil abfallenden Grates aus harter, glatter Erde, der sich an der Seite einer Kammer hinzog und zu einer anderen hinführte, die im Gegensatz zu den übrigen von Licht erfüllt war. Inzwischen war der Entdeckungsdrang in ihr gründlich geweckt, und sie stieg halb rutschend, halb kriechend den Hang hinab. Als sie so die Öffnung in dem hellen Raum erreicht hatte, nahm ihr der Schrecken fast die Besinnung, denn der Hang senkte sich noch steiler hinab bis in eine riesige Lücke in der Mauer, die direkt in den leeren Raum führte; in erschreckender Tiefe glitzerte unten die See. Wäre sie auch nur einen Schritt weitergegangen, wäre sie unrettbar durch das Loch in die Tiefe gestürzt. Sie stieß einen Schreckensschrei aus und hielt sich an der zerbrochenen Mauer fest. Ihr Entsetzen nahm noch zu, als sie beim ersten Versuch merkte, daß ihr der Rückweg über den Hang, wohl zum Teil aus Angst, unmöglich war. Da lag sie nun an der Kante des steileren Hangs, Kopf und Schulter im Inneren der beiden Räume, ihr übriger Körper draußen. Die gräßliche Leere starrte sie an. Einige Augenblicke lang war sie so gebannt, daß sie die Augen nicht zu schließen wagte aus Angst, die Leere könne sie anspringen. Es war ein Wunder, daß sie nicht das Bewußtsein verlor und sofort an den Fuß der Klippen hinabstürzte.

Ihr Schrei hatte den Vater umgehend zum oberen Teil des Hanges eilen lassen.

»Bist du verletzt, mein Kind?« rief er, die Gefahr nicht erkennend, in der sie schwebte.

»Es ist so steil, ich komme nicht mehr hinauf«, sagte sie mit schwacher Stimme.

»Ich werde dich rasch heraufholen«, versicherte er munter und begann hinabzusteigen.

»Nein, Papa!« rief sie, »nicht näherkommen. Wenn du rutscht, dann liegen wir beide drunten an der Klippe. Es ist sehr gefährlich! Lauf und hol Malcolm!«

Der Marquis war nun gründlich beunruhigt, ließ sich aber kein Zeichen von Angst anmerken und mahnte sie, ganz still zu liegen, solang er weg war. Dann eilte er zu dem kleinen Fenster. Von dort schrie er den beiden Männern unten zu, doch vergebens, denn wegen des Windes konnten sie seine Stimme nicht hören. Eilends verließ er die Gewölbe und begann an der ersten begehbar erscheinenden Stelle den Abstieg, wobei er immer nach den Männern rief.

Der Klang seiner Stimme munterte Florimel etwas auf, als sie so elend und verlassen dalag. Sie richtete nun ihre Anstrengung darauf, nicht ohnmächtig zu werden. Dabei half ihr ein neuer Schock, der sie selbst dann zutiefst erschreckt hätte, wäre ihre Position weniger kritisch gewesen. Ein seltsamer Laut drang an ihr Ohr, dem Anschein nach von irgendwo aus dem dunklen Raum, in dem ihr Kopf lag. Sie stellte sich vor, er stamme von einem

Tier, und dachte an die Wildkatzen und Otter, die nach Malcolms Bericht in den Höhlen hausten. Doch während die neue Angst die vorige dämpfte, ließ die größere Angst die kleinere schrumpfen. Das Geräusch wurde etwas lauter, dann wieder ein wenig leiser, wurde schließlich zu einem eiligen, doch unartikulierten Flüstern, ohne sich ihr aber zu nähern. Dann nahmen die Laute eine gewisse Form an, und auf einmal hörte sie sich zu ihrer äußersten Verblüffung bei ihrem Namen gerufen.

»Lady Florimel! Lady Florimel!« erklang es klar und deutlich.

»Wer ist da?« stammelte sie, und das Herz klopfte ihr bis zum Hals, daß sie kaum wußte, ob sie sprach oder nicht.

»Niemand ist hier«, antwortete die Stimme. »Ich bin in meinem eigenen Schlafzimmer daheim, wo Ihr Hund meinen getötet hat.«

Die Stimme von Mrs. Catanach!

Wut und das Gefühl einer menschlichen Nähe, auch wenn es die Nähe eines bösen Menschen war, gaben Lady Florimel die Stimme zurück.

»Wie können Sie es wagen, so einen Unsinn zu reden?« sagte sie.

»Machen Sie mich nicht nochmals zornig«, entgegnete die Stimme. »Ich werde Ihnen die Wahrheit sagen. Es tut mir leid, wie ich heute morgen mit Ihnen gesprochen habe, my Lady. Der Anblick meines armen Hundes hat mich rasend gemacht.«

»Ich konnte es nicht verhindern. Sie wissen, daß ich versucht habe, meinen von ihm fernzuhalten.«

»Ich weiß das, my Lady, deshalb bitte ich um Verzeihung.«

»Dann braucht darüber kein Wort mehr gesagt zu werden.«

»Ja, my Lady. Das heißt, ich möchte noch etwas anfügen. Ich weiß mehr als die meisten Leute, und ich kenne ein Geheimnis, für das manche sich die Ohren abschneiden würden. Wollen Sie mir vertrauen?«

»Ich will hören, was Sie mir zu sagen haben.«

»Nun, es kümmert mich nicht, ob Sie mir glauben oder nicht. Ich werde Ihnen nichts als die Wahrheit sagen. Was halten Sie von Malcolm MacPhail, my Lady?«

»Was wollen Sie mit einer solchen Frage bezwecken?«

»Ich will nur sagen, daß er von Geburt ein Gentleman ist und aus einer alten Familie stammt.«

»Aber warum sagen Sie mir das? Was geht mich das an?«

»Nichts, my Lady, — und ihn selbst auch nicht. Ich habe bei diesem Geschäft die Karten in der Hand. Aber glauben Sie nicht, daß ich das ihm zu Gefallen tue. Mir ist es gleich, was aus ihm wird. Zwischen ihm und mir gibt es keine herzlichen Gefühle. Sie haben heute selbst gehört, wie er mich und meinen armen Hund beschimpft hat, der nun tot neben mir im Bett liegt.«

»Erwarten Sie bloß nicht, daß ich einen solchen Unsinn glaube!« sagte das Mädchen.

Hierauf folgte keine Antwort mehr. Die Stimme war verstummt, und der Schrecken ihrer Lage befiel sie mit erneuter Wucht in der Einsamkeit der verdoppelten Stille, die sich um unbeantwortete Fragen legte. Zittern befiel sie, und kaum konnte sie sich davon überzeugen, daß sie Zoll für Zoll die Neigung hinabrutschte.

Minuten vergingen wie Stunden. Endlich hörte sie Schritte und Stimmen; ihr Vater rief sie bei ihrem Namen, doch sie war so aufgeregt, daß sie nur noch mit einem Stöhnen antworten konnte. Dann folgte eine Stimme, die sie mit Freuden vernahm — die Stimme Malcolms, klar und zuversichtlich:

»Bleiben Sie zurück, my Lord, und lassen Sie mich zu ihr.»

»Ihr werdet nicht hinuntergehen!« erklärte der Marquis ärgerlich. »Ihr werdet ausrutschen und sie in die Tiefe reißen.«

»My Lord«, entgegnete Malcolm, »ich kenne den Ort, Sie nicht. Ich bitte Sie, zur Seite zu treten und das Mädchen nicht aufzuregen.«

Seine Lordschaft kam der Bitte nach, und Malcolm, der sich beim Sprechen die Stiefel ausgezogen hatte, wandte sich nun an Mair.

»Hier, Peter, halt das Seil fest. Ich will es um sie binden, aber zieh nicht daran, ehe ich es um sie festgebunden habe und sie selbst aufstehen kann. Keine Angst, my Lady. Es besteht keine Gefahr. Ich komme schon.«

Mit dem Seil in der Hand bewegte er sich den Hang hinab, kniete sich dicht an der zerborstenen Mauer neben Florimel nieder und begann, das Seil unter ihr durchzuführen und um ihren Leib festzubinden. Während der ganzen Prozedur sprach er mit ihr wie mit einem Kind, dem man Mut zusprechen will.

»Nun, my Lady! Gleich haben wir's, meine schöne Lady. Noch eine Minute, und Sie sind so sicher wie in Mutters Schoß!«

»Ich traue mich nicht aufzustehen, Malcolm! Ich traue mich nicht, meinen Rücken zum Abgrund zu kehren, sonst stürze ich bestimmt hindurch!« stammelte sie und fing an zu schluchzen.

»Keine Angst, es kann nichts passieren! So! Nun können Sie nicht mehr fallen, denn der blaue Peter hat das andere Ende, und er ist so stark wie zwei Ponies. Ich werde Ihnen jetzt die Schuhe ausziehen.«

Dabei lehnte er sich ein wenig durch die Spalte, hielt sich mit einer Hand an der zerbrochenen Mauer, während er mit der anderen behutsam ihre Sandalen auszog. Er zog sich wieder hoch, stand auf und nahm sie bei der Hand: »Nun, my Lady, packen

Sie mich fest an der Hand, strampeln Sie etwas mit den Beinen, sobald Sie einen steilen Anstieg hinaufklettern. Sie können nicht fallen, selbst wenn Sie's probieren!«

Beim Griff seiner starken Hand spürte das Mädchen einen Quell des Vertrauens in ihrem Herzen. Sie tat genau, wie er ihr gesagt hatte, strampelte sich auf die Füße und marschierte ohne auszurutschen, an Malcolms Hand den glitschigen Weg hoch, während Joseph beim Anziehen des Seils ihre Taille in der Schlinge fühlte. Oben fiel sie fast ohne Bewußtsein ihrem Vater in die Arme, kam jedoch schnell wieder zu sich bei einem Ausruf des blauen Peter. Gerade als Malcolm ihre Hand losließ, glitt er aus. Doch er rutschte nur auf die andere Seite des Hügels, vielleicht zwei Meter tief bis zum Boden des Raumes. Von dort verkündete er munter, er werde in einem Augenblick wieder oben sein. Als er jedoch auf einem anderen Weg wieder bei ihnen anlangte, sahen sie mit Schrecken, daß er am Fuß blutete. Er war in zerbrochenem Glas gelandet und hatte einen Stich gespürt, aber erst jetzt war zu erkennen, daß der Schnitt ernster Natur war. Er machte nicht viel Wesens darum, legte aber einen Verband an, und als der Marquis nichts mehr davon hören wollte, hier oben zu picknicken, weil er mehr als genug habe von diesem Ort, da humpelte er mit Schmerzen hinter den anderen her zum Strand. — Mrs. Catanach, die wußte, wohin sie wollten und den Platz noch besser kannte als selbst Malcolm, hatte in dem Augenblick, als die Jalousien aus Trauer um ihren Hund heruntergezogen waren, ihr Frühstück in die Tasche gesteckt und — auf Böses sinnend — durch die Hintertüre ihre Hütte verlassen. Beim Schloß angekommen, wartete sie lange Zeit, ehe die Herrschaften erschienen. Doch wie sie sich sagte, wurde sie für ihre Geduld belohnt durch das Glück, das ihre Gerissenheit so wunderbar begleitete. Aus einem zerbrochenen Ausguck im Fundament eines runden Turmes beobachtete sie nun den Abstieg. Sobald die Gruppe außer Sicht war, kroch sie wie ein Fuchs auf dem Boden weiter, und als sie außer jeder Gefahr der Entdeckung war, eilte sie auf dem Landweg in Richtung Portlossie, das sie über Fußpfade und Schleichwege erreichte. Dort ließ sie sich an ihrem eigenen Hauseingang sehen.

Die Frau war von dem verzehrenden Ehrgeiz besessen, Macht über andere zu besitzen. Deshalb war sie hinter Geheimnissen her mit einer Gier wie andere hinter Diamanten. Jede einfache Tatsache war wertvoll, konnte sie doch mit einem Geheimnis in Zusammenhang stehen und in Verbindung mit anderen Tatsachen besonderes Gewicht erlangen. — Lady Florimel war nicht imstande, über die mysteriöse Mitteilung nachzudenken, die ihr die Frau hatte zukommen lassen, denn für eine ganze Weile war sie keines Gedankens fähig.

Bis sie am Fuß des Hügels angekommen waren, hatte sich Florimel jedoch wieder ein wenig gefaßt und versuchte sogar, über die Absurdität ihrer jüngsten Situation zu lachen, aber sie blieb recht blaß. Sie setzten sich zum Essen auf einige große Steinblöcke, die von dem Bauwerk oben herabgestürzt waren. Lady Florimel erholte sich noch mehr, nachdem sie einige Bissen vom Rebhuhn gegessen und ein Glas Wein getrunken hatte. Nachdem die Mahlzeit beendet war, erhob sich seine Lordschaft und meinte, es sei Zeit, wieder an Bord zu gehen — eine weit weniger mühselige Angelegenheit als der Ausstieg, denn beim derzeitigen Stand der Flut war es nicht schwer, das Boot so dicht an einen Felsblock heranzumanövrieren, daß selbst Lady Florimel an Bord steigen konnte.

Malcolm behielt die Ruderpinne nun selbst in der Hand, da sie gegen den Wind segeln mußten. Lady Florimel hatte auch gar nicht den Wunsch, das Steuer zu bedienen; sie war so mit ihren Gedanken beschäftigt, daß ihre Hände müßig bleiben mußten.

Zum Teil um die Gedanken von dem schrecklicheren Teil ihres Abenteuers abzulenken, begann sie über das Gespräch mit Mrs. Catanach nachzudenken, sofern man von einem Gespräch reden konnte, wenn niemand zu sehen war. Zuerst bedauerte sie, daß sie ihrem Vater nichts davon gesagt und eine Durchsuchung der Ruine veranlaßt hatte, doch als sie über die Mitteilung der Frau nachdachte, kam sie zu dem Schluß, daß es aus mehreren Gründen besser sei, mit niemand darüber zu sprechen als mit Duncan MacPhail. Ihr Vater hätte das ganze wahrscheinlich für die vermeintliche Ausgeburt ihres überreizten Nervenzustandes angesehen.

Als sie am Kai anlegten, wartete bereits der Wagen, doch weder der Marquis noch Lady Florimel dachten an Malcolms Fuß, sodaß er mit Schmerzen heimhumpeln mußte. Als das Gefährt ins Stadttor einbog und hindurchrollte, sah Florimel Mrs. Catanach wie so oft unter ihrer Haustüre stehen und aufs Meer hinausblicken, die Hand schützend über den Augen. Doch als Malcolm einige Zeit später vorbeikam, waren die Jalousien herabgezogen, die Türe zugesperrt und der Platz so still wie ein Grab. Als er Lossie House erreicht hatte, war sein Fuß stark angeschwollen. Als Mrs. Courthope seiner ansichtig wurde, schickte sie ihn umgehend zu Bett und legte einen Umschlag auf.

Fünfundzwanzigstes Kapitel

Die Enthüllung

Die ganze Nacht hindurch träumte Malcolm von seinem Sturz, und seine Träume waren schlimmer als die Wirklichkeit, denn unweigerlich fiel er durch den Mauerspalt hindurch und empfing den Schnitt auf dem Felsen drunten. Seltsamerweise wurde die Katastrophe durch eine Hand verursacht, die ihn am Knöchel packte. Unweigerlich tauchte auch jedesmal beim Sturz das Gesicht von Mrs. Catanach auf.

Am nächsten Morgen fand ihn Mrs. Courthope fiebernd vor und bestand darauf, daß er im Bett blieb — ein schwieriges Unterfangen für jemand, der noch keine Stunde im Leben krank gewesen war; aber er litt so sehr, daß er nur wenig Widerstand leistete.

In der erzwungenen Ruhe und unter der Erregung von Schmerzen und Fieber wurde sich Malcolm zum erstenmal bewußt, wie sehr ihn der Gedanke an Lady Florimel beherrschte. Doch selbst in seinen eigenen Gedanken kam ihm als Charakterisierung seines Zustandes niemals der Begriff »verliebt« in den Sinn. Er wußte nur, daß er sie anbetete und mit Freuden für sie in den Tod gegangen wäre. Die Rettung von Lady Florimel machte ihn zutiefst glücklich: er hatte ihr dienen können. Aber so weit war er von jedem Dünkel entfernt, daß er zufrieden gewesen wäre, ihr für immer zu dienen, selbst wenn sie alt, grau und runzelig werden könnte.

Da zuckte plötzlich ein Gedanke in seine Vorstellung. Natürlich würde sie eines Tages heiraten, und was dann? Er blickte dem Unvermeidlichen ins Auge, aber dann mußte er lachen — seine Seele hatte sich wie eine dunkle Wolke über der Kluft niedergelassen, die zwischen einem Fischerjungen und der Tochter eines Marquis klaffte. Das Lachen war ehrlich, aber doch voller Bitterkeit. Wieder tauchte die Frage auf: Warum sollte eine Absurdität eine Möglichkeit sein? Es war absurd, und es war doch möglich. Wäre es eine rein logische Frage gewesen, mit der er sich auseinandersetzte, dann hätte sie ihn vielleicht nicht so verwirrt. Aber hier Logik anzuwenden, wie er es versuchte, war so, als wollte man mit einem Besenstiel gegen eine Sonnenfinsternis vorgehen.

Seine zusammenhanglosen Meditationen wurden durch den Eintritt eines Mannes unterbrochen, dem allein unter allen Menschen er in einem solchen Augenblick ein herzliches Willkommen bieten mochte. Der Schullehrer setzte sich neben sein Bett und führte ein langes Gespräch mit Malcolm. Als er sich einige Zeit später erhob, war die Sonne eben am Untergehen.

Am Abend kam sein Großvater, um ihn zu besuchen. Mrs. Courthope hatte ihn durch das Gewirr des Herrenhauses geführt. Der alte Mann setzte sich voll zärtlicher Besorgtheit hin, die jedoch bald von ihm genommen wurde.

»An Hand und Fuß verletzt!« sagte er. »Was kann das bedeuten? Es muß etwas bedeuten, Malcolm, mein Sohn.«

»Nun, Daddy, wir müssen einfach abwarten«, meinte Malcolm fröhlich.

Sie unterhielten sich ein wenig, und während des Gespräches kam es Malcolm in den Sinn, seinem Großvater von dem Traum zu erzählen, der ihn in der ersten Nacht in diesem Raum so sehr beschäftigt hatte. Eigentlich dachte er nur, das könnte ihn, der an Vorbedeutungen aller Art glaubte, interessieren, aus keinem anderen Grund.

Duncan brütete eine Weile schweigend vor sich hin. Seine Brust hob sich schwer, er reckte den Kopf hoch wie einer, der zu einem Entschluß gekommen ist, und sagte: »Die Stunde ist gekommen. Ich habe mich lange davor gefürchtet, ihr zu begegnen; aber sie ist gekommen, und Allister wird ihr begegnen. Ich bin nicht dein Großvater, mein Sohn.«

Er sprach die Worte mit großer Fassung, doch kaum hatte er geendet, da brach er in klagendes Weinen aus wie ein Kind.

»Bist du dann mein eigener Vater?« fragte Malcolm.

»Nein, nein, mein Sohn. Ich bin nichts, was dein eigen wäre!«

Die Tränen strömten ihm über die runzeligen Wangen. Malcolm schwieg einen Augenblick, aufs höchste verwirrt. Doch zuerst mußte er den alten Mann trösten und danach über das nachdenken, was er gesagt hatte.

»Was immer du bist, du bist mein eigener Daddy!« sagte er. »Erzähl mir alles darüber, Daddy.«

»Ich sage dir alles, mein Sohn, was ich weiß. Nie habe ich eine Lüge gesagt, auch nicht einem Cawmill gegenüber.«

Hastig fing er an mit seiner Erzählung, als wolle er sie möglichst rasch hinter sich bringen, mußte aber immer wieder innehalten, wenn ihn der Kummer überwältigte. Sie enthielt nichts weiter, als was der Leser bereits kennt, und Malcolm war verblüfft darüber, daß das, was der alte Mann die ganze Zeit über gewußt hatte, ihn nun beim Erzählen so sehr berührte. Doch als er mit dem bitteren Aufschrei endete: »Und nun wirst du mich nicht mehr lieben, mein Junge, mein Kind, mein Malcolm!«, da verstand er ihn.

»Daddy, Daddy!« rief er, schlang seine Arme um den Hals des alten Mannes und küßte ihn. »Ich liebe dich mehr denn je. Und ich habe auch allen Grund dazu!«

»Aber wie kannst du das, wo du doch keinen Tropfen Blut von mir in dir hast?« beharrte Duncan.

»Ich habe doch soviel von dir wie eh und je, Daddy.«

»Aber du hast es nicht gewußt.«

»Aber du, Daddy.«

»Ja, wirklich, und ich kann nicht sagen, warum ich selbst dich die ganze Zeit liebe!«

»Nun, Daddy, wenn du mich so liebhast, obwohl du weißt, daß ich nicht von deinem Blute bin — ich kann nicht anders, ich liebe dich mehr als je zuvor, jetzt, wo ich es weiß. O Daddy, ich hatte keinerlei Anspruch an dich, aber du warst mir Vater und Großvater und alles.«

»Was konnte ich denn anderes tun, Malcolm, mein Junge? Das Kind hatte niemand, und ich hatte niemand, so kam das halt. Du mußt doch mein eigener Junge sein! — und ich werde mich nicht weiter wundern — Es könnte sein — Ja, wirklich nicht!«

Seine Stimme sank zum Murmeln eines kaum vernehmbaren Selbstgesprächs herab, und unter Murmeln streichelte er Malcolms Wange.

»Was hast du nun im Sinn, Daddy?« fragte Malcolm.

Das einzige Anzeichen, daß Duncan die Frage gehört htte, war die vollständige Stille, die nun folgte. Als Malcolm seine Frage wiederholte, sagte er etwas in Gälisch, beendete aber den Satz anscheinend ohne den Sprachwechsel zu bemerken, so:

»— nur, wie sonst sollte ich dich so lieben, Malcolm, mein Sohn?«

»Ich weiß, was Mr. Graham sagen würde, Daddy«, fuhr Malcolm halb ratend fort.

»Was würde er sagen, mein Sohn? Er ist ein guter Mensch, dein Mr. Graham.«

»Er würde sagen, es war, weil wir alle von einem Blut sind — weil wir alle einen einzigen Vater haben.«

»O ja, ohne Zweifel! Wir kommen alle von jenen ersten Alten; aber das ist ziemlich lang her, bevor die Clans zusammenkamen. Jetzt wird das nicht mehr gut halten, mein Sohn. Das war vor den Cawmills.«

»Das ist es nicht, was er damit sagen wollte, Daddy«, meinte Malcolm. »Er würde sagen, daß Gott unser aller Vater ist, so daß wir nicht anders können, als einander lieben.«

»Nein, das kann nicht stimmen, Malcolm. Denn dann müßten wir ja alle lieben. Nun liebe ich dich, mein Sohn, und ich hasse Cawmill von Glenlyon. Ich liebe Mistress Partan, wenn sie nicht zu grob zu mir ist, und ich hasse Mistress Catanach. Sie ist eine böse Frau, da bin ich ganz sicher, obwohl ich sie nie sah oder mit ihr sprach.«

»Nun, Daddy, es gibt nichts, warum du mich hättest lieben sollen. Ich war einfach ein hilfloses Menschenwesen, und deshalb und aus keinem anderen Grund liebst du mich! Und ich selbst, ich bin ganz sicher, daß ich nicht mehr lieben könnte, wenn du zweifach mein Großvater wärst.«

»Er ist mein eigener Junge!« rief der Pfeifer getröstet; seine Hand suchte nach Malcolms Kopf und ruhte behutsam darauf. »Aber vielleicht«, fuhr er fort, »hätte ich dich nicht so sehr geliebt, wenn ich nicht manchmal gedacht hätte —«

Er hielt inne, und Malcolms Fragen konnten das Ende des Satzes nicht zutage fördern. Ein langes Schweigen folgte.

»Nimm einmal an, es würde sich herausstellen, daß ich ein Campbell bin?« sagte Malcolm schließlich.

Die Hand, die ihm liebevoll durchs Haar gestrichen war, fuhr zurück, wie von einer Schlange gebissen, und Duncan stand auf.

»Daß mein eigner Sohn etwas so Böses ausspricht!« sagte er in verletztem und traurigem Ton.

»Bei allem, was du weißt, Daddy — du kannst nichts anderes sagen, als daß es sein könnte.«

»Du darfst das nicht einmal hauchen, mein Sohn!« rief Duncan mit angsterstickter Stimme, als sehe er, wie der Erzfeind ein furchtbares Spiel mit seiner Seele getrieben habe. »Aber es kann nicht sein«, erklärte er sofort, »denn wie könnte ich dich dann lieben, mein Sohn? Ich hätte ihn nicht liebhaben können, wenn er ein Cawmill gewesen wäre. Meine Seele wäre vor ihm zurückgeschreckt wie vor der Schlange im Baum. Nein, Malcolm! Nein, mein Sohn!«

»Du willst mir doch nicht sagen, Daddy, wenn du gewußt hättest durch alle Anzeichen, daß das Geschöpf, das dir in den Schoß gelegt worden war, ein Campbell war, daß du dann aufgestanden wärst und hättest es da sterben lassen, wo es hinfiel?«

»Nein, Malcolm, ich hätte meinen Fuß draufgesetzt wie bei einer jungen Viper im Heidekraut.«

»Wenn sich herausstellen sollte, daß ich dieser schlimmen Rasse angehöre, dann würdest du mich trotz allem hassen, Daddy! Du wirst befriedigt sein darüber, wie du dein Messer in meine böse Hand hineingestochen hast, und du würdest nicht ruhen, bis du es mir ins Herz gestochen hättest. Ich glaube, es wäre besser, wenn ich von hier fortgehe, Daddy, denn wer weiß, was du mit mir tust.«

Malcolm machte eine Bewegung, um aufzustehen, und Duncans rasches Gehör verstand sie. Er setzte sich wieder an sein Bett und schlang seine Arme um ihn.

»Bleib liegen, bleib liegen, mein Junge. Wenn du aufstehst,

heißt das, daß du ein Cawmill bist. Nein, nein, mein Sohn! Du bist sehr grausam zu deinem alten Daddy. Mein Junge würde mir viel zu sehr leid tun, um ihn zu hassen. Es wäre ja so schrecklich, ein Cawmill zu sein! Nein, nein, mein Junge! Ich würde dich an meine Brust drücken, und damit würde der Cawmill von dir ausgetrieben. Aber sprich nicht mehr davon, mein Sohn, denn das kann nicht sein. Ich muß nun gehen, denn mein Dudelsack wartet auf mich.«

Malcolm hatte Angst, er sei zu weit gegangen, denn nie zuvor war sein Großvater weggegangen außer um der Arbeit willen. Aber die Möglichkeit, die er angedeutet hatte, könnte vielleicht dazu beitragen, den fortschwelenden Haß seines Großvaters zu mildern.

Seine Gedanken kehrten zu der plötzlichen Dunkelheit zurück, die plötzlich über seiner Geschichte und Herkunft lag. Auf einmal klang in seinen Ohren der Ruf des verrückten Laird: »I dinna whaur I come from!«

Duncans Enthüllung machte es nicht erforderlich, irgend etwas zu unternehmen —, sie schuf nur Raum für schattenhafte Spekulationen. In fröhlicher Stimmung würde er fortan der Sohn eines mächtigen Mannes sein, in trüber Stimmung der Sohn eines streunenden Zigeuners oder etwas Schlimmeres — sein wirklicher Ursprung besser dem Vergessen anheimgegeben.

Wie ein schattenhaftes Leichentuch fiel die trübe Stimmung über ihn her aus dem Feld seiner Überlegungen und hüllte ihn in ihre Falten ein: ganz sicher war er der Bastard eines Bettlers! Wie sollte er hinfort Lady Florimel ins Gesicht schauen? Bescheiden hatte er an seine Herkunft geglaubt und war bisher stolz darauf gewesen; wie hätte es anders sein können bei einem so hochgemuten Vater, wie er ihn sein eigen geglaubt hatte? Aber jetzt? Nie wieder würde er einem seiner alten Gefährten ins Gesicht schauen können! Sie alle waren ehrenwerte Männer, er ein niedriggeborener Findling.

Mit Mr. Graham würde er natürlich darüber sprechen. Aber was konnte Mr. Graham schon dazu sagen? Die Tatsache blieb: er mußte Portlossie verlassen.

Sein Geist brütete, spekulierte, sann nach. Der Abend ging über in die Nacht, doch er merkte nicht einmal, daß es Nacht war, bis ihm die Haushälterin ein Licht brachte. Nach einer Tasse Tee fanden seine Gedanken auf angenehmere Pfade. Eins war sicher — er mußte sich wie nie zuvor bemühen, Duncan MacPhail glücklich zu machen. Mit dieser Gewißheit in Geist und Herzen schlief er endlich ein.

Er erwachte im Dunkel mit dem seltsamen Gefühl der Unruhe,

das mit dem Bewußtsein einhergeht, geweckt worden zu sein. Doch das Dunkel, in das er starrte, verriet ihm nichts.

Endlich schien etwas ganz vage seine Sinne zu berühren — die schwache Andeutung eines Geräusches im nächsten Zimmer — der Kammer des Zauberers. Das reichte, Malcolm auf die Beine zu bringen. Er vergaß seinen verletzten Fuß und trat auf, doch der schneidende Schmerz ließ ihn sofort auf alle viere niedergehen, und so kroch er den Gang entlang. Kaum hatte er den Kopf aus seinem eigenen Zimmer gesteckt, da bemerkte er einen schwachen Lichtschein, der unter der Türe des angrenzenden Raums hindurchdrang. Geräuschlos arbeitete er sich vor und tastete vorsichtig nach dem Schloß. Dabei stießen seine Hände auf einen Schlüsselbund, ließen ihn aber zum Glück nicht klirren. Ganz behutsam hob er die Klinke, als sich die Türe beinahe wie von selbst einige Zoll weit öffnete. Mit angehaltenem Atem sah er den Rücken einer Gestalt, die er nicht verkennen konnte — die Gestalt von Mrs. Catanach. Sie bückte sich neben einem Himmelbett, das seinem eigenen ähnlich sah, und fingerte am unteren Saum eines der Vorhänge herum, den sie gegen das Licht der auf einem Stuhl abgestellten Laterne hielt. Plötzlich wandte sie ihr Gesicht der Türe zu, als habe sie die Gegenwart eines anderen wahrgenommen. Ebenso plötzlich schloß er die Türe und drehte den Schlüssel im Schloß. Er mußte hierfür beträchtliche Kraft aufwenden und kam zu dem Schluß, daß es dieses knirschende Geräusch war, was ihn aus dem Schlaf geweckt hatte.

Der Eindringling war nun verwahrt, und er kroch in sein Zimmer zurück und überlegte, was als nächstes zu tun sei. Das rasche Ergebnis seiner Überlegungen war, daß er sich flink anzog, was ihm wegen des angeschwollenen Fußes einige Schwierigkeiten bereitete, und sich auf Händen und Knien zu Lord Lossies Schlafgemach aufmachte.

Der Weg, vor allem über die beiden Wendeltreppen, zu dem im ersten Stock gelegenen Raum war recht schmerzvoll. Unterwegs überlegte sich Malcolm, es sei besser, zuerst den Raum zu betreten und dann erst den Marquis zu wecken; so würden keine unnützen Beobachter aus dem Schlaf gescheucht.

Die Türe öffnete sich geräuschlos. Ein in einer Kristallschale schwimmendes Nachtlicht enthüllte das Bett und den Marquis, der mit einem Arm auf der leuchtend roten Decke schlief. Malcolm kroch hinein, schloß die Türe hinter sich. Als er die Hälfte des Raumes durchquert hatte, rief er mit leiser Stimme den Marquis beim Namen.

Lord Lossie fuhr auf, lehnte sich auf den Ellbogen, und ohne sich einen Augenblick zu besinnen, griff er eine aus dem Satz Pistolen, die auf einem Tischchen neben dem Bett lagen, und feuerte. Die Kugel schlug mit dumpfem Aufprall in die dicke Mahagonitüre.

»My Lord! My Lord!« rief Malcolm. »Ich bins doch nur!«

»Und wer zum Teufel seid Ihr?« fragte der Marquis und griff nach der zweiten Pistole.

»Malcolm, Ihr eigener Diener. Ein Glück, daß ich mich nicht mehr wie ein ehrlicher Mann verhalten habe, sonst wäre mir die Kugel direkt durchs Herz gegangen. Eure Lordschaft ist ein bißchen schnell bei der Hand.«

«Schnell bei der Hand! Gauner!« rief Lord Lossie. »Wenn ein Kerl mitten in der Nacht auf Knien und Händen in mein Zimmer kommt, was dann? Steht auf und sagt mir, was Ihr im Schilde führt, zum Donnerwetter! Sonst breche ich Euch jeden Knochen im Leib.«

Er beschloß den Satz, indem er Malcolm mit dem bloßen Fuß gegen die Rippen stieß.

»Sie sind wirklich vorschnell, my Lord!« beharrte Malcolm. »Ich kann doch nicht aufstehen. Ich habe einen Fuß wie eine kleine Boje.«

»Also sprecht, Lümmel!« erklärte seine Lordschaft, die Pistole noch in der Hand.

»Meinen Sie nicht, es wäre besser, die Türe zuzumachen, denn der Schuß könnte einige der Leute auf die Beine bringen?« schlug Malcolm vor, als er sich auf die Knie erhob und die Hände auf einen Stuhl lehnte.

»Habt Ihr vielleicht vor, mich umzubringen, wie?« sagte der Marquis.

»Wenn ich das vorhätte, dann hätte ich Sie sicher nicht zuerst geweckt.«

»Also was zum Teufel ist nun eigentlich los? Ihr braucht nicht zu glauben, daß irgendwer von den Leuten angelaufen kommt. Das ist ein Pack von Feiglingen, wie sie auf der ganzen Welt nicht herumlaufen.«

»Nun, my Lord, ich habe sie endlich gefangen, und so mußte ich doch kommen und Ihnen das sagen. Ich habe sie unter Verschluß.«

»Von wem sprecht Ihr, zum Teufel?«

»Mrs. Catanach, my Lord.«

»Was geht sie mich an, daß ich mitten in der Nacht aus einem gesunden Schlaf gerissen werde?«

»Das sollte Eure Lordschaft feststellen; ich weiß es nicht.«

»Kommt mir nicht jetzt mit Euren Rätseln! Drückt Euch klar aus und zwar schnell. Ich möchte wieder ins Bett.«

»Wirklich, Eure Lordschaft braucht sich nur anzuziehen und mit mir zu kommen.«

»Wohin?«

»In das Zimmer des Zauberers, my Lord — wo ich das böse Weib eingesperrt habe.«

Nachdem er so weit gekommen war und den Weg nun klar vor sich sah, berichtete Malcolm mit wenigen Worten, was sich zugetragen hatte. Das Interesse des Marquis erwachte bei der Erzählung, und bis Malcolm fertig war, hatte er sich Morgenrock und Pantoffel angezogen.

»Wollen Sie nicht Ihre Pistole mitnehmen?« fragte Malcolm verschmitzt.

»Was? Um einer Frau entgegenzutreten?« entgegnete seine Lordschaft.

»O nein! Aber es könnte noch ein Mörder herumlaufen, wer weiß. Vielleicht sind zwei in einer Nacht unterwegs!«

Malcolms Bemerkung war vorlaut, aber sein Herr regte sich darüber nicht auf. Er zündete eine Kerze an, wies ihn an, ihm den Weg zu zeigen, und revanchierte sich, als er sich ständig über ihn lustig machte, während er vorwärtskroch. In den oberen Regionen seines Hauses kannte sich der Marquis so wenig aus wie in denen seiner Natur; er brauchte deshalb eine Führung.

Als sie schließlich vor dem Zimmer des Zauberers ankamen, horchten sie einen Augenblick an der Türe, hörten aber nichts; auch kein Licht war zu sehen. Malcolm drehte den Schlüssel um, und der Marquis stand dicht hinter ihm, bereit einzutreten. Doch in dem Augenblick, als sie die Türe aufsperrten, wurde sie heftig aufgerissen, und Mrs. Catanach, die über den am Boden kauernden Malcolm hinwegblickte, versuchte, einen heftigen Schlag auf dem Gesicht zu landen, das ihr ins Blickfeld kam, offensichtlich in der Hoffnung, auf diese Weise entkommen zu können. Aber sie traf nicht, denn Malcolm stieß sie mit dem Kopf in die weichste Stelle ihres Körpers, und damit war der Eingang frei. Der Marquis lachte laut auf und trat mit einem rauhen Scherz in den Raum. Malcolm blieb unter der Türe.

»My Lord«, sagte Mrs. Catanach und versuchte, ihre Fassung wiederzugewinnen; sie hielt sich zurück — von ihrer Stimmung abgesehen —, wegen der Behandlung, über die er seine Bemerkungen gemacht hatte. »Ich habe eurer Lordschaft etwas unter vier Augen zu sagen.«

»Ihr Recht, sich hier aufzuhalten, verlangt eine Erklärung«, sagte der Marquis.

Sie nahm sich das Zutrauen, auf ihn zuzugehen.

»Sie werden eine Erklärung bekommen, my Lord«, entgegnete

sie, »mit der mein Eindringen selbst zu dieser unzeitigen Stunde voll gerechtfertigt wird.«

»Also los«, verlangte seine Lordschaft.

»Schicken Sie erst den Jungen weg, my Lord.«

»Mir ist es lieber, wenn er dabei ist«, sagte der Marquis.

»Nicht ein Wort wird über meine Lippen kommen, ehe er weg ist«, beharrte Mrs. Catanach. »Ich kenne ihn nur zu gut. Fort mit dir!« herrschte sie Malcolm an. »Ich weiß mehr von dir, als du von dir selbst weißt, aber ich werde schon dafür sorgen, daß dir das Lachen vergeht, junger Mann!«

Malcolm, der sich auf die Schwelle gesetzt hatte, lachte und sah auf seinen Herrn.

»Eure Lordschaft hatte nie die Angewohnheit, sich vor Frauen zu fürchten«, sagte Mrs. Catanach mit häßlicher Anspielung.

Der Marquis zuckte die Achseln.

»Das kommt drauf an«, meinte er, dann wandte er sich an Malcolm: »Geht ein Stück weg, bleibt aber in Rufweite. Vielleicht brauche ich Euch.«

»Und daß du nicht am Schlüsselloch horchst, sonst werde ich dich zeichnen, du ...!« sagte Mrs. Catanach und beendete ihren Satz um nichts milder, als sie den Rest für sich behielt.

»Ich würde ihr nicht alles glauben, was sie sagt, my Lord«, warf Malcolm mit einem bedeutsamen Lächeln ein, während er sich abwandte und fortkroch.

Er schloß die Türe hinter sich und zog den Schlüssel ab, damit Mrs. Catanach ihn sich nicht wieder aneignen konnte. Er zog sich einige Meter zurück und setzte sich in den Gang bei seiner eigenen Zimmertüre. Viele Minuten vergingen, in denen er keinen Laut vernahm.

Endlich ging die Türe auf, und seine Lordschaft kam heraus. Malcolm blickte auf und sah im Lichte der Kerze, die der Marquis trug, ein Gesicht, das wie ein Leichnam wirkte. Malcolm konnte sich nicht helfen, er mußte an das einzige tote Gesicht denken, das er je gesehen hatte, trotz des Unterschieds zwischen beiden. Er war entsetzt, als der Marquis an ihm vorbeischritt, ohne ihn anzusehen.

»My Lord!« sagte Malcolm leise.

Der Marquis gab keine Antwort.

»My Lord!« rief Malcolm und versuchte ihn eilends mit seiner Stimme zu erreichen, »soll ich ihr die Schlüssel lassen, daß sie aufsperren kann, wann sie will?«

»Geht zu Bett«, entgegnete der Marquis ärgerlich, »und laßt die Frau in Ruhe.« Mit diesen Worten wandte er sich dem angrenzenden Gang zu und verschwand.

Mrs. Catanach hatte das Zimmer des Zauberers nicht verlassen, und einen Augenblick lang fühlte sich Malcolm stark in Versuchung, sie nochmals einzuschließen. Doch dann überlegte er, daß er kein Recht dazu habe nach dem, was der Marquis gesagt hatte. Sonst hätte er ihr bestimmt mindestens genau so einen Schreck eingejagt wie offensichtlich selbst seinem Herrn, dem sie ohne Zweifel irgendwelche furchtbaren Lügen aufgetischt hatte. Er zog sich deshalb in sein Zimmer zurück und lag wieder eine ganze Weile wach.

Diese entsetzliche Frau behauptete also, sie wisse mehr über ihn als sein sogenannter Großvater, und auf Grund ihres Berufes war das sogar durchaus wahrscheinlich. Doch Informationen von ihr zu bekommen, war hoffnungslos — wenigstens bis ihre eigene böse Zeit kam, und wie sollte dann jemand glauben, was sie zu sagen beliebte? Solange sie jedoch nicht selbst Anspruch gegen ihn erhob, konnte sie, wie er meinte, ihm keine Kränkung zufügen, der zu begegnen er sich gescheut hatte.

Doch was konnte sie noch immer in diesem Zimmer wollen? Vielleicht war sie auch schon weg, ohne daß der Schritt ihres weichen, fetten Fußes sie verraten hätte!

Wieder verließ er sein Bett, kroch zur Türe des Zauberers und lauschte. Doch alles war still. Er versuchte, die Türe zu öffnen, konnte es aber nicht. Ohne Zweifel verbrachte Mrs. Catanach demnach die Nacht hier, und vielleicht lag sie im Augenblick, ohne von bösem Gewissen und allem bedrückt zu sein, tief schlafend in dem Himmelbett. Er zog sich wieder zurück und fragte sich, ob sie sich darüber klar war, daß er im nächsten Zimmer wohnte. Nachdem er zum erstenmal darauf geachtet hatte, seine Türe zu versperren, legte er sich zu Bett und schlief ein.

Sechsundzwanzigstes Kapitel

Das Gerücht

Malcolm hatte sich in der Vorstellung gewiegt, er könnte wenigstens am nächsten Tag seinen Großvater besuchen. Doch statt dessen machte er nicht einmal den Versuch aufzustehen — Kopf und Fuß schmerzten ihn so sehr, daß er auch zur geringsten Anstrengung unfähig war —, ein Zustand, der ihm bisher völlig unbekannt war. Mrs. Courthope bestand darauf, Rat einzuholen, und das Ergebnis war, daß er erst nach einer vollen Woche wieder das Zimmer verlassen durfte.

In der Zwischenzeit war ein Geraune entstanden, das von Mund zu Mund nach allen Richtungen den kleinen Ort durcheilte — woher es stammte, konnte nur eine sagen, denn selbst ihr Sprachrohr, Miss Horns Jean, war nur in einem solchen Maße Werkzeug von Mrs. Catanach, daß sie keinen Zweifel daran hegte, die Hebamme selbst gebe nur Geschichten weiter, die man ihr erzählt habe. Mrs. Catanach hielt ihre Urheberschaft an dem Gerücht kunstvoll verborgen.

Im ersten Stadium des Keimens besagte das Geschwätz nur, Malcolm sei kein MacPhail, und im zweiten Stadium wurde lediglich behauptet, er sei auch nicht der Enkel des alten Duncan. Im dritten Stadium folgte die Versicherung, Malcolm sei der Sohn einer bedeutenden Person, worauf im vierten Stadium folgte, eine bestimmte, noch nicht bei Namen genannte Person stehe unter heftigem Verdacht. In der fünften und endgültigen Form stellte es sich dann so dar, daß Malcolm der Sohn von niemand anderem als Mrs. Stewart von Gersefell sei, die man in dem Glauben gelassen hatte, ihr Kind sei wenige Tage nach seiner Geburt gestorben, während es in Wirklichkeit weggenommen und der Pflege des alten Duncan MacPhail übergeben wurde, der dafür eine nicht geringe jährliche Zuwendung erhalte.

Im Zusammenhang mit dieser Endfassung des Gerüchts glaubten einige Frauen des Ortes — vielleicht bildeten sie es sich auch nur ein —, sich an die Geburt und den behaupteten Tod des fraglichen Kindes zu erinnern, ebenso an bestimmte Gerüchte, die damals umgingen und nun ein neues Licht der Wahrscheinlichkeit auf die neue Lesart seines Schicksals warfen. In Kreisen, die von den authentischen Quellen weiter entfernt waren, erfuhren die allgemeinen Berichte eine bemerkenswerte Ausschmückung, doch die Grundstruktur des Gerüchtes — man könnte es das Skelett nennen —, blieb unbestritten.

Mrs. Catanachs Verhalten verleitete jeden zu der Annahme, sie wisse alles über die Angelegenheit, doch keiner hatte den Verdacht, sie selbst könne die verborgene Quelle und der erste Anstoß für den Bericht sein. Die Leute waren von der Wahrheit so weit entfernt, daß sie für Mrs. Catanach sogar schlimme Konsequenzen voraussahen, wenn die Wahrheit ans Licht kommen sollte, dachten sie doch, Mrs. Stewart werde sie mit der ganzen Rache einer beraubten Tigerin verfolgen. Schließlich begann Mrs. Stewart selbst unmittelbar in der Affäre in Erscheinung zu treten. Man konnte feststellen, daß sie selbst Nachforschungen über den Bericht anstellte. Sie war in einem Wagen mit schaumbedeckten Pferden in den Ort gerast und von Haus zu Haus geeilt, um Ermittlungen durchzuführen. Wie es hieß, habe sie einen schrecklichen Weinkrampf erlitten, nachdem sie trotz intensiver Bemühungen keine endgültige Klarheit über die Person erlangt hatte, die das Gerücht als erste in die Welt gesetzt hatte. Die Tatsache, daß sie Duncan MacPhail nicht aufsuchte, wurde mit der Überlegung begründet, daß er bei der gegnerischen Partei vermutet werden mußte und die Wahrheit deshalb nicht bei ihm gesucht werden konnte.

Schließlich wurde bekannt, daß sie unter dem starken Druck eines praktisch nur schwer besiegbaren Widerwillens zu Mrs. Catanach gegangen und einfach strahlend vor Freude zurückgekommen war, wobei sie erklärte, sie sei nun völlig zufriedengestellt; sobald sie sich mit dem jungen Mann selbst in Verbindung gesetzt habe, werde sie, ohne jemand zu kompromittieren, die notwendigen juristischen Schritte zu einer Anerkennung als ihr Sohn unternehmen.

All das spielte sich in der Woche ab, in der Malcolm ans Bett gefesselt war. Und die Gerüchte erreichten diesen letzten Punkt erst, nachdem er wieder ausgehen konnte; inzwischen drang nicht einmal ein Flüstern an seine oder Duncans Ohren. Hätten sie noch in der Seaton gewohnt, dann wäre die eine oder andere Welle des Geredes auch an ihr Gestade gelangt. Doch Malcolm war zwischen seiner Hütte und Malcolms Bett hin- und hergewandert, ohne daß von den sich noch ausbreitenden Schwingen des Ruhms auch nur eine Daunenfeder auf ihn niedergefallen wäre. Die einzigen Personen, die außer ihm Malcolm besuchten, waren der Doktor — der in seinem Amt zu abgesondert war, um sich mit solchem Geschwätz abzugeben —, Mr. Graham, dem gegenüber niemand auch nur im Traum einen solchen Gegenstand erwähnt hätte, außer vielleicht Miss Horn, die er aber seit bald zwei Wochen nicht mehr gesehen hatte, und Mrs. Courthope, die ebenso abgeschieden lebte wie der Doktor.

Nach einer Woche hatte er sich genügend erholt, um zur Hütte seines Großvaters zu gehen.

Duncan empfing ihn entzückt, bot ihm seinen eigenen Sessel an, machte ihm eine Tasse Tee und bediente ihn so fürsorglich wie eine Frau. Während Malcolm seinen Tee trank, erzählte er von seinem jüngsten Abenteuer in Zusammenhang mit dem Zimmer des Zauberers.

»Das wird das Bett sein, das du in deinem Traum gesehen hast«, meinte Duncan, der selbst mit den Augen der Geschichte zu lauschen schien.

Als Malcolm zu Mrs. Catanachs Versicherung kam, sie wisse mehr über ihn als er selbst, sagte er: »Ich glaube, sie weiß das wirklich, mein Junge. Wir sind alle in der Macht dieser bösen Frau.«

»Aber gewiß nicht, Daddy!« sagte Malcolm. »Alle Macht liegt in den Händen des Einen, der nicht ihr Herr und Meister ist. Sie kann wissen, was sie will, aber sie kann nicht dich und mich trennen, Daddy!«

»Da sei Gott vor!« erwiderte Duncan. »Aber wir müssen auf der Hut sein!«

Nachdem sie sich einige Minuten weiter unterhalten hatten, ging Malcolm und wanderte allein durch das Gelände. Er gelangte in einen Teil, wo nie der Wind blies, zwischen Reihen stattlicher Stockrosen, und seine Ohren waren erfüllt von dem lieblichen Plätschern eines kleinen Brunnens, als er plötzlich auf den Marquis traf, der anscheinend tief in Gedanken versunken war und durch Malcolms Eindringen erschrak.

»Es tut mir leid, my Lord«, begann Malcolm, »ich wollte Sie nicht erschrecken.«

»Ihr habt mich nicht erschreckt, Dummkopf! Es ist nur —«

»Es ist nur was, my Lord?« fragte Malcolm.

»Ihr hattet einen Ausdruck auf dem Gesicht, der genug ist, um zu — aber das ist absurd!« Und damit verlor sich seine Stimme.

Lord Lossie wandte sich um und verließ den Laubengang mit gesenktem Kopf und hastigen Schritten, offensichtlich noch tief in Gedanken versunken über das, was ihn verstört hatte. Malcolm wandte sich in die andere Richtung.

Hätte sich der Marquis in London aufgehalten, dann wäre er direkt in sein Arbeitszimmer gegangen, hätte einen bestimmten Schrank aufgeschlossen und eine bestimmte Geheimschublade geöffnet. Da er sich jedoch in Lossie befand, ging er das Tal entlang zu dem kahlen Hügel, von dem aus man das Herrenhaus, den Ort, das weite Meer und seine eigenen Ländereien, die sich weit und breit um ihn herum ausdehnten, überblickte. Doch die ganze Zeit über sah er nur die niedere weiße Stirn seiner Vision, einen süßen Mund und haselnußbraune Augen, die ihm tief in die Seele blickten.

Malcolm kehrte zum Haus zurück, suchte die einsame Mansarde auf, warf sich auf sein Bett und starrte vom Kissen aus durch das kleine Giebelfenster auf den Schlüsselbund, den er von der Tür zur Kammer des Zauberers abgezogen hatte. Er wunderte sich, daß Mrs. Courthope ihn nicht bemerkt und an sich genommen hatte — anscheinend hatte sie ihn nicht vermißt. Und die zur ewigen Verlassenheit verdammte Kammer war die ganze Zeit über für jeden unbefugten Zutritt offen gestanden! Wenigstens noch einmal mußte er hingehen und den Schlüssel im Schloß umdrehen.

Auf seinem Weg erwachte der Wunsch in ihm, nochmals einen Blick in das Zimmer zu werfen, denn in jener Nacht hatte er weder genügend Licht noch Zeit gehabt, um mehr als einen denkbar vagen Eindruck in sich aufzunehmen.

Aber wie sehr er auch die Klinke bewegte, die Türe ließ sich nicht öffnen. Wie konnte die Frau — sie mußte doch eine Hexe sein! — die Türe abgesperrt haben? Er versuchte aufzuschließen. Er steckte einen Schlüssel, dann wieder einen in das Schloß. Den ganzen Schlüsselbund probierte er durch, aber — Geheimnis über Geheimnis — keiner ließ sich umdrehen. Er überlegte und begann sie dann in der anderen Richtung zu probieren. Bald entdeckte er einen, mit dem sich der Riegel zuschieben ließ, und wenn er ihn in die andere Richtung drehte, ließ er sich aufschieben. Aber die Türe blieb nach wie vor unbeweglich! Sie mußte demnach von der Innenseite versperrt sein — ein schrecklicher Gedanke! Lag die Leiche der Frau hinter jenen gewürfelten Vorhängen? Würde sie daliegen, bis sie verschwand — wie die des Zauberers — und mit Knochen und allem zu einem Häuflein Staub wurde, das eines Tages von einem Hausmädchen auf die Kehrichtschaufel gefegt wurde?

Wenn sie andererseits eingeschlossen wäre, hätte sie sich dann nicht durch Geräusche bemerkbar gemacht? Tag und Nacht war er im Zimmer nebenan gewesen! Wie konnte das passiert sein, nachdem es sich um kein Schnappschloß handelte? Würde man sie nicht vermissen und Nachforschungen nach ihr anstellen? Doch eine solche Nachforschung hätte leicht in eine völlig andere Richtung als Lossie House gehen können, und er hätte vielleicht nie davon erfahren.

Auf jeden Fall mußte er etwas unternehmen, und die erste rationale Handlung wäre festzustellen, ob die Frau überhaupt vermißt wurde oder nicht.

Müde wie er war, machte er sich umgehend auf den Weg in den

Ort, und die erste Person, die er erblickte, war Mrs. Catanach, die mit der Hand über den Augen auf ihrer Türschwelle stand, als schaue sie über die Dächer der Seaton hinweg zum Horizont. Er ging nicht mehr weiter.

Am Abend fand er Gelegenheit, dem Marquis davon zu erzählen, auf welch seltsame Art der Raum verschlossen war, doch seine Lordschaft nahm das nicht ernst und meinte, mit dem schwerfälligen alten Schloß seit etwas nicht in Ordnung.

Mit unbestimmter Voraussicht nahm er den Schlüssel zu diesem Schloß vom Bund ab, wartete eine passende Gelegenheit ab und hängte die übrigen Schlüssel an ihren Haken im Zimmer der Haushälterin. Als er sich vergewissert hatte, daß die Türe zum Zimmer des Zauberers verschlossen war, legte er den Schlüssel auf seine eigene Kommode.

Am nächsten Morgen schickte der Marquis nach Malcolm.

»Nun, MacPhail«, fragte er bei Malcolms Eintritt freundlich, »wie macht sich Euer Fuß?«

»Ausgezeichnet, my Lord. Seit ich aufstehen kann, ist mit mir und dem Fuß alles in Ordnung. Aber so lange im Bett zu liegen hat mich fast umgebracht.«

»Solltet Ihr nicht lieber aus Eurer Dachkammer herunterkommen?« fragte der Marquis und senkte den Blick.

»Nein, nein, my Lord; gerade jetzt wage ich nicht, mich von meinem Nachbarn zu trennen.«

»Welchem Nachbarn?«

»O, der alte Hexenmeister, oder was immer dort solch einen Tumult veranstaltet.«

»Was? Macht er vielleicht Scherereien?«

»O nein, das meine ich nicht. Aber ich weiß es wirklich nicht, my Lord!« sagte Malcolm.

»Was wollt Ihr damit sagen?«

»Wenn Eure Lordschaft mir erlaubt, die Türe gewaltsam zu öffnen, dann wäre ich besser imstande, es Ihnen zu sagen.«

»Dann ist der alte Mann also unruhig.«

»Etwas ist unruhig.«

»Unsinn! Das ist Eure Einbildung, verlaßt Euch drauf!«

»Ich glaube nicht.«

»Was glaubt Ihr dann? Ihr fürchtet Euch doch wohl nicht vor Gespenstern?«

»Nicht sehr. Ich habe nicht so viel auf dem Gewissen, daß ich nicht damit fertig würde, selbst in der tiefsten Nacht.«

»Ihr glaubt also, Geister kämen von einem schlechten Gewissen? So eine Art moralisches Delirium tremens, wie?«

»Ich weiß nicht, my Lord. Aber das ist die einzige Art von Geistern, vor denen ich mich fürchten würde — zumindest würde ich vor ihnen weglaufen. Ich hätte hundertmal lieber einen Geist in meinem Haus als einen bösen Mann — oder Frau — wie Mistress Catanach beispielsweise, die vom Teufel ist —«

»Unsinn!« erklärte der Marquis ärgerlich, doch Malcolm fuhr fort.

»— und sie muß voller Geister sein! Und soweit ich weiß, werden sie deshalb nach ihrem Tod zu Geistern, so daß sie umgehen müssen, wie man das nennt. Doch auf jeden Fall müßte ich diese Türe öffnen, my Lord.«

»Unsinn!« rief der Marquis wieder und zuckte die Achseln. »Wenn ich nochmals etwas von Geräuschen oder ähnlichem Blödsinn höre, dann müßt Ihr aus diesem Zimmer heraus. Darauf bestehe ich!«

Siebenundzwanzigstes Kapitel

Die Entdeckung

Mit dem Nahen des Winters wurde das Wetter unbeständig, und der Marquis ließ westlich der Seaton ein Bootshaus bauen, in dem das Boot, in Segeltuch wohl verwahrt, untergebracht war. Malcolm verbrachte einen großen Teil seiner nunmehr reichlichen Freizeit bei Mr. Graham, dem er natürlich die Unruhe anvertraute, in die ihn Duncans Enthüllung gestürzt hatte.

Je mehr ein Mensch nachdenkt und je mehr er sich dessen bewußt ist, was in ihm selbst vorgeht, desto mehr Interesse wird er darauf verwenden, etwas über seine Vorfahren in Erfahrung zu bringen bis hin zu den fernsten Generationen. Malcolm war auf seine bescheidene Abstammung, die er für seine eigene hielt, ebenso stolz gewesen wie Lord Lossie auf seine mächtige Ahnenreihe.

Er verehrte Duncan wegen seiner aufrechten Art und einer gewissen Größe des Geistes; er sah bewundernd zu ihm auf wegen seiner Gaben in Dichtung und Musik, und er liebte ihn unendlich wegen seiner unwandelbaren Liebe und Zärtlichkeit zu ihm selbst. Gleichzeitig war er das einzige menschliche Wesen, dem sich Malcolm erschlossen hatte wie sich selbst. Und nun, da er noch tiefere Ursachen hatte, ihn zu lieben, mußte er das Gefühl einer kindlichen Verwandtschaft mit ihm beiseitelassen! Malcolms Sorge erfuhr dadurch noch zusätzlich einen Einschlag der Demütigung. Die Größe der legendären Abstammung, an die er geglaubt hatte, wurde ihm gründlich geraubt. Mit diesem Verlust mußte er, so wie es aussah, seinen ganzen Halt fahren lassen, nicht nur an seinen Clan, sondern auch an seine Rasse; jede verwandtschaftliche Bindung, mit der er an die Menschheit gebunden war, zerrann in seiner Hand. Er stand allein in der Welt, ein Wesen ohne Eltern, ohne Bruder und Schwester, ohne irgend jemand, zu dem er in Vertrauen aufschauen konnte. Er war zum Dasein erwacht, doch um ihn war nichts als Dunkelheit, denn kein Fenster war da, um das Licht der Welt, aus der er gekommen war, einströmen zu lassen, ihn zu trösten.

Doch vor seinen Füßen öffnete sich ein noch tieferer Abgrund.

Eines Nachmittags, als er durch die Seaton zum Hafen ging, um nach dem Boot zu sehen, hörte er die Partaness, die ihm nachrief.

»Nun, du bist ein Anblick für müde Augen — jetzt, wo man weiß, daß du das Anschauen wert bist!« rief sie, als er mit seinem üblichen freundlichen Lächeln des Weges kam.

»Was wollen Sie damit sagen, Mistress Findlay?« fragte Malcolm und setzte sorglos hinzu: »Ist Ihr Mann drinnen?«

»Ha«, fuhr sie fort und ging auf keine der Fragen ein, »du bist ja jetzt fein heraus! Du hast kein 'Guten Tag' mehr übrig für deine alten Freunde, das arme Fischervolk! Ja, das ist der Lauf der Welt!«

»Was um alles in der Welt ist denn mit Ihnen los, Mrs. Findlay?« sagte Malcolm. »Schließlich ist es doch nichts so Großartiges, der Skipper von my Lord zu sein — oder sein Diener, wie mein Daddy sagen würde! Ein freier Fischer mit seinem eigenen Boot zu sein — wie der Partan — ist viel großartiger!«

»Papperlapapp! Du weißt genau, was ich meine — wie jeder andere in Portlossie. Und wenn du's vorziehst, einer alten Freundin nichts davon zu verraten, weil sie nur eine Fischersfrau ist, dann ist's mit dir schon weiter gekommen, als ich geglaubt habe, Malcolm — denn ich werde dich noch weiter bei deinem Namen nennen, und wenn du zehnmal ein Laird bist! — Habe ich dir nicht meine Brust gegeben, als du nichts auf der Welt tun konntest als saugen? Und wie du das konntest, armer unschuldiger Kerl, der du damals warst!«

»So gewiß wir beide leben«, beharrte Malcolm, »ich weiß nicht mehr als ein Salzhering, auf was Sie eigentlich hinauswollen.«

»Willst du mir vielleicht erzählen, daß du nicht weißt, was das ganze Land von dir weiß?« schrie Partaness.

»Ich sage Ihnen, ich weiß von nichts; und wenn Sie mir nicht sagen, von was Sie reden, dann gehe ich woanders hin, wo ich's erfahre.«

Diese Drohung machte genügend Eindruck.

»Das ist doch unnatürlich!« rief sie. »Da fährt Mistress Stewart von Gersefell wie verrückt in ihrem Wagen mit ich weiß nicht wievielen Pferden hier herum und erklärt — schwört sogar, wie man sagt , daß jemand, der gemeinhin Malcolm MacPhail heißt, nicht mehr und nicht weniger ist als der von ihr in ehrlichem Ehebett geborene Sohn! Und du willst mir sagen, daß du nichts davon weißt! Was stehst du hier herum mit einem grauen Maul wie ein verendeter Rochen?«

Zum erstenmal in seinem Leben fühlte sich Malcolm, jung und kräftig wie er war, krank. Meer und Himmel verschwammen vor seinen Augen, und die Erde schien sich unter seinen Füßen zu bewegen.

»Das glaube ich nicht«, stammelte er und wandte sich ab.

»Du glaubst nicht, was ich dir sage!« kreischte die wütende Partaness. »Das wagst du mir zu sagen!«

Doch Malcolm gab keine Antwort mehr. Er ging weg, wie benommen und mit gesenktem Kopf, den Blick zu Boden gewandt. Die Worte der Frau hallten in seinen Ohren nach; doch immer wieder vernahm er aus den Tiefen seiner Seele die Stimme des verrückten Laird mit seiner einzigen Klage: »I dinna ken whaur I come from.« Schließlich stand er vor Mr. Grahams Türe und wunderte sich, wie er hierher gekommen war.

Es war Samstagnachmittag, und Mister Graham hielt sich im Friedhof auf. Er blickte ihn in stummer, ernster Frage an, erschreckt durch Malcolms Aussehen.

»Haben Sie schon die schlimme Neuigkeit gehört, Sir?« fragte der Junge.

»Nein, es tut mir leid zu hören, daß es welche gibt.«

»Man hat mir gesagt, daß Mistress Stewart in der Stadt umherläuft und Anspruch auf mich erhebt!«

»Anspruch auf dich erhebt? Was soll das heißen?«

»Anspruch für sich selbst!«

»Doch nicht als ihr Sohn?«

»Doch, Sir, so wird behauptet. Aber haben Sie nichts davon gehört?«

»Kein Wort.«

»Dann muß es Geschwätz sein!« rief Malcolm energisch. »Es war schon schlimm genug für mich, weniger als der arme Laird selbst von meiner Herkunft zu wissen; aber von dort herzukommen, wo er herkam, das ist ein noch viel furchtbarerer Gedanke!«

»Aber du verachtest doch gewiß den armen Burschen nicht so, daß du es verschmähst, die gleichen Eltern zu haben wie er!« sagte Mr. Graham.

»Ganz im Gegenteil. Aber eine Frau, die den von ihr selbst geborenen Sohn so übel behandelt aus keinem anderen Grund, weil er so geboren wurde, wie er ist — das ist schwer zu verkraften. Ich werde zu Miss Horn gehen und sehen, ob sie etwas von diesen verlogenen Gerüchten gehört hat.«

Doch als Malcolm den Namen genannt hatte, da sank ihm das Herz in der Brust, denn er erinnerte sich an das Gespräch in der Nacht, als er ihre Gastfreundschaft für den Laird gesucht hatte, und der Gedanke brannte wie ein ätzendes Gift in ihm.

»Du kannst nichts Besseres tun«, meinte Mr. Graham. »Der Bericht mag falsch sein — vielleicht stimmt er auch, und die Lady irrt sich!«

»Sie muß das schon sehr gut beweisen können, ehe ich es ihr abnehme«, erwiderte Malcolm.

»Angenommen, sie tut es?«

»In diesem Falle«, sagte Malcolm, der aussah wie ein Geist, »muß ein Mann die Mutter annehmen, die Gott ihm nach seinem

Wohlgefallen beschert hat. Aber bei Gott! Sie wird mit mir nicht so umspringen wie mit dem armen Laird. Wenn sie mich aufhebt, wird sie es bereuen, daß sie mich nicht liegenließ. Sie wird mit dem einen Sohn so wenig Freude erleben wie mit dem anderen, das kann ich jetzt schon sagen!«

»Aber bedenke, was du vielleicht zwischen Mutter und Sohn bewirken kannst«, gab der Lehrer zu bedenken, der willens war, ihn mit dem Gedanken an das möglicherweise Schlimmste auszusöhnen.

»Dafür ist es zu spät«, antwortete er. »Die Saiten des armen Kerls sind so zerrissen, daß sie lose herumhängen und am Wirbel nicht mehr genug übrig ist, um sie wieder zusammenzufügen. Er würde nur glauben, ich sei zum Feind übergelaufen. Nein, das würde ihm nichts nützen. Wenn es nicht darum ginge, was ich in ihm erblicke, hätte ich für ihren Anspruch eine ausgezeichnete Widerlegung, denn wie könnte der Sohn einer Frau einen solchen Haß gegen sie haben, wie ich ihn in meinem Herzen und sogar in meinem Magen spüre? Wäre sie meine leibliche Mutter, dann gäbe es zwischen uns einige natürliche Bande, sollte man meinen. Aber da ist der Laird! Selbst der Name 'Mutter' bringt ihn dazu, auf schnellstem Wege die Flucht zu ergreifen.«

»Aber wenn sie deine Mutter sein sollte, dann wäre sie es auf Gedeih und Verderb, als wenn du sie dir selbst herausgesucht hättest.«

»Ich weiß nicht, wie es noch schlimmer sein könnte«, sagte Malcolm, der selbst in Erinnerung an das, was ihm Miss Horn gesagt hatte, noch nicht begriff, was ihm als Schlimmstes drohte.

»Es scheint schon seltsam«, meinte der Lehrer nach einer Weile nachdenklich, »daß manchen Frauen erlaubt sein sollte, Mütter zu sein — daß durch sie Söhne und Töchter Gottes auf die Welt kommen!«

»Ich frage mich, was Gott über all das denkt. Man muß sich wirklich darüber wundern!« sagte Malcolm düster.

»Ich wäre nicht überrascht«, bekannte Mr. Graham, »wenn sich die Menschen eines Tages einfach auf Grund der offensichtlichen Ungerechtigkeit der Dinge weigern würden, an Gott zu glauben. Sie könnten argumentieren, daß da entweder ein allmächtiges Wesen ist, das sich um nichts kümmert, oder ein gutes Wesen, das nicht helfen kann, daß es aber niemals ein Wesen geben könne, das gleichzeitig allmächtig und gut ist, sonst hätte es nicht zugelassen, daß die Dinge so sind, wie sie sind.«

»Was würden die Leute sagen, wenn sie Sie so reden hörten?« wandte Malcolm ein. »Was würde die Geistlichkeit sagen?«

»Zur Sache direkt nichts, fürchte ich. Sie würden sich niemals dieser Frage stellen. Sie würden wahrscheinlich versuchen, mich auf den Scheiterhaufen zu bringen, wie ihr geistlicher Vorfahre Calvin es gemacht hätte. Tatsächlich gibt es hier Leute, die mich liebend gern aus diesem Ort und dieser Schule entfernt sehen würden, und zwar auf immer. Sie scheinen sich durch solche Fragen bedroht zu fühlen, durch die unmittelbare Auseinandersetzung mit ihnen, wie Jesus sich zu seiner Zeit solchen Fragen stellte, der einen offenen Geist hatte, um verschiedene Möglichkeiten in Betracht zu ziehen. Und vielleicht werden sie noch ihren Willen bekommen, ehe sie am Ende sind. Aber das berührt mich wenig. Es ist uns gesagt, uns nicht um das Morgen zu sorgen, wie du weißt.«

»Wie halten Sie das nur aus, Sir, so von der Gnade der Furcht und der Doktrin anderer abhängig zu sein?«

»Darüber wollen wir jetzt nicht sprechen, mein Junge. Du mußt dich nun um eine andere Sache kümmern vor allem anderen — nämlich, daß du dieser Frau, was immer sie sein mag, gegenüber fair bist. Ist sie deine Mutter, dann mußt du sie als solche annehmen, was heißen will, du mußt sie als Mutter behandeln.«

»Sie haben recht«, erwiderte Malcolm und erhob sich.

»Komm zu mir zurück mit jeder Nachricht, die du erhältst.«

»Das werde ich«, antwortete Malcolm und machte sich auf den Weg, um Miss Horn zu finden. —

Er wurde in die kleine Diele geführt, die für ihn trotz allem, was er in jüngster Zeit durchstehen mußte, nichts von ihrem Charme verloren hatte. Hier saß Miss Horn.

»Setz dich, Malcolm«, forderte sie ihn brummig auf.

»Haben Sie etwas gehört, Mem?« fragte Malcolm stehend.

»O ja, viel zu viel«, erwiderte Miss Horn mit gerunzelter Stirn. »Du bist in Gersefell drüben gewesen, nehme ich an.«

»Bewahre!« rief Malcolm. »Erst in dieser Stunde - vielleicht auch zwei - habe ich davon läuten hören, und das war durch Meg Partan. Mit keiner Menschenseele habe ich darüber gesprochen außer Mister Graham. Zu ihm ging ich direkt hin, nachdem ich davon gehört hatte.«

»Du hättest nichts Besseres tun können«, meinte die grimmige Frau, während sich ihr Gesicht entspannte.

»Und hier bin ich nun, Miss Horn, direkt von ihm, und bitte Sie, mir die Wahrheit über die Sache zu sagen.«

»Was soll ich davon wissen?« entgegnete sie ärgerlich. »Was weiß ich schon?«

»Sie wissen vielleicht, ob die Frau das gesagt hat oder nicht.«

»Wer zweifelt daran?«

»Mistress Stewart hat also gesagt, sie sei meine Mutter?«

»Und warum nicht?« entgegnete Miss Horn und schaute den jungen Mann durchdringend an.

»Da sei Gott vor!« rief Malcolm.

»Was hast du gesagt, Junge?« rief Miss Horn, sprang auf, ergriff seinen Arm und starrte ihm ins Gesicht.

»Was sollte ich sonst sagen?« erklärte Malcolm überrascht.

»Gott sei gelobt!« rief Miss Horn. »Die Mißgeburt kann nun sagen, was sie will.«

»Sie glauben es also nicht?« fragte Malcolm begierig. »Sagen Sie mir, daß Sie es nicht glauben.«

»Ich habe kein Wort davon geglaubt, mein Junge«, antwortete Miss Horn lebhaft. »Wie hätte ich glauben können, daß so ein feiner Bursche von so einer falschen Mutter stammt?«

»Sie kann die Mutter von sonst jemand sein und auch falsch«, sagte Malcolm düster.

»Das stimmt, mein Junge, und je mehr Mutter, desto falscher! In deinem eigenen Gesicht ist eine ganze Welt von Zeugen dafür, daß, wenn sie wirklich deine Mutter ist, der Marquis und nicht der arme ehrliche, gehörnte John Stewart dein Vater ist. Der Herr verzeihe mir! Was rede ich da?« fügte Miss Horn mit einem Ruf der Selbstanklage hinzu, als sie die Blässe sah, die das Gesicht des Jungen überzog, und bemerkte, wie sein Kopf auf die Brust sank: Der letzte Pfeil war bis zur Feder eingedrungen. »Es ist doch ohnehin nur Geschwätz«, fuhr sie rasch fort. »Ich glaube nicht, daß du auch nur einen einzigen Tropfen von ihrem Blut in deinen Adern hast. Aber«, ergänzte sie eilig, als wolle sie den stechenden Eindruck ihrer letzten Worte wieder vergessen machen, »daß sie es gesagt hat, daran kann kein Zweifel bestehen. Ich sah sie selbst in der Stadt, wie sie von einem zum anderen eilte; das lange Haar hing ihr über den langen Rücken und flog im Wind. Wie eine Wahnsinnige. Die einzige Frage ist nur, ob sie es selbst glaubt oder nicht.«

»Was könnte sie dazu bewegen, es zu sagen, wenn sie's nicht glaubt?«

»Die Leute meinen, sie erwarte, auf diese Weise ihre Hand an Dinge aus dem Treuhandvermögen des armen Laird legen zu können. Du wärst ihr eigener Sohn und könntest sie verwalten. Aber darüber hat sie wohl nicht mit dir gesprochen?«

»Kein Blick wurde zwischen uns gewechselt seit dem Tag, als ich mit einem Brief des Marquis nach Gersefell ging, wie ich Ihnen gesagt habe. Ich dachte, ich hätte ihr damals zu sehr zugesetzt. Mich wundert, daß sie es gewagt hat, mir nochmals in die Quere zu kommen.«

»Sie hat ihren Gott herausgefordert, und nun mag sie wohl dich herausfordern. Aber was sagt dein Großvater dazu?«

»Er hat noch keine Silbe davon gehört.«

»Was reden wir dann? Kann er die Sache nicht aus dem Stegreif bereinigen?«

Miss Horn sah ihn eifrig an, während sie sprach.

»Er weiß nicht mehr darüber, woher ich komme, als Ihre Jean, die eben in dieser Minute am Schlüsselloch horcht.«

Das scharfe Ohr Malcolms hatte ein schwaches Geräusch am Türgriff wahrgenommen, dessen Nähe am Schlüsselloch für Jean zweifellos oft hinderlich war.

Miss Horn schien die Türe mit einem einzigen Sprung zu erreichen. Jean stieg eben die letzte Stufe der Treppe hinunter mit einer Mitteilung über Butter und Eier auf den Lippen. Miss Horn nahm die Mitteilung in Empfang und ging zu Malcolm zurück.

»Nein, Jean würde das nicht tun«, sagte sie ruhig.

Aber sie irrte sich, denn Jean trat, als sie Malcolms Worte hörte, eine Stufe zurück und wandte sich um.

»Aber was erzählst du mir da in aller Ehrlichkeit von deinem Großvater?« fuhr Miss Horn fort.

»Duncan MacPhail ist nicht mit mir blutsverwandt, und das ist ganz besonders bedauerlich!« sagte Malcolm traurig und berichtete ihr alles, was er wußte.

Miss Horns Antlitz durchlief wunderbare Veränderungen, während er sprach.

»Nun, es ist wirklich eine Gnade, daß ich keine Empfindungen habe!« sagte sie, als er geendet hatte.

»Jede Frau kann Ansprüche auf mich erheben, der das einfällt, wie Sie sehen«, meinte Malcolm.

»Sie kann erheben, was sie will, aber nicht in jedem gelegten Ei steckt auch ein Küken«, antwortete Miss Horn. »Geh nun einfach heim zum alten Duncan und sage ihm, er solle sich die Sache durch den Kopf gehen lassen, bis er in der Lage sei, genau die Nacht zu beschwören, in der er das Kind auf seinem Schoß gefunden hat. Aber er darf keiner lebenden Seele gegenüber ein Wort sagen, bis es von ihm verlangt wird.«

»Ich wäre lieber der Sohn der reinsten Fischersfrau in der Seaton als von dieser Frau«, stellte Malcolm fest.

»Und das zeigt, daß du besseres Blut in dir hast«, sagte Miss Horn. »Aber sie wird schon bald hinter dir her sein, paß also auf, was du sagst. Meide ihren Anblick nicht. Laß sie reden und achte auf ihre Worte. Sie könnte vielleicht unbedacht einen Lichtstreif in die Dunkelheit werfen mit ihrer Laterne.«

Malcolm kehrte zu Mr. Graham zurück. Sie waren sich einig,

daß man im Augenblick nichts anderes tun könne als warten. Als nächstes ging er zu seinem Großvater und überbrachte ihm Miss Horns Botschaft. Der alte Mann geriet ins Nachdenken, war sich aber nicht einmal sicher über das Jahr, in dem er seine Heimat verlassen hatte. Die Wolken hingen sehr düster über Malcolms Horizont.

Lady Florimel hatte sich einige Wochen zu Besuch in Morayshire aufgehalten und deshalb bis zu ihrer Rückkehr nichts von dem Bericht gehört.

»So seid Ihr also doch ein Gentleman, Malcolm!« meinte sie, als sie ihn das nächste Mal sah.

Der Ausdruck in ihren Augen erschien ihm anders als bei seinen bisherigen Zusammentreffen mit ihr. Das Blut schoß ihm ins Gesicht; er senkte den Kopf und sagte nur: »Es muß sein, wie es sein muß«, und fuhr mit der Arbeit fort, mit der er gerade beschäftigt war.

Doch ihre Worte fegten wie ein Windstoß in den Nebel um ihn. Ein Gentleman, hatte sie gesagt! Gentlemen heiraten Ladies! Konnte es sein, daß etwas so Herrliches, von dem zu träumen schon Glück war, in den Bereich des Möglichen rückte? Einen Augenblick dauerte seine Überlegung, dann schrak sein ehrlicher Sinn vor dem Gedanken zurück: Nicht einmal für Lady Florimel konnte er seine Zustimmung geben, der Sohn jener Frau zu sein! Doch der Gedanke würde, vor allem in Lady Florimels Gegenwart, wiederkehren, verweilen, raunen, würde zur Versuchung werden.

Auch in Lady Florimels Sinn war ein kleiner Dämon der Romantik am Werk. Sie war noch nicht von sozialen Einflüssen verdorben, und so schien es ihr nicht abwegig, daß eine Erbin von Rang einen armen Landedelmann heiraten sollte, doch der Gedanke an Heirat kam ihr nicht in den Sinn. Sie fühlte nur, daß die Entdeckung eine stärkere Annäherung von beiden Seiten rechtfertigte. Sie hatte keinerlei Absichten, nicht einmal auf einen kleinen Flirt. Sie mochte vielleicht auf einen Flirt eingehen, legte es aber nicht darauf an.

Wäre Malcolm ein Ränkeschmied gewesen, dann hätte er versucht, etwas aus seiner Position zu machen. Doch selbst das Keimen seiner Liebe zu seiner jungen Herrin wurde von der Furcht in Schach gehalten, welchen Wunsch diese Liebe vielleicht in ihm auslösen könnte.

Ein oder zwei Tage nach ihrer Rückkehr traf Mrs. Stewart zu einem Besuch in Lossie House ein und führte ein langes Gespräch mit Lady Florimel, in dessen Verlauf es ihr nicht schwerfiel, das

Versprechen Florimels zu erlangen, ihren Einfluß auf Malcolm auszuüben. Wegen seines Verhaltens bei ihrer einzigen Unterredung hatte sie eine gewisse Scheu vor ihm. Tatsächlich konnte sie an dieses Gespräch nur mit einem Gefühl der Zurückweisung denken. So kam es, daß sie ihn bisher noch nicht aufgesucht hatte; sie wollte zuerst die Gewißheit haben, daß er ihrem Anspruch gegenüber freundlich gesonnen war, was sie bezweifelt hätte, wenn sie ihn nicht hätte vor Augen gehabt.

Achtundzwanzigstes Kapitel

Die Lüge

Die Beziehung zwischen Florimel und Malcolm wurde allmählich vertrauter, bis sie schließlich von einer Beziehung zwischen Gleichrangigen kaum noch zu unterscheiden war. Mit der Zeit vergaß Florimel ganz die gegenwärtigen Umstände des jungen Mannes angesichts seiner möglichen Zukunft. Doch Malcolm seinerseits verwarf den Gedanken an diese mögliche Zukunft entsetzt, wenn er in ihrer Gegenwart in ihm aufstieg, damit der ungestüme Traum, sie zu gewinnen, auch nicht für einen Augenblick in ihm den Wunsch nach Verwirklichung wecken könnte.

Der über ihm schwebende Anspruch verfolgte sein Leben und lenkte den Fluß seiner Gedanken in Bahnen der Spekulation, die er nie zuvor gekannt hatte.

Eines Tages, als diese Fragen in seinem Herzen stritten, meinte er auf einmal eine lautlose Stimme aus den Tiefen seiner Seele zu vernehmen: »Deine Seele, was immer sie von sich selbst weiß, stammt aus dem reinen Herzen Gottes.«

Mit diesem Gedanken begann sich der Horizont seines Lebens zu klären. Er war über den öden Hügel hinter Lossie House gestreift, von dem aus man einen weiten Ausblick genoß, doch er hatte weder Himmel noch Meer wahrgenommen. Die Hügel von Sutherland, die schwach aber klar über dem dunklen Wasser an ihrem Grund aufstiegen, hatten seinen Blick auf sich gezogen. Das Land von Caithness dehnte sich weit drunten, und im Osten und Westen zog sich sein eigenes zerklüftetes Ufer dahin, gesäumt mit den weißen Schaumkronen der dunklen See; doch nichts von all dem hatte er bemerkt.

Lady Florimel erschrak über seinen Anblick, als sie ihn unvermittelt auf dem Heimweg traf.

»Wo warst du Malcolm?« rief sie.

»Ich weiß kaum, my Lady.«

»Was hast du getan? Die Dinge ganz allgemein angeschaut, nehme ich an?«

»Nein, ich glaube, sie haben mich angeschaut; aber ich nahm sie nicht wahr.«

»Du siehst so seltsam strahlend aus«, meinte sie, »wie wenn du etwas wunderbar Schönes gesehen hättest!«

Diese Worte enthüllten eine Art der Einsicht, die Florimel bisher nicht an den Tag gelegt hatte. In der Tat war Malcolms ganzes

Wesen von dem Blitz inneren Friedens erhellt, der ihn getroffen hatte. Doch Florimels Einsicht hatte ihre Grenze erreicht, und ihr Urteil, das vergebens weiter einzudringen versuchte, fiel kläglich in den Sumpf.

»Ich weiß«, fuhr sie fort, »du hast deine Mutter, die Lady, besucht!« Malcolms Gesicht erblaßte, als habe ihn der Hauch des Aussatzes getroffen. Die gleiche Geißel, die den armen Laird in den Wahnsinn getrieben hatte, fiel zischend auf seine Seele, und der Knoten in der Schnur war das Wort »Mutter«. Er drehte sich um und ging langsam weg, in heftigem Kampf mit dem Impuls, mit den Händen über den Ohren laut schreiend wegzulaufen.

»Wo bleiben deine Manieren?« rief das Mädchen ihm nach, doch er hielt nicht an, wandte den gesenkten Kopf nicht um, und Florimel wunderte sich.

Für den Augenblick war sein neugefundener Friede dahin. Was konnte er mit einer Mutter anfangen, die er weder ehren noch lieben konnte? Liebe! Wenn er wenigstens hätte aufhören können, sie zu hassen! Von Liebe war überhaupt nicht die Rede.

Aber würde sie nicht vielleicht bereuen? Dann allerdings! Könnte er ihr vielleicht helfen zu bereuen? Er wollte sie nicht meiden. Aber wie kam es, daß sie nie zuvor nach ihm gesucht hatte?

Als er so auf seinem Weg zu Duncans Hütte vor sich hinbrütete und die Straße überquerte, ohne das Geräusch nahender Räder zu hören, wurde er beinahe von einem Wagen überrollt, der in rascher Fahrt um die Ecke bog. Als er einen Blick auf das Gesicht der Insassin erwischte, als es wenige Zoll an ihm vorbeipassierte, kehrte er um und floh zurück durch die dunklen Wälder, wieder mit dem entsetzlichen Drang, den Schrei des verrückten Lairds in die Winde zu heulen. Als er zu sich fand, hielt er die Hände fest an die Ohren gepreßt, und einen Augenblick überfiel ihn die widerwärtige Gewißheit, daß auch er ein Sohn der Lady von Gersefell sei.

Als er endlich ins Herrenhaus zurückkam, teilte ihm Mrs. Courthope mit, daß Mrs. Stewart zu Besuch dagewesen war und sowohl den Marquis wie Lady Florimel gesprochen hätte.

Inzwischen machte er sich langsam Sorgen wegen des Laird, doch da Phemy ihn offen mied, zog er den Schluß, daß der Laird ein anderes Versteck gefunden hatte und das Kind es vorzog, nicht darüber befragt zu werden.

Für Malcolm, der die Bibliothek in Lossie House zur Verfügung und fast keine Arbeit hatte, hätte das eine großartige Zeit zum Lernen sein können. Doch allzu häufig war es ihm unmöglich, seine Gedanken auch nur durch einen einzigen längeren Satz auf der Spur zu halten.

Der Herbst neigte sich nun seinem Ende zu. Auf den Feldern lag dicker Rauhreif. Der Sommer war längst vergangen, der Winter nahte sich mit seinen Stürmen und Nebeln, dem unablässigen Regen und Schneetreiben. Malcolm vermißte bitter die zwingenden Aufgaben: Ihm fehlte die Arbeit, von allen heiligen Dingen Gottes das hilfreichste und wohltuendste.

Im ganzen Haus glimmten und loderten große Feuer. Nichts mißfiel dem Marquis mehr als der geringste Anschein einer Einschränkung des Kohlenverbrauchs. In der Bibliothek brannten vom Morgengrauen bis zur Mitternacht zwei riesige Kamine — den Büchern tat es allemal gut, auch wenn sich ihr Besitzer selten unter ihnen blicken ließ. Es gab Tage, an denen außer dem Diener, der sich um die Feuerstellen kümmern mußte, nur ein Mensch den Raum betrat: Malcolm.

Eines Morgens saß er allein am Fenster und blickte aufs Meer hinaus. Lady Florimel kam herein auf der Suche nach Lesestoff. Zu ihrer Überraschung — denn sie hatte nichts davon gehört, daß Besuch eingetroffen wäre — sah sie an einem der Fenster einen Gentleman aus dem Hochland sitzen, der sich die Landschaft draußen ansah. Sie wollte sich schon wieder zurückziehen, als sie an einer leichten Bewegung Malcolm erkannte.

Die Erklärung lag darin, daß der Marquis nach dem Ende der Segelsaison Malcolm endlich dazu hatte überreden können, seine Hochlandtracht anzulegen. Es war eine alte Sitte im Herrenhaus von Lossie, daß der Diener des Lords sich dergestalt heraushob, und der Marquis selbst trug den Kilt, wenn er im Sommer auf seinen westlichen Gütern weilte, aber auch immer, wenn er bei Hof war. Bei Malcolm hätte er allerdings keinen Erfolg gehabt, wäre nicht dessen Liebe zu Duncan gewesen.

Für ihn war es nicht so leicht, diese Kleidung unter den veränderten Aspekten seiner Lebensumstände zu tragen, denn immerhin trug er sie nur nach dem Recht des Dienstes und nicht der Geburt, und der Tartan der Familie des Lords war alles, worauf er Anspruch hatte.

Er hatte Florimel nicht hereinkommen hören. Sie trat leise hinter ihn und legte die Hand auf seine Schulter. Bei ihrer Berührung schreckte er hoch.

»Einen Penny für deine Gedanken«, sagte sie und trat einen Schritt zurück.

»Ich würde zwei geben, wenn ich sie los wäre!« erwiderte er und schüttelte seinen buschigen Kopf, als wolle er die unsichtbaren Raben verscheuchen, die über ihm schwebten.

»Wie gut du aussiehst!« fuhr Florimel fort und betrachtete ihn mit einer Zustimmung, die allzu offen war, um angenehm zu sein.

»Der Anzug paßt dir ausgezeichnet. Ich habe dich zuerst gar nicht erkannt. Ich dachte, es müsse irgendein Freund von Papa sein. Nun erinnere ich mich, daß er einmal sagte, du solltest die passende Kleidung für einen Diener tragen. Wie gefällt sie dir?«

»Mir ist das alles gleich«, sagte Malcolm. »Ich kümmere mich nicht um das, was ich trage, wenn ich nur ein Recht darauf hätte!« fügte er mit einem Seufzer hinzu.

»Es ist schlimm für dich, Malcolm«, verwies ihn Florimel. »In dem Augenblick, da dir das Glück eine Gunst anbietet, ziehst du dich zurück — willst ihr nicht einmal ein Lächeln schenken. Du verdienst dein Glück gar nicht.«

Malcolm schwieg.

»Dir geht doch etwas im Kopf herum«, sprach Florimel weiter, teils weil sie Mrs. Stewart entgegenkommen wollte, teils weil es sie reizte, Malcolms Trösterin, vielleicht gar Beichtigerin zu sein.

»O ja, my Lady.«

»Was ist das? Sag's mir. Du kannst mir vertrauen.«

»Ich könnte Ihnen vertrauen, aber ich kann es Ihnen nicht sagen— ich wage es nicht — ich darf es nicht!«

»Ich sehe, daß du mir nicht vertraust«, sagte Florimel in einem Ton, dessen Gekränktsein halb gespielt, halb wirklich war.

»Ich würde mein Leben — was immer daran ist — für Sie geben, my Lady, aber die Art meines Kummers kann ich nicht aussprechen. Ich muß ihn allein tragen.«

Lady Florimel schoß es durch den Kopf, daß die Ursache seines Elends, die er sich nicht zu bekennen traute, seine Liebe zu ihr sei. Nun war der Malcolm, der in seiner augenblicklichen Kleidung und mit der Interpretation dessen, was sie von seiner Geschichte zu wissen glaubte, eine gänzlich andere Person als der frühere Malcolm in der Verkleidung eines Fischers oder Seemannes, und sie fühlte und sah den Unterschied. Wenn sie die Ursache seines Elends war, warum sollte sie ihn nicht ein wenig trösten? Natürlich kam nichts weiter in Frage, doch ein wenig Bekenntnis und Trost würde ihnen beiden nicht schaden. Außerdem hatte Mrs. Stewart sie gebeten, ihren Einfluß geltend zu machen, und hier wäre ein neuer Weg dazu gegeben. Wenn er ihretwegen unglücklich war, dann sollte sie für ihn tun, was sie zu tun vermochte. Ein oder zwei freundliche Worte kosteten nichts und könnten eine Menge helfen, ein gebrochenes Herz zu heilen! Sie war sich allerdings kaum bewußt, wie wenig sie es geheilt wünschte — nicht sofort jedenfalls.

»Kannst du mir nicht vertrauen, Malcolm?« sagte sie, sah ihm tief in die Augen und beugte sich ein wenig vor. »Kannst du mir nicht vertrauen?«

Bei diesen Worten und ihrem Blick schien seine starre Fassung zu schmelzen. Er fiel auf die Knie nieder, das Herz fast erdrückt unter der Woge von Liebe und Kummer, und brachte mit einem Klumpen in der Kehle heraus: »Es gibt nichts, was ich je in meinem Leben tat oder dachte, das ich Ihnen nicht sagen würde; aber da sind andere Menschen! Es brennt mir im Herzen, und doch kann ich meine Lippen nicht öffnen.«

In seinen braunen Augen lag ein Ausdruck halb wie ein Engel, halb wie ein treuer Hund, der ihre Augen zu ihm herabzuziehen schien. Sie mußte dem sofort Einhalt gebieten.

»Steh auf, Malcolm«, sagte sie freundlich. »Was würde mein Vater oder Mrs. Courthope dazu sagen?«

»Ich weiß nicht, es ist mir auch beinahe gleichgültig. Ich bin zwischen zwei Dingen völlig hin- und hergerissen«, antwortete Malcolm und stand langsam auf, den Blick nicht von ihrem Gesicht wendend.

»Und dann ist da ja auch mein Daddy!« fuhr er fort — schon fast auf die Seite des Feindes hingezogen — »Ich wage nicht einmal ihm zu sagen, daß ich es nicht ertragen kann! Sie haben ihm doch nichts gesagt, my Lady?«

»Ich verstehe dich nicht recht«, entgegnete Florimel einigermaßen schuldbewußt, denn sie hatte mit Duncan gesprochen. »Was hätte ich deinem Großvater sagen sollen?«

»Von — von — *ihr*, wissen Sie, my Lady.«

»Wer — sie?« fragte Florimel.

»Sie — die Lady von Gersefell.«

»Und warum —? Was ist mit ihr? Was hat das zu tun mit —? Nun, Malcolm, was hat dich befallen? Du scheinst sie ja wirklich nicht zu mögen!«

»Ich kann sie nicht ertragen«, sagte Malcolm mit dem ruhigen Ernst eines Menschen, der einfach eine Tatsache feststellt. Einen Augenblick lang ruhte sein Blick, gequält und feierlich, nachdenklich in ihren Augen, als suche er nach einem Trost, den er nicht finden konnte, dann senkte er sich langsam und betrachtete den Boden zu ihren Füßen.

»Und warum?«

»Das kann ich Ihnen nicht sagen.«

Sie hielt das für eine unbegründete Abneigung.

»Aber damit hast du völlig unrecht«, sagte sie in einem Ton, als tadle sie ein Kind. »Du solltest dich schämen. Was soll das heißen, die eigne Mutter nicht zu mögen?«

»Sagen Sie das Wort nicht, my Lady!« rief Malcolm in zutiefst gequältem Ton, »sonst drehe ich mich um und renne weg wie der verrückte Laird. Er ist um kein Haar verrückter, als ich es bei einer solchen Mutter wäre.«

Er wollte an ihr vorbei und aus dem Raum gehen.

Aber Lady Florimel konnte keine Niederlage einstecken. Bei jedem Wettstreit mußte sie gewinnen, sonst wäre es in ihren eigenen Augen eine Schande für sie gewesen, und sollte sie wirklich nichts gewonnen haben in diesem Wortgefecht mit einem Fischerjungen? Sie wollte und mußte ihn unterkriegen! Vielleicht wußte sie nicht, in welchem Maße ihre Absicht angestachelt wurde durch die schmerzliche Erkenntnis, daß nicht sie die Ursache seines Kummers war.

»Du wirst nicht so von mir weglaufen!« rief sie in verletztem Ton.

»Ich werde gehen oder bleiben, wie Sie wollen, my Lady«, antwortete Malcolm resigniert.

»Dann bleib, ich bin noch nicht mal zur Hälfte fertig«.

»Sie müssen mir wohl das Herz ausreißen«, fuhr er mit einem traurigen Versuch zu lächeln fort und blickte sie mit einem Hundeblick an.

»Das würdest du deiner Mutter zufügen!« sagte Florimel streng.

»Sagen Sie nichts Böses von meiner Mutter!« rief Malcolm mit einem plötzlichen Anflug von Wildheit.

»Aber Malcolm!« sagte Florimel beunruhigt, »Was habe ich denn Böses von ihr gesprochen?«

»Für meine Mutter ist es einfach eine Beleidigung, jene Frau bei ihrem Namen zu nennen«, entgegnete er mit zusammengebissenen Zähnen.

Für ihn war es eine Beleidigung für den Gedanken der Mutterschaft, daß eine solche Frau seine Mutter genannt wurde.

»Sie ist eine sehr damenhafte, hübsche Frau — hübsch genug, um sogar deine Mutter zu sein, Mr. Malcolm Steward.«

Florimel hätte das ohne die Distanz zwischen beiden nicht auszusprechen gewagt, aber auch bei einer größeren Distanz hätte sie diese Äußerung nicht getan. An Malcolm prallten ihre Worte jedoch ab, denn nie im Leben hatte er sich mit der Frage beschäftigt, ob er hübsch sei oder nicht; er glaubte nur, sie treibe ihr Spiel mit ihm und suchte sich schweigend zu beherrschen mit dem Ausdruck eines Mannes, der sich dafür wappnet, das Schlimmste zu hören und zu ertragen.

»Selbst wenn sie nicht deine Mutter sein sollte«, fuhr sein Quälgeist fort, »wäre eine solche Ablehnung einer Frau gegenüber ganz einfach grausam.«

»Sie muß es beweisen«, murmelte Malcolm, und seine Worte waren kaum zu hören, aber nicht weniger nachdrücklich.

»Natürlich wird sie das; sie hat eine ganze Menge Beweise. Eine ganze Stunde lang hat sie mir Beweise vorgetragen.«

»Länge macht noch keine Wahrheit aus«, entgegnete Malcolm, »das tröstet mich! Fahren Sie fort, my Lady.«

»Die arme Frau! Es war schon hart genug für sie, ihren Sohn zu verlieren; ihn aber wiederzufinden, und er erweist sich dann so wie du, das stelle ich mir zehnmal schlimmer vor.«

»Zweifellos! Aber es gibt noch etwas Schlimmeres.«

»Und was ist das?«

»Auf eine Mutter zu stoßen, die —«

Er hielt abrupt inne; sein Blick wanderte im Raum umher, und die Muskeln in seinem Gesicht zuckten krampfhaft.

Florimel sah, daß sie gegen eine Mauer lief. Sie schwieg einen Augenblick und fuhr dann fort:

»Wie auch immer, wenn sie deine Mutter ist, kannst du nichts unternehmen, um es zu ändern.«

»Sie muß es beweisen«, war Malcolms beharrliche Antwort.

»Ganz richtig«, meinte Florimel, »und wenn sie es nicht kann, dann bist du nicht schlechter dran als vorher — und nicht besser«, fügte sie seufzend hinzu.

Malcolm erhob sein fragendes Gesicht zu ihren forschenden Augen auf.

»Siehst du denn nicht«, sprach sie leise weiter und senkte den Blick aus halb bewußter Scham über halb unbewußter Falschheit, »daß ich nicht mein ganzes Leben lang hier in Lossie sein kann? Wir werden uns eines Tages Lebewohl sagen müssen und uns nie wieder sehen — höchst wahrscheinlich. Doch wenn es sich herausstellen sollte, daß du aus guter Familie bist, weißt du —«

Florimel bemerkte weder die Blässe, die sich über sein Gesicht breitete, noch die zurückströmende Röte, doch als sie aufsah, um die Wirkung ihres Arguments zu beobachten, nahm sie den Blitz wahr, der aus dem dunklen Braun seiner Augen brach; wieder senkte sie den Blick.

»— dann könnte es eine Gelegenheit geben, daß wir uns irgendwo treffen — in London, oder vielleicht in Edinburgh, und ich könnte dich in mein Haus bitten —, nachdem ich verheiratet bin.«

Himmel und Erde schienen sich um sein Hirn mit einem Ruck zu schließen. Im nächsten Augenblick waren sie wieder in unermeßliche Ferne auseinandergerückt, und er stand allein in der grenzenlosen Öde des erschöpften Seins. Er hatte keine Vorstellung, wieviel Zeit verflossen war, als er wieder zu sich fand; es hätten Stunden sein können. Doch obgleich er nichts von dem wahrnahm, was sie nachdrücklich vorbrachte, wurde er der Stimme Lady Florimels gewahr, die in seinen Ohren klang, die ganze Zeit über geklungen hatte. Er stand vor ihr wie eine marmorne

Statue mit dem dumpfen Pochen ihres steinernen Herzens. Er mußte dies beenden! Die Erkenntnis, daß unmeßbare, unüberwindliche Meilen zwischen ihnen lagen, war unerträglich. Mit einer Anstrengung, als zerbreche er die Fesseln eines nächtlichen Alptraums, wandte er sich von ihr ab und verließ, ohne auf ihr Rufen zu achten, langsam und mit gemessenem Schritt das Haus.

Während sie noch sprach, hatte sein Blick verschwommen auf den fernen Wassern geruht. In dem Augenblick, als er ins Freie trat und den Wind in seinem Gesicht spürte, wußte er, daß ihr Aufruhr die Mühsal des Mitleidens war und der Ozean ihn die ganze Zeit hindurch zu sich gezogen hatte. Er ging geradewegs zu seinem kleinen Boot hinunter, das untätig im Hafen auf dem Sand lag. Er schob es in das ruhige Wasser hinter dem Pier, richtete den Mast auf, zog einige Zoll Segel auf, ruderte bis über die schützende Hafenmauer hinaus und warf sich mitten in das aufgewühlte Wasser, dessen zerfetzte Kämme von den Böen des Nordorkans verdreht wurden. Einen Augenblick später saß er an der dem Wind zugewandten Wand seiner Nußschale von Boot, in einer Hand das Steuer und in der anderen das Segel, während das Boot wie ein Korken auf den zerrissenen Schaumkronen der Wellen tanzte. Sein Instinkt hatte ihn in die Gefahr geführt, um Hilfe für seine verwundete Seele zu finden.

Eine Stunde später verließ Malcolm sein Boot auf dem trockenen Sand, der steil in das Hafenbecken hinein anstieg. Er schlug den Heimweg am Ufer entlang ein, als er plötzlich in einiger Entfernung vor sich eine Frau im Sand sitzen sah, die den Kopf auf die Kniee gelegt hatte. Sie trug keinen Schal, obwohl der kalte, kräftige Wind ihr Haar wild zerzauste. Ihre Haltung und die ganze Erscheinung boten ein Bild des Elends. Er ging auf sie zu und erkannte sie.

»Was um alles in der Welt ist mit dir los, Lizzy?« fragte er.

»O nichts«, murmelte sie, ohne den Kopf zu heben. Die kurze Antwort wurde von einem Schluchzen unterbrochen.

»Das gibt es nicht«, beharrte Malcolm, den eigener Kummer nie gleichgültig gegenüber dem Leid anderer gemacht hatte. »Kann ich dir irgendwie helfen?«

Die Antwort war ein erneutes Schluchzen.

»Ich habe selbst eine Menge Probleme«, sagte Malcolm. »Ich würde dir wirklich gerne helfen, wenn ich kann.«

»Niemand kann mir helfen«, brach es aus dem Mädchen heraus, als würden die Worte durch die Zusammenkrampfung ihres Inneren herausgeschleudert. Der ganze Aufruhr brach sich mit Weinen und Schluchzen Bahn. »Ich glaube, ich muß ins Wasser gehen«, fügte sie klagend hinzu, als er in stummem Mitgefühl dastand und wartete, bis der Ausbruch abflaute. Kaum traf ihr Blick sein Gesicht, da begrub sie ihr Antlitz wieder in den Händen, und in einem neuen Anfall von Pein schwankte sie vor und zurück.

»Deine Mutter hat dich hart behandelt«, sagte er. »Aber das geht vorüber.« Beim Sprechen setzte er sich neben sie in den Sand, doch Lizzy sprang auf und rief:

»Komm mir nicht zu nah, Malcolm. Ich bin nicht gut genug, daß mir ein ehrlicher Mann nahekommt. Bleib weg; ich habe die Pest.«

Sie lachte, aber es war ein erbarmungswürdiges Lachen, und dabei blickte sie wild um sich, als suche sie einen Platz, wo sie hinlaufen könnte.

»Ich wäre froh, sie selbst zu tragen, Lizzy. Auf jeden Fall bin ich ein alter Freund und lasse mich nicht so wegscheuchen«, sagte Malcolm, der den Gedanken nicht ertragen konnte, sie am Rande der einsamen See zurückzulassen, wo ihr die Wellen die ganze kalte Winternacht lang entgegenbrüllen würden. Wer konnte sagen, was sie tat, wenn die Dunkelheit anbrach? Er erhob sich und wollte ihr die Hand vom Gesicht ziehen, aber sie wandte sich rasch um und sagte mit harter, gezwungener Stimme:

»Ein Mann kann einer Frau nicht helfen, höchstens ins Grab.« Dann drehte sie sich plötzlich um, legte ihm die Hände auf die Schultern und rief: »Um Gottes Barmherzigkeit willen, verlaß mich augenblicklich, Malcolm! Wenn ich dir nur sagen könnte, was mich bekümmert, dann würde ich es tun. Aber ich kann nicht, ich kann nicht. Lauf, Junge, lauf und laß mich allein!«

Er konnte ihrem ängstlichen Flehen und ihrem gequälten Blick unmöglich widerstehen. Mit wehem Herzen und völlig verwirrt wandte sich Malcolm um und schlug mit gesenkten Blicken nachdenklich den Weg vom Hafen zur Seaton ein.

An der Ecke des ersten Hauses im Dorf standen drei Frauen, die er im Vorübergehen grüßte. Der Ton ihrer Antwort verblüffte ihn etwas, da er nicht bemerkt hatte, wie sie ihn beim Näherkommen beobachteten, und so vergaß er es umgehend. Kaum hatte er ihnen den Rücken gewandt, da warfen sie sich gegenseitig bedeutsame Blicke zu.

»Hübsche Federn machen hübsche Vögel«, meinte die eine.

»Ja, aber er sieht recht niedergedrückt aus«, bemerkte die andere.

»Dazu hat er auch allen Grund! Was wird seine vornehme Mutter dazu sagen? Es wird ihr gewiß nicht gefallen, auf solche Weise zur Großmutter gemacht zu werden«, sagte die dritte.

»Aber sicher, meine Liebe, das kann man wohl annehmen«, entgegnete die erste.

Obwohl sie sich kaum Mühe gaben, ihre Stimmen zu dämpfen, war Malcolm viel zu sehr mit seinem Kummer beschäftigt, um ihr Gerede zu hören. Es war ihm völlig klar, daß die Aufregung des Mädchens viel ernsterer Natur sein mußte als eine vorübergehende Auseinandersetzung mit ihrer Mutter; daher beschloß er schließlich, bei dem Blauen Peter und seiner Frau Rat zu suchen. Er durchquerte das Seetor und schlug den Weg nach Scaurnose ein.

Er fand sie bei einem nachmittäglichen Imbiß von Tee und Haferkuchen. Im Herd loderte heiß ein Torffeuer, über dem von einer Kette ein großer Kessel hing — eine Fülle heißes Wasser, aus der die große Porzellankanne mit ihren prächtigen roten Blüten und grünen Blättern gefüllt worden war. Auf dem Kaminsims drängte sich lustiges Steingutgeschirr. Auch Phemy saß am Tisch. Sie erhob sich, als wolle sie das Zimmer verlassen, doch anscheinend besann sie sich anders, denn sie setzte sich sofort wieder.

»Mann, bist du heute ein Anblick — mit dem Kilt und dem Tartan!« bemerkte Mair bei der Begrüßung.

»Ich hab das angezogen meinem Daddy und dem Marquis zuliebe«, sagte Malcolm und lachte etwas verschämt.

»Friert es dich denn nicht an den Knieen?« fragte seine Frau.

»Nicht sehr. Ich spüre zwar, daß sie da sind, aber ich habe mich dran gewöhnt.«

»Komm, setz dich und trink eine Tasse Tee mit uns.«

»Ich habe nicht viel Zeit, aber eine Tasse Tee trinke ich schon mit. Wenn es nicht wegen der kleinen Ohren wäre, würde ich gerne euren Rat hören wegen jemand, die, glaube ich, eine Freundin braucht.«

Phemy, die ihre Tätigkeit unterbrochen und ihn mit zusammengepreßten Lippen beobachtet hatte, legte ihr Butterbrot auf den Tisch und rutschte vom Stuhl.

»Wo gehst du hin, Phemy?« fragte die Mutter.

»Ich bringe meine Ohren weg«, entgegnete Phemy.

»Du bist mir vielleicht eine!« erwiderte Malcolm, während ihre Eltern belustig zusahen. »Du bist zu schlau! Wer hätte gedacht, daß du so schnell auffaßt?«

»Wenn die Leute mir nicht vertrauen —«, sagte Phemy und hielt inne.

»Was erwartest du denn, wenn du anderen nicht vertraust? Weißt du denn nicht, Kind, daß du Vertrauen zu mir haben kannst? Phemy, wo ist der verrückte Laird?«

Eine leichte Röte stieg in ihre Wangen, doch ihre Antwort verriet nicht, ob aus Verwirrung oder Zorn.

»Ich kenne niemand, der so heißt«, sagte sie.

»Also dann, wo ist der Laird von Kirkbyres?«

»Wo du nicht Hand an ihn legen kannst!« warf ihm das Kind mit hochroten Wangen und blitzenden Augen entgegen.

»Ich Hand an ihn legen!« rief Malcolm, überrascht von ihrem Verhalten.

»Phemy! Phemy!« sagte ihre Mutter. »Schäm dich.«

»Da gibt's nichts zu schämen«, protestierte das Kind unwillig.

»Doch«, sagte Malcolm ruhig, »denn du tust einem ehrlichen Mann Unrecht.«

»Du kannst doch nicht leugnen«, beharrte Phemy in einer Stimmung, als wolle sie dem Leibhaftigen selbst entgegentreten, »daß du auf einer von den Stuten des Marquis in Kirkbyres drüben warst und eine lange Unterhaltung mit der Mutter des Laird geführt hast!«

»Ich ging im Auftrag meines Herrn hin«, antwortete Malcolm.

»So, wirklich? Aber wer weiß, bei so einer Mutter!«

Sie brach in Tränen aus und rannte auf die Straße.

Nun begriff Malcolm.

»Sie ist wie all die anderen!« sagte er traurig und wandte sich der Mutter zu.

»Ich schäme mich einfach für das Kind!« erwiderte sie mit offensichtlichem Ärger im geröteten Gesicht.

»Sie hält ihm nur die Treue«, sagte Malcolm, »selbst wenn sie mir gegenüber nicht fair sein kann. Bitte sag kein Wort zu dem Kind. Nach einiger Zeit wird sie mich besser kennen. Und nun mein Anliegen.«

Mrs. Mair sprach kein Wort, während er berichtete, wie er auf Lizzy gestoßen war, in welchem Zustand sie sich befand und welches Gespräch zwischen ihnen stattgefunden hatte. Doch kaum hatte er geendet, als sie sich erhob, ihre Teetasse unberührt stehenließ und Mütze und Schal von einem Nagel hinter der Türe nahm. Auch ihr Mann stand auf.

»Ich werde selbst mit dir bis zu Boar's Craig gehen, Annie«, sagte er.

»Ich nehme an, ihr werdet das arme Ding finden, wo ich sie verlassen habe«, bemerkte Malcolm. »Ich kann mir vorstellen, daß sie sich nicht nach Hause traute.«

Im Herrenhaus angekommen, las Malcolm noch weit in die Nacht hinein, bis seine Kerze im Halter ganz heruntergebrannt war. Plötzlich setzte er sich in seinem Stuhl auf und horchte. Er glaubte, im nächsten Zimmer ein Geräusch vernommen zu haben — es war unmöglich, sich vorzustellen, wodurch es verursacht wurde. Es war eher die Abstraktion eines Geräusches. Er lauschte mit jedem Nerv, hörte aber nichts mehr; er kroch zur Tür der Kammer des Zauberers und horchte wieder — horchte, bis er nicht mehr sagen konnte, ob er etwas hörte oder nicht, und sich fühlte wie ein Tauber, der sich vorstellte, er höre Geräusche. Schließlich kroch er in sein Zimmer zurück und ging zu Bett, alles andere als befriedigt. Wenn er etwas gehört hatte, mußte dies wohl ein loses Fenster oder eine Türe gewesen sein. Doch er konnte die Vorstellung nicht loswerden, daß er Schwefel gerochen habe.

An diesem Abend hatte sich die Nachricht in der ganzen Stadt verbreitet, daß Lizzy Findlay in der größten Schwierigkeit stecke, die einer Frau zustoßen kann, und daß Malcolm die Ursache sei.

Neunundzwanzigstes Kapitel

Die Treppe

Der Winter stand vor der Türe — in dieser nördlichen Region hätte er seine Herrschaft schon voll beanspruchen können —, doch der letzte goldene Saum des Herbstgewandes war im Davonschwinden immer noch wahrzunehmen. In der sanften Traurigkeit der Jahreszeit konnte Malcolm nicht verhindern, daß er neidvoll auf die Zeit zurückblickte, als harte Arbeit, Abenteuer, Gefahr, Sturm und aufgewühlte Wasser ihm hätten helfen können, die Last des moralischen Drucks zu ertragen, der nun von Morgen bis Abend auf ihm lastete. Die neuen bösen Berichte über ihn waren ihm noch nicht zu Ohren gekommen. Er ging selten in die Seaton hinab, denn der Ausdruck der ihm zugewandten Gesichter hatte sich verändert. Er führte das auf das Gerede über seine Herkunft zurück, obgleich er keinen Anlaß sah, warum man ihn deshalb anders behandeln sollte, doch sah er hierin einen Grund für die seltsamen Blicke, die ihm zugeworfen wurden. Er las, dachte nach und schlug sich mit Schwierigkeiten aller Art herum; den Marquis sah er nur wenig, und als die Abende länger wurden, verbrachte er immer mehr Zeit bei Duncan. Hin und wieder las er ihm vor, doch öfter noch lauschte er seiner Musik oder ließ sich von ihm Unterricht in der Kunst des Pfeifers geben. Seit ihrem letzten Gespräch hatte sich Lady Florimels Verhalten gegen ihn geändert. Sie schickte kaum noch nach ihm, und wenn sie es tat, dann gab sie ihre Anordnungen so von oben herab, daß er es selbst um seines Großvaters willen kaum im Hause mehr aushalten konnte, nicht einmal bis zur Rückkehr seines Herrn, der sich nicht daheim aufhielt. Malcolm überlegte sich, nach seiner Rückkehr den Vorschlag zu machen, daß er aus den Diensten des Marquis ausschied und seine alte Tätigkeit wieder aufnahm, wenigstens bis zum Beginn des nächsten Sommers, wenn das Segelboot von neuem in Betrieb genommen werden konnte.

Eines frühen Nachmittags verließ er das Herrenhaus. Der Morgen war grau und stürmisch angebrochen mit häufigen Schauern und in einen trübseligen, unerfreulichen Tag übergegangen. Der Herbst hatte sich endgültig verabschiedet, der Winter war mit aller Macht eingetroffen. Er ging auf die Unterstadt zu und direkt zu Miss Horns Haus. Sie empfing ihn mit einer Herzlichkeit, die sie ihm nie zuvor erzeigt hatte.

»Irgendwelche Neuigkeiten, Mem?« fragte er; am Horizont

seiner Einbildung ragte geisterhaft das Bild von Mrs. Stewart auf.

»Ich wäre nicht geeignet, dir davon zu erzählen, mein Junge, wenn Gott der Allmächtige nicht sehr barmherzig zu mir gewesen wäre, was das Gefühl anbelangt, wie du weißt. Deine Freunde in der Seaton und drüben in Scaurnose haben aber Gefühle, und deshalb hat es keiner von ihnen übers Herz gebracht, dir etwas von dem schandbaren Geschwätz zu erzählen, das über dich im Gange ist.«

»Was reden sie denn jetzt schon wieder?« fragte Malcolm mit ziemlicher Gleichgültigkeit.

»Nicht mehr und nicht weniger, als daß du der Vater eines ungeborenen Kindes seist«, antwortete Miss Horn.

»Ehrlich gesagt, ich verstehe sie nicht«, entgegnete Malcolm, denn die Plötzlichkeit dieser Enthüllung war nicht sofort zu schlucken.

Mit offenen und aufrichtigen Worten machte sie ihn umgehend mit der Art der Verleumdung bekannt. Er sprang auf und rief: »Wer wagt das zu behaupten?« in einer Lautstärke, daß die horchende Jean beinahe von der Treppe fiel.

»Wer sollte das sagen außer dem Mädchen selbst?« antwortete Miss Horn einfach. »Sie muß ehesten das Recht haben, zu sagen wie es ist.«

»Sie könnte eher das Gegenteil sagen«, meinte Malcolm.

»Was meinst du damit, mein Junge?«

»Daß niemand so gut wie sie selbst weiß, daß es eine Lüge ist. Wer ist sie denn?«

»Wer sonst als Meg Partans Lizzy?«

»Das arme Ding! Also das ist's! Da tut sie mir wirklich leid. Sie hat niemals gesagt, ich sei es gewesen. Wer immer es behauptet hat, Sie glauben es doch sicher nicht, Mem?«

»Ich das glauben! Malcolm MacPhail, willst du eine Jungfer beleidigen, die sich klar aus jedem Vorwurf herausgehalten hat, bis sie über dieses Alter hinaus war? Ich muß allerdings zugeben, daß es nicht so schwierig war, denn ich wurde in keinerlei Versuchung geführt!«

»O, Mem!« Malcolm bemerkte an ihren blitzenden Augen und der plötzlichen Pause, daß sie ehrlich verärgert war. »Ich weiß nicht, was ich gesagt habe, um Sie zu erzürnen!«

»Mich erzürnen! Was — obwohl ich keine Empfindungen habe! Glaubt er denn, er würde hier in meiner Gesellschaft sitzen, wenn ich ihn für fähig hielte, sich als ein so miserabler, verachtenswerter Schuft zu erweisen! Der Herr trete zwischen mich und meinen Zorn!«

»Ich bitte um Verzeihung, Mem. Ein Körper kann die Dinge nicht zusammenbringen, ehe er spricht. Ich danke Ihnen, daß Sie für mich eintraten.«

»Ich trete für niemand ein, außer für mich selbst, mein Junge.«

»Nun, Mem, und was soll ich nun tun? Ich kann doch nicht meinen alten Daddy mit seinem Dudelsack durch die Stadt herumschicken, um zu verkünden, daß ich nicht dieser Mann bin. Ich glaube, ich muß einfach von hier fortgehen.«

»Würdest du deinen Daddy auch herumschicken, um zu sagen, du seiest es gewesen? Du könntest das eine genauso gut tun wie das andere. Viele gute Menschen wurden schlecht geheißen, und die Leute vergessen schnell, daß die Lüge überhaupt gesagt wurde. Nein, nein; vor einer Lüge darf man niemals davonlaufen. Und sag niemals bei etwas, du seist es nicht gewesen, wenn man es dir nicht direkt vors Gesicht hält. Laß eine Lüge immer im Dreck liegen. Wenn du sie aufnimmst, bleibt der Dreck an dir kleben, selbst wenn du die Lüge bis über den Deich am Ende der Welt schleuderst. Nein, nein! Faß die Lüge nicht an, so wie du des Teufels Schwanz nicht anfassen würdest!«

»Alles kehrt sich nun gegen mich!« seufzte Malcolm.

»Ganz der alte Hiob!« entgegnete Miss Horn sarkastisch. »Der Teufel hat damals am Ende den kürzeren gezogen, und das wird er wieder. In der Zwischenzeit mußt du ihm entgegentreten.«

»Was soll ich dann machen, Mem?«

»Machen? Wer sagt, daß du überhaupt etwas tun sollst? Das beste ist, sich einfach ruhig zu verhalten. Laß die Wogen über dich hinweggehen, ohne daß du dich duckst.«

»Wenn ich nichts unternehmen soll, dann wünschte ich mir beinahe, ich hätte nichts davon erfahren«, erklärte Malcolm, dessen anständige Natur unter der ihm unterstellten Gemeinheit zusammenzuckte.

»Es ist besser, wenn du weißt, was andere von dir denken. Es bewahrt dich vor allzuviel Vertrauen, das dich verleiten könnte, Dinge zu tun oder zu sagen, die dann falsch gedeutet werden. Du mußt dir deinen Weg offenhalten, damit die Wahrheit freie Bahn hat, wenn sie ans Licht kommt. Was mich besonders verdrießt, ist die Tatsache, daß die gleichen Leute, die als erste schlecht über dich geredet haben, dir als erste gratulieren werden, wenn die Wahrheit herauskommt, und sie werden sich selbst einreden, daß sie die ganze Zeit über daran geglaubt hätten.«

»Es muß doch für Lügen ein Urteil geben.«

»Das Schlimmste, was ich jedem Verleumder wünsche, ist, daß er eines Tages selbst sich damit auseinandersetzen muß. Erst dann ist er für mich wieder eine passende Gesellschaft. Geh nun deiner

Wege, mein Junge; sprich deine Gebete und halte den Kopf hoch. Wer würde nicht eher aller Sünden gegen die Zehn Gebote anklagen, als eine davon begannen zu haben?«

Malcolm hielt seinen Kopf aufrecht, als er wegging.

Kein einziger Mensch befand sich auf der Straße. Weit drunten wütete und brodelte die See — graugrün mit weißen Schaumkronen. Das Brüllen des Sturms nahm ständig zu. Er entwickelte sich zu einem Hurrikan, und selbst Malcolm, der ja geübt war, fiel es nicht leicht, in stetigem Gang den Hügel hinaufzumarschieren. Doch sein Bewußtsein nahm das kaum wahr; seine Gedanken hielten ihn viel zu sehr beschäftigt.

Er mußte die Lügen aushalten, und er mußte jedwede Mutter akzeptieren, die Gott ihm gegeben hatte. Aber wie sollte er die veränderten Blicke seiner alten Freunde ertragen. Gesichter, die ihm zuvor gleichgültig erschienen, wurden ihm nun teuer, und Ansichten, die er früher als wertlos ansah, bekamen nun einen goldenen Glanz. Hätte er ihre Vorwürfe zu recht verdient, dann hätte er sich wohl gewappnet, sie zu verachten. Doch seine Unschuld band ihn gerade an jene, die ihn schuldig sprachen. Und langsam, aber stetig nahte sich die schreckliche Gewißheit — jene Zeit leerer Pein, wenn Lady Florimel aus seinem Gesichtskreis verschwinden und der Glanz seines Lebens mit ihr gehen mußte, um niemals wiederzukehren.

Doch er hegte nicht einmal einen Wunsch, ihr näher zu kommen, als der Gedanke des vollständigen Dienstes erlaubte. Sooft der Wunsch von der Dame selbst herbeigerufen, den Horizont seiner Gedanken gekreuzt hatte, da trat auch schon von gleicher Hand der abwehrende Einfluß auf den Plan, um ihn wieder in das Chaos von seiner Entstehung zurückzufegen. Doch seine Liebe erhob sich immer wieder von der Erde, auf die der Schlag sie geworfen hatte, geläutert, von neuem wunschlose Hingabe, ungeachtet einer Anerkennung über gebotene Dienste hinaus, zufrieden, daß dies ein und alles war.

Die Nacht fiel ebenso schnell ein, wie der Sturm an Heftigkeit zunahm. Als er sich dem Herrenhaus näherte, war es schon so dunkel geworden und der Wind tobte so wild, daß er fürchtete, man werde für die Nacht zusperren, ehe er anlangte.

Beim Näherkommen bemerkte er jedoch durch die eilige Bewegung von Lichtern, daß im Haus nicht Stille eingekehrt war, sondern eine ganz ungewohnte Bewegung. Als er zum Nordtor eilte, machte ihm der Wind jeden Schritt streitig, und als er das Tor erreichte und aufgestoßen hatte, riß eine Sturmböe das gegenüberliegende Tor auf und heulte durch die Halle. Lady Florimel, die in diesem Augenblick vorbeihuschte, wurde beinahe umgerissen, so daß sie einen Hilfeschrei ausstieß. Malcolm war schon am Südtor, wo er alle seine Kraft anwenden mußte, um es zu schließen, als sie ihn bemerkte. Mit weißem Gesicht und aufgerissenen Augen rief sie:

»O Malcolm! Wie lange hast du gebraucht, um zurückzukommen!«

»Was ist denn passiert, my Lady?« rief er erschrocken.

»Hörst du's denn nicht?« antwortete sie. »Der Wind reißt das Haus nieder. Eben war ein furchtbarer Fall, und jeden Moment höre ich es einstürzen. Wenn nur mein Vater kommen würde! Wir werden alle in den Bach geweht!«

»Keine Angst, my Lady!« erwiderte Malcolm. »Die Mauern dieses Bauwerks sind so stark wie gewachsener Fels und halten den stärksten Orkan aus. Ich werde gehen und nachsehen, was passiert ist.«

Er machte sich auf den Weg, doch Lady Florimel hielt ihn auf.

»Nein, nein, Malcolm! Ich weiß, es ist sehr dumm von mir, aber ich habe entsetzliche Angst. Die sind wie aufgescheuchte Hühner — Mrs. Courthope, der Butler und alle anderen. Laß mich jetzt bitte nicht allein!«

»Ich muß gehen und nachsehen, was passiert ist, my Lady«, antwortete Malcolm. »Aber Sie können mit mir kommen, wenn Sie wollen. Was glauben Sie, das eingestürzt ist?«

»Das weiß niemand. Es fiel mit einem donnerartigen Geräusch, und das ganze Haus erzitterte.«

»Es ist viel zu dunkel, als daß man etwas von außen erkennen könnte«, fuhr Malcolm fort, »— wenigstens ehe der Mond aufgegangen ist. Aber ich werde gleich mal nachsehen, ob der Teufel im Haus ist oder nicht.«

Er nahm eine Kerze vom Tisch in der Halle und ging, von Lady Florimel gefolgt, die eckige Treppe hinauf.

»Warum ist denn das Haus nicht versperrt und jeder in seinem Bett, my Lady?« fragte er.

»Mein Vater kommt doch heute Nacht heim. Wußtest du das nicht? Aber ich hätte gedacht, ein solcher Sturm sei eine ausreichende Erklärung, warum die Leute nicht im Bett sind!«

»Das ist eine furchtbare Nacht für ihn, um so weit von seinen Eigenen fortzusein! Woher kommt er denn? Sie sprechen nicht mehr mit mir, my Lady, und niemand hat mir etwas davon gesagt.«

»Er sollte heute Abend von Fochabers kommen. Stoat nahm die braune Stute, um ihn gestern zu treffen.«

»Bei einem solchen Sturm würde er sich nie auf den Weg machen! Das reicht, um den Sattel vom Rücken des Pferdes zu blasen!«

»Vielleicht ist er schon aufgebrochen, ehe der Sturm so heftig wurde«, meinte Florimel.

Malcolm gefiel diese Ansicht umso weniger, als einiges dafür sprach. Er glaubte, der Marquis hätte in diesem Fall schon längst da sein müssen. Aber er gab acht, Florimels Unruhe nicht noch zu steigern.

Inzwischen kannte Malcolm das zugängliche Innere des Daches besser als jeder andere im Haus. Er führte Lady Florimel über die ganze Ausdehung von einem Teil zum anderen. Auf Florimel wirkte das wie eine Öde, eine verlassene und vergessene Region, geheimnisvoll mit tiefreichenden dunklen Nischen, und nun besonders furchterregend, da der Sturm so dicht in ihrer Nähe über die Schieferplatten und Dachrinnen heulte und wütete.

Schließich gelangten sie zu Malcolms eigenem Quartier, wo sie an der Türe vom Zimmer des Zauberers unmittelbar vorbeigehen mußten, um eine kurze, leiterförmige Treppe zu erreichen, die mitten in die nackten Dachsparren hinaufführte, als Lady Florimel bei Erreichen eines kleinen Sturmfensters nahe dem Ende eines langen Ganges anhielt und hinausblickte.

»Der Mond geht auf«, sagte sie und schaute weiter hinaus.

Malcolm blickte ihr über die Schulter. Im Osten erschien ein mattes Licht hinter dem Kamm eines niedrigen Hügels. Der Himmel war zum größten Teil klar, doch riesige Massen zerfetzter Wolken trieben über den Himmel. Der Wind war etwas abgeflaut.

»Sind wir hier eigentlich nicht in der Nähe von deinem Freund, dem Zauberer?« fragte Lady Florimel mit spöttischem Ton, in dem ein leichtes Zittern schwang.

Malcolm antwortete so, als sei er sich nicht ganz sicher.

»Ist hier nicht irgendwo dein eigenes Zimmer?« fragte das Mädchen scharf.

»Wir gehen jetzt noch zu einer anderen seltsamen Stelle«, bemerkte Malcolm und tat so, als habe er sie nicht gehört, »und wenn das Dach dort in Ordnung ist, dann habe ich keine Sorge um meinen Kopf bis morgen früh. Es ist nur ein paar Schritte weiter, und dann eine kleine Treppe hinauf.«

Aber Lady Florimel war einem ihrer nicht ungewöhnlichen Anfälle von Eigensinn erlegen.

»Ich tue keinen Schritt«, beharrte sie, »bis du mir gesagt hast, wo das Zimmer des Zauberers ist.«

»Direkt hinter Ihnen, my Lady, wenn Sie es so haben wollen«, antwortete Malcolm, durchaus bereit, ihr einen kleinen Denkzettel zu verabreichen, »gerade am Ende der Halle dort.»

Gerade während er sprach, ertönte irgendwo ein Laut wie vom Zuschlagen einer schweren eisernen Türe, dessen Echo in alle

Winkel der vielerlei Giebel zu laufen schien. Florimel stieß einen Schrei aus und klammerte sich entsetzt an Malcolm. Eine mitfühlende Bewegung, ausgelöst durch ihren Schrei, durchzitterte den kräftigen Leib des Fischers, und fast gegen seinen Willen umfaßte er sie. Mit weit aufgerissenen Augen starrte sie den langen Gang hinab, von dem sie in dem schwachen Licht, das sie bei sich trugen, kaum ein Viertel erkennen konnten. Plötzlich vernahmen sie weiche Schritte auf dem Fußboden des Ganges, die langsam durch die Dunkelheit näher kamen. Aus der Dunkelheit wuchs allmählich riesig und düster die Gestalt eines Mannes, die in ein langes, fließendes Gewand gekleidet war und direkt auf sie zukam. Sie klammerten sich noch enger aneinander. Die Erscheinung kam ihnen auf einen Meter nahe, und da erst erkannten sie Lord Lossie in seinem Hausmantel.

Sie fuhren erschrocken auseinander. Florimel stürzte auf ihren Vater zu, und Malcolm blieb stehen und erwartete den letzten Schlag seines bösen Geschicks. Der Marquis wirkte blaß, streng und erregt. Anstatt seine Tochter auf die Stirn zu küssen, wie dies seine Gewohnheit war, streckte er eine Hand nach ihr aus und zog sie mit der anderen an seine Seite. Dann ging er auf Malcolm zu und zündete die Kerze an, die er bei sich trug, denn der Luftzug hatte sie unterwegs ausgeblasen.

»Geht in Euer Zimmer, MacPhail«, sagte er und wandte sich ab, den Arm noch immer um Lady Florimel geschlungen.

Zusammen gingen sie den langen Gang hinab, nur in flackernden Schemen zu sehen. Ganz plötzlich verschwand ihr Licht, und damit schien Malcolms Blick ihn verlassen zu haben. Doch ein fröhliches Lachen, dessen silbriger Klang ohne Zweifel Lady Florimel gehörte, drang an seine Ohren und brachte ihn wieder zu sich.

Zwei oder drei bedrückende Stunden lag er schlaflos mit geschlossenen Augen da. Schließlich öffnete er sie weit und blickte sich im Zimmer um. Die Nacht war mondhell, der Sturm hatte sich gelegt und alle Welt schlief erschöpft. Er allein war noch wach, doch er konnte nicht länger liegenbleiben. Er wollte hinausgehen und wenn möglich feststellen, welches Unheil der Sturm angerichtet hatte.

Er kletterte die kleine, nur von der Dienerschaft benutzte Wendeltreppe hinunter und stand bald im Freien. Zuerst suchte er das Gebäude gegen den Himmel ab, konnte aber nirgendwo einen Schaden erkennen. Dann machte er sich daran, das Gebäude zu umrunden, um zu sehen, was herabgefallen war.

Weit hinten, nahe unter seinem eigenen Fenster, gab es eine vernachlässigte Stelle, wo nie jemand hinging; dort sah er einen Haufen geschwärzter Steine und Mörtel. Das also war die niedergegangene Lawine, die den Haushalt in Angst und Schrecken versetzt hatte! Die formlose Masse war gestern noch ein wohlproportionierter, schmucker Stein gewesen.

Er setzte sich hin und kam erneut ins Grübeln. Der Marquis mußte ihn in der Frühe entlassen; wäre es nicht besser, gleich zu gehen und dem alten Duncan einen schrecklichen Wutanfall zu ersparen? Er konnte ja so tun, als sei er vor den pseudomütterlichen Nachstellungen von Mrs. Stewart geflüchtet. Doch seine Natur schreckte vor der Feigheit einer solchen Flucht zurück wie auch dem klaren Unrechtsgeständnis, das darin zum Ausdruck käme, und so verwarf er diese Überlegung. Plan um Plan für die Zukunft ging ihm durch den Kopf, während seine Augen lustlos hin- und herwanderten. Plötzlich merkte er, daß seine Blicke mit einer niedrigen, eisenbeschlagenen Tür in der Hausmauer beschäftigt waren, die er nie zuvor gesehen hatte. Er ging darauf zu und fand sie kaum verschlossen, denn es gab keine Kerbe, um die schwere Klinke aufzunehmen. Beim Aufstoßen öffnete sie sich in rostigen Scharnieren. Drinnen bemerkte er etwas, was im Schatten wie ein steiler Abhang aussah. Seine Neugierde war geweckt. Er stahl sich in sein Zimmer zurück und holte eine Kerze, die er im Schutz des Steinhaufens mit Hilfe seiner Zunderbüchse anzündete. Im Kerzenlicht schaute er nochmals durch die Türe und sah etwas wie eine enge, zylinderische Grube, nur bildete sie keine gähnende Tiefe, sondern war bis fast zur Höhe der Türe mit Schutt und Steinen angefüllt. Die Oberkante der Türe reichte beinahe bis zum Giebeldach hinauf, von dem ein Teil nahe der Innenseite der runden Mauer zerbrochen war. Unterhalb dieser Bresche ragten steinerne Fragmente aus der Wand, dem Aussehen nach Überreste einer Treppe.

Mit einem Fuß auf einem langen, senkrecht aus dem Schutt herausragenden Stein und dem anderen auf einem der Mauervorsprünge steckte sein Kopf beinahe in der Lücke im Dach, und eine Minute später kletterte er eine kleine, zerbrochene aber noch ganz passable Wendeltreppe empor, fast das genaue Gegenstück zu der, die wie ein riesiger Spiralbohrer von unten nach oben durch das ganze Haus führte — genau diejenige, über die er eben herabgekommen war.

Erst als er oben angelangt war, kam er an eine Tür. Sie war eisenbeschlagen und mit schweren Scharnieren versehen wie die Treppe unten. Sie öffnete sich nach außen — geräuschlos, wie er feststellte, als seien die Scharniere erst vor kurzem geölt worden, — und gab den Zugang frei in ein schmales Gelaß, dessen zweite Türe er schnell, mit klopfendem Herzen öffnete. Jawohl, das war das Bett mit den gewürfelten Vorhängen! Dies mußte die Kammer des Zauberers sein! Er durchquerte den Raum zu einer anderen Türe, die verschlossen und zusätzlich noch mit einem starken eisernen Riegel in einer stabilen Öse gesichert war. Er zog den Riegel zurück, doch im Schloß stak kein Schlüssel. Er hegte kaum noch Zweifel, eilte die Treppe wieder hinunter und die andere hinauf, um den Schlüssel auszuprobieren, der in seiner Kommode lag. Einen Augenblick später stand er im selben Raum, doch war er diesmal durch die Türe neben seiner eigenen eingetreten.

Irgendeine Enthüllung mußte hier greifbar nahe liegen! Auf jeden Fall war hier Platz für eine Verschwörung — und wo Mrs. Catanach im Spiel war, ganz sicher eine Schurkerei! Und doch mußte er gehen, mit der Kontrolle über diese Angelegenheit so offenkundig in seinen Händen und das Herrenhaus der Gnade eines niedrigen Weibes überlassen, denn das Schloß an der Türe zur Kammer des Zauberers würde sie sicher nicht lange aussperren, wenn sie das Gebäude betreten wollte! Er wollte jedoch nicht gehen, ohne dem Marquis alles zu enthüllen, und er wollte umgehend Vorsorge treffen, um ihr das Handwerk zu legen.

Er ging zur Schmiede und besorgte sich einen langen Eisenstab, der sich als Hebel benutzen ließ; damit löste er sorgfältig die Ösen des Riegels aus dem Türrahmen und setzte sie dann wieder so ein, daß sie aussahen wie zuvor, doch wenn man nun kräftig den Riegel vorschob, würde sie in der Mitte des Zimmers landen. Zuguterletzt schob er den Riegel in die Öse und verließ das geheimnisvolle Zimmer durch dessen eigene Treppe, nachdem er alle Spuren seiner Tätigkeit beseitigt hatte. Noch einmal stieg er den Gang durch das Haus empor, verschloß die Türe und zog sich dann mit dem Schlüssel in sein Zimmer zurück.

Nun hatte er über sich selbst hinaus einiges zum Nachdenken! Da gab es eine gewisse Stütze für die Legende über den Grafen, der ein Zauberer war. Die Treppe, die er entdeckt hatte, war zu einer gewissen Zeit in allgemeinem Gebrauch; ihre Verbindung mit anderen Teilen des Hauses war abgeschnitten worden und dann allmählich ganz in Vergessenheit geraten. Mrs. Catanach mußte sie in der gleichen Nacht entdeckt haben, als er sie dort fand. Sie mußte auf diesem Weg weggegangen sein und hatte sie in der Zwischenzeit sicherlich benutzt. Als er den Schwefelgeruch wahrgenommen hatte, da war sie wohl dabei gewesen, ein Streichholz anzuzünden.

Es ging nun auf den Morgen zu, und er war endlich müde. Er ging zu Bett und schlief ein. Als er erwachte, war es schon spät, und beim Anziehen hörte er das Geräusch von Hufen und Rädern aus dem Hof vor den Stallungen. Er saß in Mrs. Courthopes Zimmer beim Frühstück, als sie voller Überraschung über die plötzliche Abreise des Lords und der Lady hereinkam. Der Marquis hatte gleich beim ersten Tageslicht nach seinem Diener und Lady Florimel nach ihrer Zofe geläutet. Anweisungen wurden zum Stall hinuntergebracht, vier Pferde vor die Reisekutsche gespannt, und dann waren sie fort und Mrs. Courthope konnte nicht sagen, wohin.

Das Haus war eintönig ohne Florimel, doch hatten sich die Dinge ein wenig besser angelassen, als Malcolm erwartet hatte; so wappnete er sich, seinen Verlust zu ertragen.

Dreißigstes Kapitel

Die Entführung

Für den Laird entwickelten sich die Dinge recht ordentlich. Phemy und er schlossen sich enger aneinander, und in ihrer Gesellschaft wurde er noch friedlicher in der Gewißheit, daß seine Verstecke nur ihnen beiden bekannt waren. Eine Zeitlang ging das Leben für den Laird weiter wie zuvor. Er verbrachte eine Menge Zeit mit Phemy, vor allem am Abend — auf den Feldern und dem Strand. Wenn er ein Dach über dem Kopf brauchte, dann war Phemys kleine Mansarde sein zweites Heim, neben dem ersten, seiner Höhle. Obwohl sie seine Nähe nicht merkten (es war seine Gewohnheit, mit Phemys Hilfe oft spät am Abend hereinzukriechen, um nach einigen kurzen Stunden des Schlafs vor Tagesanbruch still zu verschwinden) bis nach Malcolms jüngstem Besuch, war sein Geheimnis bei Joseph und Annie Mair in guten Händen. Sie wußten, daß Malcolm nichts unternehmen würde, was ihm in irgendeiner Weise schaden oder seinen Aufenthaltsort preisgeben könnte, doch sie hielten es für das beste, ihm die zusätzliche Last, zuviel über den Laird zu wissen, zu ersparen. Obwohl der Laird wenig Verbindung mit ihnen unterhielt, hatte er gelernt, ihnen fast ebenso zu vertrauen wie ihrer Tochter, und manchmal kam er auch am Tage.

Der Laird und Phemy hatten keine Ahnung davon, wie dicht das Netz sich langsam um sie zusammenzog, denn obwohl sie nichts von ihren mutmaßlichen Angreifern gesehen oder gehört hatten, wurden sie ohne ihr Wissen von den Machenschaften von Mrs. Catanach und Mrs. Stewart und ihren Söldlingen eingekreist.

Eines Abends hielten sich der Laird und Phemy draußen am Strand auf. Der Laird suchte den Horizont nach einem Fleck am Himmel oder auf der Erde ab, wo der Vater des Lichts Hand oder Fuß oder Gesicht zeigen und ihm ein kurzes Gespräch gewähren würde, damit er ihm die Frage nach seiner Herkunft stellen konnte. Endlich setzte er sich auf einen flechtenüberzogenen Stein und barg den Kopf in den Händen, als wolle er, müde von der Suche außerhalb, nun in seinem Inneren nachforschen und sehen, ob Gott vielleicht dort sei. Plötzlich erreichte ihn ein lauter Ausruf von Phemy von dort, wo sie etwas entfernt von ihm spielte. Er lauschte —

»Lauf! Lauf! Lauf!« schrie sie — das letzte Wort zu einem langen Kreischen gedehnt.

Während noch der Schrei in seinen Ohren klang, war der Laird schon halb den Strand entlang zum Vorgebirge hin unterwegs. Im offenen Gelände hatte er keine Chance. Aber da er jeden Spalt in den Felsen kannte, der groß genug war, ihn aufzunehmen, und sein Start zu einem kurzlebigen Lauf ganz gut gewesen war, war er einigermaßen sicher, seinen Verfolgern zu entkommen, vor allem in einer solch dunklen Nacht wie heute.

Er machte sich nicht die geringsten Sorgen um Phemy, denn er konnte sich nicht vorstellen, daß sie für andere Augen als seine weniger unantastbar war. Er wußte auch nicht, daß der letzte Schrei ihrer liebevollen Warnung so eindrücklich gewesen war, weil jemand sie grob packte, und er wußte nicht, daß sie festgehalten wurde, während er in die Sicherheit floh.

Zitternd und keuchend wie ein Hase, der eben der Hundemeute entkommen ist, quetschte er sich in einen Felsspalt, wo er halb von Wasser bedeckt das Morgengrauen erwartete. Er wand sich heraus und kroch von Punkt zu Punkt am Ufer entlang, ständig um sich blickend, bis er im Dorf war. Doch als er seine Zuflucht in Phemys Dachstube erreicht, die Strickleiter heruntergezogen hatte und hinaufgestiegen war, mußte er bestürzt feststellen, daß sein Unterschlupf in der Nacht aufgestöbert worden war. Er wußte, daß er selbst hier nicht länger sicher war.

Er warf sich draußen einen Augenblick lang zu Boden, sprang dann auf, warf seinen Mantel um sich und floh aus Scaurnose, als hetze ihn eine sichtbare Pestilenz.

Als ihre Eltern entdeckten, daß Phemy nicht zum Frühstück heruntergekommen war, empfanden sie keine Angst. Doch als sie bis zum Mittagsmahl weder von Phemy noch vom Laird etwas gehört hatte, gingen sie hinaus und stiegen die Leiter an der Rückseite ihres Häuschens in den Dachboden hinauf. Beim Anblick seines Zustandes wurden sie jedoch von Furcht ergriffen, den beiden sei ein Übel zugestoßen. Sie vermuteten, daß Phemy entweder beim Laird war oder sich nach draußen begeben hatte, um nach ihm Ausschau zu halten. Als der Tag fortschritt, zeigten sich Zeichen zunehmender Unruhe. Die beiden konnten immer noch beieinander sein, und ihr Fehlen konnte eine sehr einfache und zufriedenstellende Erklärung finden. Doch gegen Abend hatte sich ihrer eine tiefe Angst bemächtigt — nicht nur ihrer allein, sondern des ganzen Dorfes, und zwar in einem Maße, daß alle Arbeit ruhte und jede verfügbare Person sich an der Suche entlang der Küste beteiligte, voller Angst, irgendwo am Fuße der Klippen ihre Körper zu finden. Die Nachricht verbreitete sich in den umliegenden Dörfern. In Portlossie ging Duncan mit seinem Dudelsack herum, weckte mit einem kurzen Stoß die Aufmerksamkeit und rief an jeder Ecke den Verlust aus. Sobald Malcolm davon hörte, eilte er zu Joseph, doch die einzige Erklärung für ihr Fehlen, die er anbieten konnte, war auch den anderen schon eingefallen — daß der Laird von den Häschern seiner Mutter aufgegriffen worden war und daß diese, um eine Rettung zu vereiteln, auch seine kleine Gefährtin mit sich genommen hatten. Bei dieser Annahme konnte man von der Wahrscheinlichkeit ausgehen, daß Phemy in wenigen Tagen wohlbehalten zurückkehren würde.

»Es besteht kein Zweifel, daß sie ihn endlich gefaßt haben, den armen Kerl!« meinte Joseph. »Aber was immer ihm zugestoßen ist, wir können nicht einfach dasitzen und warten, ohne etwas von Phemys Befinden zu erfahren, armes kleines Lämmchen! Du mußt nach Kirkbyres hinübergehen, Malcolm, und ein Wort mit deiner Mutter reden und zusehen, ob sich etwas mit ihr machen läßt.«

Der Vorschlag brach auf Malcolm nieder wie eine riesige Woge.

»Blauer Peter«, sagte er und blickte ihm ins Gesicht, »ich habe es als Zeichen deiner Freundschaft angesehen, daß du nie dieses Wort zu mir gesagt hast. Welches Recht hat irgendein Mensch, diese Frau meine Mutter zu nennen? Ich habe jedenfalls niemand die Erlaubnis gegeben!«

»Ich glaube«, entgegnete Joseph, der umso leichter gereizt war, als auch sein Himmel voll düsterer Wolken hing, »daß dein Wort nicht soweit reicht wie ihres. Du wirst für dein Zeugnis in dieser Sache nicht unter Strafandrohung vorgeladen.«

»Ich würde eher eine Meile in den Rachen der Hölle gehen als nach Kirkbyres!« erklärte Malcolm.

»Damit habe ich meine Antwort«, sagte Peter und wandte sich ab.

»Ich gehe trotzdem«, fuhr Malcolm fort. »Was sein muß, muß sein. Nur das eine will ich dir noch sagen, Peter: Wenn du jemals wieder vor meinen Ohren dieses Wort sagst, ehe diese Frau bewiesen hat, was sie behauptet, dann werde ich von dir fortgehen, ohne nochmals zu sprechen.«

Joseph, der seinem Freund den Rücken zugekehrt hatte, drehte sich um und reichte ihm die Hand. Malcolm ergriff sie.

»Eine Frage noch, ehe ich gehe, Peter«, sagte er. »Warum hast du mir nie etwas davon gesagt, was die Leute über mich und Lizzy Findlay reden?«

»Weil ich kein Wort davon glaubte und dir nicht noch mehr Sorgen bereiten wollte.«

»Lizzy hat so etwas nie gesagt?«

»Nie!«

»Ich habe das sicher angenommen! Und nun will ich mich auf

den Weg nach Kirkbyres machen. Gott möge mir helfen! Lieber würde ich Satan gegenübertreten. Wenn sie etwas weiß, wird sie umso sicherer nichts sagen. Nur kannst du dann nicht behaupten, ich hätte nicht mein Bestes für dich getan.«

Es war die härteste Willensprobe, der sich Malcolm je hatte unterziehen müssen. Entschlossen ging er heim. Stoat sattelte ihm sein Pferd, während er sich umzog, und von neuem machte er sich auf den Weg nach Kirkbyres.

Wäre Malcolm zu der Zeit in der Lage gewesen, seine Gefühle gegen Mrs. Stewart zu analysieren, dann hätte er dies als höchst schwieriges Unterfangen empfunden. Wohl war er befriedigt über die unwahrhaftige Natur der Frau, die Anspruch auf ihn erhob, und empfand ein starkes Widerstreben gegen jede Annäherung zwischen ihnen, doch war ihm eine gewisse schwer zu beschreibende Faszination an ihr bewußt. Dies brachte ihn aber nur dazu, sich umso mehr von ihr zurückzuziehen.

Er wurde in einen Raum geführt, in dem das Feuer noch nicht lange brannte. Über die hohen, schmalen Fenster war der Efeu so dicht gewachsen, daß er erst nach einigen Augenblicken in dem dämmerigen Licht den Raum als Bibliothek erkannte.

Einige Minuten vergingen, dann öffnete sich leise die Türe, und Mrs. Stewart glitt rasch mit ausgestreckten Armen auf ihn zu.

»Endlich!« sagte sie und hätte ihn an ihre Brust gedrückt, doch Malcolm trat zurück.

»Nein, nein, Mem!« sagte er. »Dazu braucht es zwei.«

»Malcolm!« rief sie, und eine Emotion — welcher Art auch immer — zitterte in ihrer Stimme.

»Sie können mich Ihren Sohn nennen, Mem, aber ich sehe noch keinen Grund, Sie meine —«

Er sprach nicht weiter.

»Das stimmt wirklich, Malcolm«, entgegnete sie sanft. »Aber nicht ich habe dieses Gespräch gesucht. Ich möchte nichts vom Zaun brechen. Solange da ein einziges Glied, sogar nur ein halbes Glied in der Kette fehlt, die mit einem Ende an meinem Herzen hängt —«

Sie hielt inne und drückte ihre Hand an die Brust, als wolle sie eine aufsteigende Bewegung niederkämpfen. Hatte sie den Satz schon gebrauchsfertig parat gehabt?

«— werde ich mich keiner solchen Behandlung unterziehen, wie ich sie anscheinend von dir zu erwarten habe. Es ist hart, einen Sohn zu verlieren, aber noch härter, ihn wiederzufinden, nachdem er in äußerstem Maße aufgehört hat, einer zu sein.«

Sie tupfte mit dem Taschentuch über die Augen.

»Aber laß uns Freunde sein, bis die Angelegenheit geregelt ist

— oder wenigstens keine Feinde. Warum bist du heute gekommen? Sicherlich nicht, um mich zu beleidigen. Gibt es etwas, was ich für dich tun kann?«

Malcolm empfand die Würde ihres Betragens, doch nach seiner eigenen aufrechten Art beantwortete er ihre Frage trotzdem geradeheraus: »Ich bin nicht in eigener Sache gekommen, Mem. Ich bin gekommen, um zu hören, ob Sie etwas über Phemy Mair wissen.«

»Ist das eine Frau? Ich weiß nicht einmal, wer sie ist. Du meinst doch nicht die junge Frau, die —? Warum kommst du ihretwegen zu mir? Wer ist sie?«

Malcolm zögerte einen Augenblick. Wenn sie wirklich nicht wußte, was er sagen wollte, war es dann nicht ein Risiko, ihr davon zu erzählen? Er sah allerdings keins.

»Wer sie ist, Mem?« entgegnete er. »Ich glaube, sie muß der gute Engel des Laird sein, obwohl sie von Gestalt nur ein kleines Mädchen ist. Sie bedeutet für den Laird eine ganze Menge. Er und sie sind zusammen verschwunden, und niemand weiß, wohin.«

Mrs. Stewart gab ein unangenehmes Lachen von sich, enthielt sich jedoch einer Antwort. Malcolm sprach weiter.

»Es darf nicht wundernehmen, wenn die Leute glauben, daß Sie etwas damit zu tun haben, Mem.«

»Ich habe nicht das geringste damit zu tun«, erwiderte sie nachdrücklich. »Glaub mir oder auch nicht«, fügte sie mit gerötetem Gesicht hinzu. »Wenn ich wirklich etwas wüßte«, setzte sie mit scheinbarer Wahrheitsliebe hinzu, »weiß ich nicht, ob ich verpflichtet wäre, es zu sagen. Aber so wie es ist, kann ich nur sagen, daß ich von keinem von beiden etwas weiß, und das stelle ich mit aller Feierlichkeit fest.«

Malcolm wandte sich um, wenigstens zufrieden, daß er hier nichts mehr erfahren konnte.

»Du willst doch nicht so von mir weggehen?« fragte die Dame, und ihr Gesicht nahm einen traurigen Ausdruck an.

»Es gibt nichts mehr zwischen uns, Mem«, antwortete Malcolm, ohne auch nur das Gesicht zu wenden.

»Eines Tages wird es dir noch leid tun, daß du mich so behandelst.«

»Nun, denn, Mem, das mag sein; aber dieser Tag ist nicht heute.«

»Bedenke, was du für deinen armen schwachsinnigen Bruder tun könntest, wenn —«

»Mem«, unterbrach Malcolm, drehte sich um und richtete sich zornig auf, »beweisen Sie, daß ich Ihr Sohn bin, und in derselben Minute werde ich Sie fragen, wer mein Vater war.«

Mrs. Stewart wechselte die Farbe — nicht das Erröten der Unschuld noch die Fahlheit der Schuld, sondern das Grau von Wut und Haß überzog ihr Antlitz.

Sie trat einen raschen Schritt vor mit der schnellen Bewegung einer Schlange, die bereit ist zuzustoßen, hielt aber halbwegs inne und starrte ihn mit blitzenden Augen, zusammengebissenen Zähnen und halbgeöffneten Lippen an.

Malcolm erwiderte einen Augenblick lang ihren Blick.

»Sie waren niemals die Mutter, wer immer mein Vater war!« sagte er und verließ den Raum.

Er hatte kaum die Türe erreicht, da hörte er hinter sich einen schweren Fall, und als er sich umblickte, sah er die Dame regungslos am Boden liegen. Da er jedoch auf seiner Hut war und ihren Haß ebenso fürchtete wie ihre Schmeicheleien, eilte er nun desto rascher die Treppe hinab. Einen Augenblick später saß er im Sattel und trabte rasch heimwärts, in beträchtlich glücklicherer Stimmung als auf dem Herweg, denn er war nun fast über jeden Zweifel hinaus davon überzeugt, daß Mrs. Stewart nicht seine Mutter war.

Einunddreißigstes Kapitel

Die Briefe

Seit ihrem Kondolenzbesuch, mit dem diese Erzählung begann, waren die Beziehungen zwischen Mrs. Mellis und Miss Horn recht kühl geblieben. Der Laden von Mr. Mellis lag unmittelbar gegenüber von Miss Horns Haus, und die Diele seiner Frau befand sich über dem Laden mit dem Blick auf die Straße. Die beiden Nachbarinnen konnten sich nicht allzu oft sehen. Es gab keine Zeichen überwältigender Freundschaft, und im gegenseitigen Verhältnis blieb es bei einem steifen Kopfnicken. Miss Horn war deshalb ziemlich überrascht, als sie ein paar Kleinigkeiten im Laden gekauft hatte und Mr. Mellis ihr flüsternd mitteilte, seine Frau wolle sie dringend für einen Augenblick sprechen, und sie bat, so freundlich zu sein und in die Diele hinaufzugehen. Seine Kundin schnaubte kurz und wollte erst ablehnen, doch ihre edlere Natur, die stets nahe der Oberfläche schlummerte, bewog sie, dem Wunsch nachzugeben.

Mrs. Mellis erhob sich rasch, als sie der von ihrem Mann hereingeführten aufrechten Gestalt ihrer Nachbarin ansichtig wurde, und empfing sie etwas verlegen.

»Setzen Sie sich bitte, Miss Horn«, begann sie. »Es ist schon eine ganze Weile her, seit wir das letzte Mal miteinander gesprochen haben.«

Miss Horn setzte sich schweigend hin.

»Waren Sie gestern abend zwischen acht und neun Uhr zu Hause, Mem?«

»Wie kommen Sie dazu, mir eine solche Frage zu stellen?« fuhr Miss Horn auf, als die ganze Batterie ihres Unwillens geweckt war. »Niemand außer Ihnen hätte sich das herausgenommen, Mistress Mellis!«

»Sachte, sachte, Miss Horn!« mahnte die Fragerin. »Ich habe nicht den Wunsch, in irgendwelche Geheimnisse von Ihnen oder —«

»Geheimnisse!« rief Miss Horn.

Doch das Bewußtsein ihrer guten Absichten und die Gewißheit, letzten Endes den Sieg davonzutragen, halfen Mrs. Mellis in ihrer Entschlossenheit, einem solchen Verhalten nicht nachzugeben.

»— oder Jean herumzustochern«; fuhr sie fort, ohne anscheinend auf den Einwurf zu achten; »aber ich möchte sicher sein, daß Sie über alles Bescheid wissen, was in Ihrem eigenen Haus vor sich geht, was ein Mensch zufällig von der Straßenmitte aus sieht.«

»Die Jalousie in der Diele ist hoch, denn sie ist verbogen, seit dieser ungeschickte Watty Witherspail eine neue Rolle dafür gemacht hat. Wenn es das ist, was Sie meinen, Mistress Mellis —«.

»Papperlapapp!« entgegnete die andere. »Wie weit können Sie Ihrer Jean trauen, Mem?«

»Nicht weiter als die Länge meiner Nase oder die Breite zwischen meinen Augen«, war die verächtliche Antwort.

»In diesem Falle werde ich Ihnen alles sagen«, sagte Mrs. Mellis.

»Bitte seien Sie so frei.«

»Jawohl. Sie waren gestern abend kaum aus dem Haus, als —«

»Sie sahen mich weggehen?«

»Ja.«

»Warum haben Sie mich dann gefragt?«

»Nun, ich hätte nicht zu fragen brauchen. Aber darum geht es nicht. Sie waren noch keine fünf Minuten weg, wie ich schon sagte, als in dem Schlafgemach neben Ihrer Diele ein Licht zu sehen war, und Jean erschien mit einer Kerze in der Hand. Hier im Zimmer war keine Beleuchtung außer dem Licht vom Feuer, und das war ein Torffeuer, das nicht viel Helligkeit gibt; deshalb konnte ich sie so gut erkennen, ohne selbst gesehen zu werden. Sie ging direkt zum Fenster und zog die Jalousie herab, doch sie war wohl etwas zerstreut, sonst hätte sie niemals ihre Kerze so abgestellt, daß sie auf die Jalousie einen Schatten von ihr und ihrem Tun warf.«

»Und was hatte sie vor?« rief Miss Horn, ohne den Versuch zu machen, ihr wachsendes Interesse zu verbergen.

»Sie tat nichts, was immer sie vorhatte, denn die Straße herunter kam der Lehrer, der klopfte, hineinging und wartete, bis Sie zurückkamen.«

»Nun?« sagte Miss Horn.

Doch Mrs. Mellis blieb still.

»Nun?« wiederholte Miss Horn.

»Nun?« entgegnete Mrs. Mellis ehrerbietig, »alles, was ich mir zu sagen erlaube ist, Sie sollten zweimal überlegen, ehe Sie Ihrer Jean trauen.«

»Ich traue ihr keineswegs! Was haben Sie gesehen, Mistress Mellis?«

»Sie brauchen nicht so mit mir zu sprechen«, entgegnete Mrs. Mellis, denn Miss Horn hatte in scharfem Ton gesprochen. »Ich bin nicht Jean!«

»Was haben Sie gesehen?« wiederholte Miss Horn in sanfterem Ton, doch nicht weniger drängend.

»Wem gehört die Mahagonikommode in jenem Schlafzimmer, wenn ich fragen darf?«

»Wem sonst als mir?«

»Also nicht Jean?«

»Jean!«

»Vielleicht lassen Sie sie einige Dinge da drin aufbewahren, könnte ich mir vorstellen.«

»Jeans Sachen in der Kommode meiner Grizel! Das kommt ja wohl nicht in Frage!«

»Hm! Die Kommode gehörte also der armen Miss Campbell?«

»Es war Grizel Campbells Kommode, solange sie Verwendung dafür hatte. Aber warum Sie sie arm nennen, weiß ich nicht, außer vielleicht, weil sie wohin gegangen ist, wo man keinen Bedarf mehr hat für Schubladen. Das ist weder hier noch dort. Wollen Sie vielleicht sagen, daß Jean sich an dieser Kommode zu schaffen machte? Die Schubladen sind alle verschlossen, jede einzelne. Und das sind gute Schlösser.«

»Nicht zu gut, wenn man Schlüssel dafür hat, oder nicht?«

»Die Schlüssel sind in meiner Tasche«, sagte Miss Horn und klopfte mit ihrer Hand auf den Rock ihres Kleides. »Sie sind in meiner Tasche, obwohl ich nicht den Wunsch hatte, sie zu benutzen, seit sie mich verließ.«

»Sind Sie sicher, Mem, daß Sie sie auch gestern abend in der Tasche hatten?«

Miss Horn schien verblüfft zu sein.

»Gestern abend hatte ich mein Schwarzseidenes an!« antwortete sie vage, schwieg dann und dachte zweifelnd nach.

»Nun, Mem, ziehen Sie einfach heute abend wieder Ihr Schwarzseidenes an und kommen Sie um acht Uhr herüber. Sie können dann selbst durch ihre Machenschaften in Ihrer Abwesenheit beurteilen, ob mit Jean etwas nicht in Ordnung ist. Bis jetzt kann sie noch nicht viel Schaden angerichtet haben, das ist wenigstens ein Trost.«

»Welchen Schaden kann die Frau schon anrichten außer, daß sie sich in Dinge einmischt, die sie nichts angehen?« fragte Miss Horn mit einem Versuch zur Zuversichtlichkeit.

»Das können Sie selbst am besten beurteilen, Mem. Aber Jean ist eine schreckliche Klatschbase, und eine Dame wie Ihre Kusine könnte vielleicht Dokumente hinterlassen haben, die sie lieber nicht von allen Dächern verkündet haben wollte. Nicht, daß sie selbst noch etwas davon hören würde, das arme Ding!«

»Was wollen Sie damit sagen?« rief Miss Horn halb erschrocken, halb zornig.

»Nur was ich sage, nicht mehr und nicht weniger«, entgegnete

Mrs. Mellis. »Miss Campbell könnte ja wohl zum Beispiel Briefe hinterlassen haben, und welches Gewicht würden die wohl in Jeans Händen bekommen?«

»Und dabei habe ich niemals das Herz gehabt, die Schubladen zu öffnen!« rief Miss Horn aus, die schon bei der Erwähnung dieser Untat in Zorn geriet. »Gott sei Dank habe ich keine Empfindungen.«

»Ich bezweifle, ob Jean, ihre Jean, ihren vollen Anteil an Gefühlen hat, wie sie der gefallenen menschlichen Natur eigen sind«, sagte Mrs. Mellis. »Aber kommen Sie einfach und sehen Sie mit eigenen Augen, um sich selbst ein Urteil zu machen. Mich geht das nichts an.«

»Ich werde heute abend kommen, Mrs. Mellis. Nur bitte, sagen Sie es niemand, damit es unter uns beiden bleibt.«

»Ich kann meinen Mund halten, Mem, gegen alle bis auf einen. Solange Eheleute in einem Bett schlafen, ist es schlecht, wenn sie untereinander Geheimnisse haben.«

»Mr. Mellis ist ein guter Mensch, und es macht mir nichts aus, wenn er davon weiß«, antwortete Miss Horn.

Sie stieg die Treppe in den Laden hinab, und nachdem sie genügend eingekauft hatte, um Jean einen ausreichenden Grund für den langen Aufenthalt zu bieten — denn zweifellos hatte sie die Ladentüre beobachtet —, ging sie über die Straße, begab sich in ihre Diele hinauf und läutete. Im gleichen Augenblick fegte Jean zur Türe herein: Sie hatte ihre Gründe, warum sie wie aus der Kanone geschossen auf die Glocke reagierte.

An diesem abend stieg Miss Horn die Treppe zur Küche hinunter und rief, als sie um acht Uhr die Hausschwelle überschritt: »Ich gehe jetzt weg, Jean.«

Sie ging die Straße hinauf in Richtung zur Kirche, doch sobald sie aus Jeans Gesichtsfeld verschwunden war, schlug sie einen Kreis zurück und betrat das Haus von Mr. Mellis durch den nach hinten gelegenen Garten.

In der Diele fand sie zur Feier der erneuerten guten Beziehungen ein Abendessen hergerichtet. Das blanke Glas auf dem Tisch, der frische, lecker braune Brotlaib, die goldgelbe Butter, das zufriedene Summen des Kessels, das helle Feuer und die Schüssel mit gekochten Karoffeln, die rosagefärbten Eier, der gelbe Rochen und die leuchtendrote Stachelbeermarmelade verbanden sich zu einer freundlichen Stimmung. Von unten erklang das Geräusch der Läden, die Mr. Mellis einige Minuten früher als sonst schloß, und bald saßen sie zu Tisch, und nach einer passend erscheinenden Vorrede ließen sie sich die guten Dinge schmecken, die vor ihnen aufgetischt waren.

Doch Miss Horn empfand ein unbehagliches Gefühl. Der Gedanke an das, was Jean vielleicht schon entdeckt hatte, verfolgte sie den ganzen Tag. Ihr Zögern, die Schubladen ihrer Kusine zu öffnen, entsprang vor allem der Furcht, einen bestimmten schmerzlichen Verdacht bestätigt zu finden, den sie in der ganzen Zeit ihrer Beziehung zu Griselda Campbell nicht losgeworden war — nämlich, daß an der Wurzel ihres Lebens, der Ursache ihrer Krankheit und schließlich ihres Todes ein Geheimnis schlummerte. Wohl tausend Mal hatte sie gegen diesen Verdacht angekämpft. Nie gab es einen größeren Gegensatz zwischen Verhalten und innerer Natur als bei Margaret Horn: Die Schale war rauh, doch das Innere von unendlicher Zartheit. Keinen Augenblick hatte ihr Verdacht gegenüber dem zarten, leidenden Geschöpf, zu dem sie die Beziehung einer älteren Schwester angenommen hatte, sie beeinflußt. Sich selbst gegenüber entschuldigte sie ständig die Verschlossenheit ihrer Kusine. Und nun erregte der Gedanke, daß Augen wie die Jeans Grizels hinterlassene Schätze durchsuchten, sie so sehr, daß sie vor lauter Unruhe kaum so tun konnte, als genieße sie die Gastfreundschaft ihrer Freunde.

Mrs. Mellis hatte den Tisch und die Sitzplätze so hergerichtet, daß sie und ihr Gast nur die Augen heben mußten, um das betreffende Fenster zu beobachten. Ihr Plan war, das eigene Licht in dem Augenblick auszulöschen, wenn Jeans Licht erschien, und sie so zu beobachten ohne das Risiko, selbst gesehen zu werden.

»Da kommt sie!« rief Mrs. Mellis, und ihr Mann und Miss Horn beeilten sich so sehr, die Kerzen auszublasen, daß sie mit den Köpfen zusammenstießen, sich gegenseitig ins Gesicht bliesen und die Flamme im ersten Anlauf nicht erwischten. Jean nahte sich dem Fenster mit ihrer Kerze in der Hand und zog die Jalousie herab. Doch ach, außer der Form eines stark angewinkelten Ellbogens, der sich über eine Ecke des weißen Feldes hin- und herbewegte, erschien kein Schatten.

Miss Horn erhob sich.

»Setzen Sie sich, Mem, setzen Sie sich. Sie haben noch nichts in der Hand«, rief Mr. Mellis.

»Ich kann nicht länger hier sitzen«, erwiderte Miss Horn. »Ich habe genug, um einzuschreiten: diese Frau hat dort nichts zu suchen. Ich werde einfach hinüberschlüpfen und so leise hineingehen, wie ich kann. Aber ich garantiere Ihnen, daß ich Krach schlagen werde, ehe ich wieder herauskomme!«

Mit grimmigem Nicken verließ sie das Zimmer.

Obwohl es inzwischen ganz dunkel geworden war, hielt sie es für klüger, durch die Gartentüre auf den rückwärts vorbeiführenden Weg zu gehen und so die Straße weiter unten zu überqueren.

Die Türe ihres eigenen Hauses öffnete sie geräuschlos, dank Jean, die sie wegen der Besuche von Mrs. Catanach gut geölt hielt, schloß sie leise und schlich mit ihren langen Gliedern wie eine Katze die Treppe hinauf. Der Lichtschein fiel aus dem Zimmer, dessen Türe aufstand. Sie horchte einen Augenblick, konnte aber nichts unterscheiden. Als sie dann glaubte, das Rascheln von Papier zu hören, hielt sie es nicht länger aus, stieß die Türe auf und trat ein. Da stand Jean mit kreideweißem Gesicht und starrte sie an, vor sich die oberste Schublade aufgezogen und die Hände voller Sachen, die sie eben an ihren Platz zurücklegen wollte. Ihr Entsetzen erreichte seinen Höhepunkt und brach sich in einem schrillen Schrei Bahn, als ihre Herrin sie wie eine Tigerin ansprang.

Die Beobachter auf der anderen Straßenseite hörten keinen Schrei und sahen nur das Hin- und Herwogen von zwei vermischten schwarzen Schatten hinter der Jalousie; danach konnten sie nichts mehr hören oder sehen. Das Licht brannte weiter, bis sein letzter Kampf mit der Dunkelheit begann, worauf es mit vielfachem Flackern erstarb. Sie waren unfähig, die Spannung noch länger zu ertragen, die sich nun zur Angst steigerte, und so stahlen sie sich über die Straße, öffneten die Türe und gingen hinein. In der Küchentüre kauerte Mrs. Catanach wie ein böser Geist von der fülligen Sorte und wartete auf Jean; sonst war niemand zu entdecken.

Gegen zehn Uhr am selben Abend saß Mr. Graham neben seinem Torffeuer, als er hörte, wie jemand den Riegel seiner äußeren Türe zurückzog und dann an der inneren klopfte . Seine Aufforderung einzutreten wurde durch das Erscheinen von Miss Horn beantwortet, aufrecht und grimmig wie stets, doch unter dem Schatten ihrer Schutenhaube glimmte das Feuer ihrer Augen stärker als sonst. Sie entschuldigte sich nicht für ihren späten Besuch, sondern setzte sich an die andere Seite des Tisches, auf den sie ein Papierpaket legte, das sie mit großer Sorgfalt öffnete. Als sie endlich die Schnur mit den langen Fingern einer Hand geöffnet hatte, deren Zittern ihre Bemühungen beinahe verhinderte, nahm sie ein Päckchen alter Briefe aus der Schachtel, die mit Siegellack versiegelt waren. Sie schob das Päckchen dem Lehrer über den Tisch hinweg zu mit den Worten: »Hier, Sandy Graham! Niemand außer Ihnen hat ein Recht zu sagen, was damit geschehen soll!«

Er streckte seine Hand aus und nahm sie behutsam, mit traurigem Blick, doch ohne Überraschung.

»Glauben Sie nicht, daß ich sie gelesen habe. O nein! Ich würde keines ehrlichen Mannes Briefe lesen, ganz gleich, an wen sie geschrieben sind.«

Mr. Graham schwieg.

»Sie sind ein guter Mensch, Sandy Graham«, führte Miss Horn aus, »wenn Gott sich je die Mühe gemacht hat, einen zu erschaffen. Glauben Sie nicht, daß irgend etwas zwischen Ihnen und ihr mich um diese Nachtzeit hierhergebracht hätte, um Sie in Ihrem eigenen Zimmer zu stören. Nein, Nein! Was immer zwischen Ihnen beiden war, hatte mit einem ehrlichen Mann zu tun, und ich hätte mir Zeit gelassen, Ihnen Ihre Briefe zurückzugeben. Aber da ist noch eine andere Unterschrift!«

Es waren eine Anzahl kleiner Notizen — manche nur ein Wort oder zwei, und mit Initialen unterzeichnet, andere länger und voll unterschrieben. Mr. Graham nahm zögernd eins der Blätter und faltete es auseinander. Er hatte kaum einen Blick darauf geworfen, als er auffuhr und rief: »Gott sei mir gnädig! Von welchem Datum kann das sein?«

Ein Datum war nicht verzeichnet. Er hielt das Blatt eine Minute in Händen, starrte in das Feuer, und seine Gesichtszüge zuckten krampfhaft bei dem Versuch, Gelassenheit zu finden. Dann legte er es auf den Tisch und sagte, ohne Miss Horn anzublicken:

»Ich kann das nicht lesen. Sie dürfen mich nicht fragen. Es bezieht sich ohne Zweifel auf die Zeit, als Miss Campbell Gouvernante bei Lady Annabel war. Ich sehe keinen Sinn, der sich beantworten ließe, wenn ich einen dieser Briefe lese.«

»Allerdings. Wer würde da nicht schauen, wenn er diese Briefe zu Gesicht bekommt?« erwiderte Miss Horn und sah mit scharfem Blick wie ein Adler in die nachdenklichen Augen ihres Freundes.

»Warum machen Sie es nicht mit dem Schreiber dieser Briefe wie mit mir? Warum bringen Sie sie nicht zu ihm?«

»Das wäre recht ungeschickt«, rief Miss Horn, »das einzige Stück Faden, das wir in dieser Sache haben, aus der Hand zu geben.«

»Ich verstehe Sie nicht.«

»Nun, Sandy Graham, es gibt Dinge, über die man nicht so leicht sprechen kann. Sie sind zwar ein Mann, aber Sie sind auch das einzige menschliche Wesen, mit dem ich über das hier sprechen würde, weil Ihnen das Andenken an das arme Ding, Grizel Campbell, teuer ist.«

»Es ist nicht das Andenken, das ich liebe, sondern sie selbst«, sagte der Lehrer mit zitternder Stimme. »Sagen Sie mir, was immer Sie wollen; Sie können mir vertrauen.«

»Wenn Sie mir das erst hätten bestätigen müssen, dann würde ich Ihnen soviel zutrauen wie einem großen schwarzen Hund mit Butter. Hören Sie zu, Sandy Graham!«

Das Resultat ihrer Mitteilung und der anschließenden Besprechung war, daß sie gegen Mitternacht heimkehrte und noch eine Fahrt vor sich hatte mit dem Ziel, die Briefe einem befreundeten Rechtsanwalt in der benachbarten Grafschaft in Verwahrung zu geben.

Lange ehe sie nach Hause zurückkehrte, war Mrs. Catanach wieder fortgegangen — nicht ohne mit ihrer Verbündeten in Verbindung zu treten. Trotz bestimmter Vorsichtsmaßnahmen ihrer Herrin nahm diese nach dem Betreten des Hauses als erstes den Kellerschlüssel aus ihrer Tasche und ließ Jean wieder heraus, die elend und mit hängendem Kopf herauskam und mit strenger Verwarnung zu Bett geschickt wurde. Am nächsten Tag jedoch erlaubte Miss Horn ihr aus bestimmten, ihr eigenen Gründen, die Pflichten im Haus wieder aufzunehmen, ohne noch eine weitere Bemerkung fallen zu lassen, als sei nichts so Ernsthaftes geschehen, um weitere Maßnahmen erforderlich zu machen.

Zweiunddreißigstes Kapitel

Die Untersuchung

Miss Horn überließ ihre ganzen Gegenstände der Neugierde Jeans — sofern nicht ein schlimmer Dämon von ihr Besitz ergriffen hatte —, und begab sich mit einem großen Paket nach Lossie Arms, um die Ankunft der Postkutsche aus dem Westen abzuwarten, in der sie sicher auf einen leeren Platz hoffen konnte.

Die Reise dauerte zwar nur wenige Meilen, doch für ihren aktiven Geist schien sie lang und ermüdend. Endlich fuhr die Kutsche in die Stadt und hielt vor dem Duff Arms. Miss Horn stieg aus, streckte mit einiger Mühe ihren langen Rücken, schüttelte die Füße aus, lockerte die Knie und marschierte dann mit dem Stechschritt eines Grenadiers los auf der Suche nach ihrem Anwalt.

Die Unterredung dauerte nicht lange, und als sie zu Ende war, unternahm Miss Horn eine Besuchsrunde bei Freunden, die sie in der Stadt hatte, ehe sie sich wieder auf die Rückfahrt begab. Obwohl ihre Gedanken stark beschäftigt waren, während sie durch die Stadt ging, nahm sie nach und nach wahr, daß sie beobachtet wurde, wohin sie auch ging. Nun hinter einem Baum hervor, nun von einer Ecke des Mausoleums aus, nun von hinter einem Fels hervor, nun von einem Brückengeländer aus beobachtete sie der verrückte Laird. Immer wieder hatte er eine plötzliche Bewegung gemacht, als wolle er hinrennen und sie ansprechen, doch im letzten Moment hielt er sich zurück und verbarg sich noch sorgfältiger als zuvor.

Seit er Phemy verloren hatte, wurde er vor Angst fast erdrückt. Niemand wußte, wo er schlief, doch untertags durchstreifte er die Straßen, die er für sicherer hielt als Felder und Wälder. In dem Augenblick jedoch, da ihn jemand ansprach, floh er wie der Wind. Der Anblick von Miss Horn war für ihn wie der Anbruch eines beglückenden Tages, — ein vertrautes Gesicht. Obwohl er sich ihr nicht näherte, wußte er doch, daß sie ihm Freund war.

Welch eine Änderung war mit ihm vorgegangen! Seine Kleider schlotterten um ihn — nicht nur wegen ihres zerrissenen Zustands, sondern weil seine Gestalt auf Haut und Knochen geschrumpft war; sein Buckel wirkte wie ein großer Haken, über den man die Kleider unachtsam geworfen hatte. Die Augen standen vor. Er war immer auf dem Sprung gewesen wegzulaufen, doch nun sah er aus, als ob lediglich Schwäche und Müdigkeit ihn daran hinderten, ständig zu rennen. Miss Horn schien ihm zwar nicht näher zu kommen, doch bemerkte sie wohl die traurige Veränderung.

Als Miss Horn einige Zeit später an diesem Tag nach Hause fuhr, machte sie sich heftige Vorwürfe, daß sie sich nicht mehr bemüht hatte, mit dem Laird zu sprechen und ihn nach Phemy zu fragen. Mit einer gewissen Scham begab sie sich deshalb sofort nach ihrer Rückkehr auf den Weg zu Malcolm, um ihm zu berichten, daß sie den Laird gesehen habe. Da niemand im Herrenhaus ihr sagen konnte, wo er sich im Augenblick aufhielt, ging sie zu Duncans Hütte. Dort fand sie den Pfeifer, der auch nicht wußte, wo sein Junge sich gerade befand, doch er begrüßte sie herzlich und bot ihr eine Tasse Tee an, die Miss Horn gern annahm, da es schon spät am Nachmittag war. Während er sich damit zu schaffen machte, den Tee zuzubereiten, wobei er jede Hilfe seines Gastes ablehnte, vertraute er sich ihr in einer Sache an, die ihm ständig durch den Kopf ging — nämlich Malcolms unerklärliche Abneigung gegen Mrs. Stewart.

»Der Name Stewart ist ein nobler Name, Mem«, sagte er.

»Gut genug, um eine Person daran zu erkennen«, antwortete Miss Horn.

»Wenn der Junge ein Stewart sein sollte«, fuhr er fort, ohne auf die Gleichgültigkeit ihrer Antwort zu achten, »wer weiß, vielleicht ist er dann von königlichem Blut!«

»Nun, am alten John, der ehrlichen Haut, war nicht viel Königliches, er konnte ja nicht einmal ein Eheweib beherrschen, auch wenn er nur eins hatte!« entgegnete Miss Horn.

»Bitte, Mem, richten Sie einen armen Mann nicht zu scharf, der keine gute Frau gehabt hat. Wenn eine Frau böse ist, dann wird sie immer eine böse Frau sein, und der arme Mann hat dann ein böses Weib und den Tadel noch dazu; und das ist mehr, als man fair nennen kann, Mem.«

»Wirklich, Sie haben nie ein wahreres Wort gesprochen, Master MacPhail!« bekräftigte Miss Horn. »Gott sei Dank, daß eine alleinstehende Frau wie ich, die ein beherrschtes Temperament und keine Empfindungen hat, nie in die Versuchung geraten ist, eine solch gefährliche Stellung einzunehmen.«

Der alte Mann schwieg, und Miss Horn kehrte zum eigentlichen Thema ihres Gesprächs zurück.

»Er könnte zwar gegen einen unehrenhaften Vater Einwendungen erheben«, sagte sie, »aber man muß sich doch sehr wundern, daß der junge Bursche unter keinen Umständen eine solche Mutter haben will.«

»Und was wäre der Schaden dieser Mutter? Ist sie nicht eine gute Frau und eine gute Dame?«

»Sie wissen, was die Leute über ihre Güte gegenüber ihrem Sohn sagen!«

»Ja, aber das werden die Lügen der Leute sein. Die Leute verbreiten immer Lügen.«

»Ja, das stimmt, es ist jammerschade, wenn man einmal annimmt, er sei ihr Sohn, wie gering die Chance ist, daß er überhaupt ein Stewart ist!«

»Ich glaube, ich verstehe Sie nicht«, sagte Duncan verwirrt.

»Ein weiser Sohn, der seinen eigenen Vater kennt!« bemerkte Miss Horn, mit mehr Nachdruck als Originalität. »Die Dame hat noch nie einen besonders guten Charakter gehabt, soweit mein Gedächtnis reicht, und es reicht noch vor die Zeit, als John und sie heirateten. Nein, nein; ich bezweifle, daß John Stewart der Vater von Malcolm MacPhail ist.«

Duncan sprang auf mit einem Ausbruch von gälischer Urgewalt und schrie: »Diese Frau soll nicht die Mutter von Duncans Jungen sein!«

»Sachte, sachte, Mr. MacPhail!« warf Miss Horn mit gutmütiger Schadenfreude ein, »es sind vielleicht nur die Lügen der Leute, wissen Sie. Außerdem haben wir für das eine wie das andere immer noch keine Beweise.«

»Es reicht aus, meinen Jungen umzubringen, wenn er eine Frau wie die zur Mutter hätte. Warum hat mir der Junge nicht gesagt, warum er sie nicht haben will?«

»Das wäre fast so schlimm, wie sie zur Frau zu haben«, stimmte Miss Horn zu, »aber nicht ganz.«

Der alte Mann suchte die Türe, als wolle er Luft schnappen; doch beim Gehen stolperte er und fiel hin, als sei er eben erst erblindet. Für gewöhnlich ging er in seinem Haus herum, als könne er jeden Zoll des Weges sehen. Sofort kehrte er um und setzte sich wieder hin.

»Wurde das Kind völlig nackt in Ihren Schoß gelegt, Master MacPhail?« fragte Miss Horn, die eine Weile nachgedacht hatte.

»O nein, er hatte Kleider an«, antwortete Duncan.

»Haben Sie noch etwas davon?« fragte sie wieder.

»Gewiß nicht«, antwortete Duncan.

»Sie hielten sich in der Wirtschaft auf, nicht wahr?«

»Ja, Mem, und sie waren gut zu mir dort.«

»Wer hat das Kind für Sie angekleidet?«

»O, ich habe ihn selbst angezogen«, sagte Duncan, der noch immer eifersüchtig war auf die Frauen, die das Kind stillten.

»Niemand sonst?« meinte Miss Horn.

»Mistress Partan hat ihn hin und wieder angezogen. Mistress Partan ist eine gute Frau, wenn sie gut sein will.«

In diesem Augenblick trat Malcolm ein, und Miss Horn erzählte ihm, was sie von dem Laird gesehen und über ihn erfahren hatte.

»Das sieht böse aus für Phemy«, bemerkte Malcolm, als sie den heruntergekommenen Zustand des Laird beschrieben hatte. »Sie kann nicht bei ihm sein, sonst wäre er in keinem solchen Zustand. Haben Sie irgendeinen Rat, Mem?«

»Ich würde raten, ein Wort mit dem Laird selbst zu sprechen, wenn man ihm nahekommen kann. Er weiß vielleicht nicht, was ihr zugestoßen ist, aber er könnte dir sagen, wann er sie zuletzt gesehen hat, und das ist vielleicht mehr, als du jetzt weißt.«

»Er hat in der letzten Zeit solche Zweifel mir gegenüber an den Tag gelegt, daß ich fürchte, es wird schwer werden, mit ihm in Verbindung zu kommen, und noch schwerer mit ihm zu sprechen, denn wenn er Angst hat, dann kriegt er kaum seine Kiefer auseinander, geschweige denn, daß er reden kann, aber ich muß es trotzdem versuchen und mein Bestes tun. Sie glauben, er lungert am Five House herum, nicht wahr, Mem?«

»Er ist dort hin und wieder gesehen worden.«

»Nun, ich werde gehen, meine Fischerkleidung anziehen und mich sofort auf den Weg machen. Ich muß aber zuerst nach Scaurnose hinübergehen und denen sagen, daß er gesehen worden ist. Ich glaube allerdings, das wird ihnen wenig Trost bringen.«

»Malcolm, mein Sohn«, warf der alte Duncan ein, der die Unterhaltung verfolgt hatte, um einen Punkt zu finden, an dem er sich einschalten konnte, »wenn du jemand triffst, der dich den Sohn dieser Frau nennt, dann gib ihm eine anständige Ohrfeige. Du bist nicht der Sohn einer losen Frau wie dieser, selbst wenn sie's beweisen kann. Wenn du ihr Sohn bist, dann wird dich der alte Duncan auf immer und ewig verleugnen.«

»Wie kommst du denn darauf, Daddy?« fragte Malcolm, der sich neugierig, ja beinahe belustigt fühlte, so sehr er sonst jede Anspielung auf die Angelegenheit haßte.

»Kümmere dich nicht darum. Miss Horn wird gute Gründe dafür haben, daß Mistress Stewart nicht deine Mutter sein kann.«

Malcolm wandte sich an Miss Horn.

»Ich habe Master MacPhail nichts anderes gesagt, als was ich dir mehr als einmal erklärt habe, mein Junge«, erwiderte sie auf die eifrige Frage in seinem Blick. »Geh deiner Wege. Die Wahrheit muß auf die Dauer doch den Sieg über die Lüge davontragen. Und jetzt nichts wie ab zum Blauen Peter!«

Bei seinem Eintreffen in Scaurnose fand er Phemys Eltern in trauriger Verfassung. Joseph bat ihn, sich an der Suche zu beteiligen, und Malcolm war sofort einverstanden.

Die Sonne war untergegangen, und schneidende Kälte schlug ihnen entgegen, als sie aus der Hütte traten. Fast schweigend legten sie zusammen den Weg zur Grafschaftsstadt zurück, kehrten in einer kleinen Gastwirtschaft in der Nähe des Flusses ein und fingen sofort mit Erkundigungen an. Eine Reihe von Leuten hatten den Laird hin und wieder gesehen, aber keiner wußte, wo er schlief oder sich vorwiegend bewegte. Sie konnten nichts tun, als in der Frühe loszuziehen und auf gut Glück in allen Richtungen zu suchen.

Um die Zeit, als Malcolm und der Blaue Peter auf der Suche nach dem Laird am nächsten Morgen ziellos durch die Stadt streiften, machte sich eine Person mit weniger erfreulichen Absichten in ähnlich zielloser Manier auf den Weg in die Seaton, um festzustellen, welche Brocken von Klatsch ihren Zwecken am besten dienlich seien. Die erste, auf die sie traf, war die Partaness, die bei ihrer Türe stand und zornig auf die Welt blickte.

»Ich hörte eine komische Geschichte über Meg Horn neulich in Duff Harbor«, begann die Hebamme, die sich absichtlich respektlos ausdrückte, um ihrem Herzen Luft zu machen und die Zunge der anderen zu lockern, von der sie wußte, daß sie Miss Horn nicht mochte.

»So, und was könnte das sein?«

»Aber vielleicht ist sie mit ihnen befreundet, Mistress Findlay? Manche Leute mögen sie, obwohl ich nicht sagen könnte, daß ich zu ihnen gehöre.«

»Mit mir befreundet!« rief die Partaness. »Gestern abend war sie da, das stimmt, und fragte mir ein Loch in den Bauch, aber ich hab' ihr Bescheid gesagt!«

»Und welches Huhn hatte sie mit Ihnen zu rupfen?«

»Man hätte sie glatt für einen Greifer halten können und mich für den Dieb! Sie beharrte darauf, daß ich noch ein paar Klamotten aus der Babyzeit von Malcolm MacPhail, diesem Taugenichts, aufbewahre, als der zuerst in die Seaton kam — ein armseliger Bastard, rot wie ein Hummer! Ich könnte platzen bei dem Gedanken, daß ich ihm die Brust gegeben habe für das, was er mir dann als Erwachsener angetan hat. Aber ich werde ihn schon bald zu fassen kriegen, so wahr ich — wie sie mich halt nennen — heiße!«

»Das ist der Lauf der Welt, Mistress Findlay. Was können Sie schon von einem erwarten, der in Sünden geboren und in niedrigen Verhältnissen aufgezogen wurde?« — eine von Mrs. Catanachs Standardphrasen, mit der sie auf Ihren Beruf anspielte und fast ihr ganzes Weltbild umriß.

»Umso bedauerlicher, daß er mit der Milch einer anständigen Frau aufgezogen wurde!«

»Aber hinter was war die Alte her? Was hat sie damit zu schaffen? Sie hat doch nie etwas für das Kind getan.«

»Sie doch nicht! Zweifellos ging es darum, ihn gegenüber der

Lady von Gersefell zu identifizieren. Es würde mich nicht wundern, wenn die sie geschickt hätte. Sie hätte aber auch einen angenehmeren Boten schicken können.«

»Aber sie hatten doch nichts mehr davon, möchte ich wetten.«

»Nicht einen Faden. Damals war ein langes Nachthemd wie ein Grabtuch um das Kind herumgewickelt — wenn doch das schon Gottes Wille gewesen wäre! Ich habe mich seinerzeit darüber gewundert, denn das ist nicht die Art, wie ein Kind angezogen sein sollte, für das gesorgt worden ist.«

»Stand da ein Name oder eine Marke drauf?« fragte Mrs. Catanach.

»Nein, da war nur noch die Stelle, wo ein Teil der roten Farbe davon herausgerissen worden war.«

»Und was ist aus dem Kleidungsstück geworden?«

»Ich hab's später zusammengeschnitten und Spielkleidchen für das Kind daraus gemacht, als es herumlaufen konnte. Daß ich je eine Nadel in die Hand genommen habe für eine solche Teufelsbrut! Und das mir, die ich wie eine Mutter zu ihm war! Der Herr bewahre mich davor, verrückt zu werden, wenn ich bloß daran denke!«

»Und wie geht's Lizzy —«, begann Mrs. Catanach und brachte eine kecke Bemerkung an.

Doch bei dem Namen geriet die Mutter in solchen Zorn, daß ihr Gesprächspartner aus Angst vor einem Skandal alle Kräfte ihrer schmierigen Beredsamkeit aufgeboten hätte, um sie zu beruhigen. Doch wenn es etwas gab, was Mrs. Catanach nicht verstand, dann war es das Herz einer Mutter.

»Vorsicht, Mistress Findlay! Die Leute könnten Sie hören. Hüten Sie Ihre Zunge! Wenn Sie wollen, werde ich keine Hand rühren, sie oder ihr Kind zu retten«, sagte die Hebamme und glaubte, sie damit zu besänftigen.

Doch darauf folgte ein Ausbruch von vulkanischer Urgewalt, in dem sich der ganze Zorn eines wehen Mutterherzens Bahn brach. Sie tobte, wütete und beschimpfte Mrs. Catanach, die schließlich zu ihrem letzten Hilfsmittel getrieben wurde — sie gab sich den Anschein der gekränkten Frau. Sie drehte sich um und ging zur oberen Stadt zurück, während die Partaness ihrem Namen alle Ehre machte und mit ihrer Zunge hinter ihr herkeifte.

Ungeachtet des Streits kehrte Mrs. Catanach nicht ohne Gewinn zurück: Sie hatte erfahren, daß Miss Horn sich mit etwas befaßte, was ohne Zweifel als Versuch angesehen werden mußte, Beweismaterial dafür zu sammeln, daß Malcolm nicht der Sohn von Mrs. Stewart war. Das war eine erfreuliche Entdeckung, denn wer hätte ihr sonst sagen können, daß da vielleicht Dinge existierten, die ihn mit einer anderen Herkunft verbanden als der, die sie und Mrs. Stewart ihm zuschreiben wollten?

Dreiunddreißigstes Kapitel

Die Handschrift

Am nächsten Tag kehrte der Marquis zurück. Beinahe seine erste Äußerung war der Wunsch, man solle Malcolm zu ihm schicken. Doch niemand wußte mehr, als daß er fort war. Darauf ließ er Duncan rufen. Der alte Mann erklärte die Abwesenheit seines Jungen; kaum war er entlassen, begab er sich in die Stadt und suchte Miss Horn auf. Eine halbe Stunde später machte sich die gute Frau auf den Weg nach Duff Harbor. Die Dunkelheit senkte sich schon herab, doch wenn es ein Gefühl gab, das Miss Horn abging, dann war es Angst.

Als sie sich nach einem Marsch durch die teils wolkige, teils sternklare Nacht mit einem feuchten Ostwind von der Nordsee her ihrem Bestimmungsort näherte, wurde sie von einer schnellen Bewegung einer dunklen Gestalt aufgeschreckt, die vor ihr über die Straße huschte. Sie kam aus einem Wäldchen zur Linken, das zur See hin lag, und stürzte nach rechts hinüber in eine Hecke.

»Seid Ihr das, Laird?« rief sie, doch es kam keine Antwort.

Sie ging direkt zum Haus des befreundeten Anwalts, bei dem sie sich eine Stunde aufhielt. Dann machte sie sich sofort wieder auf den Rückweg nach Portlossie, das sie um die Zeit sicher erreichte, in der sie für gewöhnlich schlafen ging.

Lord Lossie zeigte sich sehr zugänglich. Seit er sich von dem müßigen Leben in der Hauptstadt in das ruhigere und aktivere Landleben zurückgezogen hatte, erfuhr sein Charakter eine gewisse Wandlung zum Besseren, — der harte Boden war an einigen Stellen haaresbreit aufgerissen. Zu dieser Besserung hatte die Gesellschaft seiner Tochter wesentlich beigetragen. Sie war selbst in der richtigen Richtung nicht viel mehr entwickelt als er, aber weit weniger in der verkehrten Richtung. Anteil hatten aber auch bestimmte Ereignisse der jüngsten Zeit, die alte Erinnerungen in ihm aufsteigen ließen und eine beträchtliche ernüchternde Wirkung auf ihn ausübten.

Als er am Morgen nach seiner Rückkehr um elf Uhr morgens beim Frühstück saß, trat einer seiner englischen Diener mit der Botschaft ein, eine Person wolle seine Lordschaft für einige Minuten sprechen, die sich Miss Horn nenne und sich weigere, ihr Anliegen darzutun.

»Wer ist das?« fragte der Marquis.

Der Mann wußte es nicht.

»Wie sieht sie aus?«

»Sie ist eine etwas seltsam aussehende Dame, my Lord, und recht eigenartig angezogen.«

»Führen Sie sie in das nächste Zimmer. Ich werde gleich zu ihr gehen.«

Er beendete genießerisch seine Tasse Kaffee und das Pfauenei, während er sich nach Kräften zu erinnern versuchte, in welchem Zusammenhang er den Namen vorher gehört haben konnte. Dann schlenderte der Marquis im Hausmantel hinüber in das Damenzimmer. Seine Besucherin stand schwarzgekleidet, drahtig und grimmig vor ihm in einem Erker, dessen Licht sie so einhüllte, daß kaum Schatten um sie war.

»In welcher Weise bin ich verpflichtet -«, begann seine Lordschaft.

Doch Miss Horn unterbrach ihn hastig: »Sie sind überhaupt zu nichts verpflichtet, my Lord, ehe Sie nicht wissen, wozu.«

»Schön!« antwortete seine Lordschaft und wartete lächelnd ab. Sie verhieß ein amüsantes Erlebnis, und er war bereit für eine Belustigung. Aber er kam nicht auf seine Rechnung.

»Kennen Sie diese Handschrift, my Lord?« begehrte sie zu wissen, trat energisch einen Schritt vor und hielt ihm ein Stück Papier auf Armeslänge vor das Gesicht.

Der Marquis nahm es, sah es an, und über sein Gesicht huschte ein Schatten, der gleich wieder verschwand — zurück blieb eine ausdruckslose Maske, wie sie ein Mann seines Schlages in allen Lagen annehmen konnte.

»Wo haben Sie das her?« fragte er ruhig, mit kaum merklichem Stocken.

»Ich habe es daher, my Lord, wo noch mehr davon liegt.«

»Zeigen Sie es mir.«

»Ich habe Ihnen genügend gezeigt, um Ihnen eine Vorstellung davon zu geben«, antwortete sie.

»Sie weigern sich also? Wenn sie nicht mein Eigentum sind, warum haben Sie mir dann dies gebracht?«

»Sind sie Ihr Eigentum, my Lord?«

»Das ist meine Handschrift.«

»Sie geben das also zu?«

»Aber gewiß, gute Frau. Sie haben doch nicht erwartet, daß ich das leugne?«

»Da sei Gott vor! Aber geben Sie auch zu, daß Sie der rechtmäßige Gatte der Verstorbenen sind? Das bleibt vorläufig nur zwischen Eurer Lordschaft und mir.«

Er setzte sich mit dem Papierstück zwischen Daumen und Finger. »Ich werde sie Ihnen abkaufen«, sagte er nach kurzer Überlegung kühl.

Die Antwort, die Miss Horn eigentlich auf der Zunge lag, blieb auf immer unausgesprochen. »Das ist kein Handel«, antwortete sie mit der Kälte unterdrückten Zorns. »Ich handle nicht mit solcher Ware.«

»Womit handeln Sie dann?« fragte der Marquis.

»Mit Wahrheit und Fairplay, my Lord«, antwortete sie und verstummte.

Auch der Marquis schwieg eine Weile, ergriff aber dann als erster das Wort.

»Wenn Sie glauben, daß die Papiere, auf die Sie Bezug nehmen, den geringsten Wert haben, dann lassen Sie sich sagen, daß das ein grober Irrtum ist.«

»Es gab jemand, der sie für wertvoll erachtete«, erwiderte Miss Horn. »Aber wer weiß! Das schottische Gesetz könnte ihnen Leben einhauchen und ihnen für jemand anders als mich Wert verleihen.«

»Was ich Ihnen sagen wollte, meine gute Frau, ist dies: Wenn Sie glauben, der Besitz dieser Papiere könne Ihnen etwas gegen mich in die Hand geben, um Vorteil für sich daraus zu ziehen, dann irren Sie sich.«

»Gott möge Ihnen verzeihen, my Lord! Vorteil für mich! Ich hätte Eure Lordschaft inzwischen für etwas mehr Gentleman gehalten, sonst hätte ich meinen Anwalt geschickt, anstatt selbst zu kommen.«

»Ich gehe doch davon aus, daß Sie in diesen Briefen nichts entdeckt haben, was Ihnen eine Handhabe für ein so hartes Urteil bietet«, sagte der Marquis ernst.

»Nein, in ihnen kein Wort, aber umso mehr aus ihnen. Sie wollen mir doch nicht sagen, daß ein Mann, der eine Frau, geschweige denn seine Gattin oder eine, die er seine Gattin nennt, den ganzen Schmerzen einer Mutter und den Bußen einer Unverheirateten überläßt, ohne je danach zu fragen, wie sie zurechtkommt, noch das Anrecht besitzt, ein Gentleman genannt zu werden? Eine Frau wie ich wird ihm jedenfalls diesen Titel nicht zugestehen. Da sei Gott vor!«

»Sie sprechen recht frei und offen«, sagte der Marquis.

»Das ist meine Art. Ich kann Gut von Böse unterscheiden und weiß auch sonst ein bißchen was. Nun, entweder sind diese Briefe Eurer Lordschaft von Anfang bis Ende eine Lüge, oder Sie haben Frau und Kind verlassen —«

»O Gott!« unterbrach der Marquis erregt, »sie hat mich verlassen und das Kind mit sich genommen.«

»Wer darf eine solche Lüge über meine Grizel in den Mund nehmen!« rief Miss Horn. »Nur zwei oder drei Wochen, soweit ich beurteilen kann, nach der Geburt Ihres Kindes war es, als Grizel Campbell —«

»Waren Sie damals mit ihr zusammen?« unterbrach der Marquis erneut mit kummervollem Interesse.

»Nein, my Lord. Wäre das der Fall gewesen, dann hätte ich keinen solchen Gang tun müssen wie heute morgen. Fast zwanzig Jahre haben sie und ich in einem gemeinsamen Haushalt gelebt, bis sie in meinen Armen starb, und in dieser Zeit war sie keinen Tag aus meinen Augen oder einmal —«

Der Marquis sprang auf und rief: »Was in Gottes Namen wollen Sie damit sagen?«

»Ich weiß nicht, was Sie wollen, my Lord. Ich sage lediglich, daß Grizel Campbell bis zu jenem Tag — das sind nun wenig mehr als sechs Monate —«

»Guter Gott!« brachte der Marquis heraus, »und da habe ich — sprechen Sie die Wahrheit? Wenn —«

Der Marquis schritt mehrmals im Zimmer auf und ab. »Ich werde Ihnen tausend Pfund für diese Briefe geben«, sagte er plötzlich.

»Das sind sie nicht wert, my Lord. Aber ich werde mich nicht von ihnen trennen, sondern sie nur dem aushändigen, der sich als ihr rechtmäßiger Erbe erweist.«

»Ein Gatte beerbt seine Frau.«

»Oder vielleicht hat ein Sohn eher Anspruch darauf; ich weiß es nicht. Aber es gibt Rechtsanwälte, my Lord, um die Zweifel zu beseitigen.«

»Ihr Sohn? Sie wollen doch nicht sagen —«

»Doch, my Lord. Ich meine Malcolm MacPhail.«

»Gott im Himmel!«

»Ich glaube, Sie tragen seinen Namen mehr auf der Zunge als im Herzen, my Lord.«

Lord Lossie ging mit verkrampften Händen im Zimmer umher. »Können Sie beweisen, was Sie sagen?«

»Nein, my Lord«, antwortete Miss Horn.

»Warum zum Teufel«, brüllte der Marquis, »kommen Sie dann zu mir mit einem solchen Ammenmärchen?«

»Da gibt es keine Märchen in dieser Geschichte, my Lord. Ich bin zu Ihnen gekommen in der Hoffnung, daß Sie mir bei der Klärung helfen können, denn ich weiß nicht, was ich ohne Sie ausrichten könnte. Es gibt nur noch eine Person, welche die Wahrheit kennt, und das ist das schlimmste Lügenmaul außerhalb des Fegefeuers — nicht daß ich ans Fegefeuer glaube, aber das Wort ist leichter auszusprechen.«

»Wer ist sie?«

»Ihr Name ist Bawby Catanach, und von Natur ist sie das, was ich Ihnen gesagt habe.«

»Es kann nicht MacPhail sein. Mrs. Stewart sagt, er sei ihr Sohn, und diese Catanach ist ihre Hauptzeugin zur Stützung des Rechtsanspruchs.«

»Da hat der Teufel seine Hand im Spiel. Glauben Sie kein Wort, das Mistress Catanach Ihnen sagt. Wenn er Mrs. Stewarts Sohn ist, wer ist dann sein Vater?«

»Sie meinen, er gleiche meinem verstorbenen Bruder. Ich muß zugeben, er sieht ihm ähnlich.«

»Das stimmt, my Lord. Aber jemand, der seine Mutter kannte, so wie Sie und ich sie kannten, my Lord, würde daneben noch eine andere Ähnlichkeit erkennen.«

»Ich gebe nichts zu.«

»Sie haben zugegeben, daß Grizel Campbell Ihre Frau war, my Lord, als Sie Ihre Handschrift anerkannten. Selbst wenn es nichts als ein schriftliches Versprechen gewesen wäre, dem ein Kind folgte, würde es in diesem Land für eine Ehe ausreichen, auch ohne Zeremonie.«

»Aber das bedeutet alles nichts, soweit das Kind betroffen ist. Warum versteifen Sie sich auf diesen jungen Burschen? Sie sagen, Sie könnten es nicht beweisen.«

»Aber Sie könnten es, my Lord, wenn Ihnen soviel an Gerechtigkeit liegen würde wie mir. Wenn Sie in dieser Sache nicht helfen wollen, dann werde ich selbst mit der Hilfe Gottes weitermachen.«

Der Marquis, der die ganze Zeit hindurch auf und abgegangen war, blieb endlich stehen und blickte zum Fenster hinaus. »Dies ist eine sehr ernste Angelegenheit«, sagte er.

»Da haben Sie recht, my Lord«, erwiderte Miss Horn.

»Sie müssen mir ein wenig Zeit geben, darüber nachzudenken.«

»Sind zwanzig Jahre nicht genug Zeit, my Lord«, hielt ihm Miss Horn vor.

»Ich schwöre Ihnen, daß ich bis zu diesem Augenblick geglaubt habe, sie sei seit zwanzig Jahren tot. Mein Bruder teilte mir mit, sie sei im Kindbett gestorben und das Kind mit ihr. Ich war damals mit dem Herzog in Brüssel.«

Miss Horn ging auf ihn zu und nahm seine Hand zwischen die ihren. »Ich danke Gott, daß Sie ein ehrlicher Mann sind, my Lord.«

»Das hoffe ich«, sagte der Marquis und ergriff den Vorteil. »Sie werden über diese Sache Stillschweigen bewahren?« fügte er halb fragend, halb verlangend hinzu.

»Solange ich es für notwendig erachte, my Lord — länger

nicht«, antwortete Miss Horn. »Dem Recht muß Genüge getan werden.«

»Jawohl, wenn Sie sagen können, was Recht ist.«

»Recht ist Recht, my Lord«, beharrte Miss Horn. »Ich habe dafür keine Qualifikationen.«

Seine Lordschaft nahm wieder die Wanderung im Zimmer hin und her auf und warf gelegentlich einen verstohlenen Blick auf Miss Horn — einen Blick unbehaglicher, ängstlicher Fragen. Sie stand steif da, den Blick zu Boden gerichtet, und wartete auf seine nächsten Worte.

Endlich brach er das Schweigen. »Kann ich Ihnen vertrauen? Ich möchte sichergehen, daß Sie mit diesen Papieren nichts unternehmen, ehe Sie von mir hören.«

»Ich werde nichts unternehmen. Weiter möchte ich mich nicht verpflichten«, antwortete Miss Horn und ging mit diesen Worten auf die Türe zu.

Der Marquis begab sich in sein eigenes Zimmer. Die Tränen, die er schon lange hätte weinen sollen, stiegen ihm in die Augen. Seine Zuneigung zu dem Mädchen, das seinetwegen soviel gewagt und verloren hatte, war echt gewesen. Er hatte keine üblen Absichten verfolgt, als er sich einredete, es sei um ihrer beider willen für den Augenblick besser, ihre Heirat geheimzuhalten. Doch dann war er bald nach der Heirat vom Prinzen auf eine private Mission wegberufen worden. Er hatte auf baldige Rückkehr gehofft und deshalb mit ihr keine Vereinbarung für einen Briefwechsel getroffen, doch dann wurde er wegen der Schwierigkeiten des Falles aufgehalten. Alles, was er noch über sie hörte, erfolgte durch seinen Bruder, dem damaligen Marquis, der ihm einen zynischen Bericht über die Entdeckung ihres Zustands gab, dem bald darauf die Mitteilung über ihren und des Kindes Tod folgte. Für lange Zeit war er tief betroffen.

Doch die Zeit verging, er kehrte zurück und sah keine Notwendigkeit, das Vergangene an die Öffentlichkeit zu bringen. Schließlich heiratete er Florimels Mutter, doch empfand er für sie nicht die gleiche Liebe wie für seine erste Frau, bemühte sich aber, sich in einem gewissen Rahmen als Gentleman zu verhalten. Dafür wurde er belohnt mit einer Verlangsamung seiner geistigen Verarmung. Eines Tages starb sie und ließ ihn mit Florimel allein zurück, die er liebte und zu seinem ganzen Lebensinhalt machte.

Was sollte er nun tun?

Gewiß war der Junge ein Mensch, auf den man stolz sein konnte — wie man ihn unter Millionen einmal fand. Doch da gab es andere, schreckliche Überlegungen. Bequeme, halbherzige Maßnahmen würden, so fürchtete er, bei Miss Horn keine Gnade finden. Doch sie erklärte sich außerstande zu beweisen, daß Malcolm sein Sohn war, ohne das Zeugnis von Mrs. Catanach, die selbst jetzt noch den jungen Mann als Mrs. Stewarts Sohn ausgab. Doch Mrs. Catanach war ohne Zweifel nicht ahnungslos über das, was sich zugetragen hatte. In jener Nacht, als Malcolm und er sie im Zimmer des Zauberers gefunden hatten, hatte sie ihre seltsame Geschichte nicht bewiesen — nämlich, daß sie mit verbundenen Augen in eben dieses Zimmer getragen worden sei und nach ihrer Assistenz bei der Geburt eines Kindes, von dessen Mutter sie nicht einmal die Gesichtszüge gesehen hatte, in gleicher Weise wieder fortgebracht wurde. Hatte sie die Wahrheit etwa bewiesen, indem sie ihm einen Ring aushändigte, den sie der Dame vom Finger gezogen und im unteren Saum eines der Bettvorhänge eingenäht hatte für spätere Identifizierung, — denselben Brillantring, den er seiner Frau von seinem eigenen Finger überreicht hatte, als sie sich trennten. Wahrscheinlich glaubte sie, die Dame sei Mrs. Stewart und der verstorbene Marquis der Vater des Kindes gewesen. Sollte er Mrs. Catanach aufsuchen? Und was dann?

Es fiel ihm nicht schwer, die Gründe zu erfassen, aus denen sein Bruder für eine geheime Entbindung und die Entführung des Kindes aus dem Zimmer des Zauberers gesorgt hatte. Der ältere Marquis hatte nicht damit gerechnet, daß sein jüngerer Bruder länger lebe, und war deshalb davon ausgegangen, daß seine eigene Tochter Annabel ihm nachfolge. Doch nun konnte es jeden Tag geschehen, daß der Jüngere seine Heirat mit der Gouvernante öffentlich anerkannte und das Kind, einen Jungen, legalisierte. Deshalb arrangierte er das Verschwinden des Kindes und ließ seinen Bruder in dem Glauben, beide seien tot.

Lord Lossie wurde durch ein leises Pochen an der Türe aus seinen Träumereien geweckt. Er erkannte Malcolms Klopfen und rief ihn herein.

Bei seinem Eintritt nahm sein Herr eine Veränderung an ihm wahr, und einen Augenblick lang glaubte der Marquis, Miss Horn habe ihr Vertrauen gebrochen und Malcolm in Kenntnis gesetzt. Doch bald stellte er zu seiner Befriedigung fest, daß dies nicht der Fall war, doch hätte er schwerlich verstanden, daß der freudige Gesichtsausdruck des jungen Mannes seinen Grund in der Überzeugung hatte, er sei nicht der Sohn von Mrs. Stewart.

»Hier seid Ihr also endlich!« sagte der Marquis.

»Ja, my Lord.«

»Habt Ihr Stewart gefunden?«

»Ja, my Lord, aber es nützte wenig, denn er wußte nichts über das Mädchen und verlor fast den Verstand bei dieser Nachricht.«

»Kein großer Verlust!« bemerkte der Marquis. »Geht und

schickt mir Stoat her. Ich habe ein Pferd gekauft, während ich weg war — eine große schwarze Stute, ein bißchen ungebärdig vielleicht. Sie sollte innerhalb einer Woche eintreffen. Ich möchte, daß er einen Platz für sie herrichtet.«

»Kann ich zuerst ein Wort mit Eurer Lordschaft sprechen?«

»Ja, aber schnell.«

»Ich habe daran gedacht, wieder fischen zu gehen, my Lord«, sagte Malcolm. »Dieses Leben hier ist zu leicht für mich. Und außerdem ist ein Leben ohne Gefahr oder Arbeit zu eintönig. Aber das spielt keine Rolle, solange Sie mich aus dem Haus haben wollen, my Lord.«

»Wer hat Euch das gesagt? Zum Donnerwetter, wenn ich Euch aus dem Haus haben wollte, dann hätte ich kürzeren Prozeß gemacht. Wer hat Euch diese Idee eingegeben? Warum sollte ich?«

»Wenn Eure Lordschaft keinen Grund weiß, wer bin ich dann, einen zu nennen? Ich dachte — aber der Gedanke allein ist schon vorwitzig.«

»So ein junger Narr! Ihr dachtet, weil ich Euch so vorgefunden habe, neulich im Mansardengang — Pah! Als ob ich Euch nicht vertrauen könnte —!«

Für einen Augenblick vergaß Malcolm, wie zornig sein Herr sicherlich gewesen war. Alles schien nun wieder in Ordnung zu kommen. Doch sein Herr schwieg.

»Ich hoffe, my Lady geht es gut«, wagte Malcolm schließlich zu fragen.

»Doch, recht gut. Sie ist bei Lady Bellair in Edinburgh.«

»Die mag ich nicht«, bemerkte Malcolm.

»Wer hat Euch gefragt, ob Ihr sie mögt?« sagte der Marquis, mußte aber lachen, während er das sagte.

»Ich bitte Eure Lordschaft um Verzeihung«, entgegnete Malcolm. »Es geht mich nichts an, wo my Lady ist.«

»Gewiß nicht. Aber ich gestehe ohne weiteres, daß Lady Bellair eine Person ist, der ich Autorität über Lady Florimel geben würde. Ihr habt sehr viel für Eure junge Herrin übrig, Malcolm, ich weiß.«

»Ich würde für sie sterben, my Lord.«

»Das ist eine recht allgemeine Feststellung«, entgegnete der Marquis.

»Nicht bei Fischersleuten. Ich weiß nicht, was es bei Ihresgleichen bedeutet, my Lord.«

»Nun, auch bei uns bedeutet es etwas. Es sagt immerhin aus, daß man sein Leben für jemand riskieren würde. Aber vielleicht bedeutet es im Munde eines Fischers mehr? Könnt Ihr Euch vorstellen, daß es so etwas wie Hingabe gibt, wirkliche Hingabe, meine ich, eine Art Selbstaufopferung, wißt Ihr?«

»Ich zweifle nicht, my Lord.«

»Ohne Entgelt oder Hoffnung auf Belohnung?«

»Es muß Leute geben, die dazu fähig sind, my Lord; wie würde die Welt sonst aussehen?«

»Ihr habt sicherlich eine ziemlich hohe Meinung von den Dingen, MacPhail. Ich für mein Teil kann mir leicht vorstellen, daß ein Mann sein Leben riskiert; aber es einem anderen widmen! Das ist etwas ganz anderes. Was würdet Ihr jetzt zum Beispiel für Lady Florimel tun? Ihr sagt, Ihr würdet für sie sterben. Was bedeutet Sterben aus dem Munde eines Fischers?«

»Es bedeutet alles — bis auf Böses. Ich würde für sie hungern, aber ich würde nicht stehlen. Ich würde ihr zu Diensten sein, aber ich würde nicht lügen.«

»Würdet Ihr Euer Leben lang ihr Diener sein? Los, wie ist das?«

»Mehr als gern, my Lord — wenn sie mich nur haben und behalten möchte.«

»Aber nehmt einmal an, Ihr würdet den Besitz von Kirkbyres erben?«

»My Lord«, sagte Malcolm feierlich, »das ist eine harte Probe, aber sie bedeutet nichts. Ich würde lieber von morgens bis abends my Ladys Schuhe putzen als der Sohn dieser Frau sein, selbst wenn sie als Herzogin geboren wäre. Versuchen Sie mich mit etwas anderem, was Ihrer Mühe wert ist, my Lord.«

Doch der Marquis schien zu der Ansicht gelangt zu sein, er sei für den Augenblick weit genug gegangen. Mit leuchtenden Augen stand er auf, nahm seinen verblichenen Liebesbrief vom Tisch und steckte ihn in die Westentasche. An der Türe wandte er sich um, befahl Malcolm, ihm Reitanzug und Stiefel zu bringen; dann läutete er und schickte einen anderen mit dem Auftrag zu Stoat, die braune Stute zu satteln.

Vierunddreißigstes Kapitel

Die Heimkehr

Als Malcolm und Joseph sich von Duff Harbor aus auf den Weg machten, um den Laird zu finden, konnten sie kaum behaupten, nach ihm zu suchen. Alles, was sie tun konnten, war die Suche nach den Stellen, wo er gelegentlich gesehen worden war, immer in der Hoffnung, zufällig auf ihn zu stoßen. Die ganze Woche hindurch wanderten sie vergeblich durch die Wälder von Fife House, und jeden Abend kehrten sie niedergeschlagen in die kleine Wirtschaft zurück. Der Sonntag kam und ging, ohne daß sie eine Spur von ihm gefunden hätten. Der Montag verging wie die übrigen Tage, und sie kehrten mutlos zurück, als sie plötzlich einen Kopf bemerkten, der sie über das Brückengeländer anblickte. Sie wagten nicht zu laufen aus Furcht, ihn zu erschrecken, falls es der Laird wäre. Ruhig, aber in Eile begaben sie sich zu der Stelle. Doch als sie das Ende der Brücke erreicht hatten, war sie von einem Ende zum anderen leer. Auf der anderen Seite des Flusses traten die Bäume dicht ans Ufer heran, und in der einsetzenden Dunkelheit war eine Suche hoffnungslos.

»Laird! Laird! Sie haben Phemy fortgenommen, und wir wissen nicht, wo wir sie suchen sollen«, rief der arme Vater laut.

Beinahe im selben Augenblick stand der Laird vor ihnen, wie aus dem Boden entstiegen. Die Männer traten voller Erstaunen zurück, das sich schnell in Mitleid wandelte, denn es war noch hell genug, um den elenden Zustand des armen Kerls zu erkennen. Weder Hunger noch fehlendes Obdach hatten ihm so zugesetzt: Er starb ganz einfach vor lauter Angst. Er grüßte Joseph voller Scheu und blickte zweifelnd auf Malcolm, als wolle er im letzten Augenblick wieder davonlaufen. In wenigen Worten erklärte Joseph ihr Anliegen mit zitternder Stimme und Tränen, die der Geschichte durchaus Nachdruck verliehen. Noch ehe er zu Ende war, starrte der Laird mit offenem Mund und brachte kein Wort heraus. Doch mit traurigen und klaren Gesten bedeutete er ihnen, daß er nichts von ihr wußte und sie sicher zu Hause bei ihren Eltern geglaubt hatte. Vergeblich versuchten sie ihn zu überreden, mit ihnen zurückzugehen, wobei sie ihm jeden Schutz versprachen. Seine einzige Antwort bestand in einem traurigen Kopfschütteln.

Plötzlich fuhr ein Windstoß durch die Äste. Joseph, der an Bäume und ihr Verhalten im Wind nicht gewöhnt war, drehte sich bei dem Geräusch um, und Malcolm folgte unbewußt seiner Bewegung. Als sie sich wieder umwandten, war der Laird verschwunden; betrübt traten sie den Heimweg an.

Mrs. Stewart saß allein in ihrem Wohnraum; in Kirkbyres gab es nur selten Gäste. Niemand hätte sagen können, was sie im Lichte des Feuers über ihrem Strickzeug meditierte.

Sie blickte auf, stieß einen Schrei aus und sprang auf. Zwischen ihr und der Türe stand Stephen. Der flackernde Schein einer Flamme enthüllte seine Anwesenheit, der nachfolgende Schatten verbarg ihn wieder; einen Augenblick stand sie da und überlegte, ob ihre Blicke sie nicht getrogen hatten. Als die Kohle im Kamin erneut aufloderte, sah sie ihn stehen, wie er sie aus großen Augen anblickte, die aussahen, als hätten sie den Tod geschaut. Eine geisterhafte Atmosphäre war um ihn, als sei er gerade aus dem Totenreich zurückgekehrt, doch in seiner stummen Haltung lag auch ein gewisser Ausdruck von Verstand, ja Würde, der sie seltsam beeindruckte. Er trat ein oder zwei Schritte auf sie zu, hielt an und sagte: »Keine Angst, Mem. Ich bin da. Schickt die Kleine heim und tut mit mir, was Euch beliebt. Aber ich glaube, ich sterbe, Ihr braucht mich nicht zu mißhandeln.«

Seine Stimme zitterte ein wenig, aber er sprach klar und ohne Stocken, schwach, aber mit einer gewissen Männlichkeit.

Etwas im Herzen der Frau sprach darauf an.

»Ich weiß nicht, was du sagen willst, Stephen«, sagte sie, sanfter als er sie je hatte sprechen hören. War es die Reaktion der Mutter oder einfach Mitleid? Oder lag es an seiner Krankheit, die ihr Hoffnung gab, so daß sie es sich nun leisten konnte, freundlich zu sein?

War es Agonie des Geistes oder Körpers oder nur ein Spiel der Schatten auf seinem Gesicht? Einen Augenblick, und er stieß einen erstickten Schrei aus und fiel zu Boden. Seine Mutter wandte sich angewidert ab und läutete. »Schickt Tom her«, verlangte sie.

Ein älterer Mann mit harten Gesichtszügen trat ein.

»Stephan hat einen seiner Anfälle«, sagte sie.

Der Mann schaute sich um. Er konnte außer seiner Herrin niemand im Zimmer sehen.

»Dort ist er«, fuhr sie fort. »Nehmt ihn fort. Bringt ihn auf den Speicher und legt ihn ins Heu.«

Der Mann hob seinen Herrn wie einen klobigen Klotz auf und trug ihn, der sich wand, aus dem Zimmer.

Stephens Mutter setzte sich wieder neben das Feuer und nahm ihr Strickzeug auf. —

Malcolm hatte eben zugesehen, wie sein Herr sich auf seinen einsamen Ritt begab, als eine der Mägde ihm mitteilte, daß ein Mann aus Kirkbyres ihn sprechen wolle. Er verbarg sein Zögern, ging mit ihr und fand Tom vor, Mrs. Stewarts Diener, der seiner Lebtag lang in Kirkbyres gewesen war.

»Mr. Stephen ist nach Hause gekommen, Sir«, sagte er und tippte an seine Mütze.

»Das gibt es nicht!« entgegnete Malcolm. »Ich habe ihn doch gestern abend gesehen.«

»Er kam gegen zehn Uhr, Sir, und hatte gleich einen Ohnmachtsanfall. Er ist nun sehr krank, und die Herrin hat mich herübergeschickt mit der Bitte, ob Sie so gut sein und ihn besuchen würden.«

»Hat er sich zu Bett gelegt?« fragte Malcolm.

»Wir haben ihn zu Bett geschickt, Sir. Er ist völlig verrückt, und ich glaube, daß sein letztes Stündlein bald geschlagen hat.«

»Ich werde sofort mit Ihnen gehen«, sagte Malcolm.

In wenigen Minuten ritten sie schnell die Straße nach Kirkbyres entlang. Keiner sprach viel; Malcolm mißtraute jedem, der von dort kam, und Tom war von Natur aus schweigsam.

»Was war der Anlaß, daß man nach mir geschickt hat, wissen Sie das?« fragte Malcolm, als sie etwa die Hälfte des Weges hinter sich hatten.

»Er hat in der Nacht nach Ihnen gerufen«, antwortete Tom.

Nach ihrem Eintreffen wurde Malcolm in das Wohnzimmer geführt, wo er Mrs. Stewart mit geröteten Augen vorfand.

»Wollt Ihr kommen und meinen armen kranken Jungen besuchen?« fragte sie.

»Ja, Mem. Ist er sehr krank?«

»Ich fürchte, er ist in einem schlimmen Zustand.«

Sie führte ihn in ein altmodisches, düsteres, üppig eingerichtetes Zimmer. In einem riesigen Bett mit geschnitzten Ebenholzpfosten lag der Laird ganz eingesunken, viel zu krank, um den ihm ungewohnten Luxus noch wahrzunehmen. Er warf den Kopf hin und her, und seine Augen waren suchend ins Leere gerichtet.

»Hat der Doktor ihn gesehen, Mem?« wollte Malcolm wissen.

»Ja, aber er sagt, er könnte nichts für ihn tun.«

»Und wer versorgt ihn, Mem?«

»Eins der Mädchen und ich selbst.«

»Ich werde bei ihm bleiben.«

»Das ist sehr freundlich von Euch.«

»Ich bleibe bei ihm und helfe ihm auf den Weg heraus, so oder so«, fügte Malcolm hinzu und setzte sich neben seinen mißtrauischen Freund ans Bett. Dort ließ ihn Mrs. Stewart zurück.

Der Blick des Laird begegnete hin und wieder Malcolms, der ihn zärtlich ansah, doch das lebende Wesen, das aus den Federn blickte, war verdüstert und nahm ihn nicht wahr. Gelegentlich ließ er ein gemurmeltes, kaum artikuliertes Wort fallen.

»I dinna ken whaur I come from! In dinna ken whaur I'm gaein to! Ich weiß nicht, woher ich komme! Ich weiß nicht, wo ich hingehe! — Wenn er doch nur kommen und sich zeigen würde — O Herr, nimm den Teufel von meinem armen Rücken — O Vater des Lichts! Er soll meinen Buckel mitnehmen. Ich mag ihn nicht, obwohl er mich die vielen Jahre meines Lebens begleitet hat!«

Meist aber stöhnte er nur vor sich hin.

Den ganzen Nachmittag hindurch saß Malcolm an seinem Bett, und weder Mutter, Mädchen noch Arzt ließen sich blicken.

»Werde ich je wissen, woher ich komme? Der Wein ist gut. Geben Sie mir ein bißchen mehr bitte, Miss Horn. Ich dachte, das Grab sei ein besserer Ort. Ich bin vorher weicher gelegen — Phemy! Phemy! Lauf, Phemy! Lauf! Diesmal bleib ich bei Ihnen. Lauf du, Phemy!«

Als die Dunkelheit kam, wurde es kalt, und der Schnee begann in dichten Flocken zu fallen. Malcolm legte ein paar Scheite auf das qualmende Torffeuer, doch sie waren feucht und brannten nicht an. Auf einmal stieß der Laird einen Schrei aus und rief: »Mither! Mither!« (Mutter!) und erlitt einen so heftigen Anfall, daß das Bett unter seinen Krämpfen erzitterte. Malcolm hielt ihm die Handgelenke und rief laut. Niemand kam, und da er annahm, daß niemand helfen konnte, wartete er schweigend ab.

Der Anfall klang rasch ab, und der Kranke lag ruhig da. Die Holzstücke waren inzwischen getrocknet, fingen plötzlich Feuer und loderten auf. Der Laird wandte sein Gesicht der Flamme zu. Ein Lächeln breitete sich über sein Gesicht, seine Augen öffneten sich weit mit einem Ausdruck, der weit über Malcolm hinwegsah.

»O, der schöne Mann! Der schöne Mann!« murmelte der Laird.

Malcolm drehte sich, sah aber nichts; dann blickte er wieder auf den Laird: Der Kiefer war herabgesunken, das Licht wich aus seinem Gesicht wie der letzte Sonnenstrahl. Er war tot.

Malcolm läutete und sagte der Frau, die eintrat, was geschehen war. Dann verließ er eilends das Haus, von Herzen froh, daß sein Freund endlich zur Ruhe gefunden hatte.

Er war nur ein kurzes Stück auf seinem Pferd unterwegs, als er von einem Jungen auf einem schnellen Pony überholt wurde, der beim Näherkommen zu ihm heranritt.

»Wo reitest du hin?« fragte Malcolm.

»Ich hole Mistress Catanach«, antwortete der Junge.

»Dann geh deiner Wege und laß den Toten nicht warten«, erwiderte Malcolm mit einem Schauder.

Der Junge warf ihm einen bestürzten Blick zu und galoppierte weiter.

Der Schnee fiel immer noch, und die Nacht war dunkel. Malcolm brauchte fast zwei Stunden für seinen Weg und traf wieder mit dem Jungen zusammen, der ihm berichtete, Mrs. Catanach sei nicht aufzufinden.

Sein Weg führte das Tal hinab, an Duncans Hütte vorbei, wo er abstieg, doch konnte er Duncan nicht finden. Er schlang den Zügel um den Arm und ging den Rest des Weges neben dem Pferd her. Es war neun Uhr, die Nacht tiefdunkel. Als er sich dem Herrenhaus näherte, hörte er Duncans Stimme:

»Malcolm, mein Sohn! Bist du das selbst?«

»Jawohl, Daddy«, antwortete Malcolm.

Der Pfeifer saß auf einem umgestürzten Baum, und der Schnee rieselte langsam auf ihn nieder.

»Aber es ist doch viel zu kalt für dich, um hier im Schnee zu sitzen, und außerdem ist es stockfinster!« sagte Malcolm.

»Die Dunkelheit kann nicht in mich eindringen«, entgegnete der Seher. »O mein Junge! Ich war so unruhig, bis du heimkamst.«

»Was ist denn los, Daddy?« fragte Malcolm. »Ist im Herrenhaus etwas nicht Ordnung?«

»Irgendetwas wird nicht in Ordnung sein, ha, aber ich kann nicht sagen, wo. Nein, mein Leib wird nicht von Licht erfüllt!«

»Der arme Laird ist heimgegangen«, berichtete Malcolm. »Ich frage mich, ob er schon weiß, wo er herkam, oder ob es ihm auf dem Wege jemand sagen konnte. Auf jeden Fall ist er nicht mehr verrückt.«

»Wie, ist er tot? Der arme Laird! Der arme verrückte Laird!«

»Ja, er ist tot. Vielleicht war es das, was du in deinem Geist gesehen hast und was dich in Unruhe gestürzt hat.«

»Nein, mein Sohn. Der verrückte Laird war nicht sehr verrückt, und wenn er verrückt war, dann war er auf jeden Fall nicht böse, er hatte keine Schuld daran, er war immer gut.«

»Das war er, Daddy.«

»Aber es wird irgendetwas sehr Schlimmes geschehen, und das betrübt meinen Geist. Nichts ist in Ordnung, mein Sohn.«

»Nun, mach dir jetzt keine Sorgen, Daddy. Laß kommen, was kommen muß. Und jetzt geh mit mir und setz dich in deine Hütte ans Feuer. Ich komme, sobald ich nachgesehen habe, ob der Herr noch etwas von mir will. Aber vielleicht solltest du erst mit in mein Zimmer kommen«, fuhr er fort, »denn der Herr sieht es nicht gern, wenn ich etwas anderes anhabe als den Kilt.«

»Und warum hast du jetzt den Kilt nicht an?«

»Ich bin mit dem Pferd unterwegs gewesen, Daddy, und in den Sattel passen Hosen besser als der Kilt.«

»Das ist mir neu. Der alte Allister, dein Ur- mein eigener Großvater, war der beste Reiter, den die Welt je gesehen hat, und er hatte niemals Hosen an den Beinen oder einen Sattel auf dem Pferd.«

Unter diesem Gespräch gingen sie in den Stall und von dort zum Haus, wo sie niemand trafen. Dort lenkten sie ihre Schritte direkt zu Malcolms Zimmer — der alte Mann schaffte die langen Stiegen genauso leicht wie Malcolm selbst.

Fünfunddreißigstes Kapitel

Die Rettung

Der Marquis ritt bis zum Einbruch der Dunkelheit durch die Felder, brütete über der traurigen Geschichte seines jungen Weibes und den Zukunftsaussichten seiner Tochter. Dabei wurde ihm die Tragweite seiner schwierigen Position voll bewußt.

Wenn Malcolm anerkannt und das Todesdatum seiner Mutter bekanntgegeben würde, wie würde dann Florimel in den Augen der Welt dastehen? Wo war dann die Zukunft, die er für sie geplant hatte? Er konnte ihr kein Geld hinterlassen, und sie wäre hilflos abhängig von ihrem Bruder.

Malcolm andererseits konnte eine gute Partie finden oder, mit den Vorteilen, die er ihm sichern konnte, in der Armee oder noch besser bei der Marine seinen Weg in der Welt machen.

Miss Horn konnte kein Zeugnis beibringen, und Mrs. Catanach hatte versichert, er sei der Sohn von Mrs. Stewart. Er hatte jedoch genug gesehen, um ihn bestimmte Folgen befürchten zu lassen, falls Malcolm als Laird von Kirkbyres anerkannt würde. Nein, es gab nur einen Weg mit Aussicht auf Hoffnung — einen, den er versuchsweise schon eingeschlagen hatte: einen Appell an Malcolm selbst, bei dem er zwar seine wahrscheinlichen Rechte anerkannte, aber gleichzeitig in der stärkstmöglichen Form die Schwierigkeiten hervorhob, sie zu beweisen. Sodann würde er die Konsequenzen für Lady Florimel bei einer öffentlichen Anerkennung von Malcolms Rechten in ihrem ganzen erschreckenden Ausmaß schildern und ihm, wenn er sein Wort für eine bestimmte Verhaltensweise verpfändete, anbieten, ihm auf jedem gewünschten Lebensweg zum Start zu verhelfen.

Nachdem er, wie er glaubte, die Sache gründlich durchdacht und gleichzeitig beschlossen hatte, die Fühler in Richtung auf Verhandlungen mit Mrs. Catanach auszustrecken, wandte er sein Pferd und ritt nach Hause.

Nach einem erträglichen Abendessen saß er bei einer Flasche Portwein, als die Türe zum Eßzimmer aufgerissen wurde und der Butler schreckensbleich hereingestürzt kam. »My Lord! My Lord!« stammelte er, als er die Türe hinter sich schloß.

»Was zum Teufel ist denn los?«

»Eure Lordschaft haben es nicht gehört?« stotterte der Butler.

»Sie sind betrunken«, sagte der Marquis und hob sein siebtes Glas Portwein.

»Ich habe nicht gesagt, daß ich es gehört habe, my Lord.«
»Was gehört, in Satans Namen?«
»Den Geist, my Lord.«
»Den was!« schrie der Marquis.
»So nennen sie es, my Lord. Das kommt davon, wenn man dieses Zimmer von einem Zauberer im Haus hat, my Lord.«
»Ihr seid ein Haufen von Narren«, sagte der Marquis, »— alle miteinander!«
»Das sage ich ja auch, my Lord. Ich weiß nicht, was ich mit ihnen anfangen soll, so hysterisch, wie sie herumschreien. Mrs. Courthope versucht ihr Bestes, aber ich glaube, mit ihr steht's genauso schlimm.«
Der Marquis leerte sein Glas, goß ein neues ein und trank es aus, dann ging er zur Türe. Als der Butler öffnete, bot sich ein seltsamer Anblick. Die gesamte Dienerschaft des Hauses, Männer wie Frauen — Duncan und Malcolm ausgenommen — hatten sich hinter dem Butler zusammengedrängt, denn keiner wollte zurückgelassen werden. Im Lichte des großen Feuers in der Halle glänzte die Menge der Gesichter geisterhaft. Die Stille war so vollkommen, daß der Marquis das Heulen des erwachenden Windes und das Geräusch des Schnees, der gegen die Fenster geweht wurde und sich wie das Klopfen weicher Hände anhörte, vernahm. Er stand einen Augenblick und amüsierte sich etwas über ihr Entsetzen, als von irgendwoher im Gebäude ein ferner Schrei, schrill und durchdringend, an alle Ohren drang. Einige der Männer schnappten nach Luft, doch die meisten Frauen schrien laut auf, was dem Marquis einen Fluch entlockte.

Duncan und Malcolm hatten eben die Schlafkammer betreten, als der Schrei dicht neben ihnen die Luft zerriß und für einen Augenblick ihre Sinne betäubte. Er war so schrill, so voller Entsetzen und Pein, daß Malcolm wie erstarrt dastand und Duncan mit einem Antwortschrei aufsprang. Doch Malcolm hatte sich schnell wieder gefaßt.
»Bleib hier, bis ich zurückkomme«, flüsterte er und eilte geräuschlos aus seinem Zimmer.
Nach einigen Minuten, in denen alles still gewesen war, kehrte er zurück. »Nun, Daddy«, sagte er, »werde ich die Türe zum nächsten Zimmer eindrücken. Dort drin ist irgendeine Teufelei am Werk. Du bleibst in der Türe stehen, und wenn irgendein Geist oder Teufel vorbeilaufen will, dann packst du ihn wie Demon, der Hund.«
»O ja, das werde ich!« murmelte Duncan in seltsamem Ton. »Ochone! Daß ich meinen Dolch nicht bei mir habe!«

Malcolm holte aus seiner Kommode den Schlüssel zum Zimmer des Zauberers und nahm die Kerze vom Tisch, die er im Gang niedersetzte. Einen Augenblick später hatte er die Türe aufgeschlossen, seine Schulter dagegengedrückt und sie aufgesprengt. Ein Licht wurde gelöscht, und eine formlose Gestalt glitt durch den Raum. Doch es war kein Schatten. Sie stürzte sich gegen die Türe auf der anderen Seite des Zimmers und stolperte mit einem Fluch von Wut und Angst zurück. Die Gestalt preßte beide Hände an den Kopf, drehte sich kampfbereit um und gab das Gesicht von Mrs. Catanach preis.

Der blinde Pfeifer stand in der Türe mit ausgestreckten Armen, die Hände bereit zum Zupacken. Die Finger hatte er wie Klauen gekrümmt, Knie und Hüften gebeugt; so lehnte er sich vor wie ein sprungbereites wildes Tier. In seinem Gesicht lagen Wut, Haß, Rache, Abscheu — eine aus vielerlei Elementen gemischte Feindseligkeit.

Malcolm war mit etwas auf dem Bett Liegenden beschäftigt, und Mrs. Catanach sah beim Umdrehen nur das von loderndem Haß erfüllte weiße Gesicht in der Dunkelheit.

»Du alter Teufel!« schrie sie und fügte noch etwas nicht Wiederzugebendes hinzu.

Der alte Mann sprach kein Wort, sondern zischte mit angezogenem Atem durch die zusammengepreßten Zähne, packte sie, und zusammen stürzten sie auf den Boden des Ganges, der Pfeifer zuerst. Er hatte sie an der Gurgel gefaßt, doch sie preßte die Finger in seine Augen und drückte ihn, auf seiner Brust kniend, mit einer derart haßerfüllten Gewalt zu Boden, daß es sich wirklich nach Mord ansah. Das dauerte jedoch nur einen Augenblick, denn der alte Mann, durch Qual und Haß angespornt, sammelte die ihm verbliebene sehnige Kraft in einem einzigen heftigen Ruck, warf sie in den Raum zurück und stand auf, während ihm das Blut von den Augen floß. In diesem Augenblick bog der Marquis, gefolgt vom Butler, Stoat, zwei Dienern und Mrs. Courthope am Ende des Ganges um die Ecke. Er, der eine Rauferei von Herzen genoß, blieb abrupt stehen, bedeutete den nachfolgenden Personen, ebenfalls stehenzubleiben, und hörte sich an, was nun wie ein Schlammgeysir aus Mrs. Catanachs Kehle drang.

»Du blinder Sohn des Teufels!« kreischte sie. »Habe ich dich nicht genommen, um mit dir zu machen, was ich wollte? Und dieser Sohn, den du deinen Enkel nennst — Ha, ha! Er dein Enkel! Er ist nichts, er ist nichts als einer deiner verhaßten Campbells!«

»A teanga a'diabhuil mhoir, tha thu ag denamh breug (O Zunge des großen Teufels! Du sprichst eine Lüge!)«, schrie Duncan, der zum erstenmal den Mund auftat.

»Gott soll mich tot in meinen Sünden umfallen lassen, wenn er nichts anderes ist als ein Campbell-Bastard!« bekräftigte sie mit einem Lachen dämonischer Verachtung. »Dein kostbarer Malcolm ist nichts als das Sündenbalg der toten Grizel Campbell, die von den Leuten für eine Heilige gehalten wurde, weil sie nicht redete! Ich habe eigenhändig den Campbell-Balg in deine dürren Arme gelegt, auf deinen verfluchten kreischenden Dudelsack, der mir so oft den Schlaf geraubt hat! Nein, du wolltest ja kein Kind von mir! Aber ich habe dir für all das ein Campbell-Kind ins Herz gelegt, du alter Hungerleider, du spindelbeiniger, wurmstichiger Schwachkopf!«

Ein Sturzbach auf gälisch brach aus Duncans Mund, der von seiten Mrs. Catanachs in gleicher Weise unterbrochen wurde, doch gröber in den Vokalen und härter in den Konsonanten.

Der Marquis trat ins Zimmer. »Was soll das eigentlich heißen?« sagte er würdevoll.

Der Aufruhr keltischer Beschimpfungen legte sich. Der Pfeifer reckte sich zu seiner vollen Größe auf und blieb schweigend stehen. Mrs. Catanach, vor Aufregung und Wut feuerrot im Gesicht, verfärbte sich aschgrau. Der Marquis warf ihr einen forschenden, bedeutungsvollen Blick zu.

»Sehen Sie her, my Lord«, sagte Malcolm.

Mit einer Kerze in der Hand trat seine Lordschaft auf das Bett zu. Im gleichen Augenblick glitt Mrs. Catanach mit ihrem üblichen schleichenden Schritt zur Türe hinaus, winkte der Gruppe bei der Türe wie in gegenseitigem Verständnis zu und verschwand.

Auf Malcolms Arm lag der Kopf eines kleinen Mädchens. Ihr schmales, verhärmtes Gesicht war tränenverschmiert und blau angelaufen vor Atemnot. Sie erholte sich langsam, doch die Augen rollten blicklos und ohne Verstand umher.

»Es ist Phemy, my Lord — das Mädchen vom Blauen Peter, das verschleppt wurde«, sagte Malcolm.

»Das sieht langsam böse aus«, sagte der Marquis. »Mrs. Catanach! Mrs. Courthope!«

Er drehte sich zur Türe um. Mrs. Courthope trat ein, und hinter ihr streckten sich ein oder zwei Köpfe durch die Türe. Duncan stand aufrecht und starr da. In seinem Gesicht arbeitete es, doch sein Körper war ohne Bewegung, wie die Statue eines Wachsoldaten.

»Wo ist diese Catanach hin?« rief der Marquis.

»Fort!« schrie der Pfeifer. »Fort! Und ihr Mann wartet, um sie zu töten! Och nan ochan!«

»Ihr Mann?« wiederholte der Marquis.

»Ach, ich kann's nicht ändern, my Lord — nicht bis einer von uns tot ist, das soll diese Frau sein, denn sie ist eine böse Frau — die böseste Frau, die je geheiratet wurde, my Lord!«

»Das ist ein starkes Stück, was Sie da sagen«, erwiderte der Marquis.

»Kein Wort zuviel, my Lord«, sagte Duncan. »Ochone! Ochone! Warum hab' ich sie geheiratet? Wenn sie Ihre Frau gewesen wäre, my Lord, dann hätten Sie sie schon vor langer Zeit umgebracht, wenn Sie gewußt hätten, was sie für ein Ungeziefer ist. Ochone! Und ich hatte meinen Dolch nicht an der Seite und mein Messer nicht im Stiefel!«

Er schüttelte die Hände wie ein verzweifeltes Kind, dann stampfte er auf und weinte aus Qual des vereitelten Zorns.

Mrs. Courthope nahm Phemy mit in ihr eigenes Zimmer, wo sie das Fenster aufriß und ihr den schneebeladenen Wind ins Gesicht wehen ließ. Sobald das Kind wieder ganz zu sich gekommen war, zog Malcolm los, um den Eltern die gute Nachricht zu bringen.

Phemy war erst wenige Nächte zuvor in den Raum gebracht worden, wo man sie gefunden hatte. Sie war von einem Platz zum anderen geschleppt worden und hatte, wie sie annahm, einige Zeit in Mrs. Catanachs eigenem Haus verbracht. Man hatte sie die ganze Zeit im Dunkeln gehalten und sie in der Nacht mit verbundenen Augen weggebracht. Auf die Frage, warum sie nie zuvor aufgeschrien hatte, sagte sie, sie habe sich viel zu sehr gefürchtet; und als sie gefragt wurde, warum sie es jetzt getan habe, wußte sie nicht warum. Sie erinnerte sich nur daran, daß neben ihrem Bett eine grauenvolle Kreatur erschienen war, danach war jede Erinnerung ausgelöscht. Auf dem Boden fanden sie eine gräßliche Totenmaske, zweifellos die Ursache für die Schreie, die Mrs. Catanach mit Kissen und Bettdecken zu ersticken versucht hatte.

Bei seiner Rückkehr ging Malcolm sofort zur Hütte des Pfeifers, den er aufs äußerste erschöpft und höchst unruhig im Bett vorfand.

»Nun, Daddy«, sagte er, »ich nehme doch an, daß ich dir jetzt nicht mehr nahekommen darf.«

»Komm in meine Arme, mein armer Junge!« stammelte Duncan. »Ich bedaure meinen Jungen in meinem Herzen! Du kannst nichts für die Cawmill-Mutter, und du wirst immer mein eigener Junge sein. Ochone! Alle deine Tage wird ein Fluch auf dir sein, mein Sohn, und ich kann dir nicht helfen. Das bricht mir das alte Herz!«

»Gott hat die Campbells für wert erachtet, erschaffen zu werden, Daddy, ich sehe also nicht, daß ich irgendein Recht hätte, mich über die Abstammung von ihnen zu beklagen.«

»Ich hoffe, daß du einem blinden alten Mann verzeihst. Ich konnte nicht sehen, sonst hätte ich es sofort besser gewußt.«

»Ich weiß nicht, was du meinst, Daddy.«

»Daß ich dir ein großes Unrecht antat, und es tut mir sehr leid darum, mein Sohn.«

»Welches Unrecht hast du mir zugefügt, Daddy?«

»Daß ich dich als Cawmill aufwachsen ließ, mein Junge. Wenn ich gewußt hätte, daß das schlechte Blut in dir war, hätte ich nicht das Unrecht an dir begangen, dich aufzuziehen.«

»Dieses Unrecht ist nicht schwer zu vergeben, Daddy. Aber es ist schade, daß du mich nicht hast liegen lassen, denn vielleicht hätte mich dann Mrs. Catanach selbst aufgezogen. Da siehst du, wovor du mich bewahrt hast.«

»Ja, aber ich konnte dich nicht von dem Cawmill-Blut retten, mein Sohn. Malcolm, mein Junge«, fuhr er nach einer Pause mit der Feierlichkeit eines tiefsitzenden Hasses fort, »das schlechte Weib ist selber eine Cawmill — dieses Weib Catanach ist eine Cawmill, und ich habe es nicht gewußt, bevor ich mit der übelsten Cawmill, die Gott je gemacht hat, im Bett war; und ich bitte ihn um Vergebung, weil ich nicht glauben kann, daß er die Cawmills gemacht hat.«

»Glaubst du nicht, daß Gott mich geschaffen hat, Daddy?« fragte Malcolm.

Der alte Mann dachte eine Weile nach.

»Das hängt davon ab, wer dein Vater war, mein Sohn«, erwiderte er. »Wenn er auch ein Cawmill war — Ochone! Ochone! Aber vielleicht ist etwas gutes Blut in dir, das reicht, damit man sagen kann, Gott habe dich erschaffen, mein Sohn. Aber frag nicht, Malcolm, frag nicht!«

»Was soll ich nicht fragen, Daddy?«

»Frag nicht, wer dich erschaffen hat, wer dein Vater war, mein Junge. Ich will es lieber nicht wissen, denn der Mann könnte auch ein Cawmill sein. Und wenn ich dich nicht mehr lieben könnte, mein Sohn, dann würde ich vor meiner Zeit sterben, und meine Tage in dem Land unter dem Gras würden lang werden, mein Sohn.«

Doch die Erinnerung an das liebliche Gesicht, das er einmal geküßt hatte, war für Malcolm genug, alle Vorurteile Duncans aufzuwiegen, und er war stolz, selbst ihre Schande auf sich zu nehmen. Der Übergang von Mrs. Stewart zu ihr war wie die Flucht aus den Klauen eines Vampirs in die Arme eines geliebten mütterlichen Engels.

In tiefer Sorge wegen des neuentdeckten Unglücks des alten Mannes, dem er wenigstens für das Leben in dieser Welt verpflichtet war, bemühte er sich ängstlich, ihn zu besänftigen; doch der alte Mann hatte weit mehr und Schlimmeres, was ihn quälte, als

Malcolm wissen konnte. Mit brennenden Wangen und blutunterlaufenen Augen lag er da, warf den Kopf von einer Seite auf die andere und stieß schreckliche Flüche in gälischer Sprache aus, dann wieder weinte er bitterlich. Malcolm nahm seinen geliebten Dudelsack und versuchte, die aufgepeitschten Wogen seines Geistes mit den vornehmsten Tönen, die er dem Instrument entlocken konnte, zu stillen. Doch seine Anstrengungen waren alle vergebens, und schließlich ging er zum Herrenhaus und in sein eigenes Zimmer in der Einsicht, ohne ihn werde der alte Mann eher zur Ruhe finden.

Die Türe zum angrenzenden Raum stand offen, und der lange verbotene Raum lag offen vor aller Augen da. Als Malcolm hineinblickte, dachte er kaum daran, daß er in diesem Zimmer zum erstenmal die Luft dieser Welt geatmet hatte, daß seine Mutter hier über ihre schiefe Stellung und seinen angeblichen Tod geweint hatte, und daß Duncans böses Eheweib ihn von hier über die geborstene Treppe weggetragen und an das Ufer des Meeres gebracht hatte, damit er in den Armen des Mannes ein Heim fand, den er eben in seinem einsamen Bett verlassen hatte, hin und hergerissen von den widerstrebenden Empfindungen einer zärtlichen Liebe zu ihm und eines entsetzlichen Hasses gegen sie.

Sechsunddreißigstes Kapitel

Der Unfall

Am nächsten Tag fand sich Miss Horn pünktlich wie das Schicksal in Lossie House ein und wurde sofort in das Studierzimmer des Marquis geführt, wie es genannt wurde. Als seine Lordschaft eintrat, übernahm sie die Führung, kaum daß die Türe geschlossen war.

»Inzwischen werden Sie zweifellos den Entschluß gefaßt haben, das zu tun, was Recht ist, my Lord«, sagte sie.

»Das habe ich immer tun wollen«, erwiderte der Marquis.

»Hmm!« bemerkte Miss Horn undeutlich.

»In dieser Angelegenheit«, fuhr der Lord fort, »ist es nicht immer leicht zu sagen, was richtig ist. Diese Catanach — wir müssen sie dazu bringen, ein glaubwürdiges Zeugnis abzulegen. Wie immer die Tatsachen liegen, wir müssen starkes Beweismaterial haben. Und hier tritt nun die Schwierigkeit ein, daß sie bereits eine völlig andersartige Aussage gemacht hat.«

»Das bedeutet nichts, my Lord. Diese Aussage wurde nie vor einem Friedensrichter abgelegt.«

»Ich wünschte, Sie würden zu ihr gehen und sehen, wozu sie geneigt ist.«

»Ich und zu Bawby Catanach gehen!« rief Miss Horn.

»Sie hätten doch auch keine Einwendungen, wenn ich sie sehen würde, nehme ich an — einfach um sie wissen zu lassen, daß wir einen Hinweis auf die Wahrheit haben?« fragte der Marquis.

Das war natürlich nur Geschwätz, denn Miss Horn konnte nicht lange im Ungewissen bleiben über die Erklärung, die die Wut in der vergangenen Nacht Mrs. Catanach entlockt hatte. Doch er dachte, er müsse sie fernhalten und für Ruhe sorgen, wenn dies möglich war, bis er mit Malcolm zu einem Einverständnis gekommen war; danach würde er ohne Zweifel seine liebe Mühe mit ihr haben.

»Eure Lordschaft kann tun, was Ihnen beliebt«, antwortete Miss Horn, »aber ich möchte nicht, daß es von mir heißt, ich hätte irgendeinen Handel mit ihr. Wer weiß, ob sie nicht behauptet, Sie hätten versucht, sie zu bestechen? Es gibt nichts, was sie nicht tun würde, wenn es ihr lohnend erscheint. Nicht daß ich mich vor ihr fürchten würde. Versuchen Sie es, aber trauen Sie keinem Wort, das sie sagt!«

Der Marquis grübelte.

»Ich frage mich, ob Sie den wirklichen Grund meines Dilemmas erkannt haben, Miss Horn«, sagte er endlich. »Sie wissen, daß ich eine Tochter habe?«

»O ja, my Lord.«

»Aus meiner zweiten Ehe.«

»Die überhaupt keine Ehe ist, my Lord.«

»Gewiß — wenn ich mich zur ersten bekenne.«

»Das macht keinen Unterschied, ob Sie sich dazu bekennen oder nicht, my Lord.«

»Dann sehen Sie also«, fuhr der Marquis fort, ohne sich gekränkt zu fühlen, »was die Bestätigung Ihrer Geschichte aus meiner Tochter machen würde?«

»Das ist doch offenkundig, my Lord.«

»Nun, wenn ich Malcolm richtig beobachtet habe, dann ist er um seine — Herrin — viel zu sehr besorgt, um sie in eine solch schiefe Position zu bringen.«

»Das heißt also, my Lord, daß Sie lieber Ihren rechtmäßigen Sohn seinen falschen Namen weiter tragen lassen.«

»Nein, nein, es braucht niemals herauszukommen, was er ist. Ich werde natürlich für ihn sorgen, — als Gentleman.«

»So geht es nicht, my Lord. Sie können nichts für ihn tun, denn mit dem Gesicht würde es sehr schnell herauskommen, daß Sie sein Vater sind. Und dann würde es nicht lange dauern, bis der Name der Mutter bekannt wird — Mistress Catanach würde schon dafür sorgen. Und ich würde nie zulassen, daß meine arme Grizel als etwas bezeichnet wird, was sie nicht war!«

»Was macht das schon aus, nun da sie tot und dahingegangen ist?« sagte der Marquis. In seiner Liebe zu einer Lebenden spielte er der Toten gegenüber falsch.

»Tot und dahingegangen, my Lord! Was nennen Sie tot und dahingegangen? Es ist eine Gnade, daß ich keine Gefühle habe«, fügte sie hinzu und hielt ihr Taschentuch fest, die einzige Träne, die ihr über die Wangen rann, mißachtend.

Sie war ganz eindeutig nicht die Sorte Frau, die der Marquis als typisch für das weibliche Geschlecht empfand.

»Dann wollen Sie die Sache nicht dem Gatten und dem Sohn überlassen?« fragte er vorwurfsvoll.

»Ich sage Ihnen, my Lord, ich würde nichts tun, als was ich als Recht ansehe. Nehmen Sie diese Angelegenheit aus meinen Händen — ich wage das nicht. Sie könnten diesen Jungen dazu bringen, gegen seine eigene Person zu handeln. In diesem Punkt ist er genau wie seine arme Mutter.«

»Wenn Miss Campbell seine Mutter war«, sagte der Marquis.

»Miss Campbell!« rief Miss Horn. »Ich wäre Eurer Lordschaft

doch sehr dankbar, wenn Sie sie bei ihrem rechtmäßigen Namen nennen würden, und der heißt Lady Lossie!«

Das Herz des Marquis war vollständig mit seiner Tochter beschäftigt und hatte im Augenblick weder für seine tote Frau noch für seinen lebenden Sohn eine Regung übrig. Von neuem saß er eine Weile schweigend da.

»Ich werde Malcolm zum Kapitän bei der Marine machen und Ihnen tausend Pfund geben«, sagte er schließlich, kaum wissend, was er sprach.

Miss Horn erhob sich zu ihrer vollen Größe und stand wie der Engel des Gerichts vor ihm. Sie sprach kein Wort, blickte ihn einen Augenblick an und wandte sich dann um, das Zimmer zu verlassen. Der Marquis erkannte die Gefahr, schritt zur Türe und stellte sich mit dem Rücken davor.

»Glauben Sie vielleicht, Sie könnten mir Angst einjagen, my Lord?« fragte sie mit verächtlichem Lachen. »Gehen Sie mir aus dem Weg und lassen Sie mich fort!«

»Nicht bis ich weiß, was Sie zu tun gedenken«, sagte der Marquis ernst.

»Ich habe mit Eurer Lordschaft nichts mehr zu schaffen. Sie und ich sind geschiedene Leute, my Lord.«

»Sachte, sachte! Ich wollte Sie nur auf die Probe stellen.«

»Und wenn ich das schändliche Angebot von Ihnen angenommen hätte, dann hätten Sie es zurückgezogen?«

»Nein, gewiß nicht.«

»Dann haben Sie mich nicht auf die Probe gestellt, sondern Ihr Bestes versucht, mich zu korrumpieren.«

»Ich will keine Haarspaltereien. Geben Sie mir einen weiteren Tag zum Nachdenken.«

»Wozu das? Alles Denken der Welt kann keine einzige Tatsache verändern. Sie müssen meinem Jungen Recht widerfahren lassen, oder ich werde Sie zu diesem Schritt zwingen.«

»Sie würden ein gerichtliches Verfahren recht schwierig finden, Miss Horn.«

»Und Sie würden an dem Skandal hart zu tragen haben, my Lord. Es wäre traurig für Miss —, ich weiß nicht, auf welchen Namen sie ein Recht hat.«

Der Marquis stieß eine schreckliche Verwünschung aus, setzte sich und barg das Gesicht in den Händen.

Miss Horn rührte sich nicht, trat aber nicht den sicheren Rückzug an, sondern ging vorsichtig auf ihn zu und blieb neben ihm stehen. »My Lord«, sagte sie, »ich kann es nicht mit ansehen, wenn ein Mann Kummer hat. Frauen sind dazu geboren, sie tragen es und sind dankbar. Doch ein Mann findet sich niemals damit ab, und es kommt ihn deshalb härter an. Hören Sie, my Lord: Wenn es einen Mann auf dieser Erde gibt, der eine Frau schützen würde, dann ist es Malcolm Colonsay.«

»Wäre sie nur nicht seine Schwester«, murmelte der Marquis.

»Aber bedenken Sie, my Lord, wäre es schlimmer, wenn ein anderer Mann sie heiratet, ohne ihm zu sagen, daß sie illegitim ist?«

»Sie unverschämtes altes Weib!« schrie der Marquis außer sich vor Wut und verlor Fassung und Benehmen zugleich. »Gehen Sie und gehen Sie zum Teufel!«

Mit diesen Worten verließ er den Raum, und Miss Horn ging in einem Zorn aus dem Haus, der nicht weniger wild war als seiner — doch von völlig anderer Art, denn ihr Zorn war gerechtfertigt.

Gerade zu dieser Zeit war Malcolm auf der Suche nach seinem Herrn, und als er ihn von hinten in der Bibliothek verschwinden sah, in die er sich in seiner blinden Wut geflüchtet hatte, folgte er ihm.

»My Lord«, sagte er.

»Was wollt Ihr?« entgegnete der Marquis aufgebracht.

»Ich dachte, Euer Lordschaft möchte die alte Stiege sehen, die ich kürzlich entdeckte, die vom Zimmer des Zauberers wegführt —«

»Zum Teufel mit Euren ganzen Narrenpossen!« entgegnete der Marquis. »Wenn Ihr dieses verfluchte Loch noch einmal erwähnt, dann werfe ich Euch in hohem Bogen aus dem Haus!«

Malcolm drehte sich um und ging aus dem Zimmer.

Lord Lossie schritt eine ganze Stunde lang in der Bibliothek auf und ab — eine lange Zeit, um in der gleichen Stimmung zu sein, und mit der Zeit ebbte sein Zorn ab. Doch am Ende wußte er nicht mehr, was er tun sollte, wie in dem Augenblick, da er Miss Horn im Studierzimmer verlassen hatte. Dann bemächtigte sich seiner nagende Unruhe. Er mußte irgendetwas unternehmen.

In solchen Fällen dachte er immer zuerst an einen Ausritt, doch die Stute lahmte, und sein neues preisgekröntes Pferd war noch nicht eingetroffen — es wäre ohnehin noch zu ungebärdig gewesen. Er wollte hingehen und sehen, womit ihn dieser Kerl belästigt hatte — aber allein, denn im Augenblick konnte er den Anblick des Fischerjungen nicht ertragen.

Wenige Augenblicke später stand er im Zimmer des Zauberers und blickte mehr mit Unbehagen als Kummer um sich — mit einem Gefühl des Ärgers über die Schwierigkeiten, die ihm dieser Raum bereitet hatte, und weniger mit Bedauern über die Qual und Verachtung, die seine Selbstsucht der Frau eingetragen hatte, die er liebte. Dann bemerkte er die Türe im äußersten Winkel. Er ging darauf zu, und da seine Neugierde nun gründlich geweckt war, bewegte er sich die alte Wendeltreppe hinab.

Malcolm hatte sich inzwischen in sein Zimmer begeben. Nun hörte er jemanden nebenan, vermutete, um wen es sich handelte, und ging hinein. Er sah die Schranktüre offen, eilte zur Treppe und rief hinab: »My Lord! My Lord! Oder wer Sie sind. Vorsicht! Passen Sie auf, wo Sie hingehen, sonst werden Sie schrecklich stürzen. Die Treppen unten sind gebrochen.«

Ein paar Meter weiter unten waren die Treppen ganz im Dunkeln, und er wagte nicht allzu schnell zu folgen aus Angst zu fallen und den Unfall herbeizuführen, den er befürchtete. Beim Hinabsteigen wiederholte er seine Warnungen, doch entweder hörte sein Herr nicht oder achtete nicht auf ihn, denn plötzlich vernahm Malcolm einen Sprung, dann einen dumpfen Fall und Stöhnen. Er eilte, so rasch er es wagen konnte, ohne Gefahr zu laufen, auf ihn zu fallen. So fand er den Marquis unter den Steinen am Eingang auf dem Grund, anscheinend unfähig, sich zu bewegen und weiß vor Schmerzen. Auf einmal stand er jedoch auf, fluchte ganz erheblich und humpelte schmerzvoll ins Haus.

Der Arzt, nach dem umgehend geschickt wurde, erklärte, die Kniescheibe sei ernstlich verletzt, und setzte Blutegel an. Eine Entzündung entwickelte sich, und ein weiterer Arzt und ein Chirurg aus Aberdeen wurden herangeholt. Sie kamen, legten Umschläge und wieder Blutegel an und verordneten strikteste Ruhe. Der Patient litt starke Schmerzen, doch für jemand vom Temperament des Marquis war die erzwungene Ruhe viel schlimmer.

Siebenunddreißigstes Kapitel

Das Versprechen

Der Marquis war bei seinen Bediensteten recht beliebt, und der Unfall warf einen düsteren Schatten über Lossie House. Außerhalb wartete der Lauf der Ereignisse auf seine Genesung. Miss Horn war zu großzügig, um das Verfahren nicht aufzuhalten, solange ihr Gegner krank war.

Malcolm war natürlich mit der frohen Kunde zum Lehrer geeilt, daß er Mrs. Stewart vom Hals hatte, doch Mr. Graham teilte ihm nichts von der Entdeckung mit, die Miss Horn gemacht hatte und zu der Malcolms Bericht über die der Wut entsprungene Erklärung von Mrs. Catanach nun das einzige erforderliche Zeugnis lieferte. Nachdem Malcolm weggegangen war, dachte Mr. Graham über die seltsame, ja ironische Tatsache nach, daß die eine Frau, die er niemals heiraten konnte, die ganze Zeit hindurch selbst Ehefrau und tatsächlich sogar die Mutter seines Lieblingsschülers gewesen war! Und gerade diese Erkenntnis steigerte nur noch seine Wertschätzung für Griselda in seinem Geist. Mit einem gewissen Stolz betrachtete er ihre Entschlossenheit, lieber Schande zu erdulden, als dem Versprechen untreu zu werden, das sie ihrem Gatten gegeben hatte, und dabei niemals zu träumen, daß ihr Sohn in Wirklichkeit am Leben war und sich alle Tage in ihrer Nähe aufhielt.

Er überbrachte Malcolms Erzählung der letzten Ereignisse nun Miss Horn, deren Position damit zehnfach untermauert wurde. Doch sie war ängstlich darauf bedacht, daß die Enthüllung über seine Geburt von seinem Vater vorgenommen werden sollte. Daher blieb Malcolm in Unwissenheit hinsichtlich der Morgendämmerung, die über der Dunkelheit seiner Herkunft anbrach.

Die Stunden vergingen, die Tage wurden zu Wochen, und der Zustand des Marquis besserte sich nicht. Mehr und mehr wünschte er von Malcolm bedient zu werden, der deshalb sehr viel um ihn war und ihn mit einer Liebe versorgte, die zweifellos tiefer reichte, als der Instinkt der Verwandtschaft zwischen beiden hätte bewirken können. Der Marquis stellte alsbald befriedigt fest, daß das Verwandtschaftsverhältnis ihm noch unbekannt war; umso mehr war er von Malcolms Hingabe und Behutsamkeit angetan.

Die Entzündung dauerte an, nahm zu und breitete sich aus. Man fing an, von Amputation zu reden, doch der Marquis wollte davon nichts wissen und verweigerte seine Zustimmung.

»Wir befürchten Wundbrand, my Lord«, sagte der Arzt ruhig.
»Ich auch. Wehren Sie ihn ab«, entgegnete der Marquis.
»Das können wir nicht, my Lord.«
Tatsächlich hatte der Wundbrand bereits eingesetzt.
»Dann laßt es meinetwegen brandig werden, aber erhaltet mir mein Bein«, sagte seine Lordschaft.
»Ich hoffe doch, my Lord, daß Sie sich das nochmals überlegen werden«, wandte der Chirurg ein. »Wir hätten eine so schwerwiegende Maßnahme nicht vorgeschlagen, wenn wir nicht befürchten müßten, daß sanftere Methoden die Genesungschancen Eurer Lordschaft nur mindern würden.«
»Wollen Sie damit sagen, daß mein Leben in Gefahr ist?«
»Wir fürchten, daß die vorgeschlagene Amputation das einzige Mittel ist, Ihr Leben zu retten.«
»Was für eine Horde aufgeblasener Stümper ihr seid!« schrie der Marquis und lag dann stumm mit abgewandtem Gesicht da.
Die beiden Ärzte sahen einander an, sagten aber nichts.
Malcolm, der sich im Zimmer aufhielt, empfand einen heftigen Schmerz bei diesem Urteil. Die Ärzte zogen sich zur Beratung zurück. Malcolm trat auf das Bett zu.
»My Lord«, sagte er leise.
Der Marquis gab keine Antwort.
»Verlassen Sie uns nicht, my Lord — noch nicht«, meinte Malcolm drängend. »Was soll dann aus my Lady werden?«
Der Marquis zog heftig die Luft ein, antwortete aber immer noch nicht.
»Sie hat niemand, my Lord, dem Sie sie gern anvertrauen möchten.«
»Du mußt dich um sie kümmern, wenn ich nicht mehr bin, Malcolm«, murmelte der Marquis. Seine Stimme war leise und gebrochen, voller Traurigkeit und Elend.
»Ich, my Lord?« entgegnete Malcolm. »Wer würde denn schon auf mich hören? Und was könnte ich für sie tun? Ihre Zofen könnten mehr für sie tun als ich, obwohl ich mein Leben für sie hingeben würde, wie ich Ihnen gesagt habe, my Lord; und sie weiß das auch genau.«
Stille folgte, in der die beiden Männer nachdachten.
»Geben Sie mir eine rechtliche Position, my Lord, und ich werde mein Bestes tun«, sagte Malcolm schließlich.
»Was meinst du damit?« knurrte der Marquis, dessen Stimmung umgeschlagen war.
»Geben Sie mir ein gesetzliches Recht, my Lord, und sehen Sie zu, ob ich es nicht tue.«
»Was sehen?«

»Sehen, ob ich nicht für my Lady sorge.«

»Wie sollte ich das sehen? Ich werde tot sein.«

»Bitten Sie Gott, my Lord, daß Sie wohl und lebendig sind — an einem besseren Ort, wenn nicht gar, um selbst nach my Lady sehen zu können.«

»O, wirklich?« murmelte der Marquis.

»Aber Sie werden auf die Ärzte hören, my Lord«, fuhr Malcolm fort, »und nicht sterben, ohne sich Zeit zu nehmen, darüber nachzudenken.«

»Ja, ja; morgen werde ich ein weiteres Gespräch mit ihnen führen. Dann werden wir weitersehen. Es ist noch genügend Zeit. Sie sind Pfuscher, jeder einzelne von ihnen. Sie gestehen einem Patienten nicht den mindesten gesunden Menschenverstand zu.«

Nach längerem Schweigen, als Malcolm schon geglaubt hatte, der Marquis sei eingeschlafen, nahm er plötzlich das Gespräch wieder auf. »Was willst du damit sagen, daß ich dir ein gesetzliches Recht geben soll?« fragte er.

»Es gibt einen Weg, eine Person zum Vormund für einen anderen zu machen, damit er die Unterstützung des Gesetzes hat, nicht wahr, my Lord?«

»Ja sicher. Nun! Es wäre schon reichlich seltsam — ein junger Fischer als Vormund für eine Marquise! Es heißt zwar, daß es nichts Neues unter der Sonne gibt, aber hier wäre es wohl der Fall, glaube ich.«

Malcolm war hochbeglückt, als er ihn wieder ein bißchen in seiner alten Art sprechen hörte. Er hatte das Gefühl, er könnte nun jede Menge Spott von ihm ertragen, und so begann er den Vorschlag, den er ernst gemeint hatte, weiter zu verteidigen in der Hoffnung, den Marquis zu amüsieren, doch bereitete ihm der Traum, in solchem Maße Lady Florimel dienen zu können, eine geheime wilde Freude.

»Seltsam genug wäre es zweifellos, my Lord; aber die Leute sollten sich nicht über etwas aufhalten, wenn es einwandfrei und rechtmäßig ist. Wenn ich meine Rechte hätte, könnten sie — Lady Bellair und sonst einer von ihnen — mich nicht auslachen und mich auch nicht davon verdrängen.«

»Aber dafür braucht man Anwälte, und es würden Kosten entstehen, Malcolm.«

»Sie könnten mir soviel hinterlassen, wie zur Durchführung des Willens Eurer Lordschaft notwendig wäre.«

»Und wer würde darüber wachen, daß du es ordnungsgemäß anwendest?«

»Mein eigenes Gewissen, my Lord, oder Mr. Graham, wenn Sie das wollen.«

»Und wie würdest du selbst leben?«

»O, überlassen Sie das mir, my Lord. Nur bilden Sie sich nicht ein, daß ich irgendetwas von Ihnen erwarte. Ich hoffe, daß ich dazu mehr Stolz habe. Jede Pfundnote und jeder Shilling würden für sie ausgegeben oder gespart, je nachdem.«

»Beim Zeus, ein kühner Vorschlag!« sagte der Marquis, und zu Malcolms Verblüffung lag nicht die Spur von Spott in seiner Bemerkung.

Der nächste Tag brachte weder Kraft für den Körper noch für den Geist. Wieder wurde der Marquis von seinen ärztlichen Beratern besucht. Er hörte sich ihre Vorschläge ruhiger an, lehnte sie aber ebenso entschieden ab wie am Vortage. Einen Tag später widersetzte er sich nicht mehr, wollte aber nichts von Vorbereitungen hören. Stunden um Stunden vergingen, die Tage wurden zu einer Woche, als sie schließlich mit einem feierlichen Appell vor ihn traten.

»Unsinn!« antwortete der Marquis. »Mein Bein wird besser. Ich spüre überhaupt keinen Schmerz mehr — nichts als ein bißchen Schwäche. Sicher Eure lächerlichen Medizinen!«

»Sie sind in ernster Gefahr, my Lord. Schon jetzt ist es fast zu spät.«

»Also dann morgen, wenn es sein muß. Heute könnte ich es nicht einmal ertragen, mir das Haar schneiden zu lassen; und dann das Bein abnehmen — puh! Einfach unvorstellbar!«

Er wurde kreideweiß und erschauerte, trotz aller Lässigkeit seiner Rede.

Als der nächste Tag kam, gab es keinen Chirurgen im Lande, der ihm noch das Bein abgenommen hätte. Er blickte in ihre Gesichter und schien zum erstenmal von der Notwendigkeit der Maßnahme überzeugt.

»Sie können vorgehen, wie Sie wollen«, sagte er. »Ich bin bereit.«

»Nicht heute, my Lord«, erwiderte der Arzt. »Eure Lordschaft ist heute nicht in der Verfassung.«

»Ich verstehe«, sagte der Marquis, wurde erschreckend blaß und wandte den Kopf zur Seite.

Als Mrs. Courthope vorschlug, man solle nach Lady Florimel schicken, bekam er einen Wutanfall und legte los, wie er wohl nie zuvor mit einer Frau gesprochen hatte. Sie nahm es mit vollkommener Ruhe hin, konnte aber Tränen nicht unterdrücken. Der Marquis bemerkte es und fühlte sich angerührt. »Sie dürfen die Laune eines Sterbenden nicht beachten«, sagte er.

»Es ist nicht meinetwegen, my Lord«, antwortete sie.

»Ich weiß, Sie glauben, ich sei nicht vorbereitet zum Sterben.

Da haben Sie recht. Nie war ein Mensch weniger geeignet für den Himmel, noch weniger willens, zur Hölle zu fahren.«

»Möchten Sie nicht einen Pfarrer sehen, my Lord?« regte sie schluchzend an.

»Einen Pfarrer!« rief er. »Ebenso könnte ich gleich den Leichenbestatter um mich sehen. Was könnte er mir schon sagen, als daß ich verdammt bin, — und das weiß ich besser als er. Das heißt, wenn nicht alles eine Erfindung der Kutten ist, wie ich in meiner Seele glaube. Das habe ich in den letzten vierzig Jahren oft genug gesagt.«

»O my Lord, werfen Sie nicht Ihre letzte Hoffnung weg!«

»Sie glauben also, ich hätte noch eine Chance? Gute Seele! Sie wissen es nicht besser.«

»Der Herr ist barmherzig.«

Der Marquis lachte — er versuchte es wenigstens, doch es mißlang zu einem Grinsen.

»Mr. Cairns wäre nur zu glücklich, wenn er Sie besuchen könnte, my Lord.«

»Pah! Ein kleinkarierter Pfaffe mit der Seele eines Ochsen. Gott weiß, daß ich böse genug war. Aber so tief bin ich noch nicht gesunken, daß ich seine Hilfe brauche. Wenn er der Handlanger von Gott dem Allmächtigen ist — nun, dann will ich lieber mit beiden nichts zu tun haben.«

»Nun, my Lord, wenn Sie wirklich eine Wahl hätten«, sagte Mrs. Courthope, deren Beherrschung etwas nachgab, obwohl seine Rede in Wahrheit nicht so respektlos war, wie sie sich anhörte.

Mitten in der Nacht, als Malcolm neben seinem Bett saß und glaubte, er sei eingeschlafen, ergriff der Marquis plötzlich das Wort: »Du mußt morgen nach Aberdeen gehen, Malcolm«, sagte er.

»Gern, my Lord.«

»Und bring Mr. Glennie, meinen Anwalt, mit auf der Rückreise.«

»Ja, my Lord.«

»Dann leg dich schlafen.«

»Ich möchte lieber aufbleiben, my Lord. Ich könnte kein Auge zutun, weil ich an Ihrer Seite sein möchte.«

Der Marquis gab nach, und Malcolm wachte die ganze Nacht hindurch. Der Marquis warf sich herum, schlummerte gelegentlich ein und murmelte seltsame Laute vor sich hin, dann erwachte er wieder und bat um Brandy und Wasser, war aber mit einer Limonade zufrieden, die Malcolm ihm reichte.

Am nächsten Tag stritt er mit Mrs. Courthope bei jedem Wort, das sie äußerte. Er hatte vergessen, daß er Malcolm fortgeschickt hatte, und verlangte beständig nach ihm. Seine Schmerzanfälle wurden heftiger, wechselten mit Schläfrigkeit, die sich zeitweilig zu tiefer Benommenheit steigerte. Es war schon spät, als Malcolm zurückkehrte.

»Ist Mr. Glennie mit dir gekommen?« fragte sein Herr schwach.

»Dann sag ihm, er soll sofort hierherkommen.«

Als Malcolm mit dem Anwalt zurückkehrte, wies ihn der Marquis an, einen Tisch und Stuhl neben das Bett zu stellen, vier Kerzen anzuzünden und alles bereitzustellen, was zum Schreiben benötigt wurde; dann solle er zu Bett gehen.

Achtunddreißigstes Kapitel

Das Zeugnis

Noch ehe Malcolm aufgewacht war, schickte seine Lordschaft nach ihm. Als er das Krankenzimmer betrat, war Mr. Glennie verschwunden, der Tisch beiseitegestellt, und statt der Wachslichter erfüllte der kalte Schein einer frühen Morgensonne den Raum. Der Marquis wirkte geisterhaft blaß, nahm jedoch mit einem Löffel heiße Schokolade zu sich.

»Nun, wie gehts Ihnen heute, my Lord?« fragte Malcolm.

»Ganz ordentlich«, antwortete er, »doch diese Aasgeier von Ärzten sollen verdammt sein. Ich glaube, die sind's, die mich umbringen. Fluch über sie!«

»Wenn Sie so weiterreden, my Lord, werden Sie Lady Florimel dazu verleiten, ganz gräßlich zu fluchen«, meinte Malcolm.

Der Marquis quälte sich ein Lachen ab.

»Und außerdem«, fuhr Malcolm fort, »sind sie da oben ein bißchen heikel hinsichtlich der Art und Weise, wie Sie reden, my Lord.«

Der Marquis blickte ihn seltsam an.

»Du erwartest doch nicht solche Scherereien für mich?« sagte er. »Ich bin ziemlich sicher, daß ich mein Lager da unten aufschlagen werde, wo sie es nicht so genau nehmen.«

»Brechen Sie mir nicht das Herz, my Lord!« rief Malcolm, dem Tränen in die Augen schossen.

»Es tut mir leid, wenn ich dir wehgetan habe, Malcolm«, erwiderte der Marquis leise, beinahe zärtlich. »Wenn ich's verhindern kann, möchte ich nicht dorthin kommen. Ich will niemand mehr das Herz brechen. Aber wie zum Teufel kann ich das umgehen? Tatsache ist, daß ich für keinen anderen Ort tauge, und ich weiß nicht einmal, ob ich an das Vorhandensein eines solchen Ortes überhaupt glaube. Aber wenn es ihn gibt, dann vertraue ich Gott, daß da noch ein anderer Platz ist, sonst steht es schlecht um deinen Herrn, Malcolm. Soviele Dinge, die ich für immer erledigt glaubte, treten hervor und grinsen mich an. Es treibt mich zum Wahnsinn, Malcolm, und ich möchte doch wie ein Gentleman sterben, gelassen und kühl.«

»Möchten Sie nicht mit jemand sprechen, der um Sterben und Tod Bescheid weiß?« fragte Malcolm, der kaum in der Lage war zu sprechen.

»Nein«, entgegnete der Marquis. »Dieser Cairns ist ein Narr.«

»Ihn habe ich nicht gemeint, my Lord.«

»Wen zum Teufel dann?«

»Den Teufel nicht, sondern einen aufrechten Mann, der sein schlimmster Feind war, solange ich ihn kenne. Ich meine Master Graham, den Schullehrer.»

»Pah! Ich bin zu alt, um noch zur Schule zu gehen«, meinte der Marquis.

»Ich spreche nicht von Latein und Griechisch, sondern von Gerechtigkeit und Wahrheit, darüber, was ist und was sein wird.«

»Was? Hat der Lehrer etwa das Zweite Gesicht?«

»Ja, aber seins reicht weiter als bei anderen.«

»Er könnte mir also sagen, was mit mir werden wird?»

»So gut wie kein anderer, my Lord.«

»Nun, bring ihm meine Empfehlung und sag ihm, ich möchte ihn sehen«, sagte der Marquis nach einer Weile.

»Er wird sofort kommen, my Lord.«

»Natürlich wird er das!« sagte der Marquis.

»Er wird ebenso bereitwillig kommen, wie er in einem solchen Augenblick zu jedem Landstreicher kommen würde, der nach ihm schickt«, erwiderte Malcolm, dem weder die Bemerkung noch ihr Ton paßten.

»Was willst du damit sagen? Du glaubst doch nicht, daß es so ernst steht, oder?«

»My Lord —« Malcolm hielt inne, »— my Lord, Sie haben keine Chance.«

Der Marquis verstummte. Tatsächlich hatte er schon wieder begonnen, sich an irdischen Hoffnungen hochzuranken.

Malcolm, der befürchtete, sein Auftrag könne widerrufen werden, schlüpfte aus dem Zimmer und eilte zum Haus des Lehrers. In dem Augenblick, da Mr. Graham die Botschaft des Marquis vernahm, erhob er sich wortlos und machte sich auf den Weg. Beide wechselten kaum ein Wort, befanden sie sich doch in einem ernsten Auftrag unterwegs.

»Mr. Graham ist gekommen, my Lord«, sagte Malcolm.

»Wo? Er ist doch nicht im Zimmer?« erwiderte der Lord.

»Er wartet an der Türe, my Lord.«

»Ha! So flink hättest du nicht zu sein brauchen. Hast du vielleicht auch dem Totengräber aufgetragen, er solle einen neuen Spaten besorgen? Aber du kannst ihn hereinbitten, und dann laß mich mit ihm allein.«

Mr. Graham trat behutsam neben das Bett.

»Setzen Sie sich, Sir«, forderte ihn der Marquis höflich auf, dem das ruhige und unaufdringliche Verhalten des Mannes gefiel. »Man sagte mir, daß ich im Sterben liege, Mr. Graham.«

»Ich bedaure, daß Ihnen das anscheinend Kummer bereitet, my Lord.«

»Was? Würde Ihnen das vielleicht keinen Kummer bereiten?«

»Ich glaube nicht, my Lord.«

»Dann sind Sie zweifellos einer der Auserwählten, wie?«

»Das ist mir eigentlich nie in den Sinn gekommen, my Lord!«

»Worüber denken Sie dann nach?«

»Über Gott.«

»Und wenn Sie sterben, werden Sie natürlich geradewegs in den Himmel fahren.«

»Ich weiß nicht, my Lord. Auch darüber habe ich mir bisher nie den Kopf zerbrochen.«

»O, dann halten Sie es wie ich. Ich kümmere mich nicht viel darum, ob ich in den Himmel komme. Worum kümmern Sie sich denn?«

»Um den Willen Gottes. Ich hoffe, daß Eure Lordschaft das gleiche sagt.«

»Nein, keinesfalls. Ich will meinen eigenen Willen haben.«

»Nun, my Lord, das läßt sich schon einrichten.«

»Wie denn?«

»Indem Sie Seinen Willen für den Ihren nehmen, denn er muß in jeder Hinsicht der bessere sein.«

»Das ist doch alles Unfug!«

»Das ist die Erleuchtung, my Lord.«

»Nun, ich gestehe gerne, wenn ich schon sterben muß, dann würde ich den Himmel doch lieber dem anderen Ort vorziehen, aber ich glaube, ich habe für beides keine Chance. Glauben Sie ernsthaft, daß es zwei solche Orte gibt?«

»Ich weiß nicht, my Lord.«

»Sie wissen es nicht, und da kommen Sie und wollen einen Sterbenden trösten?«

»Eure Lordschaft sollte mir zuerst sagen, was Sie mit 'zwei solche Orte' meinen. Nach meinen eigenen Vorstellungen kann ich Ihnen nicht sagen, wo es angenehmer oder weniger angenehm wäre; das aber wäre vermutlich für Sie der springende Punkt.«

»Und was, bitte, wäre für Sie der springende Punkt, Sir?«

»Näher bei Gott zu sein.«

»Nun, ich kann nicht behaupten, daß ich näher bei Gott sein möchte. Er hat für mich recht wenig getan.«

»Es ist eine ganze Menge, was er für Sie zu tun versuchte, my Lord.«

»Und wer hat da hineingepfuscht? Wer stand ihm im Weg?»

»Sie selbst, my Lord.«

»Davon habe ich nichts gemerkt. Wann hat er je etwas für mich zu tun versucht, und ich stand ihm im Weg?«

»Als er Ihnen eine der liebenswertesten Frauen schenkte, my Lord«, sagte Mr. Graham mit feierlicher, zitternder Stimme, »und Sie vernachlässigten sie und ließen sie sterben und ihr Kind bei Fremden aufwachsen.«

Der Marquis stieß einen Schrei aus. Die unerwartete Antwort hatte ihn zutiefst getroffen.

»Was haben Sie mit meinen Angelegenheiten zu schaffen!« stieß er hervor. Nach einer Weile seufzte er: »Gott weiß, daß ich sie geliebt habe.«

»Sie haben sie geliebt, my Lord?«

»Bei Gott, das habe ich!«

»Eine Frau so sehr lieben und dann soweit kommen?«

»Soweit kommen? Ich glaube, wir müssen alle früher oder später an diesen Punkt kommen. Was wollen Sie übrigens in drei Teufels Namen mit soweit kommen sagen?«

»Daß Sie, obwohl Sie sie geliebt haben, sich damit zufriedengaben, sie zu verlieren. Im Namen Gottes, haben Sie denn nicht den Wunsch, sie wiederzusehen?»

»Das wäre eine beklemmende Begegnung«, sagte der Marquis.

»Wegen des Unrechts, das Sie ihr antaten?« meinte der Lehrer.

»Weil man mich angelogen hat, zum Kuckuck!«

»Das hätte man nie gewagt, wenn Sie nicht zuerst gelogen hätten.«

»Sir!« schrie der Marquis mit der ganzen Kraft seiner Stimme, deren er noch mächtig war. — »O Gott, hab Erbarmen! Ich kann den Schurken nicht bestrafen.«

»Der Schurke ist der Mann, der lügt, my Lord.«

»Wäre ich anderswo — Sie sind ein verdammter Feigling, daß Sie so zu einem Mann sprechen, der sich nicht einmal umdrehen kann, um Sie zu verfluchen. Sie wagen das nur, weil Sie wissen, daß ich mich nicht verteidigen kann.«

»Sie haben recht, my Lord, für Ihr Verhalten gibt es keine Verteidigung.»

»Beim Himmel! Wenn ich nur auf diesem verfluchten Bein stehen könnte, würde ich Sie aus dem Fenster werfen!«

»Ich werde zur Türe hinausgehen, my Lord. Wenn Sie an Ihren Sünden festhalten, dann werden Ihre Sünden Sie festhalten. Wenn Sie mich nochmals brauchen sollten, dann stehe ich Ihnen zur Verfügung.«

Er erhob sich und ging, doch bevor er noch sein Häuschen erreicht hatte, holte ihn Malcolm mit einer zweiten Botschaft seines Herrn ein. Er kehrte umgehend zurück.

»Mr. Graham«, sagte der Marquis nach einer Weile, »Sie müssen Geduld mit mir haben. Ich war sehr grob zu Ihnen, aber ich hatte entsetzliche Schmerzen.«

»Bitte kein Wort mehr darüber, my Lord.«

»Dann glauben Sie also wirklich und eindeutig an den Ort, den man Himmel nennt?«

»My Lord, ich glaube, daß diejenigen, die ihr Herz für die Wahrheit öffnen, das Licht auf dem Antlitz ihrer Lieben wiedersehen und in der Lage sein werden, geradezurichten, was zwischen ihnen in Unordnung war.»

»Um Dinge geradezurichten, ist es um eine Woche zu spät.»

»Es ist niemals zu spät. Gehen Sie hin und sagen Sie ihr, daß es Ihnen leid tut. Damit wird sie zufrieden sein.«

»Aber es ist ja nicht nur sie betroffen.«

»Das stimmt, my Lord. Es gibt noch einen anderen — einer, der nicht damit zufrieden sein kann, daß eins seiner Kinder so behandelt wird, wie Sie Frauen behandelt haben.«

»Aber die Gottheit, von der Sie sprechen —«

»Ich bitte um Verzeihung, my Lord, ich sprach von keiner Gottheit, sondern von einer lebendigen Liebe, die uns allen das Leben schenkte und uns seine Kinder heißt. Von Ihrer Gottheit weiß ich nichts.«

»Nennen Sie ihn, wie Sie wollen. Er läßt sich nicht so leicht beiseiteschieben.«

»Er läßt sich überhaupt nicht beiseiteschieben. Er wird Ihnen alles vergeben, aber er läßt nichts einfach durchgehen. Wird Ihre Frau Ihnen verzeihen?«

»Das wird sie, wenn ich es ihr erkläre.«

»Warum glauben Sie dann, daß die Vergebung Gottes, die ihre Vergebung schuf, geringer sein sollte?«

Es mag bezweifelt werden, ob der Marquis dieses Argument erfaßte.

»Nehmen Sie wirklich an, daß Gott sich darum kümmert, ob ein Mensch gut oder böse handelt?«

»Würde er sich nicht darum kümmern, dann wäre er selbst nicht gut.«

»Dann glauben Sie also nicht, daß ein guter Gott den Wunsch hätte, so armselige Kerle wie uns zu bestrafen?«

»Eure Lordschaft hat sich bisher nicht als armseligen Wicht betrachtet. Und bedenken Sie, daß Sie ein Kind nicht einen armseligen Wicht nennen können, ohne seinen Vater zu beleidigen.«

»Das ist etwas ganz anderes.«

»Aber genau im umgekehrten Sinn von Ihrem Argument, denn die Beziehung zwischen Gott und der ärmsten Kreatur ist unendlich enger als zwischen einem Vater und seinem Kind.»

»Dann kann er nicht so hart gegen uns sein, wie die Pfarrer behaupten, auch nicht im Leben nach dem Tod?«

»Er gibt vollkommene Gerechtigkeit, und das ist das einzige Gute. Er wird nichts ersparen, um seine Kinder zu sich zurückzubringen, und das allein macht ihr Wohlergehen aus.«

Mr. Graham selbst unterbrach die folgende Stille.

»Sind Sie mit sich zufrieden, my Lord?«

»Zum Kuckuck, nein!«

»Wünschen Sie sich, besser zu sein?«

»Ja.«

»Dann stimmen Sie mit Gott überein.«

»Ja, aber ich bin kein Narr. Es reicht nicht zu sagen, wie ich sein möchte, ich muß so sein, und das ist gar nicht so leicht. Es ist zu schwierig, gut zu sein. Ich müßte darum kämpfen, und dafür bleibt mir keine Zeit mehr. Wie soll ein armer Teufel aus diesem höllischen Schlamassel herausfinden?«

»Indem er die Zehn Gebote hält.«

»Natürlich, aber es bleibt keine Zeit mehr, das sage ich Ihnen doch — keine Zeit mehr! Zumindest behaupten das die verfluchten Ärzte.«

»Wenn auch nur Zeit für einen einzigen Atemzug ist, dann ist auch Zeit damit zu beginnen.«

»Wie soll ich beginnen? Mit welchem soll ich beginnen.«

»Es gibt ein Gebot, das alle anderen einschließt.»

»Wie lautet das?«

»An den Herrn Jesus Christus zu glauben.«

»Das ist doch eine Phrase!«

»Nachdem ich es seit dreißig Jahren damit versuche, ist es für mich das Wesen aller Weisheit. Es schenkt mir einen Frieden, in dem mir Leben und Tod nichts mehr bedeutet.«

»Was soll ich dann von ihm glauben?«

»Sie sollen *an* Ihn glauben, nicht *von* Ihm.«

»Das verstehe ich nicht.«

»Er ist unser Herr und Meister, älterer Bruder, König, Erlöser, der gottgewordene Mensch und der menschgewordene Gott. An ihn glauben heißt, uns selbst im Gehorsam in seine Hände zu geben — seinen Willen zu erforschen und ihn tun.«

»Aber ich sage Ihnen doch, es ist keine Zeit mehr!« schrie der Marquis es beinahe hinaus.

»Und ich sage Ihnen, Sie haben die ganze Ewigkeit dafür. Nehmen Sie ihn als Ihren Meister an, und er wird nichts von Ihnen fordern, was Sie nicht zu tun vermögen. Das ist die offene Türe zum Segen. Mit ihrem letzten Atemzug können Sie nach ihm rufen, und er wird sie erhören, wie er den Schächer am Kreuz erhört hat. Mir geht das Herz auf, wenn ich dies bedenke. Kein Kreuzverhör für den armen Kerl, keine Predigt. Er hat ihn einfach da mitgenommen, wohin er ging, und einen Menschen aus ihm gemacht.«

»Nun, Sie wissen einiges von meiner Lebensgeschichte: Was meinen Sie, daß ich tun sollte, jetzt gleich, meine ich. Was würde die Person, von der Sie sprechen, von mir erwarten?«

»My Lord, es ist nicht an mir, das zu sagen.«

»Sie könnten mir einen Hinweis geben.»

»Nein. Gott selbst sagte es Ihnen. Wenn ich versuchen wollte, es Ihnen zu sagen, dann würde ich mich in Gottes Werk einmischen. Was er von einem Menschen will, das läßt er ihn in seinem Geist erkennen.«

»Aber was geschieht, wenn ich noch keinen Entschluß gefaßt habe, wenn der letzte Augenblick kommt?«

»Ich fürchte, dann würde er sagen: 'Gehe von mir, der du die Sünde vertrittst'.«

»Das wäre hart, wenn ein weiterer Augenblick ausgereicht hätte.«

»Wenn ein weiterer Augenblick ausgereicht hätte, dann hätten Sie es getan.«

Der Marquis erlitt einen furchtbaren Schmerzanfall, und Mr. Graham verließ ihn still.

Neununddreißigstes Kapitel

Der Abschied

Als der Anfall abgeklungen war und der Marquis bemerkte, daß Mr. Graham gegangen war, fragte er Malcolm, der seine Krankenwache wieder aufgenommen hatte, wie lange es dauern würde, Lady Florimel aus Edinburgh heimzuholen.

»Mr. Crathie ist gestern abend mit vier Pferden abgefahren«, sagte Malcolm, »aber die Straßen sind in schlechtem Zustand. Sie kann nicht vor morgen hier sein.«

Der Marquis starrte entsetzt vor sich hin: Ohne seinen Auftrag hatte man nach ihr geschickt!

»Malcolm«, sagte er nach einem Augenblick.

»Ja, my Lord.«

»Gibt es in Portlossie einen Anwalt?«

»Ja, my Lord, den alten Mr. Carmichael.«

»Der taugt nicht. Das war der Gauner meines Bruders. Gibt es sonst keinen?«

»In Portlossie nicht, my Lord. Der nächste ist erst in Duff Harbor.«

»Nimm den leichten Wagen und hol ihn sofort her. Wie heißt er?«

»Soutar, my Lord.«

»Nun, sei in einer Stunde wieder zurück.«

Nach einundeinerviertel Stunde stand Miss Horns Freund am Bett des Marquis. Malcolm wurde weggeschickt, doch umgehend wieder hereingeholt und mit neuen Aufträgen versehen. Vor den leichten Wagen wurden frische Pferde gespannt, und diesmal mußte er Mr. Morrison, einen Friedensrichter, holen. Die Entfernung war größer als nach Duff Harbor und die Straßen noch schlechter. Der zunehmende Nordwind blies ihnen auf der Rückfahrt ins Gesicht. Er entwickelte sich zu einem Orkan, bis sie Lossie House erreichten, und so war es spät.

Als Malcolm das Zimmer des Marquis betrat, fand er ihn allein vor.

»Ist Morrison da? Was zum Teufel hat euch solange aufgehalten?«

»Die Straßen waren aufgeweicht, und Sie können den Sturm heulen hören.«

»Hättest du gewußt, was davon abhängt, dann wärst du schneller gefahren. Geh und sag Mrs. Courthope, daß ich Soutar sehen will. Wahrscheinlich findest du sie irgendwo in Tränen aufgelöst — das alte Huhn! —, weil ich sie angeflucht habe. Was kann das dieser Gans schon schaden?«

»Sie dürfte mehr aus Liebe zu Eurer Lordschaft weinen als aus einem anderen Grund.«

»Glaubst du? Warum sollte sie das kümmern? Geh und sag ihr, daß es mir leid tut. Aber wirklich, inzwischen sollte sie sich doch an mich gewöhnt haben. Sag ihr, sie soll mir sofort Soutar herschicken.«

Mr. Soutar erschien.

»Hol Morrison her«, sagte der Marquis, »und geh schlafen.«

Als Malcolm um Mitternacht aufwachte, ging er still in das Zimmer des Marquis zurück, in dem sich nur Mrs. Courthope aufhielt. Der Schatten auf seiner Lebensuhr war weit vorgerückt. Sein Gesicht wirkte geisterhaft, die Haut spannte sich über den Knochen, und die Augen standen vor.

»Ist sie schon da?« murmelte er.

»Nein, my Lord.«

Die Lider fielen leise zu.

»Sei gut zu ihr, Malcolm.«

»Das werde ich, my Lord«, sagte Malcolm feierlich.

Die Nacht schwand langsam dahin. Der Marquis wachte hin und wieder auf, nickte aber bald wieder ein. Die beiden hielten bis zum Tagesanbruch bei ihm Wache. Der Marquis schien etwas erfrischt, konnte aber kaum sprechen. Vorwiegend durch Zeichen bedeutete er Malcolm, daß er Mr. Graham sprechen wolle, doch solle jemand anderes an seiner Stelle gehen. Mrs. Courthope erhob sich und ging.

Sobald sie das Zimmer verlassen hatte, hob er mühsam die Hand, griff schwach nach Malcolms Jacke, zog ihn zu sich herab und küßte ihn auf die Stirn. Malcolm brach in Tränen aus und sank weinend am Bett nieder.

Wenig später trat Mr. Graham ein, und als er Malcolm auf den Knien sah, kniete er sich daneben und begann zu beten.

»O heiliger Vater«, sprach er, »der du das seltsame Ding kennst, das wir Tod nennen, hauche mehr Leben in das Herz deines sterbenden Sohnes, damit er dem Tod in der Kraft des Lebens entgegentreten kann. O Herr Jesus Christus, der du selbst gestorben bist, heile diesen Mann in seiner bitteren Not — heile ihn mit der Kraft zu sterben.«

Ein schwaches »Amen« kam von den Lippen des Marquis.

»Du hast ihn in diese Welt geschickt, hilf ihm nun wieder heraus. O Gott, wir gehören dir voll und ganz. Wir erheben unsere Herzen zu dir, mache sie so, wie sie sein sollen. Gib deinem sterbenden Kind Hoffnung und Mut und Frieden — den Frieden dessen, der alle Schrecken der Menschheit überwand und selbst mit dem Tode fertig wurde und nun immerdar lebt. Amen«

»Amen«, murmelte der Marquis. Langsam hob er die Hand von der Bettdecke, und legte sie auf Malcolms Kopf, der nicht wußte, daß es die Hand seines Vaters war, der ihn vor dem Tod segnete.

»Sei gut zu ihr«, wiederholte der Marquis.

»Das will ich gewiß«, schluchzte Malcolm und brach in lautes Klagen aus.

Der Tag zog sich hin, der Nachmittag kam, und noch immer war Lady Florimel nicht gekommen. Der Marquis hielt sich am Leben fest.

Als die zunehmende Dämmerung in eine frühe Dunkelheit hinüberglitt, nahm Malcolm das Geräusch von Rädern wahr, das rasch näher kam, als der Wagen schließlich vor dem Herrenhaus vorfuhr. Ein Augenblick verging, dann stürzte Florimel ins Zimmer.

»Papa! Papa!« rief sie, schlang ihren Arm um ihn und legte ihre Wange an seine.

Der Marquis konnte ihre Umarmung nicht mehr erwidern, er konnte sie nur noch in den Tiefen seiner leuchtenden, tränenfeuchten Augen empfangen.

»Flory!« murmelte er, »ich gehe fort. Ich gehe — ich muß — um Verzeihung bitten. Malcolm, sei gut —«

Der Satz blieb unvollendet. Das Licht wich aus seinem Gesicht. Er mußte es mit sich nehmen. Der Marquis war tot.

Lady Florimel schrie laut auf und verlor das Bewußtsein. Malcolm hob sie auf und trug sie behutsam in ihr Zimmer. Dort überließ er sie der Pflege der Frauen und kehrte ins Sterbezimmer zurück.

Inzwischen waren Mr. Graham und Mr. Soutar gekommen. Als Malcolm das Zimmer betrat, nahm ihn der Lehrer freundlich am Arm und sagte: »Malcolm, es kann keinen geeigneteren Ort geben für die Mitteilung, die mir für dich aufgetragen wurde: In Gegenwart deines toten Vaters muß ich dich davon in Kenntnis setzen, daß du der Sohn des verstorbenen Marquis und seiner ersten Frau, Griselda Campbell, bist. Du bist nun der Marquis von Lossie. Und Gott möge verhüten, daß du als Marquis weniger würdig bist, als du es als Fischer warst!«

Malcolm stand wie vom Donner gerührt.

Eine Weile schien es, als denke er über etwas nach, was aus einem Buch vorgelesen wurde. Auf einmal kam er wieder zu sich, ging zu dem Toten hinüber und küßte ihn. Dann fiel er auf die Knie nieder und weinte.

Nach einigen Augenblicken faßte er sich wieder, erhob sich und wandte sich den beiden Männern zu: »Meine Herren, wieviele wissen von dieser Wendung der Dinge?«

»Niemand außer Mr. Morrison, Mrs. Catanach und uns hier — soweit mir bekannt ist«, antwortete Mr. Soutar.

»Und Miss Horn«, fügte Mr. Graham hinzu. »Sie hat als erste die Wahrheit herausgefunden und sollte als erste erfahren, daß dein Vater dich anerkannt hat.«

»Ich werde es ihr selbst sagen«, erwiderte Malcolm. »Ich habe eine Bitte an Sie, meine Herren: Wahren Sie Stillschweigen und halten Sie jedem gegenüber den Mund, bis ich mir über meine Lage im klaren bin und weiß, was ich tun werde.«

»Wir schweigen, bis Sie uns davon entpflichten«, versprachen beide.

Die Türe öffnete sich, und mit der bewußten Würde, die ihr die Vorrechte ihres Amtes übertrugen, betrat Mrs. Catanach den Raum.

»Ich habe ein Wort mit Ihnen zu sprechen, Mistress Catanach«, sagte Malcolm.

»Gewiß, my Lord«, antwortete die Hebamme mit einem Gemisch aus Anmaßung und Respekt und folgte ihm in das Speisezimmer. »Nun, my Lord —« begann sie, noch ehe er sich nach dem Schließen der Türe umgewandt hatte.

»Mistress Catanach«, unterbrach Malcolm, drehte sich um und trat ihr entgegen, »wenn ich Ihnen gegenüber irgendwelche Verpflichtungen haben sollte, dann müßte ich das aus anderem Munde hören. Ich habe Ihnen aber ein Angebot zu machen: Solange nicht bekannt wird, daß ich etwas Besseres bin als ein Fischer, werde ich Ihnen zwanzig Pfund pro Jahr geben — vierteljährlich zu bezahlen. Doch in dem Augenblick, da die Leute erfahren, wer ich bin, werden Sie auch nicht ein weiteres Pfund bekommen, und ich fühle mich dann frei, in jeder Sache gegen Sie vorzugehen, die ich Ihnen nachweisen kann.«

Mrs. Catanach versuchte, verächtlich zu lachen, doch ihr Gesicht hatte die Farbe von Kitt angenommen.

»Ja oder nein?« wollte Malcolm wissen.

»Ja, my Lord«, sagte die Hebamme, faßte sich zumindest nach außen hin und streckte die Hand aus.

»O nein«, entgegnete Malcolm, »Vorauszahlungen gibt es nicht! Sie werden drei Monate lang den Mund halten, dann bekommen Sie fünf Pfund. Mr. Soutar in Duff Harbor wird es Ihnen in die Hand bezahlen. Brechen Sie mir gegenüber das Versprechen und reden Sie über mich, dann werden Sie von mir hören; denn wenn Sie gehängt würden, wäre die Welt um ein

Stück sauberer. Und nun aus dem Haus, und lassen Sie sich hier nie wieder sehen. Doch bevor Sie gehen, möchte ich Ihnen eine faire Warnung mit auf den Weg geben: Ich habe die Absicht, alles herauszufinden, was sie getan haben.«

Mrs. Catanachs Gesicht glühte rot vor Zorn.

»Machen Sie, daß Sie das Haus verlassen«, sagte Malcolm, »oder ich werde die Hunde auf Sie hetzen, um Ihnen den Weg zu weisen.«

Ihr Gesicht wurde aschgrau, und mit hängenden Backen und bösartigen Blicken eilte sie aus dem Zimmer. Malcolm beobachtete, wie sie das Haus verließ, dann folgte er ihr in die Stadt, brachte Miss Horn mit zurück, um ihm bei den letzten irdischen Diensten zur Hand zu gehen, und eilte zu Duncans Hütte.

Doch zu seiner Überraschung und Bestürzung war sie verlassen und der Herd kalt. Wegen der Pflege seines Vaters hatte er den Pfeifer nicht gesehen — er wußte nicht wieviele Tage. Seine Erkundigungen ergaben, daß ihn zwar niemand vermißt hatte, aber keiner hatte ihn in den letzten drei bis vier Tagen zu Gesicht bekommen. Das letzte, was er in der Nachbarschaft von ihm hörte war, daß ihn ein Junge vor etwa einer Woche in der alten Höhle hatte sitzen sehen mit dem Dudelsack auf dem Schoß. Beim Durchsuchen der Hütte stellte er fest, daß das Breitschwert und der Dolch und all der armselige Zierat verschwunden waren.

In dieser Nacht verschwand auch Mrs. Catanach.

Eine Woche später wurde Lord Lossie zu Grabe getragen. Malcolm folgte dem Trauerzug mit dem Hausgesinde. Miss Horn ging unmittelbar hinter ihm am Arm des Lehrers.

Lady Florimel weinte drei Tage lang unaufhörlich; am vierten blickte sie auf die See hinaus und fand sie sehr düster; am fünften fand sie ein gewisses Gefallen daran, Marquise genannt zu werden; am sechsten probierte sie das Trauerkleid an, das ihr gefiel; am siebten ging sie auf die Beerdigung und weinte wieder; am achten Tag kam Lady Bellair, die sie am neunten Tag mit sich nahm.

Mit Malcolm sprach sie nicht ein einziges Mal.

Mr. Crathie richtete im Haus selbst sein Büro ein, übernahm die Funktion des Verwalters und des Hausmeisters gleichzeitig und war eine Zeitlang der Herr des Platzes.

Malcolm half Stoat bei den Pferden und verrichtete alle möglichen Tätigkeiten für Mr. Crathie. Wegen seiner Ähnlichkeit mit dem alten Marquis mochte ihn der Verwalter gut leiden, der fest glaubte, der Bruder des verstorbenen Marquis sei sein Vater und Mrs. Stewart seine Mutter. Deshalb überließ er ihm einen Schlüssel für die Bibliothek, und Malcolm machte regen Gebrauch davon.

Die Geschichte von Malcolms Plänen und was daraus wurde, füllt ein weiteres Buch. Der Leser braucht sich bis zum Folgeband keine Sorge über Duncans Verschwinden zu machen. Der Band nennt sich »Das Geheimnis des Marquis«, und es möge der Hinweis genügen, daß Malcolm den Aufenthaltsort seines alten Großvaters entdeckt. Der Leser erfährt auch, wie Malcolm als Vormund für Lady Florimel das seinem wirklichen Vater gegebene Versprechen hält.

Anhang 1

Anmerkung des Herausgebers:

Im Jahre 1685 starb Karl II., König von England, nach einer recht populären und fortschrittlichen Regierungszeit. Ihm folgte sein Bruder, Jakob II., der wegen seiner schlechten Amtsführung im Volk immer unbeliebter wurde. So geschah es, daß 1688 einige führende Persönlichkeiten Englands eine Botschaft an Wilhelm von Oranien und seine Frau Maria, die Tochter Jakobs, richteten und sie aufforderten, nach England zu kommen und den Thron zu übernehmen. Wilhelm ergriff die ihm gebotene Gelegenheit und setzte bald darauf in Begleitung einer starken Armee nach England über. Jakobs Anhängerschaft war bereits so stark geschwunden, daß der Umsturz fast ohne Blutvergießen vor sich ging. Jakob dankte ab und begab sich auf den Kontinent, das Parlament aber wählte rasch Wilhelm und Maria auf den britischen Thron.

Wilhelm war jedoch in Schottland und Irland längst nicht so beliebt wie in England und fand nicht ohne weiteres Anerkennung. Als Jakob einen Versuch unternahm, die Krone zurückzugewinnen, und sich nach Anhängern umsah, fand er im Norden willige Gefolgsleute. Er bildete zwar niemals eine ernsthafte Gefahr, und die Stellung Wilhelms festigte sich nach und nach, doch hielt sich im schottischen Hochland bei vielen der stark emotionalen und teilweise zur Gewalt neigenden Clans eine fanatische Unterstützung für Jakob. In Opposition zu den Regierungen in England und Schottland bildete sich eine Partei, die den früheren König stützte.

Zur Niederwerfung der Erhebung entsandte Wilhelm ein Heer nach Schottland, das von Hochländern in der engen Schlucht von Killiecrankie überrascht und fast völlig aufgerieben wurde. Der Anführer der schottischen Rebellen fand jedoch den Tod, und ohne ihn brach der Widerstand bald zusammen. Wilhelm konnte seine Position in Schottland sichern.

Bei einigen Clans aus den Highlands, dem schottischen Hochland, hielt sich allerdings äußerste Opposition gegen Wilhelm. Zu den Clans, die am meisten zögerten, das Unvermeidliche zu akzeptieren, gehörten die MacDonalds. Im Jahre 1691 erließ Wilhelm einen Befehl an die Führer der Clans, bis zum 1. Januar 1692 entweder den Treueid zu leisten oder als bewaffnete Aufrührer gegen die Regierung behandelt zu werden, deren Widerstand unter Einsatz von Gewalt gebrochen werden würde. Bei Ablegung des Treueides wurde ihnen Pardon für die Beteiligung an dem Massaker von Killiecrankie zugesagt. Die meisten Clans nahmen das Angebot bereitwillig an.

Das Oberhaupt eines kleinen Zweigs des MacDonald-Clans, MacIan MacDonald von Glencoe, schob seine Unterwerfung aus Trotz bis zum allerletzten Tag hinaus. Er wollte als der Mann gelten, der sich als letzter unterworfen hatte. Doch eine Reihe unglücklicher Umstände brachte Unheil über ihn. Er reiste die verhältnismäßig kurze Strecke nach Fort William zur Ablegung des Eides, mußte jedoch überrascht und beunruhigt feststellen, daß es dort keinen Richter gab, der die Vollmacht zur Abnahme des Eides hatte. Er war deshalb gezwungen, sich nach Inverary, dem nächsten Ort mit Zivilverwaltung, zu begeben. Er kam erst am 2. Januar an. Zu seiner Bestürzung fand er den stellvertretenden Sheriff, der sein Hauptquartier vorübergehend verlassen hatte, nicht vor, und so konnte MacDonalds Unterwerfungseid erst am 6. Januar geleistet werden.

Unter den gegebenen Umständen hätte die verspätete Unterwerfung sicher Pardon gefunden, doch etliche Erbfeinde der MacDonalds nutzten die Gelegenheit, alte Rechungen zu begleichen. (Die MacDonalds waren in der Tat ein gesetzloser, marodierender Haufen gewesen, die mehr als einmal wahllos Angehörige rivalisierender Clans umgebracht hatten). William unterzeichnete daher (ob mit Wissen oder nicht, konnte nie restlos aufgeklärt werden) eine Verfügung, nach der die vollständige Auslöschung der Glencoe-MacDonalds angeordnet wurde. Die Feinde des Clans hatten lediglich berichtet, der Clan habe bis zum 1. Januar den Treueid nicht geleistet, und unterschlugen den Hinweis, daß der Clan zur Treueleistung bereit gewesen, den Versuch unternommen und den Eid innerhalb von fünf Tagen abgelegt hatte.

Bald danach wurde ein Regiment Soldaten unter dem Kommando des Führers eines rivalisierenden Clans, Campbell von Glenlyon, zur Durchführung des Edikts nach Glencoe entsandt unter dem Vorwand, Steuern einzuheben. Da sie sich in jeder Weise freundschaftlich verhielten und Campbell mit MacDonalds Frau verwandt war, wurden sie von den Angehörigen des Clans ohne Mißtrauen aufgenommen und zwölf Tage lang gastfreundlich beherbergt. Doch am Morgen des 13. Februar um fünf Uhr wandten sie sich gegen ihre Gastgeber, und die den Befehlen ihrer Offiziere gehorsamen Soldaten fielen über die MacDonalds her. Die Überlieferung berichtet, daß viele Campbells sich der gräßlichen Tat entziehen wollten und die Leute in dem freiliegenden Gebirgstal auf und ab warnten, noch vor Tagesanbruch zu fliehen. Doch als der Tag schließlich kam, wurden Männer, Frauen und Kinder wahllos niedergemacht. In dem blutigen Gemetzel fanden gegen vierzig Menschen den Tod, weitere 110 konnten in der Dunkelheit entkommen. Die meisten von ihnen kamen durch Hunger und

Kälte in den öden, verschneiten Bergen, wo sie sich zu verbergen suchten, ebenfalls um. Nur wenige entkamen, ihre Häuser waren geplündert und niedergebrannt, das Vieh weggetrieben worden.

Der skandalöse Vorfall löste im ganzen Land beim Volk wütende Reaktionen aus. Es hatte schon früher Versuche gegeben, aufsässige Clans zu liquidieren, doch nie zuvor hatte ein Verbrechen die Menschen so erzürnt und abgestoßen. Für ein Hochlandvolk, bei dem traditionell Gastfreundschaft und die Achtung für den Gastgeber gleich hoch geschätzt wurden, war dieser Verrat unverzeihlich. Der öffentlichen Meinung entging vor allem nicht, daß die MacDonalds ja in der Tat den Eid abgelegt hatten und damit jede Rechtfertigung für das Massaker entfiel. Die unmittelbare Verantwortung muß ohne Zweifel bei Sir John Dalrymple, dem höchsten Beamten des Königs in Schottland, gesucht werden, der dem Clan der MacDonalds seit langem feindlich gesinnt war und die Gelegenheit zur Rache ergriff. Doch William hatte den Befehl selbst unterzeichnet und sich damit mitverantwortlich gemacht. Die ganze Geschichte von Verrat und kaltblütiger Grausamkeit bildet ein trauriges Zeugnis für die Barbarei jener Zeit und verdunkelte das Ansehen von Wilhelms Regierungszeit in Schottland für viele Jahre.

Anhang 2

Anmerkung des Herausgebers:

In den Jahren nach 1690 erhoben sich Anhänger des Hauses Stuart (Jakob II.) gegen den Thronanspruch Wilhelms von Oranien. In Schottland waren diese Rebellen als Jakobiter bekannt. Ihre Unternehmungen führten schließlich zum Massaker von Glencoe, wie oben vermerkt. Ungefähr fünfzig Jahre später wurde eine weitere Rebellion der Jakobiter zugunsten des Stuartprinzen Charles Edward II. angezettelt. Bei Culloden Moor in der Nähe von Nairn kam es 1745 zu einer größeren Schlacht, der letzten der Stuarts, wie sich zeigen sollte. Die aufrührerischen Kräfte, bei denen viele MacDonalds wieder einmal gegen die Campbells kämpften, wurden vom Earl of Cumberland vollständig besiegt; dabei kamen viele Schotten ums Leben.

Anhang 3

Anmerkung des Herausgebers:

George MacDonald hat sich in seiner Erzählung in vielerlei Weise eingeschlichen. Ihn ausfindig zu machen, mag für den MacDonald-Fan manchmal ebenso erregend und spannend sein wie die Entwirrung der Intrige selbst. Die Abstammung von Duncan MacPhail bietet einen Anhaltspunkt für die oft autobiographischen Züge der Romane von MacDonald. Sein Sohn Greville versichert zwar in der Biographie seines Vaters, Duncan sei nicht unbedingt ein Abbild von MacDonalds Großvater oder einem anderen Vorfahren. In »Lady Florimel und der Fischer« finden sich jedoch faszinierende Hinweise darauf, daß MacDonald in der allmählichen Enthüllung von Duncans Vergangenheit in Wirklichkeit seine eigene Abstammung offenbart.

Sehen wir uns diese Hinweise genauer an: Wir wissen, daß Duncans wirklicher Name nicht MacPhail lautet, und in Kapitel 12 beleuchtet er diese Tatsache, als er Malcolm erzählt, daß Campbell von Glenlyon ihn »MacDhonuill« genannt habe in einem Traum — was sehr viel eher wie MacDonald klingt. Nun lesen wir, wie er dies Lady Florimel nach und nach preisgibt, obwohl er es zu verhüllen sucht mit den Worten »Ich sagte, der Vater von Allisters Vater ...«, doch wir können daraus ableiten, daß seine eigenen Vorfahren — möglicherweise sein Großvater oder Urgroßvater — in Glencoe waren. Wir können der Erzählung nicht entnehmen, ob sie getötet wurden oder dem Massaker entkamen. Mit anderen Worten, Duncan ist ein MacDonald, ein Nachfahre der MacDonalds von Glencoe, der aus uns unbekannten Gründen den Namen MacPhail annahm. Mit den Angaben über seine tatsächlichen Eltern im Hinblick auf die Schlacht von Culloden bringt er seine Genealogie der eigenen Person näher. Da Duncan selbst ein MacDonald ist, wird uns seine Abneigung gegen den Namen Campbell — die Todfeinde aller Nachkommen von Glencoe — verständlich.

Was wissen wir nun über die tatsächlichen Vorfahren von George MacDonald? Aus »George MacDonald and His Wife« (Greville MacDonald) und »George MacDonald« (Joseph Johnson, Haskell House Publisher, New York) können wir folgende Tatsache entnehmen. George MacDonalds Urururgroßvater entkam dem Massaker von Glencoe; Alastir — ein Halbbruder des Clanchefs — war nicht daheim, er hatte eine Warnung vor dem Verrat erhalten und verließ so das Tal zusammen mit seiner Familie und etwas Vieh. Sein Sohn, dessen Namen wir nicht kennen, der Ururgroßvater von George MacDonald, ließ sich schließlich in Portsoy, einem Städtchen an der Nordküste von Banff, nieder, wo er Steinmetz und Marmorschleifer wurde. Sein Sohn William wurde Stadtpfeifer von Portsoy und kämpfte für Prinz Charles. Anscheinend kämpften viele Vorfahren von George MacDonald bei Culloden und kamen dabei ums Leben, doch sein Urgroßvater William, der Dudelsackpfeifer von Portsoy, entkam. Wahrscheinlich verlor er jedoch das Augenlicht. Seine Loyalität war so stark, daß er seinen Sohn Charles Edward nach dem Prinzen nannte. Der junge Charles Edward, MacDonalds Großvater, war bei der Katastrophe von Culloden erst drei Monate alt, und seine Mutter starb, als sie die Nachricht von der Schlacht vernahm. Im Gefolge von Culloden spürte Cumberland rücksichtslos jeden Flüchtling der Schlacht auf, dessen er habhaft werden konnte. In der Überlieferung heißt es, William sei mit seinem ältesten Sohn durch Nairn und Moray geflohen und schließlich nach Portsoy zurückgekehrt, doch sein Haus sei von seinen Feinden genau beobachtet worden, deshalb habe er sich monatelang in den nahegelegenen Höhlen versteckt. (In dieser Gegend wurden Höhlen lange Zeit hindurch mit Dudelsackpfeifern in Verbindung gebracht). Im Laufe der Zeit geriet der alte Pfeifer in Vergessenheit — vielleicht, weil man den Verlust des Augenlichtes als ausreichende Buße erachtete. Die Zeitangaben sind in den Berichten etwas vage; wir wissen daher nicht genau, wann seine Frau starb und wann er die Sorge für seinen jüngeren Sohn Charles Edward übernahm, der noch ein Säugling war. Nach der Überlieferung zog er nach Culloden eine umfangreiche Familie groß, doch nur die beiden erwähnten Söhne konnten später herangezogen werden.

George MacDonalds Großvater, Charles Edward MacDonald, zog später von Portsoy weiter südlich nach Huntly, wo er sich zu einem erfolgreichen Geschäftsmann in der Weberei und Bleicherei entwickelte. Er hatte neun Kinder, von denen eines George hieß und später als George MacDonald sen. bekannt wurde. Die Familie blieb in Huntly und wohnte noch dort, als im Jahre 1824 George MacDonald jun. geboren wurde.

Die Parallele zwischen MacDonalds und Duncans Herkunft kann sicherlich nicht eindeutig gezogen werden. So ähnelt Duncan viel eher MacDonalds Urgroßvater William als seinem Großvater. Duncan selbst beschreibt die Flucht seines Vaters von Culloden; das legt nahe, daß ihm eigentlich Charles Edward entspricht. So fehlt zwar die positive Identität in allen Punkten, aber MacDonald vermittelt uns ohne Zweifel viele erregende Blicke in seinen eigenen Hintergrund durch den Mund von Duncan, dem blinden Dudelsackpfeifer von Portlossie.

Zum Schluß sei noch auf einen interessanten Punkt verwiesen. Über Duncans Hinweis auf Allister liegt ein Geheimnis, denn er spricht von Allisters Großvater, der in Glencoe erschlagen worden sei, womit Allister ungefähr in die Generation von MacDonalds Urgroßvater William gerückt würde. Greville MacDonald identifiziert jedoch Ians Halbbruder »Alastir« als den Vorfahren, der dem Massaker von Glencoe entging. Er identifiziert noch einen weiteren »Alastair« MacDonald, den Anführer in der Schlacht von Inverlochy gegen die Campbells, dessen Lobpreis von einem der bekanntesten Barden der MacDonalds, Iain Lom (John Brown) gesungen wurde. Im Kapitel 25 wirft Duncan Licht auf diesen Vorgang, als er sich selbst schließlich als der »Allister« seines Liedes identifiziert, — der vermutlich seinen früheren Vorfahren nachgetauft wurde — und wieder die Parallele mit MacDonalds Urgroßvater bestätigt, dessen »Vaters Vater« tatsächlich in Glencoe war, jedoch nicht den Tod fand. Hier also George MacDonalds Abstammung und wie sie mit den Fakten der Geschichte verknüpft ist.

George MacDonald	geboren in Huntly 1824
George MacDonald sen.	Huntly
Charles Eduard MacDonald	geboren drei Monate nach Culloden, von William aufgezogen; ging später nach Huntly und wurde Kaufmann
William MacDonald	Stadtpfeifer in Portsoy, kämpfte bei Culloden, verlor das Augenlicht, verbarg sich in Höhlen, zog Söhne auf
(Ururgroßvater) MacDonald	erster MacDonald, der sich in Portsoy niederließ, wurde Steinmetz
»Alastir« MacDonald	Halbbruder von Ian in Glencoe, entging dem Massaker zusammen mit seiner Familie (1692)
...	
»Alastair«/Iain Lom (John Brown)	kämpfte bei Inverlochy (1644) gegen die Campbells

George MacDonalds Großmutter, Mrs. Charles Edward, war eine unbeugsame Calvinistin, die in ihrem leidenschaftlichen Eifer um die Errettung von Seelen vor dem ewigen Feuer keine Grenze kannte. In dem Roman »Robert Falconer« wird sie genau geschildert, wie sie ohne Erbarmen die Violine ihres Sohnes, eins seiner am meisten geschätzten und geliebten Besitztümer, verbrannte (ihr junger Enkel George war Zeuge dieser Szene). Vielleicht aus einem ähnlichen Drang zur Wahrheit (wer kann das sagen?) zerstörte sie alle Dokumente in der Familientruhe und zerstörte damit auf immer den positiven Beweis, daß der Großvater des Stadtpfeifers von Portsoy tatsächlich einer der wenigen seines Clans gewesen war, der in Glencoe zusammen mit seiner Frau dem Morden entging. Nachdem solche Dokumente fehlen, bestätigt MacDonalds Sohn Greville den Abriß über die Familie, wie er hier dargestellt wird.

Es mag noch von Interesse sein, daß MacDonald seinen Roman »Malcolm« der hier den Titel »Lady Florimel und der Fischer« trägt, in den Jahren 1873-1874 schrieb und ihn an der ihm wohlvertrauten Küste von Banffshire ansiedelte, mit der seine Familie so lange verbunden war. MacDonald verbrachte einen Sommer in dem kleinen Fischerort Cullen, ungefähr zehn Meilen westlich von Portsoy. Dieser Ort stellt das Vorbild für Portlossie . Ein großer Teil der Geographie dieses Buches entspricht genau dem felsigen Teil der Küste.